JN222323

老いぼれを燃やせ

STONE MATTRESS

早川書房

鴻巣友季子＝訳

マーガレット・アトウッド

MARGARET ATWOOD

老いぼれを燃やせ

日本語版翻訳権独占
早　川　書　房

© 2024 Hayakawa Publishing, Inc.

STONE MATTRESS
by
Margaret Atwood
Copyright © 2014 by
O.W. Toad, Ltd.
Translated by
Yukiko Konosu
First published 2024 in Japan by
Hayakawa Publishing, Inc.
This book is published in Japan by
arrangement with
O.W. Toad, Ltd.
c/o Creative Artists Agency
through The English Agency (Japan) Ltd.

装画／いとう瞳
装幀／鳴田小夜子（KOGUMA OFFICE）

目次

アルフィンランド

凍てつく雨が空から蕭条《しょうじょう》とふるい落とされてくる。つややかなライスを見えざる祝い客の手がつかんで投げたかのよう。どこに当たってもそれは結晶化して、グラニュー糖をまぶした氷のようになる。街灯の下で見るとたいそう美しい。色でいったら、フェアリーシルバーというところ。コンスタンスはうっとりして思う。とはいえ、これは彼女が思いがちなこと。やたら魅入られやすい性格なのだ。美というのは幻影だし、警告でもある。そして毒をもつ蝶々がそうであるように、美には暗黒面がある。いまの状況では、氷嵐《アイスストーム》がこれから多くの人びとにもたらす危険とか脅威とか悲嘆とか、そんなことを考えているべきなのに。テレビによれば、すでにそんな事態になっているようだ。

テレビはかつてユアンがホッケーやフットボールを観戦するのに買ったもので、フラット画面のハイヴィジョンテレビだ。コンスタンスとしては、昔の画質の粗い画面のほうが良いと思う。人の肌は妙にオレンジがかって、ときどき画像にさざ波が立ったり、ぼやけたりしたけれど、そもそもハイヴィジョンは美点ばかりじゃない。肌の毛穴、皺、鼻毛、あり得ないぐらい真っ白な歯が目の前に突きだされてくると、現実の生活では見ないようにしているものが無視できなくなってげんなりする。ひとのうちの洗面所の、拡大するタイプの鏡、あれの役割をやらされているみたいだ。あの手の鏡を見て満悦することはめったにない。

ありがたいことに、天気予報のアナウンサーたちは前に出すぎてこない。地図を使って解説しながら大きな手ぶりを入れるさまは、一九三〇年代の蠱惑の銀幕に登場する給仕や、ご婦人が宙に浮くのを披露せんとする奇術師のごとく。ごらんあれ！　この巨大な羽毛のような白い帯が大陸を覆っているのですぞ！　どうです、この広範囲！

さて、カメラはスタジオの外に切り替わった。若いコメンテーターが二人。男と女、どちらも流行りの黒いパーカを着て、明色の毛皮が光輪みたいに顔のまわりを縁どっている――雨粒のたれる傘の下で背を丸める二人の横すれすれを、ワイパーをせっせと動かした車が通っていく。ふたりははしゃぎ気味だ。こんな光景は見たことがないと言って。そりゃ、ないだろう、その年齢だったら。おつぎは大惨事の映像だ。玉突き衝突で折り重なった車。家の一部をぶっ潰してしまった倒木。氷の重みでたわみパチパチと不吉に火花を散らす電線群、雨氷におおわれ空港で立ち往生する航空機の列、V字形に折れ曲がって横転した巨大トラックが横倒しのまま煙をもうもうと出している。救急車が現場に到着、つぎは消防車、そして雨具で防備した隊員の一団が降りてくる。怪我人がいるんだろう。きまって心臓の鼓動が速まる光景だ。警官が一名、画面に登場。口ひげが氷の結晶で真っ白になっている。家から出ないで、と警官は周囲に厳しい声で呼びかける。〝見世物じゃないんだ〟と野次馬たちに。〝自然に歯向かえると思うな！〟その渋面や凍りついた眉毛は気高く、一九四〇年代の戦時下で団結を呼びかけるポスターに出てきそう。たしかに、こんな男が出てきたのを憶えている。憶えていると思う。でも、ひょっとしたら、歴史の教科書とか博物館の展示とかドキュメンタリー映画とかで見たのを思いだしているだけなのかもしれない。こういう記憶の出どころを正確に探るのは、ときに難儀だ。

ようやくペーソスがうっすらと混じる。映しだされた迷い犬は凍えそうになりながら、子ども用の桃色のお昼寝毛布にくるまっている。凍える赤ん坊のほうが画面映えはしたはずだが、調達できないなら犬でよしとしよう。若い二人のコメンテーターは〝あぁん、かわいい〟という顔をし、女が犬をなでてやると、犬はびしょ濡れのしっぽを弱々しく振る。「助けてもらってよかったな」男のほうが言う。ここにはこういう暗示がある。素行がわるかったら、あんたもこうなるかもしれないよ。ただしあんたの場合、救出してもらえないだろうけど、と。男はカメラ目線になり、おごそかな顔をしてみせる。とはいえ、人生満喫中なのは見え見えだ。今後さらに大変なことになりそうです、と男は言う。氷嵐の本番はまだこれからなんです！　例によってシカゴではとくに大変なことになりますよ。引き続きこのチャンネルをごらんください！

コンスタンスはテレビを消す。部屋のむこうに行ってランプの明かりを絞ると、正面の窓辺のカウチに腰かけて、街灯に照らされた暗闇を眺めやり、世界がダイヤモンドに変容していくのを見つめる――木々の枝も屋根も送電線も、すべてがきらきらと煌めいている。

「まるでアルフィンランドね」コンスタンスは思わずつぶやく。

「塩が要るな」ユアンが耳元で言う。初めて話しかけられたときにはぎょっとしたし、警戒もした――だって、その時点でユアンは明らかな生存状態を脱して少なくとも四日は経っていたんだから――けれど、いまではもっとリラックスして接せられる。いつ話しかけてくるか予測不能ではあるが、彼の声を聞けるのはうれしい。どんな形の会話も見込めないとしても。ユアンからの干渉はおおむね一方通行なのだ。こちらが答えても、むこうからはなにも返ってこない。とはいえ、生前も夫婦の会話はいつでもそんな調子だった。

話しかけが始まるまで、ユアンが遺した衣類をどうすべきか決めかねていた。最初はクローゼットに掛けたままにしておいたが、扉を開けるたびに、ハンガーに掛けて整理された彼のジャケットやスーツを目にするのが、耐えがたかった。ユアンの身体がするっと入ってきて散歩に連れだしてくれるのを黙って待っているみたいで。ツイードのジャケット、ウールのセーター、格子柄のシャツ……貧しい人たちに寄付するのが妥当だったろうけど、それはできなかった。捨てることもできなかった。もったいないだけでなく、生傷から絆創膏を剥がすようで性急すぎた。そんなわけで、衣類はきちんと畳んで、三階に置いてある大きなトランクにしまった。防虫剤を入れて。

昼間はいいのだ。ユアンも気がかりはないらしく、声が聞こえてきたとしても、しっかりとした明朗な声だ。道を指し示しながら闊歩するような声。人さし指ですっとどこかを指すような声だ。〝こっちに行け、これを買え、あれをしろ!〟ひとをからかい、軽く見るような、ちょっと馬鹿にしたような声。病を得るまでは、よくそういう態度でコンスタンスに接してきたものだ。

ところが夜になると、事態はややこしくなる。悪夢のようなことも何度かあった。トランクの中からすすり泣きや、哀しげな泣き言や、外に出してくれという懇願の声が聞こえてくる。正面玄関に見知らぬ男たちがあらわれ、ユアンだと言い張るのだが、もちろん別人。そのわりに男たちは黒いトレンチコートを着て脅してくる。聴きとれないことをもにょもにょ要求したり、もっとひどいと、ユアンに会わせろと言ってコンスタンスを押しのけて家に押し入ってきたりした。ユアンを殺そうとしているのは明らかだった。「ユアンはおりません」と訴えるものの、三階のトランクから助けを求める弱々しい叫び声が聞こえてくる。男たちが階段を駆けあがりだしたところで、目が覚める。

　睡眠薬をもらうことも考えてきたが、あれは中毒性があるし、むしろ不眠になりやすい。やっぱり、この家を売ってコンド（コンドミニアム）に越すべきなのか。この案は葬儀の際、二人の息子たちが強く推してきたものだ。息子といってももはや「子」ではなく、ニュージーランドとフランスに住んでおり、これがじつに都合のいいことに母親を繁々と訪ねるには遠すぎる距離だ。息子たちは、ほがらかにして目敏くハイキャリアの妻たち――整形外科医と公認会計士――の全面的賛同を得ているので、四対一でこちらを圧倒。でも、コンスタンスは断固ゆずらない。この家を棄てられようか。中にユアンがいるんだから。でも、ユアンの声の件は抜かりなく息子たちには伏せてある。やつらは『アルフィンランド』の作者である母を、ややボーダーライン人格とみなしているらしい。まあ、こうした事業が大当たりしたとたん、それにまつわる狂気の気配は消失傾向にあるが。

「コンド」というのは老人ホームの婉曲表現だ。息子たちを責めるつもりはない。彼らにとって最も都合がいいだけでなく母親にとっての最善を求めているそうだから。それに、目の当たりにした混乱に動揺しているのも理解できる。コンスタンス本人のようすとか——これは、夫を亡くした悲しみに打ちひしがれているんだから仕方ない——あるいは、ほんの一例だが、冷蔵庫の中身とか。まともな説明がつかないものが、あの中にいろいろと入っていたのだ。〝ひでえな、ここは〟と思っているのが聞こえるようだった。〝ボツリヌス菌の巣じゃないか、母さんもよくやばい病気にならなかったな〟。ユアンの末期の日々にはコンスタンスもあまり食べなかったから、もちろん無事だった。ソーダクラッカー、チーズの薄切り、ピーナツバターを瓶からすくって食べる程度。

息子の妻たちはこの冷蔵庫状況にいたって親切に対応してくれた。「これは要ります？　これはどうですか？」「要らない、要らない」コンスタンスは泣き叫んだものだ。「どれも要りませんよ！　ぜんぶ捨てちゃって！」三人の幼い孫たち——女の子二人と男の子一人——も〝イースターエッグ集め〟の態《てい》で送りこまれてきて、飲みかけのまま家のあちこちに放ってある紅茶やココアのカップを捜索した。いまや灰色か薄緑の膜が張って、それぞれの成長段階にあるやつだ。「見てよ、ママン！　もういっこ見つけたよ！」「うげ、きもい！」「おじいちゃんはどこ？」

ホームに入れば、少なくとも話し相手はできるでしょう。しかもいろんな責任から解放されて肩の荷がおりるはずです。ここみたいなおうちは維持費も手間もかかるでしょう。お義母さん、これからはそんな家事雑事を背負いこまなくてもいいんじゃありませんか？　というのが、嫁たちが真意をぼかしつつ詳細に提示してきた案だった。ブリッジとかスクラブルなんか始めてはどうですか。彼女たちはそう言った。バックギャモンなんかも最近また流行っているようですよ。つまり、あまり脳にストレスや刺戟がないものをやれということだ。おだやかな対人ゲーム。

「まだやめとけ」ユアンの声がする。「そんなこと、おまえはまだやる必要はない」

この声が現実のものではないことはわかっている。ユアンが死んでいるのもわかっている。もちろん、そんなことは百も承知よ！　ほかの人たち――最近身内を亡くした人たち――も、きっとこれと同じか似たような経験をしてきただろう。「聴覚性幻覚」というのだ。幻聴。本で読んだことがある。いたってふつうのこと。気が狂ったわけじゃない。

「狂ってなどいないさ」ユアンの慰める声。妻が苦しんでいると思うとたいそう優しくなれる人だ。


塩のことは、ユアンの言うとおりだった。週の初めに、解氷用にいくらか取っておくべきだったのに忘れていた。このぶんでは塩なしでは、わが家に監禁状態になってしまうだろう。明日には、通りはスケートリンクみたいになっているはずだ。氷の層が何日も溶けなかったらどうなる？　食糧も切れてしまうかも。すると、例の統計の一人になりかねない。「独居老人、低体温症、餓死」。ユアンに指摘されたとおり、空気を食べては生きていけないんだし。

意を決して出かけてみるべきか。ミックスソルトがほんのひと袋あれば、事足りるだろう。玄関の階段と歩道の氷雪をなんとかして、通りがかりの人も、いわんや自分も命を落とさずに済む。角のあの店がいちばんよさそうだ。家からたった二ブロック。塩は重いだろうから、二輪付きのショッピングカートを使うことになるか。目立つ赤で、防水効果もある。夫婦のうち車を運転できるのはユアンだけだった。コンスタンスの運転免許は何十年も前に失効。あの頃はアルフィンランドにそうとう入れ込んでいたから、気もそぞろで運転するのは危ないと思ったのだ。アルフィンランドは多大な思考を要する。一時停止の標識とか、そんな末梢的な細事は頭から追いだされてしまう。

きっともう外は滑りやすくなっているんだろう。こんな冒険に出たら、首の骨を折ってしまうかもしれない。コンスタンスは去就に迷ってキッチンに立ち尽くす。「ユアン、どうしたらいいと思う?」と、問いかける。

「しっかりしてくれよ」ユアンのゆるぎない口調。具体的な指示ではなく、質問に対して言質をとられたくないときの彼流の答え方だった。どこに行っていたの、ずいぶん心配したのよ。事故にでもあった? しっかりしてくれよ。わたしのことをほんとに愛してる? しっかりしてくれよ。浮気でもしてるんじゃないの?


キッチンをがさごそ探しまわった末、大判のジップロックを見つけだし、中からしなしなになってヒゲの生えた人参を三つ取りだして捨てると、暖炉用の小さなショベルを使って炉に残る燃えがらを詰めた。ユアンが目に見える形で存在しなくなって以来、暖炉に火入れをしたことはない。なんだか間違っている気がする。火を点けるというのは、なにかを更新する行為、なにかを始める行為で、いまの自分はなにも始めたくない。このままつづけたいだけなのだ。そう、過去にもどりたいとも思わない。

薪がひと山と、焚きつけはまだ多少あった。炉のなかには、二人で最後に焚いた火の燃えさしも二片ほど。ユアンはソファに寝そべって、あの気色わるいココア味の栄養ドリンクを脇に置いていた。化学治療と放射線のせいで毛髪はすっかり抜けていた。コンスタンスは格子柄の車用座席カバーで夫をくるんでやり、隣に腰かけて彼の手を握っていたが、涙が静かに頬をつたい、それを見られないよう顔を背けていた。自分が悲しむことで夫まで悲しませる必要はない。

「こりゃ、いいね」ユアンはそう言おうとした。もう話すのもむずかしく、その声はかぼそかった。彼の身体と同じように。でも、いまの声は違う。健康だった頃の声にもどっている。二十年前の、深く朗々と響く声。とくに笑ったときには。

さて、コートを着て、深靴を履く。ミトンの手袋と、毛織の帽子を一つ探しあてる。お金は。お金もいくらか要るだろう。家の鍵も忘れずに。家から閉めだされて、わが家の玄関の階段上で氷の塊になり果てるなんてマヌケだ。ショッピングカートを引いて玄関まで来ると、ユアンが話しかけてきた。「懐中電灯も持ってけ」深靴のまま、よいしょ、よいしょと二階へあがって寝室へ。懐中電灯はユアンが寝ていた側のナイトスタンドの上にあった。これもハンドバッグに入れる。ユアンはいつも先を見越して準備する。わたしひとりじゃ、懐中電灯なんて思いつきもしなかっただろう。

玄関ポーチの階段はすでに固く氷っていた。まずジップロックに入れてきた燃えがらを撒くと、袋をポケットに収め、蟹歩きで一度に一段ずつおりる。片手で手すりにつかまり、もう片方の手でショッピングカートを引きずりながら。ガッタン、ゴットン、ガッタン。歩道に降り立ったら傘をひらくが、役に立ちそうにない――カートと傘を二つ同時に扱うのは無理だ――というわけで傘はまた閉じる。杖代わりに使えばいいか。ちょっとずつ進んで通りに出たら――よしよし、歩道ほどは氷っていない――傘でバランスをとりながら道の真ん中をよろよろと歩いていく。車通りはまるでないから、少なくとも轢き殺されることはないだろう。

急な坂になっているところでは、また燃えがらを撒いて、うっすら黒い跡を残していく。いざとなったら、これを辿れば家に帰れるだろう。アルフィンランドでありそうなことだけど――黒い灰の跡というのは謎めいていて引き寄せられる。森の奥で白く光る石や、パンくずみたいに――ただし、こういう灰には特殊な力があるものだ。ここで灰について知っておくべきこととは。そう、その邪悪な力を封じこめる呪文や決まり文句が必要だろう。とはいえ、「灰は灰に還る」みたいな文句じゃそれらしくないし、臨終の秘蹟がどうのこうのというのも違う。もっとこう、ルーン文字のまじないらしい文句。

「アッシュ（灰）、バッシュ（ぶん殴り）、クラッシュ（激突）、ダッシュ（突進）、ナッシュ（歯ぎしり）、マッシュ（どろどろ）、スプラッシュ（水しぶき）」と、声に出して唱えながら、氷った地面を慎重に歩く。アッシュと韻を踏む語はやたらとある。アッシュもストーリーラインに、正確にいうとストーリーラインの一つに盛りこむとしよう。その点、アルフィンランドは多重世界なのだ。こういう魔の灰の出どころとしては、「血濡れ手《レッドハンド》（現行犯を意味する）のミルツレス」あたりが一番ふさわしいか。根性曲がりの狡猾なやつ。ミルツレスはこういうことが大好きだ。心を惑わす幻覚で旅人を欺いて、正しい道を踏みはずさせ、鉄の檻に閉じこめるか、金の鎖で壁につないで、ヘアリー・ハンク・インプスとサイアノリーンとファイアピッグルあたりを使って旅人を責めさいなむ。そうして旅人たちの衣服――絹のローブ、刺繡入りの礼服、毛皮の裏地のついたケープ、つややかなヴェールなど――がびりびりと引き裂かれ、彼らがうっとりするような命乞いをし、身も悶えるさまを眺めて愉しむ。込み入った細部は家に帰ってから練るとしよう。

ミルツレスの顔は、前にウエイトレスとして働いていた店の元上司のそれにすげ替えておいた。あの尻なで野郎。アルフィンランド・シリーズは読んだことがあるだろうか。

最初のブロックの端までたどりついた。この外出はあまり妙案ではなかったかもしれない。顔はびしょ濡れだし、両手はかじかんでいるし、氷の溶けた水が首筋をつたっていた。でも、ここまで来たら、最後までやり遂げなくては。寒気のなかで深呼吸する。茶色く濁った氷のつぶてが顔を打つ。天気予報の言ったとおり、風が強まっている。それでも、嵐のなか外出するのはなんだかすがすがしくて、力が湧いてくる。頭のもやもやが吹き飛び、深く息が吸えるようになる。

角の店は二十四時間営業で年中無休。二十年前にこの界隈に越してきて以来、わたしたちにとってはありがたい存在だ。ところが、いつもは店の外に積まれている解氷剤の袋が今日は一つもない。二輪のショッピングカートをがらがら転がして、店内に入っていく。

「塩は残ってないの？」レジカウンターの女性に尋ねる。新入りの店員だ。これまで見たことがない。ここは店員の入れ替わりが激しいのだ。ユアンは前にこう言っていた。ほとんど客の出入りがないし、売り場のレタスの状態からして儲けが出ているとは思えないから、マネーロンダリングのアジトに違いない。

「品切れなのよ、ディア」女は答える。「早いうちに一気にはけちゃって。みんな、備えあれば憂いなしって心がけなんだろうね」あなたは備え損ねましたねと言外に述べているわけだ。ごもっともではある。生まれてからしくじってばかりで、なにかに備えられたことがない。でも、もし万事に備えられたら、驚異の念《センス・オブ・ワンダー》なんて感じようがないだろう。落日を見越し、月の出を見越し、氷嵐を見越して。なんて平板な人生だろう。

「えっ」コンスタンスは言う。「塩がないの。それはついていてない」

「こんな日に出歩いちゃだめだよ、ディア」女は言う。「いつ天気が急変するかわからない」髪を赤く染めてうなじを剃りあげているけど、見た目からしてわたしと十歳ぐらいしか違わないだろう、とコンスタンスは思う。わたしよりうんと太ってるけど。少なくともわたしはゼイゼイいってない。とはいえ、「ディア」と呼びかけられるのはわるくなかった。若い時分は「ディア」が使われていたっけ。その後、この呼び方は長い間すたれていたが、また最近よく耳にする。

「ご心配なく」コンスタンスは言う。「家はほんの二ブロック先だから」

「この天候で歩くんだから、二ブロックだって遠いよ」と、女性は言う。いい年して襟元からタトゥーなんか覗かせている。ドラゴンか、その類らしい。背中の突起、角、飛びだした目玉。「お尻まで凍っちゃう」

そのご意見に同意しつつ、ショッピングカートと傘をカウンターの横に置いていいか尋ねる。両手が空いたので、店のカートを押して通路を行ったり来たりする。お客はほかにひとりもいないが、ある通路で缶入りトマトジュースを商品棚に移しているひょろっとした若者と出くわす。コンスタンスはガラスケースの中で来る日も来る日も串刺しにされて回転している「神曲地獄篇」の幻影みたいなバーベキューチキンを一つと、冷凍グリーンピースの袋を手にとる。

「猫砂だ」ユアンの声がする。このコメントは妻が選んだ商品に対するものだろうか？　彼はこの手のチキンには批判的だった。化学薬品がたんまり入っているかもしれないと言って。とはいえ、ふつうにものが食べられていた頃は、コンスタンスが家に買って帰ると、さっそくかぶりついたものだ。

「どういう意味？」コンスタンスは訊く。「うち、猫はもう飼ってないけど」ユアンは基本的にこちらの心が読めないので、声に出して話しかけないとだめだとわかっている。もっとも、心が読めるときもあるようだ。彼のパワーは出たり引っこんだりする。

ユアンは詳しく説明しない。からかい癖があり、コンスタンスによく自力で答えを出させようとする――そのときひらめいた。さっきの「猫砂」というのは、これを塩の代わりに玄関の階段に撒けという意味だ。うまく行かないかもしれない。なんにも溶けないかもしれない。でも、少なくともいくらか滑り止めにはなるだろう。袋入りの猫砂を四苦八苦しながらカートに入れ、ろうそく二本とマッチひと箱を追加する。さて。これで「備え」はできた。

レジカウンターにもどると、さっきの女とチキンの利点について軽口を叩きあったりして――わたしもそれ好きなのよ。一人、二人で食べるのに、わざわざ料理してられないものね――購入品をショッピングカートに積みこみながら、女のドラゴンタトゥーのことも会話に盛りこみたい誘惑に抗う。この話題を出したとたん、面倒なことになりかねない。それは長年の経験からわかっている。アルフィンランドにはドラゴンがいて、ファンが多いのだが、この人たちときたら作者に冴えたアイデアを提供しようと躍起になっているのだ。もっとこう、違うやり方でドラゴンを倒すべきでしたよ。あたしならこんなふうに殺りますね。ドラゴンの亜種を出してはどうですか。ほかにも、ドラゴンの世話や食糧についてコンスタンスがどんな誤記をしたか、などなど。存在しない生き物のことになると、ひとはこうも熱くなれるのだから驚きだ。

カウンターの女はコンスタンスとユアンの会話を漏れ聞いていたろうか？　じつにありそうなことだ。とはいえ、だからといって気にするとも思えない。いずれ、二十四時間営業年中無休の店に来る客なんて、見えない連れと話しているのが一定数いるだろうから。でも、アルフィンランドでこういう振る舞いをすれば、また違った解釈をされるだろう。あそこの住人は〝使い魔〟を連れていることがある。

「おたくの家はどのへんなの、ディア？」出口に行きかけたところで、女が問いかけてきた。「友だちに話つけて、家まで送らせるよ」どんな種類の友だちだか。このおばさん、暴走族の元オンナってところかも。思ったより若いのか。たんにえらく萎びているだけなのかもしれない。

コンスタンスは聞こえなかったふりをする。罠ということもあり得る。気が付いたら、うちに押し入ろうとするチンピラがポケットにダクトテープを忍ばせて玄関口に立っている、なんてことになりかねない。やつらは「車が故障しちゃったもんで、電話をお借りできますか」などと言い、善意から使わせてやると、瞬く間に住人をダクトテープで階段の欄干に縛りつけ、虫ピンを指の爪の下に刺しこんでパスワードを吐かせようとするのだ。コンスタンスはこの手の知識は豊富だ。テレビのニュースからの情報は無駄にしていない。

燃えがらを落としてきたぐらいでは、もはや役に立たないし――氷雪に覆われて見分けることもできない――風も勢いを増している。家に着く前に、もう猫砂の袋を開けるべきだろうか？　いやいや、これはナイフか鋏がないとだめだ。ふつう開け口に引っ張る紐がついているだろうに。懐中電灯でカートの中を照らすが、バッテリーが弱っているらしく、暗くてよく見えない。こんな袋と格闘しているうちにきっと骨まで凍りついてしまう。ダッシュして取ってきたほうがいい。〝ダッシュ〟というほど走れないけど。

氷雪は家を出てきたときより二倍の厚さになっている感じだ。前庭の芝地の植え込みはまるで噴水のようで、きらきら耀く葉が滝のごとく優美に地面まで流れ落ちていた。折れた木の枝が道路のあちこちを半ば塞いでいる。家にたどりつくや、コンスタンスはカートを外の通路に置いたまま、手すりにしがみついてつるつるの階段を昇っていく。ポーチの灯りが煌々と点いているのは喜ばしい。もっとも点けていった覚えはない。鍵を穴に差しこむのに手間取りつつやっとドアを開けたら、水滴をたらしながらドタドタとキッチンまでたどりつく。キッチン鋏を手に、いま来た道をもどり、玄関の階段を降下し、あの赤きカートへ。猫砂の袋を鋏で開け、中身を気前よく撒き散らす。

さあ。車輪付きのカートを引きずって階段をガッタン、ゴットン、ガッタンと上がって、家の中に入る。ドアの鍵をかける。ぐしょ濡れのコートを脱ぎ、びしょ濡れの帽子とミトンをスチーム暖房のラジエーターの上に置き、深靴は玄関ホールのいつもの場所へ。「ミッション、完了」ユアンが聴いているかもしれないので、そう言う。無事に帰宅したことを知らせたい。そうでないと、心配するかもしれない。昔は書置きを残しあったものだ。あるいは、留守電にメッセージを。いまみたいなデジタル機器が登場する前の話だ。いまもいつになく寂しくて居たたまれなくなると、ユアン宛てに電話メッセージを残そうかと思うこともある。荷電粒子だか磁場だかを通じて聴いてもらえるかもしれない。電波を通じて声を届けるのになにを使っているのか知らないけど。

でも、いまはそんなに孤独が身に沁みない。わりとましだ。塩撒きミッションを遂行した満足感があるし、お腹もすいてもいるし。ユアンが食卓につかなくなって以来、こんな空腹を感じたことはない。独りでの食事は気分が落ち込んで仕方ない。ところが、いまのコンスタンスは直火焼きのチキンを指でちぎってむさぼり食べている。アルフィンランドでは、地下牢とか、荒野とか、鉄檻とか、難破船とかから救出された者たちは、こんなふうにする。そう、手づかみで食べるのだ。あそこでは、自分のカトラリーと呼べるものを持っているのは、超上流階級の人びとだけだから。とはいえ、大方だれでもナイフの一本ぐらいは持っている。口をきく動物は例外だけど。コンスタンスは指をなめ、キッチンのふきんで拭く。ペーパータオルがあるべきだが、あいにくなかった。

それでも牛乳はあったので、パックからじかにゴクゴクと、ほとんど溢さずに飲む。温かい飲み物はあとで淹れよう。あの燃えがらの件があるから、取り急ぎアルフィンランドにもどらなくては。その跡の謎を解読し、解きほぐし、追っていきたい。それがどこにつづいているのか、見届けたい。

アルフィンランドは目下、コンスタンスのパソコン上に存在している。以前、その国は長年、屋根裏部屋でその世界を展開させていた。このシリーズが改装費を賄えるぐらいに売れると、さっそくコンスタンスはそこを自分の仕事場に改造したのだった。ところが、床を張り替え、叩き割ってしまった窓を新しくしても、狭苦しい屋根裏に違いなかった。この手のヴィクトリア朝時代の煉瓦建築の最上階によくある一室。しばらくして息子たちが高校にあがると、アルフィンランドはキッチンテーブルに移住し、電子タイプライター上で数年間の発展を遂げた——電子タイプは当時、最先端技術とされていたのに、いまでは時代後れだ。それに取って代わるのがパソコンだが、これも地位安泰とは言えない。世のものは腹立たしいばかりのやり方で入れ替わり消えていく——でも、パソコンは時とともに進化したし、自分もいまでは使い慣れていた。ユアンが目に見える形で存在しなくなった後は、彼の書斎に移動させてある。

「彼の死後《デス》」という言い方は、独り言のときでも決してしない。ユアンにかんしてはD‐ワードは使わない方針だ。もしも本人の耳に入ったら、傷ついたり、気分を害したり、ひょっとしたら混乱したり、怒りだすこともあるだろう。確信には至らないものの、本人は死んだのに気づいていないというのがコンスタンスの信義の一つだった。

ユアンのデスクチェアに座り、ユアンの黒いフラシ天のバスローブにくるまる。九〇年代男性用の黒のフラシ天のバスローブって流行の先端だったけど、あれはいつのことだろう？　このバスローブはクリスマスプレゼントとして、コンスタンスが買ってあげたもの。〝とがった〟格好をさせようとするわたしの企みにユアンはいつも抵抗していた。とはいえ、バスローブ以降もそんな企みが長くつづいたわけではない。そのうち他人の目にユアンがどう映ろうと、どうでもよくなってしまった。

このバスローブを着るのは暖をとるためというより、落ち着くから。いまでもユアンがこの家に、すぐそこに、物理的に存在してるんじゃないかという気にさせてくれる。亡くなってから一度も洗濯していない。ユアンの匂いが消えて洗剤の臭いをさせられては堪らない。

〝ああ、ユアン……。わたしたちなんて楽しい時を過ごしたんだろう！　いまやすべては消えてしまった。なぜこんなに急速に？〟コンスタンスは黒のフラシ天の袖で涙をぬぐう。

「しっかりしてくれよ」ユアンが言う。彼はコンスタンスがめそめそしているのを好まない。

「そうね」コンスタンスはそう言うと、肩を張って、人間工学に基づいたユアンのデスクチェアのクッションを整えてから、パソコンの電源を入れる。

スクリーンセーバーがあらわれる。ユアンが描いてくれたアーチ門。彼はかつて建築家として事務所を構えていたが、そのうちもっと安定性の高い大学教師の職についた。とはいえ、彼が教える科目は「建築学」ではなく、「空間構築理論」とか「ヒューマン・ランドスケープ・クリエーション」とか「身体と設計」などと呼ばれていた。ドローイングは相変わらず達者で、子どもたちや孫たちにふざけた絵を描いてやることに、彼は才能のはけ口を見出していた。スクリーンセーバーはプレゼントとして描いてくれたもので、コンスタンスのこの創作物を──つまりその、はっきり言って、彼が属する観念的で知的な仲間内ではいささか恥ずかしいものと見られているアルフィンランド・シリーズを──まじめに受けとる、あるいは、その作者にまじめに接するという気持ちの表明であり──どちらも訳あって折々に疑わしくはなったけど──さらには、このシリーズのことは大目に見よう、その執筆で夫をほったらかしにしても、あまつさえ夫を目の前にしながら上の空でも、赦そうというメッセージでもあった。

コンスタンスとしては、このスクリーンセーバーは懺悔の贈り物だと解釈していた。決して彼本人は認めないだろうが、ある過ちを償うもの。ユアンがほかのなにかに気をとられていた空白期間のことだ。肉体的でないにしろ精神的にべつな女性と関係していた。べつな顔、べつな身体、べつな声、べつな香り。妻とは違うワードローブ、趣味のかけ離れたベルトやボタンやファスナー。相手はだれだったんだろう？　当たりをつけてみるものの、いつもハズレ。眠れずにいる午前三時の暗闇から、影の存在が低く嘲笑ってきたかと思うと、すーっと消えていった。なに一つ、特定できなかった。

あの期間ずっと、どこにも嵌らない木片になったような気分だった。自分が退屈な存在に感じられ、半分死んでいるみたいな。感覚が麻痺しているみたいな。

その〝幕間〟について、ユアンに答えを迫ったり、面と向かって問い質したりしたことはない。その話題はD‐ワードのようなもので、れっきとしてそこに存在し、巨大なアドバルーンみたいに頭上に浮かんでいるのに、口にすると魔法が溶けてしまう、そんな感じだった。問い詰めてもそこで話は打ち切りになったろう。〝ユアン、だれかほかの人と会ってるの？〟〝しっかりしてくれよ。常識を働かせろ。わたしにそんなことをする必要がどこにある？〟コンスタンスの疑問を一蹴して、この問題を矮小化しただろう。

ユアンがそんなことをする必要。理由は多々思いついた。でも、コンスタンスはにっこり微笑んで彼をハグし、夕飯はなにがいい？　と訊いて、その疑問を封じこめたのだった。

スクリーンセーバーの門は石造りのローマ式アーチだった。長くつづく高い壁の真ん中に位置しており、壁はいくつもの小塔を戴き、そこに赤い三角形旗をはためかせている。門のかかった重厚な門はひらいた状態にある。門のむこうには、陽射しの降りそそぐ風景があり、遠くにも小塔がいくつか聳えている。

　ユアンはこの門にはけっこう手をかけた。細かい網状線《クロスハッチ》を描き入れ、水彩も使った。彼方で草をはんでいる馬たちまで描き加えたりした。ただ、面白半分にドラゴンに手を出すような馬鹿な真似はしなかった。その絵はとても美しく、とてもウィリアム・モリスっぽく、というかモリスと仲良しのエドワード・バーン＝ジョーンズっぽく、でもポイントをはずしていた。アーチ門と壁はクリーンすぎ、新しすぎ、手入れが行き届きすぎている。アルフィンランドには贅を尽くした空間があり、この国ならではの絹地やタフタ、凝った刺繍、華麗な突き出し燭台なんかがあるが、おおむね古めかしく、すすけていて、そこそこぼろい。多くは荒れたまま放置されているので、廃墟があちこちにある。

　スクリーンセーバーのアーチ門の上には、疑似ゴシック的でラファエロ前派的なレタリングで「アルフィンランド」と銘が入っている。

　コンスタンスは一つ深く息を吸う。そうしてくぐりぬけていく。

　実際、アーチ門の向こう側には、陽光あふれる景色などない。狭い道が伸びている。獣道のような。くねくねと斜面をくだって橋にたどりつくと、橋に点る灯りは――そう、いまは夜――黄色っぽくて、卵か水滴のような形をしている。橋の対岸に、黒々とした森が浮かびあがる。

　橋を渡ったら、森をそっと分けていく。潜伏しているものに気をつけながら。森を抜けたら、そこで道が二つに分かれる。さて、どちらの道に進むかという問題。どちらもアルフィンランド内の道だが、異なるバージョン世界につながっている。ここの創造主であり、人形遣いであり、運命を決める女神であるコンスタンスにも、どこに行きつくか正確にはわからない。

アルフィンランドの物語を書きはじめたのは昔々、ユアンと出会うずっと前のことだ。当時はべつな男と、エレベーターのない二間だけのアパートに同棲していた。でこぼこのマットレスを床に直置きにし、トイレは廊下にある共用トイレ、電気ケトル（コンスタンスの持ち物）とホットプレート（その男の持ち物）を正式には持ちこんではいけないけど持ちこんでいた。冷蔵庫はなく、食料は容器に入れて窓台に置いていたので、冬には凍りつき、夏には腐ってしまい、春と秋はまあまあだったけど、リスにくすねられることはあった。

同棲していたこの男は詩人だった。あの頃のコンスタンスは、自分も詩人であると、甘やかで青臭い勘違いをしていたので、詩人と何人かつきあったのだ。男の名はギャヴィン。当時は変わった名前だったけど、いまでは珍しくもない。ギャヴィン族は増殖した。若き日のコンスタンスはギャヴィンに選んでもらえてすごくラッキーだと思っていた。四つ年上で、詩の業界に知己が広く、細身にして皮肉屋、社会規範など気にせず、陰険な目で世を風刺する。当時の詩人によくあるタイプ。まあ、いまだって詩人はそんなもんか。コンスタンスもう年だからわからない。

ギャヴィンの皮肉なコメントや陰険な風刺の的になることすら、コンスタンスにそこはかとない悦びをもたらした。きみって、その魅惑のおケツのほうが、正直なところあっさり忘れられそうな詩よりはるかに価値があるね、などという論評。ギャヴィンの詩に登場するという特権も与えられた。もちろん、実名ではない。当時の詩では、欲望の対象である女性は「かの人《レディ》」か「真愛の人《トゥルーラヴ》」と称された。上っ面の騎士道精神とフォークソング風しぐさだろうけれど、とりわけ官能的なギャヴィンの詩を読み、「かの人」か、もっと良くすると「真愛の人」が出てくるたびに、これは自分を指しているんだと思うのは、そりゃもう蕩けるような体験だった。「かの人は枕にもたれ」や「かの人と後朝《きぬぎぬ》の珈琲」や「かの人はわが皿を舐め」などは心温まる作だったが、いちばんのお気に入りは「かの人が屈みこみ」だった。ギャヴィンに袖にされていると感じるたび、この詩をとりだして再読した。

　こうした文学的な魅力にくわえ、精力的かつ突発的なセックスがふんだんにあった。でも、ユアンとつきあうようになると、以前の生活のことは詳しく話さないという知恵を身につけた。もっとも、気にすることなどなにもない。ギャヴィンは強烈な存在ではあったけど、クソッたれでもあった。ユアンと張りあえる男でないのは明らかだ。それに引き換え、ユアンは輝く甲冑に身を包んだ騎士。しかも、その若き日の恋愛はひどい終わりを告げ、コンスタンスに悲しみと屈辱を残したのだから。いまさらギャヴィンの話を持ちだすまでもない。なんの得があるだろう。ユアンはどの恋人のことも一切尋ねてこなかったから、こちらも話さなかった。この先も、ユアンが内心の声だかなんだかを読みとってギャヴィンのことを知る機会がありませんように。

　過去のめんどうな出来事はあの石門のこっちに移動させて、「記憶の宮殿モデル（物事を記憶しておく術）」にしまいこめるのも、アルフィンランドの利点の一つだ。あの記憶術が流行ったのはいつだっけ？十八世紀？　憶えておきたい物事と想像上の部屋を結びつけ、完全記憶《トータルリコール》を呼びだしたければ、その部屋に入ればいい。

　そんなわけで、コンスタンスはギャヴィン一人のために、アルフィンランド内のワイナリーの廃墟を丸ごと棄てずにとってある。目下「鉄拳のジムリ」（味方のひとり）が所有している要塞地のなかだ。アルフィンランドの掟として、ユアンはあの石門をくぐれないので、彼にワイナリーを見つけられたり、そこにだれの記憶が仕舞われているか気づかれたりすることはない。

　というわけで、ギャヴィンはワイナリーのオーク樽の中に横たわっている。苦しんではいない。客観的に見て、苦しんで当然の身の上だが、コンスタンスは彼を赦そうと努めてきたので、彼への拷問はここでは許可されていない。仮死状態のまま保存されている。コンスタンスは折々にワイナリーに立ち寄り、ジムリとの結束を固めるための付け届けをして——花崗岩《アラバスター》の壺入りザナム産ウニの蜂蜜漬けとか、シアノリーンの鉤爪で作った首輪とか——呪文を唱えて樽の蓋を解錠して、中を覗く。ギャヴィンはやすらかに微睡《まどろ》んでいる。目を閉じた彼はいつもハンサム。最後に見たときから一日ぶんたりとも老けていないように見える。あの日のことを思いだすといまも胸が痛む。そこでコンスタンスは樽の蓋をもどし、呪文をさかさまに唱えて、ギャヴィンを樽に封じこめる。わたしがまたふらりと寄って、顔を見たくなる日まで。

　現実世界のギャヴィンは詩の賞をいくつか獲って、カナダのマニトバの大学の創作学科に教授として終身在籍権を得たが、引退後は、太平洋の落日が美しいブリティッシュ・コロンビア州のヴィクトリアに引っこんだ。毎年クリスマスカードが送られてくる。正確にいうと、彼と、三番目のはるかに若い妻レイノルズから。レイノルズだって、どういうアホな名前だか！　一九四〇年代の煙草の銘柄みたい。煙草がもっといばっていた時代だ。

カードの二人のサインは、どちらもレイノルズの筆跡。〝ギャヴandレイ〟と。夫婦はその名で通っているのだ。夫婦の休暇についてぺちゃくちゃ語る恒例のむかつく手紙も添えられている。

「モロッコに行きました！　イモディウム（下痢止め）を持っていってよかったー！　もっと最近はフロリダにも！　しょぼい雨降りから抜けだせて最高でした！」などなど。レイノルズは年に一度、ふたりが所属する〈文学読書会〉の報告もよこす。重要な本、知的な作品に限った読書会なんですよ！　いまはボラーニョ（チリの現代文学を代表する作家）の小説に挑戦しています。難解ですが、がんばり甲斐のある作品です！　読書会のメンバーは課題図書とマッチするような軽食をテーマごとに用意してくるんです。だから、レイはいまトルティーヤの作り方をゼロから勉強中。すっごく楽しいです！

レイノルズはギャヴィンの若い時分のボヘミアンな生活に不健全な興味を抱いているのではないか。とくに他ならぬコンスタンスに。興味をもたずにいられようか？　コンスタンスはギャヴィンの初めての同棲相手だし、しょっちゅう盛りがついている年頃で、コンスタンスが半マイル以内にいようものなら、ジーンズのファスナーを閉めていられなかったのだから。まるでコンスタンスの手から魔法の粒子が輪になって出ていき、抗いがたい魔術をかけているかのようだった。アルフィンランドの「瑠璃色の巻き毛のフェロモニア」みたいに。これにはレイノルズもかなうまい。ギャヴィンの年齢を考えると、勃起薬でも使っているんだろう。使ってまでやりたければだけど。

「ギャヴィンとレイノルズってだれなんだい？」ユアンは毎年訊いたものだ。

「ギャヴィンは大学のときの知り合い」コンスタンスはそのたびに答えた。嘘ではない。じつはギャヴィンとつきあうために大学を中退したのだけれど。それぐらい彼の虜になっていた。あの冷淡さと貪欲さのとりあわせに。けど、ユアンはこの手の情報は歓迎しないだろう。悲しむか、嫉妬するか、下手をすると怒りだすかもしれない。いまさら心をかき乱す必要もないだろう。

　ギャヴィンの仲間には、詩人たちにくわえて、フォークシンガー、ジャズミュージシャン、役者といった、人生綱渡り系アーティストたちの入れ替わりの激しい気ままなグループがあって、彼らがしょっちゅう入り浸っていたのは、トロントのヨークヴィル地区にある〈リバーボート〉という珈琲ショップだった。この店は「中流階級の半貧民街」から「ヒッピー前夜のクールな溜まり場」までいろいろな貌《かお》をもっていた。店舗はもう残っていないけれど、歴史を物語る鉄製の沈鬱な看板が、あとに建った派手ばでしいホテルの正面に掛かって、往時のありかを標している。〝万事は流れ去る。思ったよりはるかに速く〟。そんなことが書かれているよくある看板。

　仲間の詩人、フォークシンガー、ジャズミュージシャン、役者、だれひとり金のある者はいなかったし、コンスタンス自身も素寒貧だったけれど、貧しさにすらきらめきを見出せるぐらいに若かった。われこそ、自由に生きるラ・ボエーム。アルフィンランドの物語を書きだしたのは、ギャヴィンを支えるお金を稼ぐためだった。彼はそうした支援は「真愛の人」の役割の一環だと考えていたのだ。これら初期の作品は、とにかく思いついた端から、壊れそうな手動タイプライターで打ちだしたものだ。これをどうにかしてB級ファンタジーを得意とするニューヨークのサブカル雑誌に、大した額ではないにせよ売り飛ばすことができたのは自分でも驚きだった。表紙に半透明の翼をつけた人びとや、多頭の獣や、ブロンズの兜や、革製のジャーキン（男性用のベスト）や、弓矢が描いてあるような雑誌だ。

こういう物語を書くのがコンスタンスは上手かった。少なくともこの手の雑誌では充分に通用した。子どものころアーサー・ラッカムとかそんなタイプの画家の挿絵が入ったおとぎ話の本を与えられていた。節くれだった木々、醜いトロールたち、たなびくローブをまとった神秘的な乙女たち、長剣、剣の革帯、〝太陽の黄金の林檎〟。アルフィンランドでは、そうした光景を押し広げ、衣装を取り替え、新たな名前をでっちあげるだけでよかった。

当時のコンスタンスは〈スナッフィーズ〉という名の店でウエイトレスをしていた。極貧白人を描くヒルビリー漫画からつけられた店名で、コーンブレッドとフライドチキンを売り物にしていた。給金の一部はフライドチキンの食べ放題をもって支払われたが、コンスタンスはギャヴィン用にもこっそりチキンを持ち帰り、彼が貪り食べる姿を見て喜んだ。店の仕事は激務で、マネージャーは助平オヤジだったが、チップはそうわるくなく、コンスタンスのように残業をすれば給金を上積みできた。

当時の若い女たちにありがちな生活だった。ぶっ倒れるまで働いて、自分は天才だと宣う男たちの言い分に寄り添う。ギャヴィンは家賃を払うのにどんな貢献をしてくれたか？　大したことはしていなかったが、副業でマリファナを売りさばいているらしかった。ふたりで吸うこともたまにあった。コンスタンスがむせてしまうので、あまり頻繁ではなく。そんなことも、すべてがいたくロマンティックだった。

詩人やフォークシンガーたちは、当然ながらアルフィンランドを馬鹿にした。そりゃそうだろう。作者本人も馬鹿にしていたんだから。コンスタンスがぐちゃぐちゃと掻き混ぜて作る三文小説は、ご立派な文学からはほど遠い位置にあった。『指輪物語』を読んでいるのを告白する者も少数ながらいたが、これは古ノルド語への関心に照らせば正当化されるべきものだった。しかし、詩人たちはコンスタンスの創作物をトールキンの水準よりもはるかに下とみなした。これは公平を期していえば、その通りだった。詩人たちが「お庭のノームの話、書いてるか」などと言ってからかってくると、コンスタンスは高らかに笑って、ええ、でも今日はノームが金貨の甕を掘りだしたから、みんなにビールを一杯ずつおごるわよ、などと答えたものだ。詩人たちはこのタダ酒には飛びついて、「ノームさまたちに乾杯！　末永くさ迷《ロ ー ム》いたまえ！　一家《ホーム》にひとりノームを！」と言って乾杯した。

お金のために書くことには渋い顔をする詩人たちだが、コンスタンスは例外として許されていた。なぜって、アルフィンランドは彼らの詩と違って、もともと売れ線の三流小説として書かれているのだし、コンスタンスは「かの人」の務めとしてギャヴィンを支えるためにやっているのだから。だいたい彼女はこんな駄作を大真面目に書くほど愚かじゃないさ。

彼らはわかっていなかったのだが、コンスタンスはこのシリーズにだんだん真面目に取り組むようになっていた。アルフィンランドは自分だけの場所だった。彼女だけの避難所でもあり、要塞でもある。ギャヴィンとうまくいかないときにも、ここに逃げこめる。心は目に見えない門を通りぬけて、翳りゆく森をさ迷い、燦々と陽の射す草原を歩き、味方と連帯し、敵を倒していく。自分が許可しないかぎり、だれもここには入ってこられない。入口は五次元の呪文でしっかり護られているんだから。

アルフィンランドで過ごす時間がどんどん長くなりはじめた。とくに、ギャヴィンの新たな詩に登場する「かの人」のぜんぶがぜんぶ自分ではないとほぼ明白になってからは。彼が「かの人」の目の色を著しく勘違いしているのでなければ。以前は「魔女のごとき蒼」とか「はるかな星のごとく」と表現されていたのが、いまでは「漆黒の闇」のように書かれていた。また、新作の「かの人のケツは月とは似ても似つかない」という詩は、ギャヴィンによればシェイクスピアに捧げたものだそうだけど、前に書いた詩を忘れてしまったのだろうか？　もうちょっと粗削りながら心温まる作品で、「かの人のケツは月のごとし」と謳っていたのに。そのなかで「白く円《まど》かなそれは闇で柔らかに輝き、誘惑する」と表現していたのに。ところが、このべつな尻はタイトで筋肉質なのだった。受け身ではなく自分から働きかけ、心を魅了するのではなく締め殺しにかかるそうだ。南米の大蛇みたいに。もちろん、形状は異なるが。コンスタンスは手鏡を使って後ろ姿をチェックしてみた。正当化しようとしても無駄だった。その女とは比べ物にならないだろう。コンスタンスがかつては詩に謳われたお尻を振り乱して〈スナッフィーズ〉で給仕をしているというのに——そのせいで疲れ切ってセックスどころではなく眠りを欲している間に——ギャヴィンはピチピチした新たな「真愛の人」を思って、でこぼこのマットレスの上を輾転していたなんてこと、あり得るだろうか？　締め殺しにくるケツをもった人と。

以前のギャヴィンはよくみんなの前でコンスタンスに恥をかかせて面白がったものだ。彼の詩の得意技である冷笑的で皮肉なツッコミをして。でも、彼の注目の的になるのだから、一種の褒め言葉と受けとっていた。ある意味、わたしを見せびらかしているのだとも思った。そうやってこの人が興奮するならばと、いじられてもおとなしく受けながした。でも、近頃そういういじりは止んでいた。彼に相手にされなくなっていた。そのほうがはるかにひどい。二間だけのアパートに二人でいても、以前のように首筋にキスをしてきたかと思うと服を引きはぎ、燃えあがる情欲を抑えきれないという大胆な身振りでコンスタンスをマットレスに投げだすこともしなくなっていた。背中がビリビリけいれんすると愚痴を言い、痛くて動けないから、その埋め合わせに口でやってくれと提案、というより要求してくる。

これはコンスタンスの好む性行為ではなかった。慣れていなかったし、それに、口に入れたいものなら他に山ほどあった。

そこへいくとアルフィンランドではだれも口淫なんて要求してこない。もっとも、アルフィンランドにはトイレもないのだ。排泄行為は必要ない。そのような身体的ルーティン機能に時間を浪費する必要があろうか、巨大サソリどもが城に押し入ってこようというときに？　とはいえ、アルフィンランドにもバスタブはあった。少なくとも、ジャスミンの薫る庭には四角いプールがあって、地中から湧く温泉で温められていた。下劣なアルフィンランダーのなかには、捕まえた獲物の血の風呂に入る者たちもいた。獲物たちはプールの周囲の杭に鎖でつながれ、おのれの命がゆっくりと鮮紅の泡と消えていくのを眺めさせられるのだ。

コンスタンスは〈リバーボート〉の仲間内の集まりに行くのをやめた。憐れむような目で見られるし、「あれっ、ギャヴィンはどうした？　さっきまでここにいたのに」といった誘導尋問をされるから。コンスタンスが知る以上のことを知っているくせに。ドラマが山場を迎えつつあるのをわかっているのだ。

新たな「かの人」の名前はマージョリーと判明した。現在はほとんど見なくなった名前だな、とコンスタンスは思う。マージョリー族は絶滅の途にある。とっとと消えてもらってけっこう。マージョリーは黒い髪に、黒い瞳、ひょろひょろした脚の女で、〈リバーボート〉にボランティアで勤めるパートの簿記係だった。いつもどぎつい色のアフリカン風の布を腰に巻き、手作りのビーズのイヤリングをじゃらじゃらさせて、ヒッヒッとロバが気管支炎になったみたいな馬鹿笑いをする癖があった。

少なくともコンスタンスにはそう聞こえたけれど、ギャヴィンの受けとり方は明らかに違うらしかった。あるときコンスタンスが部屋に入っていくと、ギャヴィンとマージョリーがそれの真っ最中で、彼の背中のけいれんは影も形も見られなかった。テーブルの上にはワイングラスが散らばり、床には衣類が散らばり、枕にはマージョリーの髪の毛が散らばっていた。コンスタンスの枕だ。折しも、ギャヴィンがオーガズムによってあるいはコンスタンスの間《ま》のわるさに腹を立てて呻いたところだ。一方、マージョリーはコンスタンスまたはギャヴィンに対して、さもなくば、この状況全体に対して、ヒッヒッと声をあげた。あざけりのヒッヒッだった。心やさしいものではなく、心に突き刺さるような。

そのときのコンスタンスに「家賃半分、貸しだからね」と言う以外になにが言えただろう？　実際には受けとらなかったけれど。ギャヴィンなんて当時の詩人にありがちな、ちゃらいだけの男だった。コンスタンスは電気ケトルだけを持ってアパートを出ると、まもなくアルフィンランドの書籍化契約を初めて版元と交わした。ノームの本でたんまり儲けているらしい——彼女にしては「たんまり」ということだが——という噂が〈リバーボート〉に広がるや、ギャヴィンが新しい三間のアパートにあらわれて、やり直そうと言ってきた。本物のベッドを備え、フォークシンガーと——この男とも長続きせず——暮らしていたアパートに。マージョリーとは行きずりだったんだよ。事故みたいなもんだ。真剣な関係じゃない。もう二度とあんなことにはならない。本当の真愛の人はおまえだけだ。おれたちは運命の二人だって、おまえも気がついたろう。

ギャヴィンのほうから言い寄ってくるなんて下衆もいいところだ。コンスタンスは実際にそう言ってやった。あなたね、恥の意識ってものがないの？　矜持ってものがないの？　自分がどんな寄生虫野郎で、主体性の欠片もなくて、自分勝手だったか、理解できてないわけ？　これに対してギャヴィンは、かつてのおとなしい月の乙女《ムーンメイド》が見せる攻撃性に初めは驚いていたが、持ち前のイヤミ精神をかき集めて、まったく、使えねえやつだな、詩人としてはクソのくせによ、フェラもへたっぴだし、アホくさいアルフィンランドなんか子ども騙しの凡作じゃねえか、そのやわやわしてちっぽけな脳みそをフル回転させたっておれのケツの穴からあふれてくる才能には敵いっこないっつうの、などと宣った。

これにて、トゥルーなラヴは終わりを告げた。

しかしギャヴィンはアルフィンランドの精神的意義を理解できていなかった。それは危険な場所であり、たしかにある意味では常軌を逸してはいるが、卑しい土地ではなかった。住人たちは一定の基準を有していた。騎士道精神、勇気、そして復讐ということを理解した人びとだ。

というわけで、マージョリーはギャヴィンが寝かされているワイナリーの廃墟には格納されていない。ルーン魔術の呪文で固められ、「香しの触角のフレノーシア」が所有する石造りの養蜂箱に入れられている。この半神半人の女は身の丈八フィート（二四〇センチメートル）、短い黄金の毛に全身をおおわれ、複眼をもつ。さいわい親しい友人なので、コンスタンスのいろんな計画や策略の手伝いを喜んでやってくれる。そのお返しにコンスタンスは昆虫関係の魔力を授けてあげている。かくして毎日正午ぴったりに、マージョリーは百匹ものエメラルドグリーンとインディゴブルーの蜂に刺されまくることになる。激辛のチリソースを塗った白熱の針で刺されるがごとしの痛みで、拷問なんてものじゃない。

アルフィンランドの外の世界では、マージョリーはギャヴィンとも〈リバーボート〉の仲間とも別れて、ビジネスカレッジに入り、広告会社のなんとかいう職についた。噂ではそう聞いている。コンスタンスが彼女の姿を最後に見かけたのは一九八〇年代で、肩パッドのがっちり入ったベージュのパワースーツを着てブロア・ストリートを闊歩していた。あのスーツも、それとお揃いみたいなごつくて野暮ったい靴も、すばらしくみっともなかった。

ところが、マージョリーのほうにはコンスタンスの姿は見えていなかった。少なくとも、そういう振りをしていた。どっちでも同じだけど。

コンスタンスの心の書類棚には、違う展開のバージョンがファイルされていた。ふたりは互いに気づいて歓声をあげ、一緒にお茶でもしながらギャヴィンと、やつの詩と、そのフェラチオ愛をぎゃんぎゃんこき下ろしてやるのだ。とはいえ、そんなことは起きなかった。

コンスタンスは野道をくだり、卵形をしたランプのほの暗い灯りを手に橋を渡り、暗い森へと入っていく。シーッ！　音をたてないことが肝心。この先には、灰の獣道《トレイル・オブ・アッシュ》がある。さあ、呪文を。

コンスタンスはキーボードを打つ。

つぶして　くだいて
ときには　かみつく
「時」の脅威の牙は
すべてを灰に変える。

でも、これじゃただの地の文で、呪文じゃない、とコンスタンスは考えなおす。もっと化身っぽい感じがほしい。

ノルグ、スミザルト、ズルパッシュ、
輝けるテルダラインよ、
光を見せたまえ、

魔物はこの灰に失せよ。
藤色の血によって……

ここで電話が鳴る。息子の片方、パリに住んでいるほうか。あるいはその妻かもしれない。テレビで氷嵐《アイスストーム》のようすを見て、母のことが心配になって、無事を確認したくて電話してきた、と。そっちは何時なの？　コンスタンスは尋ねる。そんな夜遅くになにやってるの？　こっちはもちろん無事！　大した氷嵐じゃないから！　気を揉むようなことじゃないのよ。子どもたちによろしくね。もう寝なさい。なにも問題ないから。

なるべく手短に電話を切る。執筆を中断されたくない。ほら、藤色の血が魔力をもつ神の名を忘れちゃったじゃないか。でも、さいわいパソコンにアルファベット順に整理してあるからすぐに参照できるのだ。アルフィンランドの全神々の名前、特質、呪文を。いまや神々も相当数になっていた。長年のうちに増えつづけたうえに、十年ほど前にはアニメシリーズのために追加で何人か作ることになり、さらに最近はビデオゲーム用に、もっと巨大で、もっと恐ろしげで、もっと狂暴なやつを何人か創作した。このキャラたちは目下、仕上げの段階にある。アルフィンランドものがこんなに長くつづき、こんなに成功すると予めわかっていたら、もっと計画性をもって作ったのに。そうすれば、ちゃんとしたアウトラインというか、もっとしっかりした構造を打ちだせたのに。区域の境界なんかもしっかりあって。現状のアルフィンランドは街が無軌道に広がったスプロール現象のよう。

いや、それどころか、そもそもアルフィンランドなんて名前にしなかった。「エルフィンランド（ドイツのボードゲーム「エルフェンランド」を思わせる）」に音が似すぎているけど、じつは頭の隅にあったのはコールリッジの詩「クーブラ・カーン」に出てくる聖なる川アルフと、その川が流れていく幾つもの底知れぬ洞窟だった。それと、アルファベットの一番目の文字アルファ。一度、さかしらな若いインタビュアーに訊かれたことがあった。この「造りこまれた世界」がアルフィンランドと名づけられたのは、アルファ男性でいっぱいだからでしょうか、と。コンスタンスはこの知ったかぶりの男性ジャーナリストにインタビューを依頼されたときから防御用に訓練しておいたちょっと魔物めいた笑い声をたてて返答してやった。シリーズが一つのジャンルとしてまとまりつつあり、マスコミからも注目されだした頃だった。少なくとも、よく売れている巻は。

「いえいえ、とんでもない」コンスタンスはそう答えた。「そうは思えません。アルファ男性なんていませんから。たまたまその名前になっただけです。もしかしたら……あのアルペンという朝食のシリアルが昔から好きだったからかな？」

こうしてインタビューごとに馬鹿をさらすので、いまでは取材は受けていない。コンベンションの類も出席するのをやめた。子どもたちがヴァンパイアだのバニーだのスタートレックのキャラだのの仮装をするのは見飽きた。とくにアルフィンランドきっての邪悪な悪役の仮装なんてうんざりだ。「血濡れ手のミルツレス」のへぼな扮装に身を包み、リンゴみたいなほっぺをした無垢な少年が己の内なる邪性を追究する姿なんて。

ソーシャルメディアへの参加も出版社はしきりとごり押ししてくるが、お断りしている。ＳＮＳ

をやるとアルフィンランドの売り上げが伸び、取扱い書店も増えますよと言うのだけど、ぞっとしない。これ以上お金があったって、なにに使うというのだろう？　お金の力でユアンは救えなかった。お金はぜんぶ息子たちに遺すつもりだ。彼らの妻たちもその気だろうし。だいたい熱烈ファンと関わろうとは思わない。こういう〝推し〟たちのことはすでに知りすぎるほど知っているから。そのボディピアスやタトゥーやドラゴン・フェティッシュも含めて。なにより、ファンをがっかりさせたくないのだ。あの子たちが期待しているのは、カラスの濡れ羽色の髪に、上腕にはヘビのブレスレットなんか嵌めて、髪飾りとして短剣を挿しているような魔女であって、こんな柔な喋り口の、紙っぺらみたいに痩せた、元ブロンドの婆さんじゃない。

パソコン画面にアルフィンランドのファイルホルダーをひらき、神々のリストを参照しはじめたところで、ユアンの声が、耳元でがなりたてる。「そんなもの、消せ！」

コンスタンスは跳びあがる。「なんですって？　なにを消せって？」やかんを火にかけっぱなしにしてた？　いやいや、ホットドリンクなんて作ってない。

「消せったら！　アルフィンランドだよ、いますぐ消せ！」ユアンは言う。

パソコンのことだろう。震えながら肩越しに振り向くと——わっ、すぐそこにいる！　コンスタンスはシャットダウン・ボタンをクリックする。画面が暗くなるのと同時に、ドンッという重く鈍い音がして、明かりが消える。

すべての明かりが。街灯も消えた。ユアンはどうして事前に察知できたのだろう？　予知能力でもあるのか？　生前そんな力はなかったけど。

手さぐりで階段を降り、廊下の先の玄関にたどりつくと、用心しながら開けてみる。右側、一ブロック先に、黄色く光るものがある。きっと木が倒れてきて、電線がたわんでしまったんだろう。修理の人員なんていつやってくるかわからない。今回の停電でもう何千回目か。

懐中電灯はどこに置いたっけ？　バッグの中だ、バッグはキッチンだ。すり足、手さぐりで廊下を進み、バッグの中をごそごそ探す。懐中電灯はバッテリーの残量が心もとないものの、なんとかろうそく二本を灯すことはできた。

「水道の元栓を閉めるんだ」ユアンの声がする。「場所は前に教えたね。元栓を閉めたら、キッチンの水道の蛇口をひらく。水をぜんぶ出しとかないとな。水道管を破裂させたくないだろう」ここしばらく、彼からこんな長いセリフは聞いたことがない。暖かで、ふわっとした気分になる。心からわたしを心配してくれているんだ。

水道関連の作業を遂行すると、保温材の収集にとりかかる。ベッドから羽毛蒲団と枕を一つ、清潔なウールの靴下、チェック柄の座席カバーを集めて、暖炉の前に巣をこしらえる。しかるのち暖炉に火をおこす。安全を期して、火よけの衝立を炉の前に置いておく。夜中に火だるまになりたかないだろう。薪は丸一日もつほどの量はないが、凍死せずに夜明けを迎えられる程度にはある。その後も何時間かは屋内が冷え切ることはないだろう。朝になったら、またべつな防寒手段を考えよう。その頃には氷嵐も過ぎ去っているのではないか。コンスタンスはろうそくの火を消す。お一人さまをあかあかと照らす必要はない。

羽毛蒲団をかけて丸くなる。暖炉の火がちらちら揺れて。驚くばかりに快適だ。少なくとも、当面は。

「よし、合格」と、ユアンの声がする。「さすが、わたしの女！」

「あら、ユアン」とコンスタンスは答える。「わたし、あなたの女なの？　ずっとそうだった？　あのころ、浮気してたんでしょ？」

答えは返ってこない。


白い燃えがらが月明かり、星明かりに耀きながら森の中をつづいていく。なにか忘れていない？　なんだかおかしい。木々の下から出ると、凍った通りにいる。自分の暮らす通り、何十年も暮らしてきた場所。そこにはわが家がある。ユアンと暮らす家がある。

あるはずがないじゃない、アルフィンランドに。場所が違う。なんだかすべてがおかしいが、ともかくも地面に落ちた燃えがらをたどって玄関の階段をあがり、ドアから家の中に入る。だれかの袖に包みこまれる。黒い生地の袖。トレンチコートだ。ユアンとは違う。だって、口があって、それがこちらの首に押しつけられている。長いこと忘れていた味わい。もう疲れて、疲れて、力が出なくなっている。力が体からこぼれ落ちていくのがわかる。指の先を通して。えっ、ギャヴィンがいったいどうやってここに？　どうして葬儀屋みたいな出で立ちをしているのか？　ため息とともに蕩けて、コンスタンスは彼の腕のなかに倒れこむ——現実には、言葉もなく床にひっくり返る。


朝の日射しを受けてコンスタンスは目覚める。陽光の射しこむ窓には、氷のガラスがもう一枚張っている。暖炉の火はすでに消えていた。床に寝たせいで体じゅうが強張っている。

なんて一夜《ひとよ》だろう。この年になってこんなに激しくエロティックな夢を見ることができるなんて、だれが思っただろう？　しかも相手はギャヴィン。馬鹿ばかしいにもほどがある。尊敬もしていないし。やつは何十年も閉じこめてきた暗喩《メタファー》から、いったいどうやって抜けだしてきたんだろう？

コンスタンスは玄関ドアを開け、外を覗いてみる。陽光が輝き、軒にはまばゆい氷柱が下がっている。階段に撒いた猫砂はひどいことになっていた。これは溶けると、湿った粘土みたいになるのだ。通りは大惨事で、木の枝があちこちに散乱し、道路に張った氷は少なくとも二インチ（五センチメートル）の厚さ。きらきら、きらめいている。

しかしながら、家の中は寒く、ますます冷えこんでいた。薪を買い足すために――もしあればだけど――このまばゆい世界へと乗りだしていかねばならない。さもなくば、なんらかの避難所を見つけないと。教会とか、珈琲ショップとか、レストランとか。いまもって電気が通じていて、暖がとれるところ。

ということは、ユアンは置いていくことになる。ここに独りぼっち。それは、あまりぞっとしない。

朝食に、バニラヨーグルトを容器からじかにすくって食べる。食べている最中に、ユアンが登場する。「しっかりしてくれよ」きわめて厳めしい声で言う。

なんの話なのかわからない。このわたしにしっかりする必要があるか。うろたえてもいないし、ヨーグルトを食べているだけ。「どういう意味よ、ユアン？」コンスタンスは尋ねる。

「なあ、おたがい楽しい時間も過ごしたじゃないか？」ユアンはすがらんばかりだ。「どうしてそれをぶち壊すんだ？　あの男はだれだったんだ？」その声はいまや殺気立っている。

「なんの話？」コンスタンスは尋ねる。いやな予感がする。ユアンにわたしの夢が覗けるわけがない。

ちょっと、コンスタンス。どうかしてるわよ。ユアンにあなたの夢を覗けたはずがないでしょう？　この人はあなたの頭の中だけにいる存在なんだから。

「わかってるだろう」背後からユアンの声がする。「あの男だ！」

「そんなこと、あなたに訊く権利はないと思うけど」コンスタンスがそう言いながら振り向くと、そこにはだれもいない。

「どういうことだ？」ユアンの尋ねる声はさらにか細くなっている。「しっかりしてくれよ！」この人、消えそうになってる？

「ユアン、あなた、浮気してたでしょ？」コンスタンスは詰め寄る。本人がその気になれば、双方向のやりとりはできるはずだ。

「話題を変えるな」ユアンは言う。「おたがい楽しい時間を過ごしたじゃないか？」いまや彼の声には金臭い音色が混じっている。なにやら金属質の。

「いつも話題を変えるのはそっち」コンスタンスは言う。「事実を言えばいいの！　あなたにはもう失うものなんてないでしょ。死んでるんだから」

それは言ってはいけなかった。完全にしくじった。ユアンを安心させておくべきだった。この言葉だけは使うべきじゃなかった。怒りのあまり、つい口からぽろっと。「あ、そんなつもりじゃなくて！　ユアン、ごめんなさい、本当にわたし……」

　時すでに遅し。金属っぽい、ほとんど聴きとれない破裂音がする。空気が漏れたような。と思うと、静かになった。ユアンは行ってしまった。

　コンスタンスは待つが、なにも起こらない。「すねてないで！」と、呼びかけてみる。「機嫌、なおしなさいよ！」また一瞬怒りがこみあげる。


　食料を買いに出かける。ある歩道には、思慮深いだれかが砂を撒いてあった。角の店は奇跡的に営業している。発電機を持っているのだ。店内にはほかのお客たちもおり、みんな何かにくるまったり巻かれたりしている。この人たちも家が停電してしまったのだろう。髪を染めてタトゥーを入れたあの女性は、クロックポット（電気なべ）のコンセントを挿してスープを温めていた。バーベキューチキンを売っているから、それを切り分けてその場のみんなに配ることもできる。「はい、これ、ディア」と、コンスタンスにスープを手渡してくる。「おたくのことは、ずいぶん心配したよ！」

「ありがとう」と、コンスタンスはお礼を言う。

　体を暖め、チキンとスープをいただき、ほかのお客たちから氷嵐のとんでもない話を聞く。危機一髪の脱出、恐怖の体験、一瞬の決断。おのれの運の強さを語りあい、手助けできることはないかと訊きあう。ここは思いやりあふれる、フレンドリーな場だが、コンスタンスとしては、長居はできない。家にもどらなくては。ユアンが首を長くしているはずだから。

家に着くや、冷えきった部屋から部屋へと歩きながら、ソフトな声で呼びかける。おびえた猫にするように。「ユアン、もどってきて！　愛してるから！」自分の声が頭の中で木霊する。とうとう階段を昇って屋根裏部屋にたどりつくと、防虫剤の詰まったトランクを開ける。衣類しか入っていない。平たく畳まれて、動きもせず横たわっている。ユアンがほかのどこにいるにせよ、ここにいないのは確かだ。

あの質問は前々から怖くて持ちだせなかった。例の浮気の話。わたしだって馬鹿じゃないんだから、ユアンのやっていることはわかっていた。ただ、相手まではわからなかった。嗅ぎだすこともできただろう。でも、ギャヴィンのときみたいにユアンに捨てられるのが怖かった。ギャヴィンの件を乗り越えたとは言えない。

なのに、いまになって捨てられてしまった。黙っていなくなってしまった。消えてしまった。とはいえ、この家からいなくなっても、宇宙からすっかり消え去ったわけがない。そんなことは受け入れがたい。絶対どこかにいるはず。

集中しなくては。

書斎に入って、ユアンの椅子に座り、パソコンの暗い画面を見つめる。ユアンのことだ、アルフィンランドは保存しようとしたはずだ。電気が復旧したときビリビリ火花を散らしておじゃんになってほしくないはずだ。そのためにパソコンをシャットダウンしろと言ってきたんだから。でも、彼がアルフィンランドを保存してどうするんだろう？　アルフィンランドは彼の領土外にある。だから、その名声を密かに憎んでいたし、アホくさいシリーズだと思っていたし、その知的浅薄さを恥じていた。本に関しては好きにさせてくれながらも、妻がその世界に浸りきるのを嫌がっていた。彼はアルフィンランドから、コンスタンス独りの世界から、排除されてきた。目に見えない鉄格子で閉めだされてきた。二人が出会ったときから、いつでも鉄格子が彼の侵入を阻んでいた。ユアンがあの世界に入ることはできない。

いや、できるのか？　ひょっとしたら。ひょっとしたら、アルフィンランドのルールは効力を失っているかもしれない。呪われた灰はその仕事を終え、古代の呪文は解けてしまった。だから、ギャヴィンはゆうべ樽の蓋をはね開けて、コンスタンスの家に現れることができたのではないか。ギャヴィンがアルフィンランドから出られるなら、ユアンが入れても理屈は通る。なにかに引きこまれたのかもしれない。禁断の誘惑でもあればの話だけど。

きっと、ユアンはあの地にいるんだろう。尖塔の建つ石壁をあの門から抜けて、いまごろはあそこにいるはずだ。ほの暗い曲がりくねった道をたどり、月影に照らされた橋を渡り、静まりかえった危険が満載の森に入っていく。すぐにも樹枝に覆われた分かれ道にたどりつき、その先にどちらを選ぶ？　途方に暮れてしまうだろう。道に迷ってしまうだろう。

いや、すでに迷っているのではないか。彼はアルフィンランドのよそ者で、そこにどんな危険が潜んでいるか知らない。ルーン文字の呪文も知らず、武器も持っていない。連帯する者もいない。

少なくとも、わたしのほかは。「待ってて、ユアン」コンスタンスは言う。「そこを動かないで！」さあ、アルフィンランドに入って、あの人を見つけなくては。

蘇えりし者《レヴェナント》

レイノルズが枕を二つ抱えてばたばたとリビングルームに入ってくる。往時であれば、レイの蠱惑の両腕からあふれだす、ふっくらとして弾力のある、柔らかだけど張りのある、乳房みたいなこの二つの枕は、ギャヴィンの目に本物の乳房を髣髴させたことだろう。枕の下に隠れている、枕に引けをとらないほど柔らかだけど張りのあるそれを。彼はその胸に対してさっそく気のきいた暗喩を叩きだしたかもしれない。たとえば、羽毛の詰まったふたつの袋とか、そこから発情する二羽のニワトリのイメージなどを遠回しに挟みながら。あるいは――その弾力、しなやかさ、ゴムまりみたいな性質からの連想で――二台のトランポリンとか。

しかしいま、これらの枕が想起させるのは――レイの乳房にくわえて――、昨年の夏に公園の野外ステージで観た、アヴァンギャルドに走りすぎた「リチャード三世」の芝居だ。レイノルズに引っ張られていったんだった。籠ってばかりいないでたまには外に出て、屋外で新しいコンセプトに触れたほうが健康にいいと言うので、だったらたんに屋外で陽の光に触れるほうがいいと返すと、レイは肘でいたずらっぽく突《つっ》いてきて、こう言った。「こら、ギャヴィ、ダメよ！」これは彼女がよく使う手の一つで、言うことを聞かないペットのようにギャヴィンを扱うのだ。当たらずと言えども遠からずだな、と彼は苦々しく思う。これまでのところ、自分は絨毯の上でクソをする習慣はないし、家具をぶっ壊したり、ごはんをくれと鳴いたりしたこともないが、近いものはある。

公園での観劇に際して、レイノルズは座るためのビニールシートと、ギャヴィンが寒がったときに備えて座席カバーを二枚と、魔法瓶を二つ（一つにはココア、もう一つにはウォッカマティーニ）をリュックサックに入れて持ってきた。彼女の魂胆は見え見えだった。もしギャヴィンが芝居にうだうだ文句を言いだしたら、酒を飲ませて、座席カバーでくるんでしまえと。願わくは、そのまま寝入ってくれれば、自分は不死身の詩人（シェイクスピアのこと）の劇に没頭できるから。

ビニールシートは持ってきてよかった。午後に雨が降ったせいで、芝生は湿っていた。どうせならもっと降ってくれれば、家に帰れるのになと、ひそかに考えながらギャヴィンは座席カバーの上に腰をおろし、膝が痛いし、腹も減ったと文句を言った。レイノルズはこの不満領域はどちらも予期していたので、アンチフロギスティンとかいう、ギャヴィンがお気に入りの意味不明語を名称にもつなにかの入ったＲＵＢ‐Ａ５３５（消炎効果のある塗り薬）と、サーモンのサンドイッチをとりだした。

「くそプログラム、読めやしねえ」と、ギャヴィンは読みたくもないのに言った。レイはすぐ懐中電灯と拡大鏡もいっしょに手渡してきた。ギャヴィンの小賢しい手口にはたいてい対応可能だ。

「この劇、おもしろそう！」レイは努めて〝ミス・サンシャイン〟的な声音を出した。「あなたもきっと楽しめるわよ！」ちくっと良心の呵責を感じる。この女は、生まれながらに楽しむ能力がおれに備わっていると感動的にも信じているのだ。あなただってやればできると、レイは主張する。あなたの問題はネガティヴすぎること。そんな会話は一度ならずしてきた。ギャヴィンは、おれにとってはこの世界がくっせえことが問題なんだよ、おれのこと矯正しようとするのはやめて、劇に集中しろ、などと答える。すると、むこうは、その臭いって人の鼻の中にあるものなのよとか、カントの主観主義ではこういう行為だとか言って――カントの主観主義に傾倒しているわりになにもわかっちゃいないのだが――、仏教式瞑想をやったら？ などと勧めてくる。

それとも、ピラティスとか。レイは強硬なピラティス推しだ。じつはすでに若い女性のピラティス・インストラクターを見繕ってあると言う。彼女、通常はプライベートレッスンはやらないんだけど、あなたなら喜んでやるって。あなたの詩のファンだから、と。こういう提案にはげんなりする。エストロゲン爆出の、自分の四分の一ぐらいの年齢の小娘が、この痩せさらばえて節くれだった手足をぎしぎし痛めつけながら、初期の詩に出てくる颯爽たる主人公男性と作者本人を引き比べたりし、この麻糸と棒切れのよぼよぼした寄せ集めみたいになってしまった詩人に、性的敏活さと冷笑的ウィットをたっぷりお見舞いするんだろう。〝こちらの古い写真をごらんくださーい、そしてこっちもね〟。どうしてまたレイはギャヴィンをピラティスの拷問器具にかけ、伸びきった輪ゴムみたいにこの体がプッツンと切れるまでストレッチさせようなどと思うのか？ おれが苦しんでいるのを知りたいんだ。このおれを辱め、そうしておいて殊勝な気持ちになりたいんだ。

「そんなグルーピーどものポン引きみたいな真似はやめてくれ」ギャヴィンはレイに言う。「いっそおれを椅子に縛りつけて、入場料をとればいいだろう？」

公園は人びとの活気に満ちていた。遠くでは子どもたちがフリスビーをして遊び、赤ん坊たちがぴいぴい泣き、犬たちが吠えていた。ギャヴィンはプログラムの解説を穴が空くほど見つめた。いつもながら勿体つけたクソ記事だ。舞台の開幕は遅れていた。照明系統でなんだか火花が出たとの放送。蚊が集まってきていた。ギャヴィンはそれを叩きつぶそうとした。レイは虫よけスプレーをとりだした。緋色のユニタードに豚の耳をつけたアホ役者がトランペットを吹き鳴らすと、聴衆は口を閉じて静かになった。そこでちょっとした騒ぎが持ちあがり、ひだ襟の衣装を着た人物が軽食ブースのほうへすっ飛んでいったのち——一体なにを買いに？　あいつら、なにを忘れてきた？——やっと芝居が始まる。

序幕として、リチャード三世の骸骨が駐車場の地面の下から掘り起こされるニュース映像が投映される——これは実際にあったことで、ギャヴィンはテレビのニュースで見たことがあった。確かにリチャード三世らしい。DNA鑑定による根拠もあり、頭蓋骨に残る無数の傷跡も史実と合致していた。この序幕の映像はベッドシーツみたいな白い布切れに映しだされた。芸術の予算なんてたかが知れているから、きっと本物のベッドシーツだよな、とギャヴィンはそっとレイノルズに耳打ちした。レイノルズは肘で突いてきて、「自分で思っているより大声出てるわよ」と、小声で返してきた。

映画音声を伝えるスピーカーの音は割れ、弱強五歩格のエリザベス朝英語のパロディはへたくそだったが——これから観客が見ることになる劇では、リチャードのぼろぼろの頭蓋骨内に死後の世界が展開するらしい。その眼窩にカメラはズームし、頭蓋の内側へと入っていく。そして、暗転。

ベッドシーツがすばやくはけた所に、投光器に照らされたリチャード三世が立っている。跳ねまわり、気取り散らし、大仰に身もだえ、弾劾する準備は万端だ。その背中には常軌を逸したでかいこぶがあり、道化師のような赤と黄色の縞模様に彩られている。「まるでパンチ（イギリスの人形喜劇「パンチとジュディ」の登場者）のよう」と、プログラムの解説には書かれていた。ついでに言えば、パンチの名の語源は十六世紀イタリア発祥のコメディア・デラルテに出てくるプルチネッラだ。この演出家は、シェイクスピアのリチャード三世はその頃イングランドで上演されていたコメディア・デラルテを下敷にしていると考えているのだ。こぶのばかでかさは意図的なものか。この劇の中核は（「外核とは対照的だな」とギャヴィンはせせら笑っていたが）とにかく小道具《プロップス》にあると。そこにリチャードの無意識の象徴が色々とあるらしく、こぶのでかさもそれで説明がつく。演出家はこう考えているに違いない。観客が大きすぎる玉座やらこぶやらなんやらを凝視して、この劇は一体なにをやろうとしてるんだ？　と戸惑っていれば、台詞が聞こえなくてもあまり気にならないだろう、と。

さらにこの巨大で、雑色の、換喩的《メトニミー》なこぶに加え、リチャードのまとっている王様然としたローブは裳裾《トレーン》の長さが十六フィート（四・九メートル近く）もあり、従者が二人がかりでこれを捧げ持っていた。彼らがこれまた大きすぎるイノシシの頭部の被り物をしているのは、リチャードの紋章にイノシシが描かれているからだろう。兄クラレンスを溺死させるマームジー（マデイラ産の甘口ワイン）の大きな樽と役者たちの背丈ぐらいの長さの剣が二本あった。ロンドン塔に幽閉されている幼い王子たちを窒息死させるための——この場面は「ハムレット」の劇中劇のような無言劇で演じられる——二つの巨大な枕が、死体または仔豚の丸焼きのようにストレッチャーで運ばれてくる。リチャードの斑のこぶと同じ柄の枕カバーを掛けているのは、観客が大事なポイントを見落とすといけないからだろう。

こぶによる圧死か……。レイノルズの手で運ばれ迫りくる枕を見ながら、ギャヴィンは思う。なんたる宿命だ。さしずめ、レイノルズは「殺し屋その一」（「リチャード三世」一幕四場に出てくる脇役）だな。色々と考えれば妥当であろうし、ギャヴィンは色々と考慮できる立場にある。それだけの時間、彼女とつきあってきたのだから。


「あなた、起きてるー？」レイノルズがゴツゴツ音をたてて歩いてきながら、ほがらかに言う。黒いプルオーバーに、シルバーとターコイズのベルトでウエストをきつく締めあげ、タイトなジーンズを穿いている。腿の外側に少し余分な肉がつきだしているが、そのほかは相変わらずスピードスケート選手のようなどっしり感と輪郭を保っていた。この腿の脂肪のことを指摘すべきだろうか？やめておけ。戦略的にもっと効果的な瞬間までとっておいたほうがいい。そもそも脂肪じゃなくて筋肉かもしれない。あれだけワークアウトをやっていれば。

「仮に寝てたとしても、いま起きるところだ」ギャヴィンは言う。「まったく、いにしえの板張り列車みたいな音だな（鉄板をかぶせた木材をレールに用いた線路、および、それを用いた列車のこと）」こんな木靴は好きじゃないし、前にもそう言ったのに。脚の見栄えがちっとも良くない。ところが、レイは以前ほど脚のことなど気にしていないのだ。彼女いわく、木靴は履き心地がいいし、自分にとっては快適さがファッションに勝るのだと。ギャヴィンは試しに、女性は美しくあるために苦心すべしという趣旨のイエイツの言葉を引用したこともあるが、レイノルズは——かつてはこの詩人の熱烈なファンだったくせに——イエイツには自分の意見をもつ権利があるけど、それはその当時のことだし、現代のソーシャル・アティテュードは変化しているのだ、と。それに、実際問題、イエイツってもう死んでるじゃない。

レイノルズはギャヴィンの背後に枕を押しこむ。一つは頭の後ろ、一つは背中のくぼみに。このように枕をセットすると、背が高く見えるし、貫禄が出るというのがレイノルズの言い分だ。ギャヴィンの足先までおおったチェックの座席シートを掛けなおす。これを彼女は〝あなたのお昼寝毛布〟と呼ぶのをやめない。「ちょっと、ご機嫌ななめの苦虫さん、笑顔はどうしちゃった？」と、レイノルズは言う。

レイノルズは日ごとのギャヴィンの気分、というか、時間ごとの気分、いや、分ごとの気分を彼女なりに分析し、それによって呼び名を変えるようになっていた。レイに言わせれば、あなたは気分屋だと。それぞれの気分は白雪姫のこびとみたいに擬人化され、敬称つきで呼ばれる。苦虫さん、寝坊助さん、イヤミ博士、皮肉卿、それから自分自身が皮肉な気分、あるいは、おそらく回顧的な気分のときは、ロマン氏と呼ぶことも。しばらく前には、彼のペニスをピク助くんと呼んでいたが、最近それは使われず、ギャヴィンの不在のリビドーを復活させせんと、ストロベリージャム風味や、すかっとジンジャーレモン風味や、歯磨きミント風味の軟膏やら、潤滑剤やらを使うのもやめていた。ヘアドライヤーを使った冒険もあったが、このことはできれば忘れたい。「四時十五分前よ」レイノルズはつづけて言う。「お客さんを迎える支度をしなくちゃ！」つぎは髪にブラシをかけろとくるだろう。なんとか保っているのはこれ、つまり髪の毛ぐらいしかないから。その後は、服にブラシをかけろと。犬みたいに毛が抜けるから。

「今回はだれなんだ？」ギャヴィンは尋ねる。

「とってもすてきな女性よ」レイノルズは言う。「すてきな女の子。まだ大学院生なの。あなたの詩をテーマに学位論文を書いているところ」彼女自身もかつてはギャヴィンの詩で学位論文を書いていた。それで陥落してしまったのだ。当時の自分はえらくそそられた。若くて魅力的な女性が自分の書く形容詞一つ一つにそんなに入れ込んでくれるなんてと。

ギャヴィンは呻く。「おれのクソ詩で論文だって。主よ、守りたまえ！」

「おおっと、冒瀆さんのお出ましね」レイノルズは言う。「そう意地悪にならないで」

「で、その教養ある学生さんはフロリダなんかでなにやってるんだ？」ギャヴィンが言う。「ノータリンか、そいつ」

「フロリダはあなたがよく言うような田舎っぺの街じゃない」レイノルズは言う。「時代は変わったの。いまでは良い大学がたくさんあるし、すごいブックフェスだって開かれるんだから。何千人という人たちが押しかけてくる！」

「それは、クッソすばらしい。感心したね」ギャヴィンは言う。

「ともかく」と、レイノルズは悪態をスルーして言う。「その子はフロリダの人じゃない。アイオワからわざわざインタビューのために飛んでくるのよ！　至るところであなたの作品の作品分析がなされてるってこと」

「アイオワか、けっ」ギャヴィンは言う。あなたの作品の作品分析《ワーク・オン・ユア・ワーク》ね。レイはときどき五歳児みたいなしゃべり方になる。

レイノルズが服のブラシかけに移る。まず肩のあたりを攻めたのち、おどけて股間のあたりを掃いてみせる。「どうかな、ピク助くんにクズなんか付いてないかな！」

「おれのプライベート・パーツからそのみだらな獣の手をのけたまえ」ギャヴィンは言ったが、本当はこう言ってやりたかった。おれのピク助くんにクズが付いているのは当たり前だろ、どのみちホコリもかぶってるし、いっそサビついてるかもな。この女、なんだと思ってるんだ。おまえもよくご存じのとおり、ピク助くんはここしばらく棚上げされてるんだから、と。しかしながらぐっと我慢した。

つやを失くして錆びつき、使われながら耀けぬことは、か。テニソン（上の引用は「ユリシーズ」という詩より）。最後の航海に出るユリシーズは、幸運なことに少なくとも長靴《ちょうか》を履いたまま沈むだろう。まあ、当時のギリシャに長靴はなかったけど。これは学校で初めて暗記させられた詩の一つ。暗記が得意だとわかった。恥ずかしながら白状すると、それがきっかけで詩の世界に入った。テニソン、時代後れのヴィクトリア朝人、ジジイのことを書く駄弁野郎。ものごとは巡り巡る習性がある。私見では、悪習ほどそうだ。

「ピク助くんはみだらなわたしの獣の手が好きでしょ」レイノルズが言う。その動詞を現在形で使うとは、あっぱれな。それはふたりの間のゲームだった——レイノルズは誘う女で、女王さまで、ファム・ファタルで、ギャヴィンは彼女のなすがままの獲物。レイはそんなシナリオを愉しんでいるようだったから、こちらも調子を合わせた。いまではもうゲームにならない。昔のゲームはもうなに一つ使えない。いまさら盛りあげようとしても、双方みじめな気持ちになるだけだろう。

レイノルズにしてみれば、こんな暮らしに入りたくて結婚したのではなかった。きらきらした毎日を思い描いていたに違いない。華やかでクリエイティヴな人たちに囲まれ、刺激的で知的なおしゃべり。そんなことも少しはあった、新婚の頃は。そんなこともあったし、まだ活発だったホルモンがめらめら燃えあがることも。花火がしゅーっと消える前にドカーンと花開くように。でも、いまの彼女は燃えがらを背負いこんでいるようなものだ。気持に余裕があるときには、そんな彼女を気の毒に思う。

どこかよそに慰めを見出しているに違いない。自分がレイノルズだったらそうするだろう。本当はなにをしているんだろう？　たとえば、スピンバイク（フィットネスバイクの一種）のクラスに出るとか、「ダンスの夕べ」とやらに女友だちとやらと出かけるとか言っているけれど。ギャヴィンには彼女の行動が想像できるし、実際にしてみる。こういう想像図に以前は心を乱されたものだが、いまではレイノルズがやりかねない背信行為を——いや、やりかねないというか、ほとんど確かなことだが——分析的客観性をもってじっくり夢想する。彼女にはそういう行為もおこなう権利が多少あるだろう。なにしろ夫より三十歳も年下なのだから。おれの頭には百匹のカタツムリを合わせたよりも——と、かの詩人なら言いそうだが——さらに多くの角が生えてもおかしくないのかもしれない（妻を寝取られた夫の頭には角が生えるという言い方がある。ジョイスの「ユリシーズ」の主人公にも生える）。

若い女と結婚したんだから自業自得だ。立て続けに若い女三人と結婚した当然の報いだ。自分の生徒である大学院生と結婚した報い。夫の人生と時間を管理すべく名乗りでてきた仕切り屋と結婚した報い。そもそも結婚した報い。

とはいえ、少なくともレイノルズはおれを捨てはしない。それにはかなり確信がある。〝未亡人の幕〟に磨きをかけるはずだ。その部分は無駄にしたくないだろう。おそろしく負けず嫌いだから、夫の作品にしろなんにしろ、前妻二人には一切の権利を主張させまいと踏ん張りぬくだろう。ギャヴィンの物語をコントロールしたがり、伝記を書く手助けもしたがるだろう。伝記なんか書かれたらの話だが。ギャヴィンの二人の子どもも遠ざけようとするだろう。前妻の子が一人ずついて、もう子どもという年ではないが。なにしろ、一人は五十一歳か、五十二歳になるはず。赤ん坊の頃はたいしてかまってやらなかった。赤ん坊も、赤ん坊の使うパステルカラーのションベンの染みついた用具一式も、やたらと場所をとり、ギャヴィンに向けられるはずの注目をごっそり奪っていった。どちらも三歳にならないうちに、父は家をおん出てしまった。そんなわけで、子どもたちにはあまり好かれていないが、実の父を憎んでいても責められたことではない。とはいえ、きっと葬儀の後には諍いが起きるだろう。遺書をあえて完成させずにそう仕向けているから。それを宙に浮いて見物できたらなあ！

レイノルズはブラシで仕上げのひと掃けを加えると、シャツの上から二番目のボタンをかけ、襟をきっちり正す。「うん、だいぶましになった」

「その娘はなにものなんだ？」ギャヴィンは尋ねる。「おれの作品とやらにそんなに興味をもってるその子だよ。プリケツか？」

「はい、ストップ」レイノルズが言う。「あなたたちの世代って丸ごとセックスにとり憑かれてるのね。ノーマン・メイラー、ジョン・アップダイク、フィリップ・ロス……あの人たちみんな」

「あいつらはおれより年上だ」ギャヴィンが言う。

「たいして違わないじゃない。みなさんのべつ幕なしに、セックス、セックス、セックス！　チャックを閉めておけないのかって！」

「つまりこう言いたいのか？」ギャヴィンは落ち着いた声で返す。じつはこの手の会話に舌なめずりしている。「それは悪いものだと。セックスというのは。急に淑女ぶるじゃないか？　だったら、ほかのなにかにとり憑かれればよかったんだ？　ショッピングとか？」

「わたしが言いたいのはね」と、レイノルズは言う。反論する前に間をおき、再考し、内なる大隊を編成しなくてはならない。「オーケイ、ショッピングはセックスの代替としては弱いかもしれない。でも、フォウト・ドゥ・ミュア（仕方なくすること）でしょ」

痛いところを突かれたようだな、とギャヴィンは思う。「フォウト・ドゥ・なんだって？」

「とぼけないでよ。言いたいこと、わかるでしょ。わたしが言いたいのは、世の中、ケツの話ばかりじゃないってこと。この院生の名前はナヴィーナ。敬意をもって接するに値する学生です。すでに〈リバーボート〉時代に関する論文を二本も発表しているし、なかなか賢い子だったりするの。種根的にはインド系だと思う」

〝種根的にはインド系〟。こんな死語みたいな言い回しをどこで覚えてくるんだろう？　レイが文学プロパーぶって喋ろうとすると、オスカー・ワイルドの劇に出てくる滑稽なご婦人みたいになってしまう。「ナヴィーナね」ギャヴィンは言う。「スライスチーズもどきだな。良くて、脱毛クリームの名前」

「いちいち、ひとを貶さなくていいから」レイノルズは言う。かつては彼がひとを貶す癖を愛でていた。少なくとも、ある種の人たちについては。卓越した知性と洗練された趣味の表れだと思っていたのだ。いまは、ただただ悪趣味に思える。それとも、ビタミン不足の症候か。「あなたの反応って、ほんと脊髄反射よね！　いい、ひとをおとしめてもあなたが偉くなるわけじゃないのよ。ちなみに、ナヴィーナは真面目な文学の徒ですから。文学修士号も持ってるし」

「プリケツもだろう。でないと、おれは話をしないぞ」ギャヴィンは言う。「修士号なんて持ってるのは、どいつもこいつもウスラバカだからな。ポップコーンみたいなものだ」彼は毎回レイノルズにこれをひと通りお見舞いする。彼女が新たなファン、新たな志望者、新たな奴隷をアカデミアの塩山から担ぎだしてくるたびに。なぜなら、とりあえずなにかお見舞いしないと気が済まないから。

「ポップコーンってなによ？」レイノルズが言う。ギャヴィンは一瞬、答えに窮する――さて、なにを言おうとしたんだったか？　一つ、息を吸って、「コーンのちっこい粒が、アカデミアの鍋のなかで過熱されちまう。熱くなった空気が膨張して、ポンッとはじける。それが修士号ってやつだ」うん、わるくない喩えだ、とギャヴィンは思う。科学的事実だしな。大学は金がほしいから、こういうガキたちを誘いこむ。しかるのち、そいつらをコーンスターチで膨らませたホコリタケみたいにしてしまい、適切な仕事なんか見つからなくなる。配管工事の免許でもとったほうがいい。

そう言うと、レイは些かむっとしながらも吹きだす。自身も修士号をもつ身だ。やおら顔をしかめてこう言う。「ありがたいと思いなさいよ」そら、お叱りが来た。ついで丸めた新聞でポン。こら、ギャヴィ、ダメでしょ！「少なくとも、まだだれかに興味をもたれているんだから！しかも若い人に！ほかから見たら、垂涎の的よ。さいわいなことに、たったいま六〇年代はホットだけど、そのうち忘れられても文句言わないでよね」

「おれがいつから文句言ってるって？文句なんか言うか！」

「四六時中言ってるじゃない、ありとあらゆることに」レイノルズが言う。もう我慢の限界が近づいている。これ以上はやめておけ。なのに、ギャヴィンはやってしまう。

「やれやれ、コンスタンスと結婚するんだったよ」これは、彼の切り札だ。バシッと、テーブルに叩きつけた。この短文がいつも抜群の効果を発揮する。さあ、敵意のつるべ打ちを獲得となるか。加えて、それなりの落涙も。最高得点は、彼女がドアをバタンと閉めて出ていくことだ。あるいは、投擲行為。前にいちど投げられた灰皿で腕に怪我を負ったこともあった。

しかしレイノルズはにっこりして、「そう、でもコンスタンスとは結婚しなかった」と言った。「わたしと結婚した。だから、我慢して」

なんと、心臓が止まるかと思った。レイノルズはまるきり平気な顔をしている。「ああ、彼女と結婚できたらなあ」ギャヴィンは未練たらたらで繰り返す。

「入れ歯もものともせず、ね」レイノルズはぴしゃりと言い返してくる。こっちがちょっと言いすぎると、とんでもないビッチになる。この性悪さは彼女を買っている点の一つだが、自分に向けられると褒める気も失せる。「じゃ、お茶の支度をしてくるから。ナヴィーナの前でお行儀のわるいことしたら、クッキーはあげませんよ」クッキーによる牽制は空気を軽くするためのジョークだろうが、クッキーごときを失う脅威がけっこうこたえていることに、うっすら恐怖する。クッキー、おあずけ！　そう思うだけで、わびしさがひたひたと押し寄せてくるのだ。しかも涎まで出ている。チクショウ。ここまで落ちぶれたか？　お座りしておやつをねだるほどまで？

レイノルズはキッチンにずんずん向かい、ソファにひとり残されたギャヴィンは目の前の光景をありのままに見る。青空、そしてそれを額のように縁取るピクチャーウィンドウ。窓のむこうにはフェンスに囲われた庭があって、そこにヤシの木が一本生えている。ジャカランダの木も。いや、プルメリアか？　いずれにせよ、わからない。ここは借りているだけの家だから。

庭にはスイミングプールもあり、ギャヴィンは使ったことがないが、水は温まっている。レイはこっちが目覚めもしないうちに、ときどき飛びこんでいるようだ。少なくとも、本人の弁によれば。あいつは自分の運動神経がいいのを披瀝したがる。プールにはジャカランダだかなんだかの葉っぱや、ヤシの木からも先の尖ったものが落ちている。水面に浮いて、循環ポンプの働きでゆっくりと渦を巻く。掃除係の女の子が週に三回来て、長い柄のついたネットで落ち葉をすくいとる。名前はマリア。高校生。ここの家賃は彼女込みなのだ。庭のゲートを鍵で開けて入ってきて、タイル張りの滑りやすいパティオをゴム草履で音もなく立ち動く。長い黒髪、みごとなウエスト、ひょっとしたらメキシコ人かも。話しかけたこともないから、わからないが。いつも空色か紺色のデニムのショートパンツを穿き、デニムのショートパンツで屈みこみながら葉っぱをすくいとる作業をする。顔は、見たかぎりでは、いつも無表情に近い。いかめしいと言ってもいい。

おお、マリア。と、ギャヴィンはひとりため息をつく。きみの人生にトラブルはあるか？　もし、なくても、すぐに出てくるだろう。なんと、端整なお尻。ふりふりするとなおさら良い。

ピクチャーウィンドウから見られていることに気づいているだろうか？　おそらくは。おれを助平ジジイと思っているだろうか？　まず、そうだろう。しかし実際それには当たらない。この、憧憬と切なさと言葉なき遺憾の相半ばする気持ちをいかに伝えたらいいのか？　遺憾というのは、自分が助平ジジイじゃないこと、しかしそうだったらいいのにと思っていること。いまも助平ジジイになれたらいいのに、と。もうアイスクリームを味わえない老境にあって、あの美味しさをどう表現すべきか？

ギャヴィンはこういう出だしの詩を書く。「マリアは死にかけた木の葉をすくいとる」とはいえ、厳密にいえば、落ち葉というのはすでに死んでいるのだが。


呼び鈴が鳴り、レイノルズが靴をゴツゴツ鳴らして玄関に出る。女性同士が挨拶しあう声がドア口から聞こえる。やさしく鳴きかわす声、「どうぞーーー」の声、ハトみたいなクーとかポーとかいう今時の女たちによくあるやりとり。初対面のくせに親友同士みたいな口調で、クークー、ポーポー言いながら、上から下まで観察しあう。連絡はEメールでとりあっているらしいが、ギャヴィンはこのツールを馬鹿にしている。しかし見くびってはいけなかった。自分に関わる通信の管理権をレイノルズに手渡したのは失敗だった。王国に入る鍵を与えたことになり、いまや彼女がギャヴィン王国の門番を務めている。レイがうんと言わなければ、だれも中に入れない。

「さっきまでお昼寝されてましって」レイノルズはギャヴィンをよそさまに披露するときに使う恭し

いエセロ調にさらっと切り替えている。「まず、書斎をごらんになりたい？ 彼がいつも執筆に使っている部屋ですけど」

「ええー、クークー、ポーポー」というナヴィーナの声がする。歓喜を表現しているのだろう。「もしかまわなければ」靴を履いたふたりの足がカツカツ、ゴツゴツ音をたてながら廊下を遠ざかっていく。

「あの人、パソコンでは書けないんですよ」レイノルズが言っている。「鉛筆でないとだめなんです。彼が言うには、視覚と手の協調が大事とか」

「すばらしいです」ナヴィーナの声がする。

ギャヴィンは自分の書斎を、深い憎しみをもって憎んでいる。この書斎――仮の場所だが――も大嫌いだが、ブリティッシュ・コロンビアにある本当の書斎はとくに憎悪している。レイノルズがデザインしてくれたもので、腎臓色の壁に白のペイントで、繁々とアンソロジー入りしてきた詩からの引用がステンシルで書かれている。だから書斎に座ると、自身の朽ちかけた威光の記念碑に囲まれつつ、まわりにはかつて崇めた一等星のごとき傑作の切れ端や欠片が名残りとして充満する、ということになる。繊細に造りこまれた大壺《アーン》の壊れた欠片、他の男性詩人たちの機知や視野のひび割れた木霊。

レイノルズはどちらの書斎も、まるで神殿とそこに刻まれた図像のようにかいがいしく世話をする。大騒ぎしながら、彼の鉛筆を削り、電話を遮断し、彼を部屋に閉じこめる。そうしておいて書斎の外を爪先だってそっと歩く。まるで、ギャヴィンが生命維持装置につながれて、一語も書けないかのように。ギャヴィンだって藁を紡いで金に変えることはできない（グリム童話より）。神殿の廟に入れられたところで無理だ。ルンペルシュティルツヒェン、あの邪なこびと（第一子と引き換えに、藁を紡いで金に変えてやると娘に持ちかけた）――昨今は〝ミューズ〟の姿をしていそうなものだが――頭の鈍いルンペルシュティルツヒェンはいっかな現れない。そうやって昼飯どきになり、レイノルズが食卓のむこうから期待の目で見つめてきて、「なにか新しいものは書けた？」と訊いてくる。レイノルズは自分がギャヴィンのプライバシーを守り、詩的水源との霊的交信をうながし、自分が「創作の時間」と呼ぶものを実現することを誇りに思っているのだ。「いいや、骨みたいに干からびているよ」と答える勇気はギャヴィンにはない。

出ていく必要がある。ここから。少なくとも、屍のごとく防腐処理をした書物が乾いた臭いを漂わせるこの書斎、二つの書斎から。コンスタンスと同棲していた六〇年代には、あの狭苦しい、蒸し暑い、スチームバスみたいな部屋で、ふたりともプルーンみたいに煮込まれて、おたがい金もなく、自分には「書斎でございい」なんてものは間違っても無かったけど、どこにいても書けた。バーで、ファストフード店で、珈琲ショップで。言葉は自分の中から、鉛筆やボールペンの先を通じて、手直に平面さえあればするすると溢れでてきたのだ。封筒でも、紙ナプキンでも。こんなのは陳腐な昔話かもしれないが、それでも真実なのだ。

あの時にもどるには？　あの時をとりもどすにはどうしたらいい？

カツカツ、ゴツゴツがこっちに迫ってくる。「こちらですよ」レイノルズの声がする。

ナヴィーナがリビングに通されてくる。美しき小さな生き物で、子どもも同然だ。大きな、引っ込み思案の目。オクトパス（タコ）の形のイヤリングをしている。複数だからオクトパイか。耳からシーフードが出てるよ。バーで引っかけるなら、そう話しかけたかもしれない。「いえいえ、お座りになったままで」と、その娘は言うが、ギャヴィンは立ちあがる振りはして握手にこぎつける。握手はわざと少し長めにしておいた。

ギャヴィンが一度動いたら、レイノルズは有能な看護師しぐさとして枕の位置の再調整をせずにいられない。目の前に突きだされる黒のプルオーバーに包まれたおっぱいをつかんで、梃子の原理でレイノルズをカメの子みたいにひっくり返してやったらどうだろう？〝小粋でお盛んな求愛者さ〟（「リチャード三世」四幕三場より）。悲鳴、反撃、ついに結婚生活の残飯の入ったボウルからサランラップを引き剝ぐようなことが、このたった一人のわななく観客の前で起きるだろうか？それぐらい大騒ぎをすれば、この素人インタビューから逃げだせるだろうか？

とはいえ、逃げだしたいわけではない。いまのところは。ときには、こういう試練もいいものだ。「おれはそんな支離滅裂なワードサラダ（文法としては正しいが意味が破綻している文章。精神医学では思考障害とされる）を書いた覚えはない」と言い放ったり、こういうセンチなガキどもが〝お気に入り〟と称してとりだしてくる詩をぶっ飛ばしてやったりするのは愉快だ。クソ、ゴミ、たわけ！などと罵倒して。往時の詩人仲間やライバルの逸話を披露してやるのも楽しい。おおかたすでに死んでいるから、害はないだろう。害があったからってやめるわけではないが。

レイはナヴィーナを安楽椅子に押しこむ。ギャヴィンを正面からしっかり拝める配置だ。「お会いできて光栄です」娘は充分に敬意を示す。「へんな言い方ですけど、まるで……なんというか、知り合いに会ったみたいな気がします。あなたの作品やいろんなことを研究してきたからだと思いますが」種根的にはインドかもしれないが、発音は純粋な米国中西部のそれだ。

「だったら、わたしより有利だな」ギャヴィンは言って、助平オヤジっぽくいやらしい目つきをする。この流し目をやると、だいたい相手は調子が狂う。

「とおっしゃいますと?」ナヴィーナが訊いてくる。

「あなたは彼のことをよく知っているけど、彼のほうはあなたのことをなにも知らない、という意味ですよ」レイノルズがいつものごとく割って入る。ギャヴィンの通訳の役を演じているのだ。まるで、彼が預言者で、高僧にしか読み解けない神秘的な箴言《しんげん》を発しているとでもいうように。「いま彼のどの作品を研究しているかお伝えしたら? 作品のどんなパートか? わたしはお茶の支度をしてきますね」

「じゃ、聞かせてもらおうか」ギャヴィンはさっきの目つきのまま言う。

「彼女に嚙みついたらダメよ」レイノルズは去り際に、タイトなジーンズで尻をぷりっとさせながら言う。退場のセリフとしては上等だ。嚙むか、嚙まないか。どちらとも取れるし、嚙む場所や意図はあいまいで、その可能性だけがアロマのように宙に漂う。嚙むという選択肢があるならどこから始めよう? うなじのあたりを甘嚙みするとか?

ぜんぜん効いてこないな。そんな見込みがあっても、ちっともそそられない。ギャヴィンはあくびを嚙み殺す。

ナヴィーナはなんだか小型の装置をいじっていたが、それをギャヴィンの前の珈琲テーブルに置く。ミニスカートを穿いており、それが膝の上までまくれ——柄の入ったストッキングが見えている。レースのカーテンを黒く染めたようなやつ——さらに痛ましいことに、スタッドを打ったヒールの高いブーツを履いている。こんなブーツは見ているだけで足が痛くなる。爪先が細い靴先でつぶれているに違いない。セピア色の写真で見た中国の纏足のように。昔はそういう変形した足に興奮する輩がいたとか、本で読んだことがある。男たちは反り返った発育不良の爪先と脚が形成する湿った開口部にピク助くんをそっと挿し入れたのだ。自分にはどこが良いのか理解できない。

ナヴィーナは、髪の毛はバレリーナのように丸く結いあげている。この「バン」という髪型はいたくセクシーだ。かつては、この巻いた髪をほどいていくのがお楽しみだった。贈り物の箱を開けるようで。ひっつめて結った髪はじつにエレガントできっちり纏まっており、じつに乙女らしい。それをほどいていく、めちゃくちゃに乱す、ほどかれた髪の毛の放埒さ、それが肩にかかり、バストにかかり、枕に広がるさま……。ギャヴィンは頭の中でシーンを列挙する。〝バン、旧知のきみよ〟。

コンスタンスは、バンは結わなかった。必要なかった。多かれ少なかれ、彼女自身がバンだった。ふだんはすっきりと落ち着いているが、解《ほど》かれると大暴れ。おれの初めての同棲相手、おれのアダムにとってのイヴ。なにものにも替えがたい人。ホットプレートと電気ケトルしかない狭苦しく風通しのわるいエデンの園で彼女のことを待っていたときの胸の疼きを思いだす。ドアを開けて入ってくる彼女は、しなやかでありながら甘やかな体に、それとは対照的なよそよそしい顔をしている。

欠けゆく月のように青ざめて、明るい色の髪がそこから逃れようとするように光線のごとく広がって。そんな彼女を腕に抱き、その首筋に歯をたてる。

いやいや、実際に歯はたてていない。でも、噛みつきたい気分だった。当時はつねに腹をすかせていたところに、彼女が〈スナッフィーズ〉のフライドチキンの匂いをさせていたせいもある。それに、彼女は自分を崇めてくれて、温かな蜂蜜のように蕩けたものだ。いたく従順で、彼女とならどんなことでもやれたし、好きなようにその身体をアレンジできた。いつでも「どうぞ」と言ってくれた。いや、「どうぞ」だけではない、「もちろん、どうぞ！」だった。

あれ以来、あんなに敬して愛されたことがあったろうか、純粋な意味で、利己的な下心なしに？あの頃のおれは無名だったからな。地味な内輪の名声すら与えられていない詩人だった。まだなに一つ、どんな賞も受けていなかったし、薄っぺらいくせに功績になって人から羨まれるような詩集など、なにも出版していなかった。ノーバディでいられる自由があり、これからなんだって書きこめる白紙の未来が眼前に広がっていたのだ。コンスタンスはおれをありのままのおれとして敬愛してくれた。この内なる核心を。

「丸ごと食っちまいたいぐらいだ」と、よく彼女に言った。ウー、ウー、ガルル、ガルル……。

「もちろん、どうぞ！」

「えっ、いまなんて？」ナヴィーナが訊く。

ギャヴィンははっと現実に返る。声が出てしまっていたか？　じゅるじゅるとか、うぉぉぉとか？　だとしても、なんだというんだ？　おれにはおれの音を出す権利がある。なんだって自分の好きな音をたててやる。

　だが、待て、麗しのナヴィーナよ。ニンフよ、汝の語彙集にわがダジャレのすべてを刻みたまえ（「ハムレット」三幕一場の台詞のもじり）。いや、もっと現実的なコメントが必要だな。

「そのブーツ、履き心地はいいのか？」ギャヴィンは熱心に尋ねる。こういう話に自然に引きこむのがいちばんだ。自分のよく知っている、ブーツの話なんかをさせろ。たちまちはまるから。

「えっ？」ナヴィーナは驚いたようす。「ブーツ、ですか？」顔が赤くなったか？

「爪先がきついんじゃないか？」ギャヴィンは重ねて訊く。「じつに今風だが、いったいどうやって歩くんだ？」本当なら、立ちあがって部屋じゅうを闊歩してくれと言いたい。だって、それがハイヒールの機能の一つじゃないか。女の骨盤をぐらつかせて、ケツを後ろに、おっぱいを前に突きださせ、全体にヘビのごとき曲線美を付与する——とはいえ、そんなことは頼めない。しょせんは赤の他人なんだから。

「あっ、これですか」ナヴィーナは言う。「ええ、履き心地は良いですよ。ただ、歩道が凍っているときはやめたほうがいいですけど」

「歩道なんか凍らないが」ギャヴィンは言う。あんまり頭が良くないな、このニンフは。

「あっ、そうですね。こっちでは」彼女は言う。「ですよね、あの、フロリダでは？　いま言ったのはうちの地元のことで」と、緊張ぎみにくすくす笑う。「凍るのは」

　ギャヴィンはテレビの天気予報を見て心に留めておいたのだが、北極低気圧が大陸の北部と東部と中部を襲っているらしい。ブリザードや氷嵐《アイスストーム》のようすや、転覆した車や折れた木々なんかの写真を目にしていた。コンスタンスはいまそのへんにいるはずだ。嵐の目のなかに。雪だけをまとってこちらに手を差し伸べ、まわりに天女のような光がきらめいている図を思い浮かべる。月影のひとよ。なぜ別れてしまったのか忘れたが、なにか些細なことだった。彼女にとって大した問題ではなかったはずだ。そう、どこかの女と寝たんだ。メラニーだったか、ミーガンだったか、いや、マージョリーか？　どうでもいい話だ。あの女はそのへんの木から飛びついてきたようなものなんだから。コンスタンスにもそう弁明したが、こっちの苦境は理解してもらえなかった。

どうしておれたち二人はいつまでも幸せに暮らせなかったんだろう？　おれとコンスタンス、太陽と月、それぞれのあり方でそれぞれに耀いていた。なのに、どうだ、いまここにいるおれは、彼女に見放され、見捨てられて。時にあってはわれを支えず、場にあってはわれをあやさぬ。

「そう、フロリダだが？　なにが言いたいんだ？」ちょっと強く言いすぎた。このナヴィーナというやつはなにをごちゃごちゃ言っているんだ？

「こっちは凍らないかなと……」消え入るような声。

「そりゃそうだな。でも、すぐに地元に帰るんだろう」ギャヴィンは言う。話の筋を忘れてあらぬ話をしているわけじゃないと示しておかねば。「ええと――帰る地元はどこだったか？　インディアナ？　アイダホ？　アイオワ？　あっちは、ばりばりに凍ってそうだな！　もし転んでも手をついてはいけないよ」と、父親が言いつけるような口調で言ってやる。「肩で受けるように。そうすれば、手首を骨折することはない」

「あっ、はい」ナヴィーナはまた「あっ」と言う。「ありがとうございます」気まずい沈黙。「そろそろあなたのことをお聞きしてもよろしいですか?」彼女はそう切りだす。「それと、あなたの、その、作品について——初期にお書きになったものです。テープレコーダーを持ってきましたので、回していいでしょうか? それから、ごらんいただきたいビデオクリップもいくつか。それの、その人の、ええと、その文脈についてお伺いしたいんです。もしかまわなければ」

「どんどんいこう」ギャヴィンは背をもたせながら言う。レイノルズはどこにいやがるんだ? おれのお茶はどうした? それからクッキーも。おれには食う権利がある。

「はい、では、わたしがいま調べているのは、その、〈リバーボート時代〉みたいなことなんです。六〇年代半ばの。あなたが『かの人に捧げるソネット集』という連作を書かれた頃です」彼女はまた新たなハイテクおもちゃを設置する。例のタブレットとかいうやつ。レイノルズも緑色のものを買ったばかりだ。ナヴィーナのは赤で、ちょこざいな三角形のスタンドも付いている。

ギャヴィンは困った振りをして、片手を目の前に持ってくる。「あれはよしてくれ。『ソネット集』はほんの習作なんだ。締まりのない、アマチュアの駄作だよ。まだ二十六歳だった。そこは飛ばしてもっと本格的な作品について話さないか?」実際のところ、このソネット集は注目を集めた。第一に、本作はソネット集とは名ばかりで——なんと大胆な!——第二に、それは新たな地平を切り拓き、言語の境界を押し広げるものであったからだ。まあ、少なくとも本の裏表紙にはそう書いてある。いずれにせよ、この詩集で初めての賞をかっさらった。わざと興味のなさそうな、むしろ軽蔑したような目で授賞に応じたギャヴィンだが——賞なんていうのも、権威が「アート」に押しつけてきた支配の一種だろ? と言って——賞金の小切手はしっかり換金した。

「キーツは亡くなったとき、二十六歳でした」ナヴィーナはいかめしい顔つきで言う。「しかしその偉業はどうでしょう」なんとお叱りか、あからさまな叱責か！　図太い神経だ。こいつが生まれたとき、すでにこっちは中年だぞ！　こいつの父親になれる年なのに。小児虐待者にもなれる年の差なのに！

「バイロンはキーツの書き物など、〝ジョニーのおねしょポエム〟と呼んでいたけどな」ギャヴィンは言う。

「ええ、存じていますよ?」ナヴィーナは言う。「キーツに嫉妬していたのではと思います。ともあれ、あのソネット集はすばらしいです！『かの人の口がわたし（me）に触れて』……すごくシンプルで、すごく甘美で、直接的で」こいつ、この詩はフェラチオを謳ってるって気づいていないようだな。「かの人の口がわたしの口（mine）に触れる」とは言ってない。当時、その手の文脈でmeと言ったら、コックを暗に指したのだ。そういえば、初めてこの「口」のくだりを読んだレイノルズは大爆笑していた。こんな清純な心はあなたの爛れた百合ちゃんにはないじゃない、と。

「ともあれ、きみは『かの人』のソネット集の研究をしていると」ギャヴィンは言う。「わたしに解説してほしいポイントがあれば言ってくれたまえ。いうなれば、作者の立場から学位論文を補強できることがあれば」

「ええと、ソネット集を研究しているわけではないんです」ナヴィーナは言う。「その研究はもう散々されていますから」と、目を伏せて珈琲テーブルを見つめる。真面目に顔を赤らめているようだ。「じつを言うと、わたしの論文テーマはC・W・スターなんです。ご存じですよね、コンスタンス・スター。スターは本名ではないと思いますけど、彼女のアルフィンランド・シリーズをテーマに書いています。その、当時のスターさんを知ってらっしゃるでしょう。〈リバーボート〉のこととか、あのへんの色々」

冷たい水銀剤でも血管に流しこまれた気がする。こいつを家にあげたのはだれだ？　この面汚し、この冒瀆もの！（おそらく「マクベス」「尺には尺を」などの語彙を使っている）。レイノルズだ、それは！　裏切者のレイノルズはこのハルピュイア（ギリシャ神話に出てくる女面鳥身の伝説の生き物。「テンペスト」にも登場する）の真の使命を知っていたのか？　だとしたら、こいつの奥歯を抜いてやろうぞ。

とはいえ、窮地だ。真面目な顔などしていられない。なにしろギャヴィンは主な研究対象のたんなる副次的情報源として扱われているのだ。主な研究対象はコンスタンス。ばかげたノーム話を思いつく綿毛頭のコンスタンス。ぺらっぺらのコンスタンス。首振り人形のコンスタンス。しかしここで怒りを露わにしたら、動物がやわな下腹を見せるようなことになり、一次的な屈辱にさらなる屈辱を重ねることになろう。「ああ、そうそう」と、ギャヴィンはジョークを思いだしたというように鷹揚に笑う。「あのへんの色々、ね。そのとおり！　もう、〝あの〟ことも〝色々〟もやりまくったよ！　朝から晩まで、〝あの〟ことと〝色々〟ばかりさ。でも、当時はそれだけのスタミナがあった」

「なんのお話でしょう？」ナヴィーナが言う。目がきらきらしている。血筋のせいもあるかもしれないが、それだけではないだろう。

「いとしのわが子よ」ギャヴィンは言う。「コンスタンスとわたしは一緒に暮らしていたんだ。同棲ってことだ。みずがめ座の時代《エイジ・オブ・アクエリアス》の夜明けだった（六〇年代に大ヒットしたヒッピーミュージカル「ヘアー」の劇中歌にもかけている）。時代の夜はまだ明けきっていなかったが、われわれはせっせと勤しんだ。服を着るより脱ぐほうにはるかに多くの時間を費やしたのだ。彼女は……じつにすばらしかった」ここで追憶の笑みを浮かべてやる。「とはいえ、コンスタンスの作品で真面目な学術研究をしているなんて言うなよ！　彼女が書いたものはいかなる意味でも……」

「いえ、真面目に研究しているんです」ナヴィーナが言う。「これは物語世界の構築プロセスにおける象徴主義対ネオ表象主義の役割を深く掘りさげる試みなんです。ファンタジー作品よりもいわゆるリアリズム小説における擬態のほうが甚だしいのですから前者のジャンルを題材にするほうがはるかに効果的な研究ができる。そう思いませんか？」

　そこへ、レイノルズがお茶のトレイを捧げ、ゴツゴツと入ってくる。「お茶が入りましたよ！」と、わずかな会話の隙間に割って入る。ギャヴィンはこめかみで血がどくどく打っているのを感じる。ナヴィーナがまくし立てていたのは、なんのこっちゃ？

「これは、どういうクッキーだい？」ギャヴィンはレイにそう訊いて、ネオ表象主義ナンタラを押しもどしてやる。

「チョコチップよ」レイノルズは答える。「もうナヴィーナにビデオクリップは見せてもらいました？　これが、すごいの！　事前にドロップボックスで送ってもらったんですけど」と言って、彼の隣に座り、お茶を注ぎはじめる。

　ドロップボックス？　なんだ、そりゃ？　唯一思いついたのは、室内用の猫トイレだった。とはいいえ、あえて尋ねない。

「これが一つめの動画です」ナヴィーナが言う。「〈リバーボート〉にて。一九六五年頃」

これは闇討ちだ。裏切りだ。しかしながら見るしかない。タイムトンネルに引きこまれるようで、その遠心力には抗えない。

映像はモノクロで粒子が粗い。音声はない。カメラがパンして室内を映す。撮影者は、取り巻きの素人か？ それとも、早期のドキュメンタリーのために撮られたものか？ ステージに立っているのは、ソニー・テリーとブラウニー・マギー（フォーク・ブルース・デュオの先駆者。一九六五年には二人のコラボレーションアルバムもある）に違いない。それから、あっちはシルヴィア・タイソン（カナダのフォークシンガーソングライター）か？ あるテーブルのまわりにたむろっている二人は、当時のギャヴィンの詩人仲間だ。あの時代らしい髪型、ぽやぽやと生えた、反逆的で、楽観主義者らしい鬚。あいつらの多くはすでに死んでいる。

そして、ギャヴィン自身の姿がある。隣にはコンスタンス。彼の顔に鬚はなく、口の端に煙草をくわえ、片腕を気安くコンスタンスの肩にまわしている。彼女のほうは見ずに、ステージを見ている。とはいえ、彼女のほうはギャヴィンのことを見ている。コンスタンスはいつもそうだった。ふたりは甘い関係で、あの頃はまだ傷を知らず、エネルギーと、そして希望にあふれていた。子どもみたいに。その後すぐにもふたりをばらばらに吹き飛ばすことになる運命の強風など、まだ念頭をかすめやらず。なんだか泣けてくる。

「彼女、お疲れのようね」レイノルズは満足げだ。「ほら、目の下のたるみ。大きな隈もできてる。ヘトヘトって感じ」

「お疲れだと？」ギャヴィンは言う。コンスタンスが疲れていると思ったことなどなかった。「そうですね、お疲れだったかもしれません」ナヴィーナが割って入る。「当時執筆されていたものを考えると！　偉業ですよ！　アルフィンランドの設計図を、あんな短期間で丸ごと組み立てたようなものなんですから。それに加えて、あのお仕事もこなして。フライドチキン店の」

「疲れたなんてあいつの口から聞いたことがないぞ」ふたりが非難ともとれるような目で見つめてくるので、ギャヴィンは言う。「すごいスタミナの持ち主だった」

「けど、そのこと、あなたに書きましたよね」ナヴィーナが言う。「疲れてるってこと。でも、あなたのためならたいした疲れじゃないって！　あなたがどんなに遅く帰ってきても必ず起こしてねという言葉もありました。あのかた、そう書いたんですよ！　きっとあなたに夢中だったんでしょう。なんて愛おしい」

ギャヴィンはわけがわからなくなってきた。おれになにか書いたって？　思いだせない。「どうしてあいつが手紙なんか書いてよこすんだ？　おれたちは一緒に暮らしていたんだが」

「毎日つけてたこういう日記帳に、メモを書きつけていたんです」ナヴィーナは言う。「それを夜テーブルに置いておく。あなたはいつも朝遅くまで寝ているけど、自分は仕事に行かなくちゃいけないからです。それをあなたが後から読む。彼女のメモの下に、あなたもなにか返信を書く。黒い表紙の日記帳でした。アルフィンランドの名前リストや地図を書きとめるのに使っていたのと同じ種類の。毎日新しいページを使ってました。憶えていません？」

「ああ、あれか」ギャヴィンは言う。記憶はぼんやりしている。だいたい思いだすのは、ひと晩コンスタンスと過ごしたあとの朝のまばゆさばかりだ。一杯目の珈琲、一本目の煙草。魔法で出現するみたいな、朝いちばんの詩の最初のくだり。ああいう詩の多くは長持ちした。「そうだな、ぼんやりと。きみはどこでそんなものを手に入れたんだ？」

「日記帳なら、あなたの資料集のなかにありましたよ」ナヴィーナはそう答える。「現在、オースティン大学が所有しています。書類をまとめてあそこに売りましたよね？　憶えてます？」

「自分の書類を売ったって？」ギャヴィンは言う。「どんな書類だ？」頭が真っ白になった。ときどきクモの巣の裂け目みたいに記憶のなかに現れる例の空白。そんなことをした憶えはない。

「まあ、厳密に言うと、わたしが売ったんですけど」レイノルズが言う。「そういう手続きをとりました。だって、自分の代わりに管理してくれって頼んだでしょ。オデュッセイアの翻訳に取り組んでいるとき。この人、もうのめりこんじゃうんですよ」と、ナヴィーナに語りかける。「執筆してるときって。わたしがごはんをあげないと、食べるのも忘れるぐらい！」

「ええ、ですよねえ？」ナヴィーナが言う。二人はなにか企むような目線を交わす。天才はうまく盛りたてないとね、という意味か。いや、翻訳に二通りあるとするなら、これは甘めのバージョンだな。もう一つの翻訳は、「耄碌ジジイはうまく騙しとけ」だろう。

「もう一つのクリップも見ましょうよ」レイが身を乗りだして言う。〝かんべんしてくれ〟。ギャヴィンは彼女に目顔で懇願する。〝追いつめられているんだよ。このお子さまプリンセスみたいなやつにはうんざりだ。なにを喋ってるのかわからん！　このへんでおしまいにしてくれ！〟

「もう疲れたな」と言ったものの、声が小さくて聞こえなかったらしい。二人には二人の計画があるのだ。

「こちらの動画はインタビューなんです」ナヴィーナが言う。「何年か前の。ＹｏｕＴｕｂｅにアップされていたものです」矢印をクリックすると、動画が再生されはじめる。こんどはカラーで、音声も入っている。「トロントのワールド・ファンタジー・コンベンションよりお届けします」

動画を前に恐怖が募る。貧弱な老齢の女がスタートレックの衣装を着た男にインタビューされている。男の肌は紫がかっており、ばかでかい頭に血管が浮きでている。クリンゴンのつもりらしい。この領域のミームについては詳しくないが、以前、詩のワークショップで受講生の作品にこういう主題が出てきたときに、生徒たちが教えてくれようとした。画面には女もひとり映っていて、てかてかしたプラスチックみたいな顔をしている。「あれはボーグ・クイーンですね」ナヴィーナが小声で言う。ＹｏｕＴｕｂｅのタイトルラインによれば、あの貧弱なばあさんがコンスタンスということになるが、ギャヴィンは信じられない。

「興奮をおさえられません。今日お招きしているのは、二十世紀のワールド・ビルディング・ファンタジーの祖母とも言えるかた」と、ボーグ・クイーンが言う。「Ｃ・Ｗ・スターご本人にお越しいただきました。世界に名を知られるアルフィンランド・シリーズの作者です。コンスタンスとお呼びしましょうか、それともミズ・スターと？　あるいは、Ｃ・Ｗ？」

「好きに呼んでちょうだい」コンスタンスが答える。だいぶ縮んではいるものの、たしかにコンスタンスだ。銀糸で編んだカーディガンを着ているが、だぶついている。髪の毛は羽毛が乱れた白鷺みたいで、首筋はアイスキャンディーの棒のよう。会場の騒ぎと眩しい照明に気圧されたかのように目をきょろきょろさせている。「呼び名とかそういうものは、気にしないので」彼女は言う。

「わたしにとって大事なのは、アルフィンランドをどうするかだけですから」その肌は奇妙に輝いている。燐光を発するキノコのように。

「シリーズを始めるとき、ああいうものを書くのは勇気が要りませんでした？」クリンゴンが尋ねる。「ああいうジャンルは男の世界だった、そうでしょ？」

コンスタンスは頭をのけぞらせて笑いだす。この笑い方——空気のように、羽毛のように軽い笑い方もかつてはチャーミングだったが、いまのギャヴィンにはグロテスクに感じられた。場違いの軽快さ。「ああ、当時のわたしに目を留める人なんていませんでしたから。実際、勇気とは呼べないでしょう。ともあれ、筆名にはイニシャルを使いました。わたしが男じゃないって、最初はだれも気づかなかった」

「ブロンテ姉妹みたいだな」クリンゴンが言う。

「それはどうだか」コンスタンスはちらりと横目で見ながら言い、謙遜の笑いを漏らす。あの紫の肌に血管浮きでた野郎といちゃつくつもりか？　ギャヴィンは顔をしかめる。

「こんどは、真面目にお疲れのようね」レイノルズがいう。「あのひどいメイク、だれがやったんだろう。ミネラルパウダーはやめとくべきだったわね。ところで、正確には何歳なの、彼女？」

「では、並行世界はどのようにして創造するのですか？」ボーグ・クイーンがコンスタンスに尋ねる。「なにもないところから生みだすんでしょうか？」

「いいえ、なにもないところから、なにかを生みだしたことなんてありませんよ」コンスタンスは答える。ここは、真剣ぶって見せる場面か、あのつまらん態度で。〝これが真剣に語るわたしですよ〟という演出。昔からギャヴィンにはぴんとこなかった。小さな女の子がママのハイヒールを履いているみたいで。でも、そういう真剣さもチャーミングだと感じていた。いまとなっては、インチキくさい。彼女になんの権利があって真剣になるんだ？　「いいですか」と、コンスタンスはつづける。「アルフィンランドに存在するものはどれも現実社会のなにかを下敷にしているんです。現実とどんな違いがあるでしょうか？」

「それってキャラクター造形にも言えます？」クリンゴンが訊く。

「ええ、そうですね。でも、ときにはあちこちから少しずつ持ってきて組みあわせるので」コンスタンスは答える。

「ミスター・ポテトヘッド（「トイストーリーズ」のキャラクターだが、当初はシリアルのおまけの顔パーツをじゃが芋に付けて遊ぶものだった）みたいに？」

「ミスター・ポテトヘッドって？」コンスタンスは困惑顔だ。「アルフィンランドにはそんな名前のキャラクターはいませんよ！」

「それ、子どものおもちゃで」ボーグ・クイーンが言う。「じゃが芋にいろんな目や鼻のパーツを挿すんです」

「あらそう」コンスタンスは言う。「わたしの頃はなかったわね。子どもの頃には」

クリンゴンが空いた間を埋める。「アルフィンランドには悪者がすんごいたくさん出てきますよね！　ああいうキャラも現実にモデルがいるんすか？」と言ってククッと笑う。「素材は選り取り見取り！」

「ええ、そのとおり」コンスタンスは答える。「悪者はとくにそうね」

「では、たとえば」と、ボーグ・クイーンが言う。「血濡れ手のミルツレスのモデルは、わたしたちが街を歩いていて出会うような人ですか？」

コンスタンスはまた頭をのけぞらせて笑う。ギャヴィンは歯の浮く思い。そんなに口を大きく開けるのはやめろと、だれか忠告してやるべきだ。もう見られたものじゃない。奥歯が二本ぐらい欠けているのが丸見えだ。「やだ、出会いませんように！　少なくとも、あの出で立ちではね。でも、ミルツレスも現実のある男性を下敷にしてますよ」と、画面から見つめてくる物思う目とギャヴィンの目がもろに合う。

「ひょっとして、昔の恋人とか？」クリンゴンが訊く。

「それはありませんね」とコンスタンス。「どちらかというと、政治家です。ミルツレスはいたって政治的なキャラクターでしょう。とはいえ、アルフィンランドに昔の恋人を使ったこともありますよ。いまもすぐそこにいます。ただ、あなたがたには見えないでしょうね」

「だれですか、教えてください」ボーグ・クイーンはすさまじい笑顔で食いつく。

コンスタンスはもじもじして見せる。「ないしょ」と言って、スパイでもいるんじゃないかというように怖々後ろを振りかえる。「どこの人かは言えません。波風立てたくありませんからね。世界のバランスをとらないと。みんなにも危害が及びかねない！」

この話、収拾がつかなくなっているのでは？　彼女、ちょっとおかしくなっているんじゃないか？　ボーグ・クイーンもそう感じたらしい。すぐさま「今日は特別なお話を聞かせていただき、たいへん光栄でした、ありがとうございます！」と言ってインタビューを打ち切る。「ファンのみなさん、C・W・スターさんに盛大な拍手を！」拍手が起きるが、コンスタンスはまごついた顔をしている。クリンゴンが彼女の腕をとる。

おれの黄金のコンスタンスよ。道をはずれて、迷子になってしまった。途方に暮れ、さまよって。

画面が暗くなる。

「すごくないですか？　素晴らしい才能です」ナヴィーナが言う。「それで、ちょっと教えていただけないかと思ったのですが……つまり、スターさんはあなたのことをアルフィンランドに書きこんだと宣言したようなものです。どのキャラクターかわかれば、わたしにとって、わたしの研究にとって重大な成果になります。すでに六人に絞りました。それぞれの特徴と特殊パワー、シンボル、紋章を一覧表にしてあります。わたしとしては、『韻踏みのトーマス』だろうと踏んでいます。シリーズで唯一の詩人ですから。詩人というより預言者に近い。特殊パワーとして予知能力を有しています」

「なんのトーマスだって？」ギャヴィンは冷たい声で訊く。

「韻踏み、です」ナヴィーナはしどろもどろに答える。「バラッドに出てくるんです。よく知られた歌です。『貴公子』のパートにあります。妖精の国の女王によってさらわれ、赤い血に膝まで染まって諸国をめぐり、地上ではその姿を七年間見たことがなかったものの、帰還すると『真のトーマス』と呼ばれるようになります。未来を予言したからです。ただ、シリーズ中の名前はもちろんべつにあります。『水晶眼のクルヴォシュ』というんです」

「おれが水晶の眼をもったやつに似てるってことか?」ギャヴィンは真面目くさった顔で訊く。ちょっと焦らせてやろう。

「いいえ、でも……」

「それは間違ってもおれじゃない」ギャヴィンは言う。「水晶眼のクルヴォシュはアル・パーディ(カナダの自由詩の詩人。ブコウスキーの長年の友人でもあった)だ」これは、思いつくかぎり最高に愉快な嘘だ。大工仕事と血粉工場勤め(家畜の血を乾燥させた粉末を作る工場。肥料・飼料として用いる)を詩に書いていたビッグ・アルが、妖精の国の女王にさらわれてきたなんて! このデタラメを学位論文に入れてくれたら、ナヴィーナに一生恩に着る。きっと血粉についても書くだろう。内容にぴったりだものな。しかしここはおとなしく口を閉じておこう。笑ってはいけない。

「アル・パーディだと、どうしてわかるの?」レイノルズが疑いを差しはさんでくる。「ギャヴィは嘘つきなんですよ、おわかりでしょうけど」と、ナヴィーナに言う。「自伝だって嘘だらけです。自分ではおもしろいと思ってるみたい」

ギャヴィンが口を挟む。「コンスタンス本人から聞いたんだ。それ以外にあるか? あいつは人物造形について始終おれと話しあってた」

「でも、水晶眼のクルヴォシュが初めて出てくるのはシリーズの三巻目ですよね」ナヴィーナが言う。『死霊の帰還』。あれが出たのはだいぶあと……なにが言いたいかというと、なにか記録があるわけではないし、その頃にはあなたはもうコンスタンスとは別れていたでしょう」

「隠れて会っていたんだ」ギャヴィンは言う。「長年にわたり。ナイトクラブのトイレでね。死んでも離れられない仲。おたがい相手を手放せなかった」

「そんな話、わたしは聞いてない」レイノルズが言う。

「ベイビー、きみに話していないことはたくさんあるのだよ」レイノルズは疑ってかかっているが、ギャヴィンが作り話をしているという証拠もない。

「そうなると、話はまるきり変わってきます」ナヴィーナが言う。「論文、リライトしなきゃ……中心となる仮説も再考することになる。ああ……厳しいなあもう！　けど、クルヴォシュでないならだれなんです、あなたは？」

「さあ、だれだろう」ギャヴィンは言う。「こちらが聞きたいぐらいだ。おれはアルフィンランドにはまったく出てこないのかもしれん。コンスタンスに消されたのかもしれない」

「あなたもいるって聞きましたよ」ナヴィーナが言う。「ご本人からのメールに書いてありました。一か月ほど前の」

「記憶があやしくなってるんでしょう」レイノルズが言う。「あの動画を見ればわかるじゃない。あれでも、旦那さんが亡くなる前の撮影だけど。記憶がごちゃ混ぜになっていた。あのぶんだと、おそらく……」

ナヴィーナが乗りだしてきてレイノルズを遮る。ギャヴィンに目を見ひらき、声を落として、親し気な、内緒話のような声を出す。「スターさんによれば、あなたは隠れているんだって。宝物みたいに。ロマンティックじゃないですか？　じっと見ると、木の幹に人の顔が見えてくる写真みたいなものだって（物体の形のなかに人の顔を見いだす心理現象）。そういう言い方をしていました」ほほう、〝浮かれて踊ると思えば、のんきに歩く。舌っ足らずのしゃべり方で、ほぼ空っぽのギャヴィンの頭から最後の精髄のひと啜りまで啜りとろうというのか。失せろ、この浮気女《うわきめ》め！〃（「ハムレット」三幕一場。ハムレットがオフィーリアに投げつける台詞のもじり）。

「すまないが、わたしではお力になれないようだ」ギャヴィンは言う。「コンスタンスのあのクズ本は一つも読んだことがないんだよ」これも虚偽である。読んだことはあった。大いにあったが、それまでの自論が裏づけられるだけだった。つまり、コンスタンスは詩人の卵としてダメなだけでなく、小説を書いてもひどいということ。アルフィンランドなんて、タイトルがすべてを物語っているじゃないか。「アフィッドランド」としたほうが的確なぐらいだ（aphidはアブラムシのこと）。

「失礼ですが？」ナヴィーナは言う。「あまり敬意ある言い方とは思えませんが……エリート主義と言いますか……」

「きみももっと有意義な時間の使い方をしたらどうだ？　カエルの卵の湧いた水たまりみたいなもんを読み解いてないで」ギャヴィンはそう言ってやる。「すてきな女性の手本みたいなきみが、木に生ったかわいいお尻をあたら萎びさせていくとはもったいない。わかるかね？」

「失礼ですが？」ナヴィーナはまた言う。一種の安全装置なんだろう。失礼があっても許してくれという。

「痒いところあればどこでも掻きましょう。いかなるこぶこぶも。いかなる性器も（「テンペスト」二幕第二場。「しかし仕立て屋は彼女の痒がるところを掻くかもしれぬ」や「リチャード三世」などのもじりらしい）」ギャヴィンが言うと、レイノルズが脇腹を肘で強く突《つつ》いてくるが、無視する。「まあ、小粋でお盛んな求愛者がそのような戯言をいってくることもあろう。

きみのような美麗な若き女性はあんな駄作に注釈をつけてせっかくの視力を無駄にするより、心地よい健康的なファックをいたすほうが、はるかに良い。まさか、ヴァージンだなんて言うなよ！それは言語道断だ！」

「ギャヴィン！」レイノルズが割って入る。「いまどき女性にそんな口の利き方をするなんてあり得ない！　そういうのは……」

「わたしの私生活に立ち入るお立場にはないと思いますが」ナヴィーナが堅い口調で言う。下唇を震わせている。どうやら、急所をついたらしい。だが、まだ放してやる気はない。

「おれのことをほじくり返すのはなんとも思わないのか」そう言い返す。「おれの私生活をだ！日記を読み、手紙類を漁り、おれの……おれの元恋人の身辺を嗅ぎまわって。不躾な！　コンスタンスはおれの私生活の一部だ。プライベートなのだ！　きみはそれを考えたこともないようだが！」

「ギャヴィン、あの書類は自分で売ったんだから、いまでは公の資料よ」レイノルズが言う。

「ばか野郎！」ギャヴィンは怒鳴る。「売ったのはおまえだろうが、この裏切者のビッチが！」

ナヴィーナはなんとか威厳を保ちながら、赤いタブレットを閉じる。「もう失礼したほうがよさそうです」と、レイノルズに言う。

「ごめんなさいね」レイノルズは言う。「ときどきこんなふうになってしまうんです」そして二人は立ちあがり、オーとかウーとか、すみませえんとか言いながら廊下を遠ざかっていく。玄関ドアが閉まる。レイノルズは二ブロック先のホリデーインの前にあるタクシー乗り場まであの子を送っていくに違いない。間違いなくギャヴィンのことを話しながら。彼について、彼の怒りの爆発について。たぶんレイノルズはあとでこのダメージの修復を図ろうとするだろう。いや、そうとも限らないか。

凍てつく夜になるだろう。きっとレイノルズは卵を一つ茹でてくれ、顔にきらきらのなにかを塗りたくって、ダンスに出かけてしまうだろう。

ギャヴィンは怒りに身をまかせる。いや、それはいかん。心臓の血管によくない。なにかべつのことを考えなくては。そうだ、詩だ、いま書いている詩。でも、いわゆる書斎はよそう。あそこでは書けない。ギャヴィンはすり足でキッチンへ行き、お気に入りの保管場所である電話台の抽斗からノートブックをとりだし、鉛筆を見つけ、庭に面したドアから外に出て、タイル張りの階段を三段降り、パティオに出て、そろりそろりと向こう側に歩いていく。パティオもタイル張りなので、プールのまわりはとくに滑りやすい。目的とするデッキチェアまでの道のりを踏破すると、そこに腰をおろす。

落ち葉が渦を巻いている。デニムのショートパンツを穿いたマリアが網を持って音もなくやってきて、落ち葉をすくいあげるかもしれない。

マリアは死にゆく木の葉をすくいとる。
それは魂なのか？　あの一枚がわが魂なのか？
彼女は死の天使か、黒髪の、

黒い闇をまとうあの娘は、おれを集めにくるのか？
色褪せてさまよう魂は、この冷たい水たまりで渦巻き、
長きにわたり、あの愚か者の、おれの身体の、共犯者を務めたが、
どこに着地するつもりだ？　どんな侘しい岸辺に？
おまえはただの死《し》に葉《ば》となるのか、それとも……

だめだ、あまりにホイットマン的だ。だいたいマリアはちょっとした小遣いを稼ごうというふつうの良い子で、どこにでもいる特別じゃない少女だ。ニンフでもなければ、「ヴェニスに死す」の蠱惑の美少年でもない。なら、「マイアミに死す」にしてみたらどうだろう？　なんだかテレビの刑事ドラマみたいだ。はい、行き止まり、却下。
それでも、マリアを「死の天使」とするアイデアはなかなか良い。自分にもそろそろそんなお迎えが来る頃だろう。臨終の時には、なんにもないより天使でも見たいものだ。
ギャヴィンは目を閉じる。

リチャード三世を上演中の公園にもどっている。魔法瓶に入ったマティーニをすでに紙コップに二杯ほど飲んでおり、小便をしたい。ところが、場の真っ最中だ。リチャードは革の衣装に身を包み、でかすぎる鞭を手に、レディ・アンに近づいて話しかけようとしている。レディ・アンは夫を

殺害され、その棺を運ぶ列を率いているところだ。彼女はSMフェティッシュな衣装を着せられており、ふたりは交互に相手を押しのけながら怨念のデュエットを繰り広げる。突拍子もない場面だが、考えてみたらしっくりくる。リチャードはアンのダンナを串刺しにし、アンはリチャードに唾を吐き、リチャードはアンに自分を刺し殺せと言う、などなど。シェイクスピアってやつはそうとう変態だな。かつて女というのはこんな形で勝ちとるものであったか？「イエス」欄にチェックだ。

「ちょっと、ションベン」リチャードがレディ・アン征服をドヤ顔で宣言する場面が終わったところで、ギャヴィンはレイにそう告げる。

「奥のホットドッグ屋台の横」レイはトイレの場所を教えてくる。「静かにっ！」

「真の男は掘っ建て便所なんぞでションベンせぬ」ギャヴィンは言う。「真の男は茂みに出すのだ」

「付き添ったほうがいい？」レイノルズが小声で訊く。「あなた、迷子になりそう」

「ほっとけ」ギャヴィンは言う。

「せめて、懐中電灯を持っていって」

しかしギャヴィンは懐中電灯も断る。〝奮闘し、追い求め、見いだし、いまだ挫けず〟ってことだ（前出テニソン「ユリシーズ」より）。ギャヴィンはのんきに闇へと歩み入り、ズボンのファスナーをごそごそとまさぐる。ほとんどなにも見えない。少なくとも、足にはかからなかった。今回は靴下が生温かくなってない。ほっとしてファスナーを上げて向きなおり、来た道をもどろうとする。とはいえ、ここはどこだ？　木の枝が顔をこする。方向を見失っている。それだけじゃない。この茂みにはとろい獲物から金品を巻きあげようと、チンピラが待ち受けているかもしれない。クソッ！　レイノルズを呼びつけるにはどうしたらいい？　助けを求めて叫ぶなんて断固拒否する。あわててはいかん。

　腕をつかんでくる手があり、ハッとして目を覚ます。心臓が激しく打ち、呼吸が速くなっている。落ち着け。ギャヴィンは自分に言い聞かせる。ただの夢じゃないか。ただの生煮えの詩だ。


　あの手はレイノルズのものだったはずだ。ギャヴィンのあとから、懐中電灯を持って茂みに入ってきたのだろう。どうも思いだせないが、そういうことになる。だってそうでないと、自分はいまこのデッキチェアにいられないじゃないか？　自力では帰りつけなかったろう。

　どれぐらい眠っていたのか？　もう黄昏どきだ。〝夜の闇と昼の陽のあわい、夜のとばりが下りだす頃。黄昏時の歌だけが〟、か。ヴィクトリア朝らしい語だ。いまでは「黄昏時」なんてだれも使わない。〝いまだ響く懐かしい恋人の甘きナントカカントカー〟（ロングフェロー「こどもの時間」と「懐かしき恋人の歌」より）。

　一杯やる時間だな。

「おーい、レイノルズ」と呼んでみるが、返事はない。夫を捨てて出ていったのだろう。自業自得だ。今日の午後の自分はあまりお行儀がよくなかった。でも、良からぬ振る舞いをするのは、楽しかった。〝いまどき女性にそんな口の利き方をするなんてあり得ない！〟ふざけんな、よけいなお世話だ。退職した身じゃ、解職できん。という韻文を思いついて、ギャヴィンは独りでウケた。

　ギャヴィンは腕の力でなんとか腰を持ちあげ、デッキチェアから下りると、玄関の階段に方向を定める。タイルの上は滑りやすく、庭のこのあたりは薄暗い。幽庵の闇《クレパスキュラー》か。ざりがに《クレイフィッシュ》を思わせる響きだ。鋏をもった、イガイガの硬い殻をもつ語。

よし、階段に来た。右足から上げろ。踏みはずし、したたかに打ち、擦りむく。

この老人の中にこんなにたくさんの血が入っているなんて、だれが思っただろう?

「なんてことなの!」彼を発見したレイノルズは叫ぶ。「ギャヴィ! 一瞬も目を離せないんだから! 自分がなにをやらかしたと思う!」と言って、いきなり泣きだす。


レイノルズは彼をなんとか引きずってデッキチェアに座らせ、枕二つを背中の後ろに入れて支える。血をさっと拭きとり、濡れ布巾を頭に押しあてる。つぎは、電話で救急車を呼ぼうとしている。

「待ってられません! 脳卒中かなにか起こしたのよ……救急の扱いになるんだってば! ああ、クソッ!」

枕にもたれていると、なにか冷たくも温かくもないものが顔をつたっていく。まだ陽が沈みかけた頃で、黄昏時なんかじゃない。空は薄緋《うすあけ》に耀いている。ヤシの葉がやさしく揺れている。プールの循環ポンプがドクドク動いている。いや、これは自分の鼓動か? そこで、視界が暗くなり、コンスタンスがその中に浮いている。懐かしの、萎びた、コンスタンス。仮面みたいなメイク、生白い、皺だらけの顔は、今日画面で見たとおりだ。きょとんとした顔でこちらを見てくる。

「ミスター・ポテトヘッドって?」

しかしギャヴィンは、それにはとりあわない。彼女のもとへすごい速さで宙をきって進んでいるから。むこうはちっとも近づいてこない。きっとこちらと同じスピードで遠ざかっているんだろう。もっと速く飛べ。ギャヴィンは自分を叱咤する。そうして距離をつめ、ひゅーっと間近まで迫り、そのまま彼女のきょとんとした青い瞳の、黒い虹彩の奥へと入っていく。まわりに空間がひらけ、とてもまぶしい。そこに懐かしのコンスタンスがいる。若返って、かつてのように暖かく迎えてくれる。うれしそうに微笑んで、腕を広げてくる。ギャヴィンはその彼女を腕に抱く。

「さて、やっともどってきた」と、コンスタンスは言う。「目が覚めたのね」

ダークレディ

ジョリーは毎日、朝食どきに三紙すべての訃報欄に目を通す。故人をベタ褒めする死亡記事に大笑いすることはあるが、ティンの知るかぎり、泣いているのは見たことがない。ジョリーというのは、あまり涙もろいほうではないのだ。

注目すべき故人にはX印をつけ——葬儀や追悼式に参席する予定の場合はXを二つ——テーブル越しにティンに寄越す。そう、彼女はいまだに新聞を新聞「紙」の形で購読している。タウンハウスの玄関の階段に配達されるあれだ。デジタル版は訃報欄がカットされているからだとか。「ほら、また知り合いだ」ジョリーはそう言って見せてくる。「『彼女を知るすべての人びとに深く悼まれ……』なんて思えないね！　こいつ、スプレンディダのキャンペーンで一緒に仕事したことあるけど、ほんと下衆《ゲス》い女だった」あるいはこんな訃報も。「こっちは『老衰により自宅で安らかに眠りにつき』か。あやしい、絶対あやしいね！　間違いなくクスリの過剰摂取だよ」さらにはこんな例も。「おっと、ついに来た！　あのクリーピー・フィンガーズめ、エロ師め！　こいつ、八〇年代に接待の食事会ですぐ隣に奥さんがいるのにあたしの足をまさぐってきたからね。お達者すぎて、防腐処理も要らないぐらいじゃないの」

ティン自身は嫌いな相手の葬式に行く習慣はないが、苦しむ遺族を慰めにいく場合はべつだ。エイズ到来の初期はまさに凄惨。当時は黒死病のごとき疾患。葬儀場に所狭しとつめかけし参列者たちは、皆一様に茫然、受け入れがたくどんよりと。遺されし者は罪の意識でハンカチを。しかしジョリーにとっては、嫌悪も葬儀に出向く動機になるらしい。喩えていえば、墓の上でタップダンスを踊ってやりたい、ということだ。二人とも実際に踊るのはもう無理だが、高校時代のティンはキレのいいロックンローラーだった。

ジョリーの場合、それほどキレはなかったが、熱狂タイプ。ひょろりとした長身で、跳ね子馬のように飛びまわり、髪を振り乱す。とはいえ、二人がステージで共演するのを仲間たちはおもしろがっていた。双子だから。ティンと組むとジョリーは実際よりダンスが上手く見えた。衝動に駆られやすいジョリーを可能なかぎり守ってやるのは、子どもの頃から彼の務めだった。それに、ジョリーと踊っている間は、当時なぜかつきあうことになった花形女子から離れられ、短い息抜きにもなった。あの頃のティンは選ぶ相手に困らなかったし、あちこちとつきあっていた。そうするのがベストだったから。

ティーンエイジャーのかわい子ちゃんたちに、びっくりするほどモテたが、考えてみるとそう不思議でもない。ティンはつねに共感を示し、愚痴に耳を傾け、駐車した車の中で乱暴に服を脱がそうとしたりしなかった。もっとも、ダンス後のお約束の熱いネッキングはこなしておいた。口臭があると思われると困るから。その先に、ワイヤで上げたつんつんバストのブラのホックを外すとか、ぴったり密着したパンティガードルを剝ぐとか、そういうお楽しみに誘われることもあったが、思慮深く断ったものだ。

「朝になったら自己嫌悪に陥るよ」と、相手の子に説いた。実際ことに及んだら、きっと自己嫌悪に陥り、電話してきて、だれにも言わないでと泣きついてくるのだろう。妊娠の不安にも駆られたことだろう。ピルが普及する以前の女の子たちはそうだった。いや、むしろそれを狙っていたのかもしれない。若いうちに彼をとっ捕まえようという魂胆で。彼、すなわちマーティン・ザ・マグニフィセントを！　でっかい獲物を仕留めろ！

ティンはデート相手のことを得意げに吹聴したりしなかった。彼より小物でニキビ面の若造たちは決まって自慢したものだ。凍える寒さの、殺風景な、フリチン野郎の集まるロッカールームで、前夜のアバンチュールが話題になると、ティンはただ謎めいた笑みを浮かべ、すると男子どもはにやりとして肘で突《つつ》きあい、いかにも男っぽい態度で腕をバシッと叩いてきたりした。ティンは背が高くて、運動神経が良く、陸上競技のスター選手だったのが幸いしたのだろう。専門は棒高跳びだった。

なんて、わるいやつ。

なのに、すごい紳士。

ジョリーとしては、墓の上でタップを踊るなら独りはいやだ。なにごとも独りでやりたくない。

ティンを口説きつづければ、この女子会ばりの哀悼の儀になんとか連れていけるだろうと思う。いまのところ、嘘くさい沈痛面をしたやつらがパンの耳を落としたサンドイッチをむちゃむちゃ食いながら、おたがいまだ生きててなによりなどと言いあうのにつきあわされて死ぬほどうんざりする気はない、などと言っているけど。ティンはティンで、こういう終末の通過儀礼へのジョリーの関心は過剰だし、病的だとすら感じていて、実際そう指摘したこともある。

「敬意を表そうというだけだよ」ジョリーがそう言うので、ティンは鼻で笑う。冗談だろう。二人ともひとへの表敬なんて通り一遍のもので、とくに優先したことはない。

「溜飲を下げたいだけだろう」ティンがそう返すと、こんどはジョリーが図星を指されてフンと鼻を鳴らす。

「人間ってもろいものだと思う?」ジョリーはティンによく訊く。卓抜なユーモアセンスと、もろいか否かは、別問題だが。

「もちろん、人間はもろい」ティンは答える。「もろく生まれついているんだ! しかし、明るい面を模索していこうじゃないか。もろさのない人生なんて味気ないだろう」どっちみち、近頃のきみには味わうものもあまりないだろうが、とは付け足さないでおく。時が経つにつれて味わえるものは減っていく。

「あたしたちさ、輝かしいサイコパス殺人鬼にもなれたかもしれないよね」ジョリーは十年ほど前、二人が六十になるかならないかの頃にそう言ったことがある。「見知らぬ他人を無差別に殺して完全犯罪を成し遂げることもできた。列車から突き落とすとか」

「いまからでも遅くはない」ティンはそう答える。「じつのところ、それはぼくの〝死ぬまでにやりたいことリスト〟に載っているんだ。でも、癌になるまで待つよ。やるとなったら、スタイルをもってやらないと。何人か道連れにして、地球の負担を減らす。トースト、もっと食べるか？」

「あんた、自分一人で癌にかかろうっていうの？」

「そうじゃないよ。神に誓って指きって。前立腺癌だったら話はべつだけど」

「それは、やめてよね」ジョリーが言う。「あたしが取り残された気になる」

「もし前立腺癌になったら」ティンが言う。「きみも経験を共有できるよう、前立腺移植を受けられる手続きをすると誓おう。前立腺なんていますぐ窓から放りだしても構わないって男たちを何人も知ってる。少なくとも、夜ぐっすり眠れるようになり、夜中のトイレ通いともおさらばだ」

ジョリーはにやりとする。「恩に着るわあ。前立腺って前からほしかったんだよね。いまの黄金時代にあって、泣き言をいう種がもう一つ増えるじゃない。医者は陰嚢ごとぶっこんでこようとするかな？」

「おい、その言い方」と、ティンが言う。「いささか粋に欠けるな。わざとだろうけど。珈琲のおかわりは？」


双子なので、二人でいるときはありのままの自分でいられた。他の人たちが相手だと、そううまくはいかない。うわべを繕って他人は騙せても、片割れは騙せない。おたがいの目にはグッピーみたいに透け透けなのだ。相手の心の奥までよく見えてしまう。少なくとも、二人の間ではそういう話になっている。とはいえ、ティンはかつて熱帯魚を飼っている女とつきあっていたので知っているが、グッピーにだって不透明な部分はある。

ティンは愛おしげにジョリーを見つめる。真っ赤なフレームの老眼鏡ごしに眉を寄せて訃報欄に目を通している。眉を寄せるといっても、ボトックス注射をしているので、その範囲でだが。近年──といってもこの何十年かで──ジョリーは心もち目が飛びでた顔つきになっている。目元まわりをいじりすぎた人にありがちなことだ。それから、髪の毛の問題もある。少なくとも、漆黒に染めるのだけはやめさせてきた。いまの彼女の肌色だと、ゾンビっぽくなりすぎる。いくら小麦色のファンデーションときらめくブロンズ色のミネラル成分入りパウダーとやらをせっせと塗りたくっても、いかんせん肌に色つやがないのだ。宣伝文句に騙されてかわいそうに。

「年齢なんて気持ちの問題だよ」ジョリーはしょっちゅうそう言って、ティンをとんでもないものに誘いこもうとする。ルンバのクラスや、水彩画ホリデーや、スピンバイクみたいな壊滅的にばかばかしい趣味に。ティンは自分がストレッチ素材のタイツなんか穿いて、固定自転車に跨り、木工機みたいにひゅんひゅんペダルを漕ぎ、ただでさえ萎びた股間をさらに痛めつける姿なんて想像できない。いや、どんな自転車に跨る自分も想像できない。油絵教室もやる前から却下だ。どうせ絵を描くなら、うだうだ無駄口をきく素人集団のなかでやりたいとは思わない。ルンバに関しては、尾骨をくいっと回せる必要があり、このスキルはセックスを諦めたのと同じ頃に喪失した。

「そのとおり」ティンはジョリーの言葉に応じる。「ぼくなんか二千歳の気分だ。我は我の座す岩より年をとっており」

「岩ってなにさ？　どこに岩があるの？　あんた、ソファに座ってるじゃない！」

「引用だよ」ティンは言う。「パラフレーズというか。ウォルター・ペーターより（イングランドの随筆家・評論家。引用元は「ルネッサンス」（一八七三年））」

「またお得意の引用か！　あのさ、みんながみんな引用符に囲まれて暮らしてるわけじゃないんだよ」

ティンはため息をつく。ジョリーの読書範囲は広くない。チューダー家とボルジア家の歴史ロマンスが好みで、もっと本格的なものはまるで読もうとしないのだ。「ヴァンパイアのごとく、わたしは幾度も死んできた（同じく「ルネッサンス」のもじり）」。ティンはほんの小声でつぶやく。ジョリーの耳に入って刺激したくない。この人を刺激するとやっかいなことになる。彼女の場合、ヴァンパイアなど怖がらないだろう。向こう見ずかつ好奇心旺盛だから、地下墓地にも真っ先に入るに違いない。とはいえ、ティンがヴァンパイアになるのは気に入らないはずだ。自分の思ったとおりのティンでないと嫌なのだ。

その一方、彼女自身はべつなだれかになろうと揺るぎない努力をしてきた。自分が自分のスタンダードに合っていないのだとか。もっぱら盲信しているのは、高額な化粧品の効能書きだ。ジョリーはインチキな魅惑の効能書きを本当に信じている。ふっくら仕上げ、すっきり引き締め、皺とり完璧、若い肌のみずみずしさを取り戻します、加齢知らずのヒミツ――自分だって広告業界にいたんだし、こんな謳い文句が効力を失くす職場のはずだ。彼女の人生には、いいかげん学ぶべきなのに学べていないことがたくさんある。メイク術もその一つ。ティンは繰り返し繰り返し、〝きらめくブロンズ色〟を首の途中までしか塗らないのはやめろ、首を縫合したように見えるぞ、と注意することになる。

髪の毛に関してティンがついに折れて合意したのは、左サイドに白いラインを入れること——老人パンクバンドみたいだな、と、つぶやいたものだが——最近はそれに加えて、どぎつい真っ赤な付け毛をつけること。全体の印象としては、ケチャップのボトルと格闘したスカンクが懐中電灯に照らされてぎょっとしているような感じ。この血糊べったりみたいな毛髪を見た人に、こっちが老人虐待を疑われて非難されないようそっと祈るばかりだ。

往年のジョリーは情熱のジプシーイメージを取り入れ、色鮮やかなアフリカンプリントをまとい、民族調のアクセサリーをじゃらじゃらさせるスタイルで鳴らしていたが、いまや目に留まったファッションアイテムを好き勝手に着こなせる日々は去った。そういうセンスは失くしてしまったのに、相変わらず派手ばでしい身なりが習慣になっている。ティンは折々に「スパムの成りをしたマトン」（「ラムの成りをしたマトン」という成句のもじり。痛々しい若作りといった意味）と言いたくなるが、まだ口にしたことはない。気持ちを押し殺し、言葉を飲みこみ、ほかの女たちに向けて同じことを言って、ジョリーを笑わせる。

ふだんは、命にかかわるような急な〝断崖〟には彼女が近づかないよう誘導している。しかし九〇年代には鼻ピアスという頓狂なものが流行り、ジョリーはあの悪趣味なシロモノを挿した鼻をだしぬけにティンに突きつけ、どう思う？　と正面きって訊いてきた。ティンは必死で口を閉じているしかなかったが、本心と裏腹にうなずいて、ぼそぼそ答えておいた。ジョリーはその後、風邪をひき、ハンカチがピアスに引っかかって鼻が裂けそうになると、その安っぽいアクセサリーを破棄するに至った。

そのあとには、舌ピアスという脅威も訪れたが、幸いそのときは最初にティンに相談してきた。それで、なんと答えたか？ 「口の中をバイク乗りの革ジャンみたいにしたいのか？」そうは言わなかったはずだ。「うん、そうだよ」と言われるリスクが大きすぎる。「そういうオモチャをつけていると、フェラチオOKの宣伝だと考える男たちがいる」という情報も問違っても伝えなかったろう。むしろやる気になりかねない。健康上の理由はどうか。「舌を傷つけて敗血症で死んだらどうする？」いや、健康上の理由はジョリーには効果がない。そんなことを言われると、挑戦されたと息巻く質だ。あたしの優秀な免疫系は見えない世界がどんな微生物をぶつけてこようときっと叩き潰してやるんだ、と。

それより、こんなふうに言ったはずだ。「ダフィー・ダックみたいなしゃべり方になって、みんなに唾を飛ばしまくることになるぞ。美しい図とは思えない。ともあれ、舌ピアスのブームはもう終わるだろう。まだやっているのは株式ブローカーぐらいだ」そう言うと、少なくともくすっと笑わせることはできた。

ジョリーには過剰に反応しないのがいちばんなのだ。押せば、たちまち押し返してくる。子どもの頃、彼女が癇癪を起こしては喧嘩をおっ始めたことは忘れられない。長い腕をやみくもに振りまわし、その光景をまわりの女子どもらは爆笑しながらからかった。それをじっと見ているしかないティンは自分も涙ぐんでいた。ジョリーを救いだしてやれない。校庭の男子側の世界に閉じこめられていたからだ。

そんなわけで、ティンは対決を避けている。ちんたらやっていくほうが、制御法としては効果的なのだ。

双子はマージョリーとマーティンという洗礼名を授かり――当時、両親は子どもたちに頭韻を踏んだ名前をつけるのがイカしていると考えていた――、同じように赤ん坊用のオーバーオールを着せられていた。母親はとびきり鋭い頭脳の持ち主ではなかったが、マーティンのほうをドレスに押しこむのはうまくないとわかっていた。彼女の言葉でいえば、パンジー（弱々しい感じの男性。同性愛者を指すこともある）になるかもしれない。そんなわけで、二人は二歳になった頃の写真では、おそろいのセーラースーツに、ちいちゃなセーラーハットをかぶって手をつなぎ、目を細めて太陽を見ながら、妖精みたいな微笑みを片頬に浮かべている。ティンは左頬をゆがめ、ジョリーは右頬をゆがめ。見たところ、男の子か女の子かわからないが、かわいらしいことは確かだろう。二人の後ろには軍服を着た男性の体が写っている。戦時中だった。それは二人の父親で、頭が半分切れているが、その後まもなく現実でも同じ目に遭うことになる。母親は酒を飲んでその写真を見ては、おいおい泣いたものだ。あれが凶兆だったと考え、自分がまっすぐカメラを構えてさえいれば、ウェストンの頭はあんな風にちょん切られなかったし、死の爆弾も破裂しなかったはずだと。

昔の自分たちの姿を見つめていると、ジョリーもティンもいまでは滅多にだれにも見せない優しい気持ちを抱く。この愛らしいいたずらっ子たち、黄ばんで薄れゆく現実の木霊を抱きしめたくなる。この小型の船乗りさんたちに、こう請けあいたくなる。これから始まる旅は年月のうちに悪いほうに向かうことになり、しばらくは悪くなりつづけるが、最後には、すべてうまく収まるから、と。最後というか、最後に近い頃には。認めよう。つまり、二人ともいまその段階にいるってこと。なぜって、ごらんあれ《ヴォワラ》、二人はここで再び共に暮らしている。一巡して。内なる負傷はいくらかある。切り傷も、擦り傷もあるが、こうして倒れずに立っている。いまも二人はジョリーとティンだ。それはマージョとマーヴとあだ名されるのに抵抗し、名前の最後の音を自分たちの秘密の名前、二人だけに通じる真の名前としたからだ。ジョリーとティンは社会が押しつけてくる数々の流儀に反逆する。たとえば、ホワイト・ウエディングとか。服従を拒んできた二人、それがジョリーとティンだ。

再度言えば、二人の間ではそういう話になっている。しかしティン個人としては、社会の流儀に屈した屈辱的かつなかなかおいしい体験もあったが――チェリービーチなどなどの茂みで過ごしたワイルドな夜とか――こんな話でジョリーの耳を汚す必要はない。少なくとも、ティンは真夜中にそわそわと小路を徘徊しているときに教え子に出くわしたことはない。少なくとも、警察でマグショットを撮られたこともない。捕まったこともない。

「この世のものとは思えないな」ティンは写真に微笑みかけながら言う。写真は渋い風合いの樫材のフレームに入って、ダイニングの壁の、アールデコ調の食器棚の上あたりに収まっている。食器棚は四十年ほど前にティンが手に入れた掘り出し物だ。「ぼくらの髪の毛が黒っぽくなったのは残念だけど」

「それは、どうかな」ジョリーが言う。「ブロンドがもてはやされすぎなんだよ」

「最近、カムバックしてる」と、ティンは言う。「五〇年代の流行りがもどってきてるんだ、そう思わないか？　マリリン・モンロー的なものが」

ティンは近ごろよく画面に登場する五〇年代の描写をうさん臭く思っている。そこに身をおいていた頃はふつうの暮らしに思えたが、いまとなっては「古き良き時代」だ。だからテレビドラマの便利な題材になっているわけだが、色味がなんだかおかしいのと――あまりにクリーンであまりにパステル調――クリノリンスカートが多すぎる。現実にはポニーテールなんて結っている女はめったにいなかったし、いつも特注のスーツにフェドーラ帽を小粋にかしげて被り糊のぱりっと効いたポケットチーフを三角に畳んで挿している男なんぞもいなかった。

でも、パイプは実際に吸っていた。当時でもすでに廃れかけていたが。週末には、ジーンズにモカシンを履いて街をぶらついた――まあ、ジーンズの原型みたいなものだが、ジーンズには違いない。揃いの足台のついた合皮製《ノーガハイド》のラウンジチェアーに座って新聞を読み、リラックスするマンハッタンを飲み、のべつ幕なしに煙草を吸った。そして、フィンの尖った、クロムめっきしすぎの、ガソリンばかり食う車を、愛おしげに洗ったりワックス掛けをしたりした。芝刈り機で芝を刈った。少なくとも、双子の友だちの父さんはやっていた。ティンはあのふっくらしたラウンジチェアーと、つやつやした悩殺車《のうさつぐるま》と、扱いにくい芝刈り機を思うと、胸が切なくなる。当時うちの父さんが生きていたら、自分の人生はもっと良くなっていただろうか？

いや。良くなるどころか、もっとおぞましいものになっていただろう。きっと釣りに行かされた。水中から釣りあげた魚を、男らしいうなり声なんか出しながら殺すことになった。「こりゃ、マフラーだな」とかなんとか言いながらレンチを持って車の下にもぐることになった。背中をバシッと叩かれながら、父さんはおまえを誇りに思うなどと言われたことだろう。まず間違いない。

「でも、アーネスト・ヘミングウェイの母親はやったけどね」ジョリーが言う。

「なんだって？　なにをしたって？」

「アーニーにドレスを着せること」

「ああ、やったね」

　この双子は会話の途中で急に前の話題に逆戻りすることがある。ただ、わきまえていて、ほかの人たちがいるときにはやらない。いらいらされるから。二人は平気で片割れが言い落としたことを拾いあげるが、ほかの人たちはこれを疎外されていると感じるらしい。今日びの言い方では、「一つ二つ歯車がずれている」というか。

「そして後年、彼は頭を猟銃で吹っ飛ばした」ティンは言う。「個人的にはやりたくないことだね」

「それは、勘弁してよ」ジョリーが言う。「壁じゅうに脳みそぶちまけられて、えらい散らかるし。どうしてもっていう時には、橋からの飛び降りにしといて」

「忠告、恩に着るよ」ティンは言う。「心に留めておく」

「どういたしまして」

　この双子はそんなふうにしゃべる。気の利いた台詞《ワイズクラック》をかましあう三〇年代の映画のように。マルクス兄弟。キャサリン・ヘップバーンとスペンサー・トレーシー。ニック&ノラ・チャールズ。ただし、マティーニをひっきりなしに飲んだりしない。ジョリーもティンも、さすがにそれはできなくなった。二人はきらめく薄氷のおもてを滑走していく。深みにはまらないように避《よ》けながら。ティンはこの双子漫才にいささか疲れている。おそらくジョリーも同じだろうが、最後までこの調子でやりきるしかないと、二人ともわかっている。

ティンはいずれにしろパンジーになった。二人はこの件を、母親の前でいきなり炸裂させる地雷みたいな爆笑ネタとして扱っている。もっとも、母はティンがそれを隠すのをやめる前に亡くなったのだけれど。母を嘆かせることになる役は逆だったかもしれないが――幼児期のセーラースーツに限っては、どちらかというとジョリーのほうがジェンダークロスしていたわけだから――彼女はレズビアンにはならなかった。彼女は自分以外の女性はあまり好きではなかったから。

母親のことを思えば、それも理解できるだろう。母のメイヴはいわゆる〝金づち袋〟ぐらい鈍いばかりか、時が経っても夫の爆死への悲嘆が和らがないとなると、どんちゃん騒ぎの飲んだくれに変貌していき、双子のピンク豚の貯金箱から酒代をくすねるほどになった。しかも、そのへんの「ボンクラ・チンピラ」をある目的のために家に連れ帰った。ティンがのちのちディナーパーティでこの逸話を披露したときには、「性交渉の目的で」と表現したものだ。いやあ、笑えるだろ！双子は玄関のドアが開くと、こっそり裏から逃げだした。あるいは、貯蔵室に隠れ、二階が静かになったころ階段をそっと上がって、交渉の進行を盗み見るか、寝室のドアが閉まっていたら、盗み聞きをしたものだ。

子どもの頃の二人は、こういうあれこれをどう感じていたか？　じつのところ、よく覚えていない。繰り返し目にした元々の場面に、荒唐無稽な神話的ナレーションを自分たちで何重にも被せたせいで、事実のシンプルな輪郭がぼやけてしまったのだ。（あの犬は本当に大きな黒いブラジャーをくわえて外に走りだし、それを裏庭に埋めたのか？　いや、そもそも犬なんて飼っていたか？　オイディプスはスフィンクスのなぞなぞを解いたか？　イアーソーンは金色の羊毛《ゴールデン・フリース》を持ち帰ったか？　それと似たような問いだ）

ティンにとっては、こんな家族の定番ジョークはとうに面白みを失っていた。母親は若くして亡くなったし、良い死に方ではなかった。だれにとっても良い死に方なんてないけど、とティンは心のなかで注釈をつける。でも、程度というものがある。飲み屋も閉まった深夜、悲しみの涙で目をかすませながら信号無視をして通りを渡っているところをトラックにはねられるというのは、良い死に方じゃない。即死ではあった。これにより、双子は大学進学までには、人生からボンクラ・チンピラを追い払うことができた。「たしかに、悪というのはなにがしかの善なしには存在しない《マルム・クイデム・ヌルム・エッセ・シネ・アリクオ・ボノ》」ティンはそのころ気まぐれにつけていた日記にそう書きつけた。どんな逆境にも希望はある、か。

ボンクラのうち、厚かましくも母の葬儀に現れたのが二人いた。このことにより、ジョリーの葬式に対する偏執も説明がつくだろう。彼女はいまも、あのアホどもの狼藉を見逃してはいけなかったと思っている。やつら、母さんの墓前にやってきて、さも悲しむふりをしながら、きみたちのお母さんは心の優しい立派な女性だった、良き友人だった、なんて言ってさ。「なにが友人だよ、クソ！　かんたんにやれれば、それでいいんだろう！」ジョリーは怒り心頭だった。吊るしあげて、ひと騒ぎしてやるべきだった。鼻づらに一発お見舞いして。
ティンの目には、この男たちは本心から悲しんでいるように見えた。彼らが実際に聖母メイヴを「愛していた」というのは、その語の一つの意味、いや、二つの意味、いやいや、三つの意味において、そんなに見当はずれだろうか？　アモール（異性愛）、ウォルプタス（快楽）、カリタス（隣人愛）（古代ローマの愛の概念）。とはいえ、その見解は自分の胸のうちにしまっておいた。表明すればジョリーの気持ちを逆なでするだろう。とくにラテン語なんか引用した日には。ラテン語となると、ジョリーの忍耐心は限りなく縮退する。ラテン語とは、ティンの生き方において彼女がいっかな理解できない部分だ。死語でうだうだ書き連ねる、かび臭い、忘れられた作家の群れに、どうして人生の時間を無駄にするのか？　あんたはすごく頭が良くて、すごく才能があるんだから、こんなこともあんなことも出来たはず……（出来たはずのことを挙げた長いリストがつづくが、どれ一つとして実現可能性はない）
だから、そのボタンは押さないのがいちばんなのだ。

「ボンクラ・チンピラ」は、二人が八年生のときの校長から借りてきたフレーズだった。全校生徒に向けて、きみらはボンクラやチンピラになりさがる危険があるとうるさく説く人物だった。とくに石を詰めた雪玉を投げたり、黒板に汚い罵倒を書きつけたりした際には。ティンが考案した「ボンクラ対チンピラ」はいっとき校庭で人気のゲームになった。あれは、パンジー以前のモテモテ期。キャプチャー・ザ・フラッグ（騎馬戦や棒倒しのような競技）みたいなゲームで、校庭の男子側でのみ行われた。

「女子はボンクラにもチンピラにもなれない」とティンが宣言すると、ジョリーは悔しがった。

聖母メイヴのもとに出たり入ったりする紳士客たち（gentleman callerはT・ウィリアムズ「ガラスの動物園」からの転用で恋人を指す）を「ボンクラ・チンピラ」と呼ぶことにしたのは、ジョリーだった。もっとも、ティンはあとですかさず、「入れたり出したりする紳士客」のほうが適切だと注釈を入れたが。これによりティンのゲームは台無しになった。きっとあれがパンジーフッドへの一歩を後押ししたんだ、とティンはのちに振り返って言った。「あたしのせいにしないでよ」とジョリーは言った。「あいつらを家に連れてきたのはあたしじゃないし」

「ジョリー、責めてるんじゃない。むしろ礼を言いたいんだ」ティンは言った。「きみに深く感謝してる」その頃には――ものごとをいくらか整理した後という意味だが――実際、ジョリーに対してそういう気持ちになっていた。

二人の母親はしじゅう酔っぱらっているわけではなかった。どんちゃん騒ぎが繰り広げられるのは週末に限られていた。軍人の寡婦年金など雀の涙ほどだったから、食いつなぐのに薄給の秘書仕事をやっていたのだ。それに、彼女なりに双子を愛していた。

「少なくとも、暴力はそれほどひどくなかったよ」ジョリーはときどきそう言った。「まあ、怒りに任せてということはあったけど」

「当時は、子どもの尻を叩くなんてみんなやっていたよ。みんな怒りに任せてた」たしかに、自分が受けた体罰を他の子たちと競いあったり誇張したりするのは、むしろ鼻を高くしたいからだった。スリッパ、ベルト、定規、ヘアブラシ、卓球ラケット。親たちの武器にはこんなものが挙げられた。

幼い双子にとって残念だったのは、そういう体罰をあたえてくれる父親がおらず、無力な聖母メイヴしかいないことだった。母が相手なら、大けがでもしたふりをすれば泣きだすし、からかってもそこそこ大目に見てもらえ、いざとなれば逃げだすこともできた。こっちは二人、むこうは一人だから、団結して戦えた。

「あたしら、心ないことをしたよね」ジョリーは言ったものだ。

「言うことは聞かないし、口答えはするし。手に負えなかっただろうな。でも、愛らしかった。それだけは確かだろう」

「クソガキだよ。心ないクソガキだった。なんの思いやりも示さなかった」ジョリーはときどきこう付け足した。これは後悔なのか自慢なのか？

思春期に入るころ、ジョリーはボンクラの一人によって心に傷を負う体験をさせられた――夜間の不意打ちで、ティンは眠っていたため彼女を守ってやれなかった。それは、いまに至るまで重くのしかかっている。この一件が影響して、彼女の人生における男性問題は波乱含みとなったのかもしれない。いずれにせよ、その人生は波乱含みではあったろうが。ジョリーはこの出来事をいままでは笑い話にしているけれど――助平オヤジにいいようにされてさ――以前からそうだったわけではない。七〇年代の初頭、レイプ問題に対して女性たちが声を上げたときには、暗い顔で黙りこんでいた。いまでは乗り越えたように見える。

性暴行ばかりが原因ではないだろう、とティンは思う。彼自身はボンクラたちに加害されたことはないが、男性との関係はやはり複雑なものになった。いや、複雑どころではない。ティンは愛情に問題を抱えているね、とジョリーは言ったものだ。愛を観念化しすぎなんだ、と。それに対してティンはこう言った。ジョリーは愛を充分に観念化できていないのが問題なんだ、と。いずれにせよ、愛というものが、まだ二人の会話の話題になっていた頃のことだ。

「あたしらの恋人をぜんぶミキサーに入れて掻き混ぜたら、平均的なところに落ち着くんじゃないかな」ジョリーは一度そう言ったことがある。きみのその露悪的《ブルータリズム》な物言い、とティンは返した。

じつのところ、自分たち双子はおたがい以外のだれも愛したことがないのではないか、とティンは思う。少なくとも、無条件に愛したことはない。ほかの人たちへの愛には多くの条件がついてきた。

「ねえ、今度はだれがくたばったと思う？」ジョリーが新聞を見ながら言う。「ビッグ・ディック・メタファーだよ！」

「その愛称が当てはまる男はやたらといそうだが」ティンが言う。「特定のだれかを意味しているんだろうね。耳がぴくぴくしているところを見ると、きみにとって重要なだれかだ」

「三回以内に当ててみて」ジョリーが言う。「ヒント。あの夏、〈リバーボート〉によく来てた。ほら、あたしが簿記係をやっていたとき。ボランティアでパートタイムの」

「ボヘミアンたちとつるみたくて引き受けたんだろう」ティンは言う。「記憶はおぼろげだな。で、だれなんだ？　ブラインド・ソニー・テリー（盲目のブルースハーピストと言われる米国のミュージシャン）か？」

「ばか言わないで」ジョリーは言う。「ソニーはあの頃もうよぼよぼだったじゃない」

「降参だ。あの店にはあまり行かなかった。ぼくに言わせると、臭いがすごくてね。あのフォークシンガーたちには入浴しない信仰でもあったんだろう」

「それは違うね」と、ジョリー。「全員がそうじゃなかった。あたしは事実として知ってる。降参するのはフェアじゃない！」

「ぼくがフェアだなんてだれが言った？　きみは言ってないよな」

「あたしの心が読めるくせに」

「挑まれたら仕方ない、いいだろう。ギャヴィン・パトナムか。きみが夢中になっていたあの自称詩人」

「最初からわかってたんでしょ！」

ティンはため息をつく。「しょせん真似事だったな、本人も詩作品も。感傷的なヘボ詩だよ。腐ってて吐き気がする」

「初期の詩はすごく良かったよ」ジョリーが弁護にまわる。「あのソネット集。といっても、じつはソネットじゃないんだけど。『ダークレディ』の詩」

しまった。しくじった。ギャヴィン・パトナムの初期作品にジョリーのことを詠んだ詩——ともかくも彼女はそう主張している——があったこと、どうして忘れてしまえたのか？　ジョリーはそのことで有頂天になっていた。「あたし、詩人のミューズなんだ」ダークレディの連作集が初めて活字になって——少なくとも、詩人の間で「活字」と呼ばれるものの形で——世に出ると、そう宣った。ガリ版刷りをホチキスで綴じた同人誌で、仲間うちで一ドルで売りあった。「塵芥《ザ・ダート》」という雑誌名で気骨を表現しようとしていた。

そんな詩もどきにときめくジョリーを見て、ティンはほろりとした。あの夏、彼女とはほとんどすれ違いだった。ジョリーは控え目に言って、超アクティブな社会生活を送っていたからだ。間違いなく、ベッドにいそいそ飛びこむ活動ゆえだろう。かたや、ティンはダンダス（オンタリオ州ハミルトンの街）の床屋の二階にある二間の部屋に住み、こつこつと博士論文を書きながら、静かなセクシュアル・アイデンティティ・クライシスを経験していた。

博論は充分堅実に書けていたが、正直なところ、古代ローマの詩人マルティアリスの簡潔で読みやすいエピグラムの再評価としては、あまり独創的なものではなかった。もっとも、ティンがマルティアリスに惹かれたのは、性に対する彼の飾らない態度ゆえだった。それは、自分たちが生きるいまの時代よりずっとシンプルに思われた。マルティアリスの世界には、ロマンティックなはぐらかしとか、女性を高尚な霊的使命を帯びたものとして理想化するとか、そういうところがない。この詩人はそんなものは笑い飛ばしただろう！　さらに、タブーもなかった。あらゆる人があらゆる人とあらゆることをした。奴隷、男子、女子、娼婦、同性愛、異性愛、ポルノグラフィーあり、スカトロジーあり、人妻あり、若いの、中年の、老年の、前から、後ろから、口で、手で、陰茎で、美しいの、醜いの、とことんおぞましいの。セックスは食べ物と同じく、あって当たり前のもので、その点、すばらしければ堪能され、イマイチであれば笑われたりした。演劇のような娯楽だから、パフォーマンスとして評されることもある。貞節は男にも女にも第一の美徳ではなかったが、ある種の友情と寛容さと思いやりは最重要視された。マルティアリスの同時代人たちによれば、彼は並はずれてほがらかで性格が良く、いくら辛辣なウィットでぐさりと刺しても、周囲からの人物評価がゆらぐことはなかった。自分の批評は個人に向けられるものではなく、人間のタイプに対するものだというのがマルティアリスの主張だった。もっとも、これは疑わしいとティンは思っていた。

とはいえ、学位論文というのは、その研究対象になぜ好感をもつかを縷々綴るものではない。アカデミアにおいては、そういう話はソーシャルメディアでのチャットに留めておくべきだとティンは悟っていた。もっと焦点の明確な論文をでっちあげなくてはならない。ティンの説の中核となるのは、共通のモラル規範のない時代に風刺作品を書くむずかしさということだった。マルティアリスの時代には紛れもなくそういう共通認識を欠いていた。ティンとしては、皇帝ネロが支配していたこの頃のローマに移り住みたいぐらいだ。実際のところ、マルティアリスというのは真の風刺家なのか、それとも、ある解説者たちが言うところの卑猥なゴシップ屋にすぎないのか？　ティンは後者の批判に対する擁護を試みようとしていた。マルティアリスは含蓄に富む詩人であり、陰茎と男児性愛と売女と下ネタだけではないのだと！　もちろん、こんな下卑た単語は論文には使うつもりはない。それから、マルティアリス作品の翻訳もみずから手がけ、この詩人の巧みなスラングに見合った語法のアップデートを行うつもりだった。とはいえ、エピグラムのなかでもとびきり卑猥な部分は思慮深く飛ばしておいた。まだ時代が追いつかないだろうから。

「ルエティヌス、きみは髪を染めて若者を真似るんだね。早変わりだ！　きのうは白鳥、いまは大鴉。でも、みんながみんな、騙されやしない。プロセルピナが白髪を見つけたよ。その馬鹿げた仮装を頭からむしりとるぞ！」訳文は一貫してこういう調子を目指した。今風で、パンチがあって、かしこまらず。一行か二行の訳に一週間はかけたものだ。でも、いまではもうやめた。訳したからってなんになる？

博士課程の研究には助成金を得ていたが、たいした額ではなかった。古典学なんてきっと近いうちに消滅するよ、とジョリーに言われた。そうなったら、どうやって食べていくつもり？　デザインを専攻すりゃよかったんだよ。あんたなら、必殺で当ててたね。いや、とティンは言った。必殺というのは望むところではない。だって、必殺するには殺さなくてはならないし、自分には殺し屋の素質ってものがない。

「お金がものを言うんだよ」ジョリーは言った。ボヘミアンに傾倒していたくせに、金はたんまり欲しいのだった。かといって、退屈で魂をすり減らすような雑務をこつこつやる気もなかった。過重労働で給与は安く、ボンクラ・チンピラの餌食になるような、つまり母親がしていたような仕事は。ジョリーには、ちゃらちゃらした車とカリブ海での休暇、クローゼットいっぱいのタイトな服、彼女にはそんなヴィジョンが芽生えていた。はっきり口にしたことはなかったが、ティンはそれを察知していた。

「たしかに、金はものを言うだろう」ティンは言った。「だが、金は語彙に乏しい」マルティアリスが言いそうなことだ。もしかしたら実際に言っていたかもしれない。調べておかなくては。アウレオ・ハモ・ビスカリ。魚は黄金の針で釣る（「金がものを言う」という意味のラテン語の常套句）。

ティンの部屋の一階にあった床屋は、年寄りで人嫌いのイタリア人三兄弟によって営まれていた。彼らは世界がどうなろうと知ったことではなく、とにかく悪いものだと認識していた。店内のラックに置かれたヌード雑誌には、警察ネタと巨乳の商売女たちの写真が満載だった。こういうものを男たちは好むとされていたのだ。ティンは気分がわるくなったが――黒ブラジャーが出てこようものなら、聖母メイヴの亡霊がその上に淫らに現れた――善意の表明として、いつもその店で散髪し、待ち時間には雑誌をめくって過ごした。当時はゲイであることをオープンにしすぎるのは良くなかったし、彼自身まだ決めかねている部分もあった。それに、部屋の大家はそのイタリア人理髪師たちだったので、機嫌をとっておく必要もあった。

とはいえ、ジョリーは自分の双子の女きょうだいであって、奔放な性格のガールフレンドではないということは明言しておいた。三兄弟はラックにエロ雑誌を秘蔵しているわりに、それはあくまで職業上の備品ということらしく、自分らの貸し間で無承認の行為がなされることに対してはピューリタン的な厳しい考えを持っていた。ティンには、実直で立派な若き学者として接し、「教授さん」と呼んで、いつ結婚する気なのかと始終尋ねてきた。「まだ金がぜんぜんありませんし」と、ティンは答えた。「理想の女性が現れるのを待ってるんですよ」すると、床屋三兄弟は賢しげにうなずく。どちらの言い訳も彼らには理解できるものだった。

そんなわけで、ジョリーがたまに顔を見せると、イタリア人理髪師たちは窓越しに手を振り、彼らなりの沈鬱な笑みを浮かべるのだった。教授さんにあんな模範的な妹さんがいてよかった。家族とはかくあるべきだ、と。

「塵芥《ザ・ダート》」のダークレディ号が発行されるや、ジョリーは自分のミューズぶりをさっそくティンに披露しにきた。刷りたてのガリ版同人誌「塵芥」を振りたてながら階段を駆けあがり、ラタンチェアに身を投げだした。

「これ、見て！」ジョリーはホチキス綴じの雑誌をティンに押しつけながら、片手で長い黒髪をかきあげた。このときの彼女は、赤と黄土色のインドっぽいブロックプリントの布をほっそりした腰に巻き、襟刳りの深いUネックのペザント風ブラウスに、ネックレスを――これはなんだ？　牛の歯か？――ぶら下げていた。目はきらきら、バングルはじゃらじゃら。「詩が七つも載ってる！ぜんぶあたしのことだよ！」

いかにもあけっぴろげで、いかにも情熱的な女。ティンは彼女の実の兄弟ではなく、ストレートであったなら、すっ飛んでいったろう。彼女から逃げるためか、彼女に突進するためか？　ジョリーにはなんだか空恐ろしいところがあった。なんでも丸ごと欲しがる。ぜんぶ欲しがる。体験したがる。すでに人生に倦《う》んでいたティンの見解では、体験というのは欲しいものが手に入らないときに試してみること（experienceはラテン語の「試みる」が語源）だったが、ジョリーはいつでもティンより楽観的に生きていた。

「ひとは詩の中に入り得ない」ティンは不機嫌に返した。ジョリーの入れ込みようが心配だったのだ。このぶんだと、自ら傷つきにいくようなものだ。もともと不器用な子で、刃物はうまく扱えないのに。「詩は言葉から出来ているんだ。箱じゃない。家でもない。だれもその中に実際入ることはできない」

「揚げ足取りはやめてよ。あたしの言いたいことはわかるでしょ」

ティンはため息をついた。ジョリーが退かないので仕方なく、自分で淹れたばかりの紅茶を手に、中古の中古で買った一本脚のぐらつくテーブルに詩を置いて読んだ。「ジョリー」と、読み終えてティンは言った。「これはきみのことを書いた詩じゃない」

ジョリーの表情が曇った。「違うよ、あたしのことだよ。そうに決まってる！　間違いなくあたしの……」

「きみのある部分だけを取りあげてる」シモの部分を、とは言わないでおいた。

「どういうこと？」

ティンはまたため息をついた。「きみにはもっと多くのものがある。もっとすばらしい人だ」なんと言ったらいいだろう？〝きみはたんなる安いヤリ女じゃないはずだ〟。いや、これは傷つけすぎる。「こいつはきみの、きみの……そう、心を書き落としている」

「なによ、メンス・サナ・イン・コルポレ・サノについていつも説いてるのはあんたじゃない」ジョリーは言った。「健全な精神は健全な肉体に宿る（ユウェナリス「風刺集」より）でしょ。心と体、二つで一つなんだよ。どうせこう思ってるんだよね。これはセックスのことを書いただけの詩だって。でも、それこそが重要なんだ！　この詩で、あたしが、というかダークレディが表現しているのは、健全にして地に足のついた拒絶なんだよ、インチキでひ弱でセンチメンタルなものへの……ええと、そう、D・H・ロレンスのように。ギャヴはそう言ってた。あたしのそういうところを愛してるんだって」と、ジョリーは言い募った。

「要は、ウェヌス・ウェリタス（愛こそ真実なり）か？」ティンは言った。

「なんだって？」

おお、ジョリーよ、きみはわかっていない。と、ティンは思った。その手の男は女を手に入れたとたんお払い箱にするものなんだ。きみはじきに捨てられる。マルティアリス、VII：76より。〝それは快楽であって、愛ではない〟

じきに捨てられるというのは、ティンの予見どおりだった。あっさりと、手ひどく。ジョリーは呆然とするあまりつまびらかにしなかったが、そのとき聞いた言葉をつなぎあわせるに、男には同棲中の彼女がいたようで、ジョリーと〝地に足のついた〟詩人のいる現場に踏みこんできて、神聖なる家庭のマットレスの上で享楽に耽る二人の姿を目撃したと。

「あれは、笑うところじゃなかった」ジョリーは言った。「失礼だった。けど、それぐらいの茶番だったんだ！　そしたら、彼女、もろにショック受けた顔しちゃって！　あたしが笑ったのが、そうとうこたえたみたいだった。わざとじゃない、こらえきれなかったんだよ」

恋人の名前はコンスタンス（「なんちゅう澄ました名前！」と、ジョリーはせせら笑った）といい、まさにそのヘッポコ詩人氏が軽蔑するひ弱さとおセンチさの体現者だったという。このコンスタンスは顔面蒼白になり――もともと白い顔が輪をかけて白くなり――家賃がどうのこうのと言った。それだけ言うと、くるりと背を向けて出ていったそうだ。憤然と足を踏み鳴らすこともなく、ネズミみたいに逃げ去った。それが、ひ弱の証しってことだよ。あたしだったら、最低でも髪の毛引っこ抜いて横面を張り飛ばしてやる、とジョリーは宣った。

　コンスタンスの離脱は祝うべきことだとジョリーは思った。肉体の活力と生命力と真実が、抽象性と沈滞に勝利をおさめたのだから。ところが、そういう展開にはならなかった。そのエセ韻踏みは月影の乙女の寝屋から閉めだされたとたん、また中に入れてくれと騒ぎだしたのだ。はかなき真愛《トゥルーラヴ》の人を求めて、乳首を奪われた赤ん坊みたいに泣きわめいた。

　ジョリーはこういう過剰な泣き言や未練にそつなく対応できるほうではなく――「女の尻に敷かれ野郎」とか「へなチン」などの悪罵が思いきり投げつけられたであろう――彼女の追放は避けがたいことだった。ヘッポコ詩人氏によれば、このごたごたは急にジョリーがぜんぶ悪いということになった。彼女が誘ってきたせいだ。そそのかしたせいだ。彼女はエデンの園の蛇なのだ、と。

　それも一理あるかもしれない。ティンはそう考えた。ジョリーという女は狩る側であって、狩られる獲物ではない。とはいえ、タンゴは二人で踊るもの。知られざるミンネジンガー氏（十二―十四世紀ドイツ語圏で興隆した愛を歌う抒情詩人）には断ることもできたはずだ。

　手短にまとめれば、ジョリーはコンスタンスの話なんかするなとギャヴィンに言い、二人はそのことで諍いになり、結果、ジョリーは人生のドブ板の上に捨てられた使用済みコンドームのような羽目に陥った。だれからもそんな扱いを受けたことはないジョリーが！　彼女の心は惨めさでねじれ、ティンは気を紛らわせようと、お金の余裕がないなりに映画や飲みに誘ったが、傷は決して癒されなかった。ヒステリーを起こしたり、涙を見せたりすることはなかったものの、つねに塞ぎこんでおり、そのうちそれは隠しきれない燻《くす》ぶる怒りに変わった。

このままだと一線を越えてしまうのではないか？　その詩人に公の場で詰め寄り、怒鳴り散らし、ひっぱたくとか？　それぐらいの怒りはあったはずだ。かつてはミューズであることが誇りと喜びの源泉だったのに、それが苦痛の種に変わってからというもの、彼女に対して残酷なジョークが演じられていた。非ソネット集「ダークレディ」はとうとうギャヴィンの薄い第一詩集「ヘビィな月影」に祀り入れられ、ページの奥から嘲るように、咎めたてるように、ジョリーを笑ってきた。

さらにわるいことに、ギャヴィンが評価の階段を昇るうちに「ダークレディ」を含むこれらの詩は初の賞を授与されることになった。彼はこれを振り出しとして、マイナーではあるが出世の足しになる賞を次々と受けることになる。そうしてこの初期連作は他の詩によって補完され、異なる趣旨を付与されていった。この恋する男はダークレディとは肉体、すなわち淫らさ、気まぐれさの魅力にすぎないと気づき、青白く輝く真愛の人への求愛に立ち返っていくのだった。しかし氷のような目をした女性の鑑は、彼がその後いくら手の込んだ陳腐で感傷的な詩を発表して泣きついても、失意の恋人を赦そうとはしなかった。

のちに書かれたこれらの詩に、ジョリーはよく書かれていなかった。ジョリーはtrullの意味を調べるのに、ティンの「俗語・非標準語辞典」を引くことになった。調べてみて、さらに傷ついた（trullは売春婦を意味する俗語）。

ジョリーは復讐するかのように牡馬集めのリフを奏で、駐車場やドブ端のヒナギクのように恋人を摘んでは、無造作に捨てていった。こういう振る舞いが自分を蹴り飛ばした相手に効果を発揮したためしはない。ティンは自身の経験からよく知っている。そういう段階までいってしまうと、こちらが報復のためにどれだけ堕落して見せようとむこうは痛くもかゆくもないものだ。たとえ、頭を落としたヤギとファックしようと、なんの足しにもならない。

しかし季節の歯車がまわり、暁がたおやかな指で三百六十二回朝の訪れを記し、さらに一年、もう一年と時を重ねていくうちに、欲望の月は昇っては沈み、昇っては沈み、絶倫チンポ詩人は薄暗い霧の彼方へと遠のいていった。少なくとも、ジョリーのことを思うティンはそう考えたかった。だが、実際にはいまだに遠のいていないようだ。きっと死ぬ段になったら、あっさり記憶のスポットライトが戻ってくるだろう。ギャヴィン・パトナムの消えやらぬ影も、消えないなりにいつかは友好的なものになってほしいと思う。

そういうことを思いだして、ティンは言う。「ああ、ダークレディのソネット集か。憶えているよ。遠ざかれば猛女もやさし、だな（離れていると愛しさが募るという諺のもじり）。詩なんていうのは安いものだ。たしかにきみは引っかかったがね。うちの床屋の貸し間にふらふら上がってきて、ドブ板セックスの放つ、一週間も前の白身魚みたいな腐った臭いをさせていたじゃないか。夏じゅう、あのイカレちんぽに夢中だった。あれは目も当てられなかった」

「そりゃ、彼もあんたにはモノまで見せないだろうしね」ジョリーは自分のジョークに自分で笑う。「あれは目を瞠ったよ。あんた、嫉妬間違いなし！」

「頼むから、やつに恋してたなんて言うのはやめてくれ」ティンは言う。「あれは下半身の劣情にすぎなかった。ホルモンのせいで頭がおかしくなっていたんだ」ティンにはこの手の衝動が理解できた。自分も似たような熱情を経験してきたから。こういう逆上《のぼ》せあがりは他人の目から見ると決まって滑稽だ。

ジョリーはため息をつく。「いい体してたんだよ、あいつ。少なくとも、期限切れになるまでは」

「もういいじゃないか」ティンは言う。「いまや、いい体もなにもあったもんじゃない。死体なんだから」二人ともイヒヒと笑う。

「ねえ、一緒に行こうよ？」ジョリーは言う。「追悼式。見物にさ？」ジョリーはやたら明るく振る舞っているが、ティンのことも自分のことも騙せはしない。

「行かないほうがいいと思うぞ。きみにとってろくなことにならない」ティンは言う。

「どうして？　興味があるんだよ。あいつの歴代妻も何人かお揃いかも」

「負けず嫌いにもほどがある」ティンは言う。「自分はほかの女に押しだされて、お持ち帰りのブタちゃんを勝ちとれなかったってこと、いまだに信じられないのか。現実を直視しろ、やつとはしょせん長続きする間柄じゃなかった」

「そんなこと、わかってるよ」ジョリーは言う。「あたしらは燃え尽きたんだ。長続きするにはホットすぎたから。あたしはただ妻たちの二重顎を見たいだけ。例のだれかさんも来るだろうしさ。おもしろそうじゃない？」

ああ、やめてくれ、とティンは思う。例のだれかさんなんて言い方！　いまだにコンスタンス——あの同棲相手、そのマットレスをジョリーが汚した彼女——のことが蟠《わだかま》っているから、名前を口に出すこともできないのだ。

残念なことに、コンスタンス・W・スターはそのひ弱さの体現とは裏腹に、いまだ霞んでもいなかった。それどころか、忌々しいほど有名だった。馬鹿げた理由でだが。筆名C・W・スター、アルフィンランドという頭のぶっ飛んだファンタジーシリーズの作者として知られている。アルフィンランドはクソほど巨額のお金を稼ぎだし、相対的貧困詩人のギャヴィンは実際に死ぬ前から草葉の陰で悔しさに身悶えたことだろう。ジョリーの過熱したエストロゲンにふらふらとなった日を呪ったであろう。

スターという名の星が昇って輝くのと反対に、ジョリー自身の星は光を薄れさせていった。もはやキラリと光ることもチラリと見せることもない。かたや、C・W・スター本の争奪戦はすさまじく、新刊発売日ともなれば、本屋の前に喧《かまびす》しい長蛇の列ができる。大人子供、男女問わず、邪悪な「血濡れ手のミルツレス」や、のっぺらぼうの「時間呑みのスキンクロット」や、インディゴブルーとエメラルドグリーンの魔の蜂を引き連れた昆虫眼の女神「香しの触角のフレノーシア」たちの仮装をしている。このお祭り騒ぎにジョリーはむかついているはずだが、いつでも気づいた素振りすら見せない。

ティンもジョリーに連れられて〈リバーボート〉へは何度か行ったことがあるので、アルフィンランドのうそみたいな起源についてはぼんやりと記憶している。このサーガはいわゆる「剣と魔術」的な嘘臭いおとぎ話の寄せ集めとしてスタートし、半裸の女の子がトカゲ男に卑猥な目で見られている絵が表紙を飾るような安雑誌に掲載された。〈リバーボート〉にたむろしている連中、とくに詩人たちは、コンスタンスを馬鹿にしたものだが、いまではそんな態度はとらないだろう。金《かね》は黄金の針で釣る。

アルフィンランド・シリーズはもちろん読んでみた。何巻かは。ジョリーの代わりに読むべきだと感じたのだ。万が一、彼女から批評的意見を求められたら、いかにひどいシロモノであるか誠実に答えられるように。ジョリーだって当然読んでいるだろう。嫉妬まじりの好奇心に勝てなかったはずだ、堪えきれなかったはずだ。しかしながら、ふたりともシリーズの本をひらいたことすら認めずにいる。

良くしたことに、最近のコンスタンス・W・スターはなかば隠遁生活に入っているとか。夫が亡くなってからますますその傾向にある。彼女の夫の訃報にジョリーは黙って目を通していた。完璧《パーフェ》な世界《クトワールド》であれば、C・W・スターは葬儀に決して現れないだろう。

さて、完璧な世界が実現する可能性は？　百万に一つというところか。

「パトナムの追悼式に出るのは、コンスタンス・W・スターが目当てだと言うなら」と、ティンは言う。「ぼくは断固拒否するね。きみの言うようにおもしろくなるはずがない。逆にひどく傷つくことになるだろう」口には出さなかったが、こう思っていた。〝きみはまた負けるんだよ、ジョリー。大昔に負けたのと同じように。むこうのほうが断然有利な立場にいる〟

「そんなんじゃないって、ほんと！」ジョリーは言う。「もう五十年以上前のことだよ！　名前も思いだせない相手をどうして目当てにできるのさ？　とにかく、弱っちいやつだった！　小物、小物！　くしゃみ一つで吹っ飛ばしてやれそうな！」ジョリーはヒイヒイ大笑いする。

ティンは考えてみる。ジョリーのこういう空威張りは傷ついている徴《しるし》なのだ。ということは、支えが必要だ。「いいだろう。一緒に行くよ」ティンは露骨に渋りながら言う。「でも、まったく気は進まないからな」

「よし、男らしく手を打とう」と、ジョリー。このフレーズは子どものころ昼の上映で観たウエスタン映画からの引用だ。

「で、そのおぞましい式典はどこでやるんだ？」ティンは追悼式の朝になって尋ねる。日曜日で、ジョリーが料理することを許可されている唯一の日だ。彼女の〝料理〟というのは、おおかたテイクアウトの容器を開けることを意味するが、本人がやる気を出したときには、耐熱食器が粉々に割れ、悪態がつかれ、なにかが黒焦げになったりする。今日はベーグルが用意された。おお、主を讃えよ。それに珈琲はティンが自分で淹れたので、完璧だった。

「イーノック・ターナー・スクール ハウス（トロントにある史跡博物館でイベントに使われる）だよ」と、ジョリーは答える。「過ぎし日の雅やかな雰囲気の漂う空間をご提供いたします、って」

「だれがそんな文面を書いたんだ？　チャールズ・ディケンズか？」

「じつは、あたし」ジョリーが言う。「だいぶ昔だけどね。フリーランスになってすぐの頃。古風な文体にしてくれって言うからさ」ティンの記憶にあるかぎり、彼女は厳密な意味でフリーランスワーカーになったことはない。広告会社で内戦が勃発し、ジョリーが敵方のことを内心どう思っているからうっかりぶっちゃけてしまったため、敗戦側につくことになったのだった。しかしながら、退職金がそこそこの額になっていたので、それを元手に不動産投機の世界に参入することにした。それにより、足フェチのデザイナーグッズやら、ばか高い冬のバケーションやらを相変わらず楽しんでいたが、閉経期の恋人の一人に貯金を持ち逃げされてしまった。それを補填しようとレバレッジをかけすぎて（投資効率を上げようと借入金額を増やしすぎること）、低価格で不動産を売ることになり、大金を失った。そんなとき、とりあえず彼女に待避所を提供する以外、ティンになにができただろう？　ティンの家は二人で住めるぐらいの広さはあった。まあ、ぎりぎりだが。ジョリーがその多くを占めている。

「そのスクールハウスとやらがインチキ野郎たちの温床でないことを祈るよ」ティンは言う。

「ほかの選択肢はないけどね」

ジョリーはクローゼットを引っかき回した末、ハンガーに掛けた服を三通りティンに見せて、どれが良いか訊いてくる。ティンはジョリーとイベントに参加する際には、服選びに口を出すことを要求――あるいは要望――しているのだ。「さて、審査結果は？」ジョリーは尋ねる。

「ショッキングピンクはやめろ」

「でも、これ、シャネルなんだけどな――しかも本物！」

おたがい上流向けの店にかぎり、ヴィンテージものの服屋をよく利用している。二人とも若い頃の体型を少なくとも維持しており、ティンはいまもエレガントな一九三〇年代製のスリーピース・スーツを着られる。かれこれ何十年も得意げに着こなしているものだ。それに、漆塗りのステッキも持っている。

「ブランドはどうでもいい」ティンは言う。「だれもラベルなんか読まないし、きみはジャッキー・ケネディじゃないんだ。ショッキングピンクなんか着たら、あらぬ注目を浴びるだろう」

いや、ジョリーはあらぬ注目を浴びたいのだ。それが、そもそもの目的なのだ！　ギャヴィンの妻たち、とくに例のだれかさんがいるならば、ジョリーは自分が登場した瞬間に気づかせたいだろう。とはいえ、今回は引きさがった。そうしないと、ティンが同行してくれないとわかっているから。

「それから、ニセ豹皮のストールもやめろ」

「でも、最近また流行ってるんだよ！」

「そのとおり。流行りだから良くない。ふくれ面するなよ、ラクダじゃあるまいし」

「ということは、このグレイのやつに一票？　〝退屈〟と申しあげても？」

「けっこうだ。だが、どう言っても事実は事実。そのグレイの服はカットが美しい。控え目だし。そこにスカーフを加えてもいいかもな？」

「あたしのガリガリの首を隠すために？」

「自分で言うなよ、ぼくは言ってないぞ」

「あたしはいつもあんたが頼りなの」ジョリーは言う。これは本心だ。ティンの忠告を受け入れるかぎり、暴走せずに済んでいる。玄関を出る頃には、ジョリーは自信にあふれているだろう。この格好なら人前に出ても恥ずかしくない、と。そこでティンが選んだスカーフは、落ち着いた色味のチャイニーズ・レッド。顔色が良く見えるから。

「あたし、どうかな？」ジョリーはティンの前でくるりとまわって見せる。

「瞠目《ステュペンダス》しちゃうね」ティンは答える。

「あんたの優しい嘘って好きだよ」

「嘘じゃない」ティンは言う。辞書によれば、〝「ステュペンダス」とは、衝撃や驚異の念を呼び起こされること。ラテン語stupereの動名詞形からの派生。愕然とすること〟。まあ、だいたい意味は合っているだろう。ある時期を過ぎると、いくら美しくカットされた服でも救済できるものには限りがあるのだ。

やっと出立の用意ができた。「いちばん暖かいコートを着たほうがいい。おもては凍《い》てる寒さなり」ティンは言う。

「おもては……なんだって？」

「すごく寒いってことだ。予想気温はマイナス二十度。眼鏡は持った？」追悼式のプログラムは、読んでくれとせっつかず、自分で読めるようにしてもらいたい。

「持った、持った。二つね」

「ハンカチは？」

「心配いらないよ」ジョリーは言う。「泣くつもりはないから。あんなクソ野郎のために、だれが泣くか！」

「泣いても、ぼくの袖で拭くなよ」ティンは言う。

ジョリーは顎を突きだして戦闘態勢に入る。「そんなもん、要るか」

ティンは自分が運転すると言い張る。ジョリーの運転する車に乗ることは、彼にとってロシアンルーレットとほぼ同義である。まともに運転することもあるが、先週はアライグマを轢いた。もとから死んでいたと彼女は言うが、ティンはあやしいと思う。「あんな悪天候のなか、出歩いてるのがわるいんだよ」とのこと。

ティンが大切に整備してきた一九九五年型のプジョーに乗りこみ、タイヤを雪で軋ませながら凍りついた通りをそろそろと進んでいく。前日からの積雪がまだ残っていたが、今回のは少なくともただの大吹雪《ブリザード》で、クリスマスに襲ってきたような氷嵐《アイスストーム》ではなかった。キャベッジタウン（トロントの街。アイルランド移民が築いた）の家で暖房も照明もなしに三日間過ごすのは、つらかった。ジョリーがその氷嵐を自分個人への侮辱と受けとり、不公平さについて文句を言いつづけたからだ。どうして天気のやつはあたしにこんな仕打ちができるのか？　と。

キングストリートの北側に駐車場があるが——ティンが入念に場所をウェブで調べておいた。ジョリーに間違った指示を出されるほど迷惑なことはない——これが驚くばかりのスペースの狭さ。二人の後続車数台は追い返される。ティンはジョリーを助手席から引っぱりだし、凍った地面で滑りそうな体を支えてやる。こんなスパイクヒールのブーツは、どうして却下しておかなかったのか？　ひどい転び方をして、臀部か脚かなにか骨折していたかもしれない。そうなったら何か月もベッドで過ごすことになり、ティンが食事を運び、おまるの中身を捨てることになるだろう。ジョリーの腕をがっちりつかんでキングストリートを歩かせ、トリニティの南側へ。

「ちょっと見てよ、この人出」と、ジョリーは言う。「どういう連中なわけ？」確かに、相当の数の人びとがイーノック・ターナー・スクールハウスに向かっている。多くは予想どおり、ティンとジョリーのようなヨボヨボ世代だが、意外なことに若いのもかなりいる。ギャヴィン・パトナムがいまや若者にカルト人気だなんてことはあり得るのか？　考えるだけでも不愉快だ、とティンは思う。

　ジョリーは彼の横にぴったりくっついて、頭を潜望鏡みたいにくるくる回しながら歩いていく。

「あの女、見当たらないな」と、低い声で言う。「ひとまずここには！」

「来ないんじゃないの」ティンは言う。「きみにだれかさん呼ばわりされるのを恐れているんだろう」そう言うと、ジョリーは笑い声をあげるが、あまり健全な笑いではない。なにか周到な計画があるわけではないのだろう、とティンは推測する。いつものごとく、ただやみくもに突進していくだけだ。自分がついてきて良かった。

　会場の中は混みあって、異様に暑い。とはいえ、過ぎし時代を思わせる雅やかな雰囲気がある。遠くで水鳥が囀るような声をおさえたおしゃべり。ティンはジョリーがコートを脱ぐのを手伝い、自分も苦労しながら脱ぎ、しばらくは落ち着いて座っている。

　そのうちジョリーが肘で突《つつ》きながら、小声で囁いてくる。「あの紺の服を着たのが、きっと未亡人だな。なんじゃありゃ、見た目十二歳ぐらい。ギャヴってそんな変態だったんか」ティンは目を凝らすが、それらしい女性は見つからない。ジョリーは背中だけでどうやって見分けられるんだ？

と、そのとき会場が静まりかえる。式の司会者が演壇につき——わりあい若い男で、タートルネックにツイードのジャケットという教授っぽい身なり——みなさん、この追悼式の場へようこそお越しいただきました、と挨拶する。われらの時代随一の才能と人望をあわせもった詩人の一人です。いや、こう申しあげてもいいでしょう、「欠くべからざる詩人」と。

それってあなたの意見ですよね、とティンは思う。ぼくにとっては「欠くべからざる」ものではあり得ない。オーディオのスイッチを切るようにして、マルティアリスの訳文の推敲に頭を切り替える。翻訳の試作はもう発表していないが——そんな試みをする意味はなんだろう？——即興での翻訳練習は時間つぶしが必要な際に心地よく時間をつぶせる密かな頭の体操になる。

わたしたちの気を引くあなたと違って、
観客など遠ざけるのだ、あの娼婦たちは
閉ざされた扉の奥でファックするのだ、彼女たちは。
カーテンを引き、封印された私室においては。
だれよりも穢れ、だれよりも安い者たちでさえも、
墓の裏で仕事に励む　こっそりと。
彼女たちのように、もっと奥ゆかしく振る舞え！
レスビア、わたしを意地悪だと思うかね？
やりまくれ！　ただし、見られないようにやり給え！

なんだか、マザーグースみたいな韻とリズムになってしまった。だったら、もっと簡潔なほうがいいだろうか。

なぜ張りあわないのか、娼婦《しょうふ》たちと?
バンバンやれ、ズンズンやれ、何度でもクイクイやれ、
レスビア! 吹く《ブロー》だけじゃ勝負《しょうぶ》にならん!

いかん、まったくなってない。最高度にアホっぽいマルティアリスよりもアホみたいだし、細かいニュアンスが山ほど犠牲になっている。原文の「墓」という語は訳文でも残すべきだろう。墓地での逢引きにはいろいろ含蓄がある。ここはまた後で再考しよう。それから、チェリーとプルーンを比較する箇所(マルティアリスのエピグラム集12.96より。若い少年の下半身と年とった妻のそれの比較)もちょっと訳してみよう……。

ジョリーが肘でぐいと突いてきて、「寝るなって!」と低い声で言う。ティンはハッとわれに返る。あわてて、式次第が書かれたパンフレットに目を落とすと、黒い縁取りに囲まれた写真のギャヴィンが横柄な面構えで睨んでくる。式のどこまで進んだんだろう? 孫たちはもう歌ったろうか? どうもそのようだ。陰気臭い讃美歌ではなく、おお、恐ろしや、「マイ・ウェイ」を歌ったのか。だれだか知らんが選曲したやつは罰せられよ。とはいえ、幸いなことにティンは上の空だったので聞かずにすんだ。

パトナムのもう大きくなった息子がなにか朗読している。聖書からではなく、いまは亡きトルバドゥール氏（中世オック語で歌う抒情詩人）本人の御作品から。プールに浮いた落ち葉について詠んだ晩年の詩だとか。

マリアは死にゆく木の葉をすくいとる。
それは魂なのか？　あの一枚がわが魂なのか？
彼女は死の天使か、黒髪の、
黒い闇をまとうあの娘は、おれを集めにくるのか？

色褪せてさまよう魂は、この冷たい水たまりで渦巻き、
長きにわたり、あの愚か者の、おれの身体の、共犯者を務めたが、
どこに着地するつもりだ？　どんな侘しい岸辺に？
おまえはただの死に葉となるのか、それとも……

嗚呼。詩は未完だった。書き綴るうちに息絶えたのだ。そこに漂うペーソスたるや、とティンは思う。まわりから声を殺した嗚咽が春先のカエルの合唱みたいに盛りあがったのも、むべなるかな。それにしても、もうちょっと彫琢すれば、及第点の詩になったかもしれない。ただし、死にゆくハドリアヌス皇帝がさまよう己の魂に語りかけるあの詩のパクリであることは隠しきれないだろう。

まあ、パクリまではいかないか。善意の批評家なら「目配《めくば》せ」などと表現しそうなところ。ギャヴィン・パトナムはハドリアヌスを盗用できるぐらいには知識があったらしい。物故したこの韻文屋をティンは少し見なおした。それは詩人としての評価であって、人間としてではないが。

「アニムラ、ワグラ、ブランデュラ（小さき魂よ、汝愛らしき小さき彷徨い人よ）」と、ティンはラテン語でつぶやく。「ホスペス・コメスク・コルポリス／クアエ・ヌンク・アビビス・イン・ロカ／パリデュラ、リジダ、ヌデュラ／ネク、ウト・ソレス、ダビス・イオコス……（わが肉体の過客にして連れ合いよ、汝はいまどこへ旅立つ？　色どりのない荒んだ夷の地か。最早冗談を言いあうこともなき）」この原文を翻訳で高めるのはむずかしい。多くの訳者がトライしてきたが。

　黙禱を捧げる時間があり、参列者に呼びかけられる。目を閉じて、いまは亡き同業者にして友人との満ち足りた友情に思いを馳せ、その友情がご自分にとってどんなものだったか思い返してくださいと。ジョリーはまた肘で突《つつ》いてくる。「これ、あとで思い返したらさぞ笑えるだろうね！」と、その突きは言っている。

　そろそろ次の「葬式のパイ」（「ハムレット」一幕二場より）の出番だろう。大して売れなかった〈リバーボート〉時代のフォークシンガーの一人――皺だらけで、もつれたヤギ鬚はムカデの腹のよう――が立ちあがって、あの頃の歌を一曲聴かせてくださると言う。ボブ・ディランの「ミスター・タンブリン・マン」。妙なチョイスだ。このフォーク屋さんも、歌う前にそのように前置きする。〝でも、これは故人を悼む歌じゃない。祝福する歌だ。たったいまもギャヴは聴いていると思う、そうだろ？　きっと大喜びで足を踏み鳴らしているさ。ヘイ、相棒、どうだい！　おれたち手を振ってるのが見えるか！〟

会場のあちこちからむせび泣く声がする。勘弁してくれ。ティンはため息をつく。隣ではジョリーが身を震わせている。悲しみゆえか、笑いゆえか？　彼女のほうを見られない。もし笑いのほうだったら、二人して噴きだしてしまい、そうなったらジョリーは止まらないかもしれないから、じつに気まずい事態になるだろう。

つぎに賞讃の辞を述べるのは、珈琲色の肌をした罪作りなまでに愛らしい若い女性で、膝上までのニーハイブーツに鮮やかな色のショールを巻いている。自己紹介によれば、ナヴィーナ・ナントカという名で、詩人の作品の研究者だとか。彼女はそう述べてから、この事実はお伝えしておきたいと思います、と切りだす。彼女がパトナム氏に会ったのはその人生の最期の日のみであったが、かの人の思いやりあふれる人柄に触れ、その人生への愛に感化され、深く心を動かされたこと。それから、この出会いを実現してくださったパトナム夫人――つまり、レイノルズ――に深く感謝していること。パトナム氏は亡くなったけれど、この悲惨なできごとを共に切り抜けることで、レイノルズという新たな友人を得ることができたこと。彼が亡くなったその日にフロリダをあとにせず、レイノルズのためにしばらく滞在できてよかったと思うし、ここにいるみなさんも、悲劇としか言いようのない苦境にあるレイノルズを温かく見守ってほしいのです……。「ごめんなさい、もっと、もっと彼の詩についてお話しするつもりだったのに、でも、わたし……」ナヴィーナは泣きながらステージから足早に去っていく。

心ゆさぶる小さき生き物よ。

ティンは腕時計を見る。
やっと、最後の歌の演目だ。「さよなら、あなた（「一万マイル離れて」という題名でも知られる）」。古くから伝わるフォークソングで、ギャヴィン・パトナムがいまや名にし負う第一詩集となった「ヘビィな月影」を創作中にインスパイアされたと言われる曲だ。せいぜい十八にしか見えない銅《あかがね》色の髪の青年がステージに立って、歌を披露する。バックにはギターを奏でる若造が二人。

さよなら、あなた、真愛の人よ、
しばしのお別れさ。
いなくなっても、帰ってくるよ、
一万マイル離れようとも。

いつでも、これが効き目をもつ。帰ってくるという約束が。帰ってこないかもしれないとわかりつつも。テナーの歌声が震えながらフェイドアウトすると、それにつづき、一斉にすすり泣きと咳払いが。ティンはジャケットの袖に鼻をすりつけられるのを感じる。「ああ、ティン」ジョリーが言う。
だから、ハンカチを持つように言ったのに、もちろん持ってきていない。ティンは自分のハンカチを引っぱりだし、ジョリーに手渡す。

さて、会場がざわつき、衣擦れの音がし、立ちあがり、言葉を交わす声がする。当館の〈サロン〉に無料のオープンバーを、〈ウエストホール〉に軽食のご用意がございますとアナウンスがある。先を争うしめやかな足音。

「トイレはどこ？」ジョリーが言う。顔の拭き方は雑で、頬にマスカラの跡がついていた。ティンはハンカチを奪い返すと、黒い汚れをできるだけ拭きとってやった。「外で待っててくれない？」ジョリーは沈んだ声で言う。

「いや、ぼくもトイレ」ティンは言う。「バーで落ちあおう」

「ぐずぐずしないでよ」ジョリーが言う。「こんなニワトリ小屋、とっととおん出なきゃ」だいぶ不機嫌になっている。血糖値が下がっているんだろう。出かける前の大騒ぎで、昼食を忘れていたから。超高速でアルコールを流しこんでやり、耳なしサンドウィッチまでたどり着かせよう。その後は、レモンスクエア（ひと口サイズのタルト）を一つ二つ摘まんだら——レモンスクエアがなけりゃ追悼の場なんて意味がない——さっさと遁走しよう。

　男性用トイレで出くわしたのは、プリンストン大学の古代言語学名誉教授であり、オルペウス賛歌の著名な翻訳者であるセス・マクドナルドで、聞けば、ギャヴィン・パトナムとは旧知の仲だとか。いや、われわれは仕事関係ではなく、地中海クルーズでご一緒して——「古代世界のホットスポットをめぐる旅」という——なかなか話が合ってね、何年か近況のやりとりをしていた、とのこと。二人はお悔みの言葉を交わす。ティンはよくある設定をでっちあげ、ここにいる理由をひねりだす。

「では、おたがいハドリアヌスは関心領域ですね」ティンは言う。

「ああ、そうだね」セスは言う。「そうそう、わたしもあの目配せには気づいたよ。みごとな手腕だ」

ここで想定外の時間をくったせいで、ジョリーはティンより早くトイレから出ている。ああ、目を離してはいけなかった！　顔に、例の光沢入りメタリックブロンズの粉を思いきり塗りたくり、その上になにか、きらきら光る大きな金箔みたいなものを重ね付けしているではないか。まるで、ラメ張りのレザーバッグだ。これらの化粧品はバッグに忍ばせてきたのだろう。ショッキングピンクのシャネルを却下された仕返しとして。しかしその厚塗りの仕上がりは、トイレの鏡では当然存分に確認できていない。老眼鏡はかけていなかっただろうから。

「いったいなにを……」ティンが言いかけると、ジョリーは睨みつけて黙らせる。〝なにか言ってみろ！〟という目で。その通り。もう手遅れだ。

ティンは彼女の肘をつかんで言う。「進め、騎兵隊」（テニソン「騎兵隊進撃の詩」より）

「なんだって？」

「一杯やりにいこう」

廉価だがそこそこ飲める白ワインを手に、みんな軽食のテーブルに向かう。それを囲む人垣に近づくにつれ、ジョリーは身をこわばらせる。「三人目の妻のそばにいる人、ほら！　あそこ！」と、わななきながら言う。

「だれだよ?」ティンはわかりきっていることを訊く。出たな、ゴルゴーン、例のだれかさんめ——新聞写真で見覚えのあるC・W・スターその人がそこにいる。白髪のショートヘアに時代後れのキルトのコートを着たばあさん。光沢のあるファンデーションはつけていない。それどころか、すっぴんのようだ。

「むこうはあたしに気づいてない!」ジョリーが小声で言う。欣喜《きんき》、あふれんばかり。だれが気づくかよ、とティンは思う。その厚い漆喰とドラゴンの鱗みたいなのを顔に貼りつけているんだから。

「もろにこっちを見てるもん! 近寄って、話を盗み聞きしよう!」子ども時代のスパイごっこの趣き。ジョリーはティンを引っ張る。

「こら、ジョリー」しつけのわるいテリア犬を叱るように言っても、無駄だった。ティンが彼女の首に巻こうとした見えない手綱は引っ張られてするりと抜け、ジョリーはずんずん進んでいく。

コンスタンス・W・スターは卵サンドを片手でがっちりつかみながら、もう片手には水の入ったグラスを持っている。人びとに包囲されて警戒しているようだ。彼女の右手にいるのが、故人の妻レイノルズ・パトナムだろう。清楚な紺の服に真珠のネックレス。それにしても、かなり若い。ひどく憔悴したようには見えないが、実際の死亡日から時が経っているからだろう。パトナム夫人の右側にいるのは、あのナヴィーナだ。追悼の辞を述べようとして泣き崩れた魅力あふれる若き熱烈ファン。すっかり気をとりなおしたらしく、なにやら長広舌をふるっている。

とはいえ、話題はギャヴィン・パトナムと彼の不朽の駄文ではない。アメリカ中西部らしい平板なアクセントの話を傾聴するうちに、アルフィンランド・シリーズについて熱く語っているのだとわかる。コンスタンス・W・スターはサンドウィッチをひと齧りする。この手の弁論は聞き慣れているんだろう。

「で、『フレノーシアの呪い』ですが」と、ナヴィーナは言っている。「第四巻の。あの巻にはたくさん……蜂が出てきます。『ラプトスの緋色の魔女』が石造りの蜂の巣に閉じこめられますよね！　あれってすごく……」

著名作家の左側に少しスペースがあり、そこへジョリーが滑りこむ。片手はティンの腕を握ったまま。話に引きこまれる態で、顔を前に突きだす。ファンのふりをするつもりか？　なにをしようと言うんだ？　ティンは訝る。

「第三巻ですよ」と、コンスタンス・W・スターは言う。「フレノーシアが初めて登場するのは第三巻です。第四巻ではなく」そう言うと、卵サンドをまた悠然とひと齧りして噛む。

「あっ、も、もちろん、第三巻ですね」ナヴィーナは言って苦笑する。「じつはパトナム氏から、その、彼もあなたのシリーズのなかに書かれていると伺いまして。奥さまがお茶を淹れに席を離れ立った時のことですが」と、レイノルズにむかって言い添える。「そのようにお聞きしたんです」

レイノルズの表情が固くなる。これは彼女の領土での密猟行為ではないか。「それはどうかしら？」レイノルズは言う。「それについては断定できないって、うちの人いつも言ってますけど……」

「あなたにお話ししていないことはたくさんあると言ってましたよね」ナヴィーナは言う。「あなたの気持ちを傷つけたくない。のけ者にされたように感じてほしくないからでしょう。だって、あなた自身はアルフィンランドには書かれていないから」

「嘘ばっかり！」レイノルズが言い返す。「あの人はいつもなんでも話してくれたわよ！　アルフィンランドなんて駄作だと考えてたし！」

「それは事実ですよ」と、コンスタンスが口を挟む。「わたしがギャヴィンをアルフィンランドに入れたというのは」それまでジョリーの存在には気づいていないようすだったが、ここで向きなおり、真正面から彼女を見据える。「彼の安全を守るためにね」

「不適切な行為です」レイノルズが言う。「あなたは本来なら……」

「実際、彼の安全は守られた」コンスタンスはつづける。「ワイン樽に入れておきました。五十年もそこで眠っていたんです」

「ああ、やっぱり！」ナヴィーナが言う。「パトナムさんはシリーズのどこかにいると、前々から思ってました！　どの巻ですか？」

コンスタンスは彼女の質問には答えず、引きつづきジョリーに話しかける。「けど、もう出してあげたんです。だからどこでも好きなところに行ける。もうあなたに傷つけられる心配はない」

コンスタンス・スターはどうしてしまったのか？　ティンにはよくわからない。ギャヴィン・パトナムがジョリーに傷つけられる心配だって？　いや、拒絶し、害したのは彼のほうだろう。あの水のグラスにはウォッカでも入っているのか？

「なに？」ジョリーが言う。「あんた、あたしに話しかけてるの？」と、ティンの腕をぎゅっとつかむが、笑いをこらえているのではない。それどころか怯えた顔をしている。

「ギャヴィンはあんなクソッたれ本にはいないわよ！　ギャヴィンは死んでるんだから！」レイノルズが怒鳴ってくる。泣きだしている。ナヴィーナがちょっと寄り添いかけて、すぐに引きさがる。

「彼はあなたの悪意に害される危険があったからね、マージョリー」コンスタンスは落ち着いた声で言う。「怒りまぎれの悪意に。それは非常に強力な呪いなの。彼の霊魂がこの世に肉体という器をもつ限り、危険にさらされる」この人はジョリーがだれだかわかったうえで話しているのだ。彼女がいくら金箔とブロンズの粉をはたきつけても、最初から見抜いていたに違いない。

「そりゃ怒るのは当然だろう。あいつにされたことを考えれば！」ジョリーが言う。「あたしを捨てたんだ、蹴りだしたんだよ、ボロきれみたいに……」

「え……」と、コンスタンス。凍りついたような沈黙。「そうとは知らなかった」と、ようやく言う。「てっきり逆だと思ってた。あなたのほうが彼を弄んだとばかり」これはいよいよ直接対決か？　と、ティンは思う。物質と反物質の対生成（ビッグバンによって引き起こされる）か？　二人で爆破しあうことになるのか？

「あいつがそう言ったの？」ジョリーが言う。「クッソ、なるほど！　もちろん、あたしのせいだって言うだろうさ！」

「やだ、うそでしょ」ナヴィーナがジョリーだけに聞こえる声で言う。「あなたがあのダークレディってこと！　あのソネット集の！　ちょっと二人でお話しできま……」

「ここは追悼の場であって、カンファレンスじゃないのよ！」レイノルズが割って入る。「こんなの、ギャヴィンは嫌に決まってるでしょ！」そう言ったが、ほかの女性三人は聞こえたそぶりは見せない。レイノルズは鼻をかむと、激しい怒りで目を真っ赤にして睨みつけ、バーに向かっていった。

コンスタンス・W・スターは卵サンドの残りを水のグラスに突っこむ。彼女が毒薬でも混ぜているかのように、ジョリーは茫然と見つめる。「そういうことであれば、わたしは名誉にかけてあなたを解放しなくてはなりません」コンスタンスはついに宣言する。「わたしの側に重大な誤認がありました」

「なんだってえ？」もはやジョリーの声は悲鳴に近い。「あたしをなにから解放するんだ？　いったいなんの話よ？」

「石造りの蜂の巣からです」と、コンスタンスは答える。「かくも長き歳月、あなたが閉じこめられていた場所ですよ。インディゴブルーの蜂に刺されながらね。罰として。また、ギャヴィンに近寄らせないために」

「彼女こそが、ラプトスの緋色の魔女だったのね」ナヴィーナが言う。「うわ、やばい！　すみません、ちょっとお話を聞かせて……」コンスタンスは無視しつづける。

「蜂の件は謝ります」コンスタンスはジョリーに言う。「それはそれは、痛かったでしょう」

ティンはジョリーの肘をつかみ、引きもどそうとする。すぐにも癇癪モードに突入して、老女作家のすねを蹴飛ばすなり、少なくとも、わめきだすなりしないとも限らない。この場から引っぱりださなくては。家に帰って、一杯ずつ強い酒を注いで、ジョリーを落ち着かせたら、今日のことはぜんぶ笑い話にしてしまおう。

　ところが、ジョリーは動かない。ティンの腕はもう離していた。「すごく苦しかったよ」低い声でそう言う。「ずっと苦しかった。なにもかもが苦しかった、これまでの人生ずっと」ジョリー、泣いているのか？　そうだ。本物の、メタリックの涙が、ブロンズとゴールドに耀きながら流れていく。

「わたしも苦しかった」コンスタンスが言う。

「知ってる」ジョリーが言う。二人はある種の底知れない共感で結ばれたように、たがいの目を見つめる。

「わたしたちは二つの場所で暮らしていた」と、コンスタンスが言う。「アルフィンランドにはいかなる過去もない。時間というものがないのです。でも、こちらの、わたしたちがいまいる世界には時間がある。そして、わたしたちにはまだ少し時間が残されている」

「うん」ジョリーが言う。「結局、時間だね。あたしも謝るよ。あんたのことも解放する」

　ジョリーは前に進みでる。おっと、ハグか？　と、ティンは思う。二人は抱擁しあっているのか、取っ組みあっているのか？　危機の訪れやいかに？　自分はここでどう対処すればいい？　いったいどういう女の不可思議さだろう、これは？

　なんだか自分が馬鹿みたいだ。ジョリーのこと、この何十年もなにひとつ理解していなかったんじゃないか？　彼女には自分の知らない側面や力があるのか？　思ってもみなかった精神の次元が？

コンスタンスが身を引く。「お元気でね」と、ジョリーに言う。コンスタンスの白い羊皮紙のような顔も金の鱗できらきらしている。

若いナヴィーナは自分の運の好さが信じられない。口を半開きにして指の先をくわえ、息を殺している。ぼくらを琥珀の中に閉じこめているんだろう、とティンは思う。古代の昆虫みたいに。ぼくらを永遠に保存する。琥珀のビーズに、琥珀の言葉に。本人たちの目の前で。

変わり種 _{ルスス・ナトゥラエ}

わたしに対してなにができるか？　なにをすべきか？　これらは同じ質問でした。可能性は限られていましたから。家族は夜な夜な台所のテーブルを囲んで、すべての選択肢を、悲痛な面持ちで、際限なく話しあったものです。窓にはよろい戸を下ろし、いつもの細っこいドライソーセージとじゃがいものスープを食べながら。わたしも意識がはっきりしているときにはそこに加わり、スープの中にじゃがいもの塊を探しながら、会話にできるかぎり口を出しました。そうでないときには、真っ暗な片隅にさがって独りミャーミャー言いながら、家族だけの極秘会談に耳を傾けました。

「あんなに可愛い赤ちゃんだったのに」母は決まってそう言います。「おかしなところなんて、どこにもなかった」わたしのような子どもを産んで、母は悲しんでいました。なにかの咎めや審判のように思えたからです。自分はどんないけないことをしたんだろう？　と。

「呪いだろうよ」祖母が言いました。ソーセージぐらい干からびて細っこい人でしたけど、年が年だったから無理もないでしょう。

「なにも問題なかったのにな」と、父が言いました。「例のはしかに罹ってからだろう。七つのときに。あれからだ」

「だれがうちに呪いをかけるというんです？」母が祖母に言いました。

祖母は顔をしかめました。やりそうな相手はいくらでも思いついたはずです。とはいえ、その大勢の候補者から一人を特定できない。うちの一家は代々敬われていたし、多かれ少なかれ好かれてもいました。それまでもそうだったし、それからもそのはずでした。わたしのことさえ、なんとかなれば。つまり、ことがばれないうちに。

「医者は病気だと言うじゃないか」父が言いました。自分は合理的な人間だと主張したいのです。父は新聞を手にとりました。この子は読み方を学ぶべきだと言いだしたのは父で、なにがあってもそれは推奨しつづけていました。とはいえ、もはやわたしが父の腕にだっこされることはなく、父はわたしを対面に座らせていました。距離をおかれるのはつらかったけど、言わんとすることは理解できました。

「だったら、どうして薬を出してくれないの？」母が言いました。祖母は鼻で笑っています。祖母には祖母のやり方があり、それはホコリタケと雨水なんかを使うのでした。前には、汚れた衣服を浸けている水の中にわたしの頭を突っこみ、そうしながらお祈りを唱えるという方法も試したものです。こうすれば、わたしの口から飛びこんで胸骨のあたりに居座っているに違いない悪魔を祓えるのだと。母に言わせれば、祖母も良かれと思ってやっているとのことでした。

〝この子にはパンを与えておきなさい〟医者にはそう言われていました。〝パンがどっさり必要になるだろう。それからじゃがいも。血も飲ませないとならんだろう。鶏の血でもいいし、乳牛の血でもいい。あまりたくさん飲ませないように〟。医者に病名も教えられましたが、PとRがいくつも入った単語で、わたしたちにはちんぷんかんぷん。わしもこれまでに一例だけ診たことがある——医者は、わたしの黄色い目と、ピンクの歯と、赤い爪と、胸と腕に生えてきた長い毛を見ながらそう言いました。街の病院に連れていき、ほかの先生がたにも診てもらいなさいと言われましたが、家族はそれを断りました。「この子はルスス・ナトゥラエなのだ」医者はそう言いました。

「どういう意味だい？」祖母が尋ねると、「生まれつきということだ」医者は答えました。遠くからわざわざ呼んだ医者でした。地元の主治医に診せたら噂を広められそうだったからです。「ラテン語だよ。モンスターのような意味だ」本人には聞こえないと思ったのでしょう。わたしはミャーミャー言っていたから。「だれの責任でもない」

「この子はれっきとした人間です」父が言いました。父はその医者に金をたっぷり払い、異郷の地に帰って二度と舞い戻ってこないように計らいました。

「なぜ神はわたしたちにこんな仕打ちを？」母が言います。

「呪いでも病気でも、どうだっていいよ」そこで姉が言いました。「どっちにしろ、ばれたらだれもわたしと結婚してくれないんだから」わたしはうなずきました。たしかにそうでしょう。姉は美人で、うちは貧しくはなかったし、まずまずの家柄と言えました。わたしがいなければ、姉の前途は洋々だったはずです。

昼間は、閉め切った暗い部屋にずっとこもっていました。冗談では済まないような状況になっていたからです。でも、日射しには耐えられない体だったから、わたしはそれでかまわなかった。夜は眠れず、家のなかをうろついて、家族のいびきに耳を澄ませたり、悪夢でうなされる声に聴き入ったりしました。猫をお供に。彼はわたしのそばにいたがる唯一の生き物でした。わたしは血の匂いがしました。乾いた血の匂い。だから、猫もくっついてまわり、這いのぼってきてはぺろぺろ舐めだすのです。

近所の人たちには、わたしは消耗性の疾患で、高い熱に浮かされていると説明してありました。隣人たちは卵やキャベツを届けてくれ、折々に見舞いにきてようすを聞きだそうとしましたが、わたしに会いたがりはしませんでした。どんな病気にしろ、伝染するといやだからです。

とうとう、わたしが死ねばいいという結論になりました。そうすれば、姉の人生に宿命のごとくのしかかり、邪魔をすることもないでしょう。

「二人とも不幸になるより、一人は幸せになったほうがいい」と、祖母は言いました。彼女はすでにわたしのドア枠のまわりにニンニクを張りめぐらすまでになっていました。わたしもこの案に賛成でした。家族の役に立ちたかったのです。

司祭にはわいろを手渡したうえで、情に訴えました。ひとはだれしも、自分は善い行いをしていると思いたいし、同時に現金をごっそり懐に入れられたらなお良いと考える。この司祭も例外ではありませんでした。この人はわたしに、あなたは神から特別な娘として選ばれたのです、と説きました。ある種の花嫁と言ってもいいでしょう。尊い犠牲となるべく天のお召しがあったのです、と。

自らを供することであなたの魂は清められます。あなたは運が良い、とも言いました。生涯、無垢のままでいられるのです、あなたを汚そうとする男性はいないので、まっすぐに天国に昇っていけます、と。

聖なる旅立ちでしたと、司祭は隣人たちに語りました。わたしはとても深い棺に入れられ、とても暗い部屋に安置されて、村人たちに展示されました。白いドレスに白いヴェールをふんだんに垂らしたのは、処女にふさわしいからだし、わたしの頰髯を隠すのにうってつけだからでもありました。夜こそ出歩けましたが、二日間そこで寝かされることになりました。だれかが入ってくると息を殺してじっとしていました。人びとはそっと歩き、小声で言葉を交わし、近くには寄ってこなかった。病気の伝染をいまだに恐れていたのでしょう。とはいえ、母には「娘さんはまるで天使のよう」などと話しかけていました。

母は台所で泣いていました。わたしが本当に死んだかのように。姉でさえ、沈痛な面持ちをして。父は黒のスーツ姿で、祖母は葬儀用の菓子や料理を焼きました。みんな満腹になるまで食べました。三日目になると、棺に湿った藁を詰めて、それを墓地に運び、墓穴におろして、お祈りとともに質素な墓石を置き、それから三か月後に姉は結婚しました。豪華な四輪馬車で教会に乗りつけたのは、うちの一族でも初めてのことでした。姉はわたしの棺を踏み台にして昇っていったわけです。

そうして死んだことになると、わたしは少し自由になりました。母以外はわたしの部屋――わたしの「昔の部屋」と家族は呼んでましたが――に入ることは許されませんでした。隣人たちには、あの子の部屋は思い出の神殿としてそのままにしてあるんです、と説明してありました。ドアにはわたしの写真が飾られて。まだわたしが人間のなりをしていた頃のものです。いま自分がどんな姿なのかは、わかりませんでした。鏡を見るのは避けていたから。

わたしは薄暗い部屋で、プーシキンやバイロン卿の作品を読み、ジョン・キーツの詩を読んだ。報われなかった愛と反骨と死の恵みについて学んだ。これらの書物は慰めになりました。母は毎日パンとじゃがいもスープとカップに一杯の血を部屋に運び、おまるを持っていってくれました。以前はいつも髪をブラッシングしてくれたけど、毛がごっそり抜けるのでやめました。昔はわたしをハグしておいおい泣いたものだけど、そういう段階は過ぎたようでしたね。部屋に来て、なるべく速やかに出ていく。わたしにうんざりしているのです。いくら隠そうとしてもわかりました。ひとへの同情はそう長くつづくものではない。そのうち、相手は悪意があって自分を苦しめていると感じるようになるのです。

夜には家の中を自由に歩きまわり、次に庭を歩きまわり、それが終わると森を歩きまわりました。もうひとの重荷になったり将来の邪魔をしたりする心配はありませんでした。自分に関しては、将来なんてありません。現在があるだけ。月とともに移りゆく——と、わたしには感じられました——現在だけが。発作と、痛みのつづく時間と、わたしには理解できないお喋りの声さえなければ、幸せと言ってもよかったでしょう。

祖母が亡くなり、次いで父が亡くなりました。猫は年をとりました。母はさらに深く絶望の淵に沈んでいきました。「かわいそうな子、わたしが死んだらだれが面倒をみるんだろう?」と、わたしによく言っていました。もっとも、わたしはもう「子」ではなかったけれど。

母の問いに対する答えは一つでした。自分で面倒みるしかない。わたしは自分の力の範囲を模索しはじめました。そしてわかったのですが、わたしは姿が見えるときより見えないときのほうが、よほど強いパワーをもつようなのです。いちばん強いのは、ちらりとだけ見えたとき。森で二人の子どもをわざと脅かしてやりました。ピンクの歯と、毛むくじゃらの顔と、赤い爪を見せて、ミャーミャー鳴いてやると、金切り声をあげて逃げていきました。たちまち隣人たちは、わが家がある側の森は避けて通るようになった。夜、窓から家の中を覗いてやると、若い女性がヒステリックに叫びました。「へんな物がいる! へんな物が見えた!」その女性はわあわあ泣きだしました。なるほど、わたしは「物」なのか。これについて考えてみました。物は人とどのように違うのか?

見知らぬ人がやってきて、うちの農場を買い取りたいと申しでました。母はここを売却して、姉と家柄の良い旦那さんのところに移り住みたいと。健全で、これから育っていく一家。家族の肖像画も仕上がったばかりだとか。母が言うには、うちの世話はもうできないけど、あなたを独り残していけない、と。

「残していけばいい」わたしは母に言いました。その頃にはもうわたしの声は獣の唸りのようになっていたのですが。「部屋は明け渡すから。住む場所ならある」そう言うと、母は感謝していましたよ。かわいそうに、わたしに愛着はあるんでしょう。手のささくれとかイボに感じるような。わたしは母のものでした。でも、母はわたしを放りだせて清々していたのです。もう一生ぶんの務めは果たした、と。

母が荷物をまとめ家の調度を売り払う期間、わたしは干し草の山に隠れて過ごしました。住むには充分でしたが、これでは冬はもたないでしょう。けど、新しい家族が引っ越してきても、追い払うのに手間はかからなかった。わたしは彼らより家のことを入口出口にいたるまでよく知っていましたから。暗闇でも自由に動きまわれました。ある出方をしたかと思えば、またべつな出方をして見せた。月夜に顔を触ってくる赤い爪の手になり、うっかり錆びた蝶番を軋ませた。すると、その家族は尻尾を巻いて逃げていき、この地所に幽霊屋敷の烙印を押したのです。そうしてわたしはここを自分だけのものにしました。

月明りを頼りによその畑から盗んだじゃがいもや、鶏小屋からくすねた卵を食べて暮らしました。ときにはめんどりも失敬して——真っ先に血を飲みました。どこにも番犬はいましたが、吠えかかるだけで襲ってはこなかったです。わたしの得体が知れないからでしょう。家のなかで鏡を見てみました。死んだ人間は鏡に映らないと聞いていたけど、それは本当でしたね。自分の姿は見えませんでした。なにか見えたものの、それはわたしではなかった。自分の心のなかにいる愛らしい少女とは似ても似つきませんでした。

とはいえ、この話は終わりに近づいています。わたしは目立ちすぎてしまったのです。

こんな経緯でした。

黄昏どきに牧場《まきば》と森の境あたりで黒すぐりの実を摘んでいると、森の反対側から二人の人間が近づいてくるのが見えました。一人は若者で、もう一人は女の子。男のほうが身なりが良かったです。靴も履いていました。

二人はあたりを憚っていました。ああいう顔つきは知っています。肩越しに振り返りながら、立ち止まってはまた歩きだす――わたし自身がいつもそうでしたから。わたしはようすを窺おうとベリーの茂みにうずくまりました。二人はがっちり組みあったかと思うと、絡みあい、地面に倒れこんだ。二人の口から、ミャーミャーいう声や、唸り声や、小さな悲鳴などがあがった。おそらく二人同時に発作が起きたのでしょう。たぶん二人は――ああ、とうとう！――わたしみたいになってきた。わたしはよく見ようと二人に這い寄りました。二人はわたしとは似ていませんでした――たとえば、頭以外は毛むくじゃらではなかった。どうしてわかったかというと、二人とも衣服をほとんど脱ぎ捨てていたから――とはいえ、わたしもいまのわたしになるまでにはしばらく時間がかかったのです。この二人は準備段階にあるに違いない、とわたしは思いました。自分たちが変化しつつあるのを知っており、同類を探しあてて、発作の苦しみを分かちあっているんだろう。

二人はときどき嚙みつきあいつつも、その七転八倒から喜びを得ているように見えました。発作がどんなものかわたしは知っています。あそこに自分も参加できたら、どんなに慰められるだろう！　長年、わたしは心を強くもって孤独に耐えてきました。その硬くなった心が溶けていくようでした。それでも、二人に近づいていく勇気は出ませんでした。

ある夕べ、若者のほうが寝入ってしまったんです。女の子は彼が脱ぎ捨てたシャツでその体をおおい、ひたいに口づけます。そうして彼女は静かに立ち去りました。

わたしは茂みから出ると、男にそっと近づいていきました。楕円形につぶれた草の上で眠っている男。お皿の上に載せられたかのよう。申し訳ないことに、わたしは自制心を失ってしまったんです。彼の体に赤い爪の手をかけ、首筋に噛みつきました。あれは欲情だったか、空腹だったか？その違いがどうしてわたしにわかったでしょう？　男は目を覚まし、わたしのピンクの歯と黄色い目を目にし、わたしの黒衣がひるがえるのを目にした。わたしが逃げ去っていく姿を目にした。そして自分がどこにいるのか気づいたのです。

男が村の人びとに語ると、みんな推理をはじめました。わたしの棺を掘りだし、空なのが発覚すると、最悪の事態を恐れました。だからいま、人びとがこの家に押し寄せてきているのです。黄昏どきに、長い杭と、松明を手にして。わたしの姉も、姉の夫も、わたしが口づけた若者も、そのなかにいる。そう、あれはキスのつもりでした。

この人たちになにが言えるだろう、自分のことをどう説明したらいいだろう？　悪の存在が必要になると、決まってだれかがその役割を演じるはめになるものです。自ら進みでたにせよ、押しつけられたにせよ、同じことです。「わたしはれっきとした人間です」そう主張してもいい。とはいえ、それを証明するどんな証拠があるでしょう？　「わたしはルスス・ナトゥラエなんだ！　街の医者に連れていけ！　わたしは研究されるべきだ！」と叫んでも、聞き入れられる望みはゼロです。これは、愛猫にとっては悪いニュース。わたしがなにをされるにしろ、猫も同じ目にあうでしょう。

わたしはいま、寛容な心もちになっています。あの人たちも良かれと思ってやっているのでしょう。すでにあの埋葬用の白いドレスを着て、処女にふさわしい白いヴェールをかぶっています。場所柄はわきまえなくてはね。ぺちゃくちゃ喋る声がだいぶ大きくなってきました。こんどはわたしが逃げだす番です。わたしは流星みたいに火のついた屋根から墜落するのです。焚火のように燃えながら。わたしを燃やした灰には何重にも呪文をかけなくてはならないでしょう。こんどこそ確かに死ぬように。そうしてしばらくしたら、わたしは逆さまに十字架にかけられた聖人（聖ペテロを指す）になるのです。指の骨は呪いの遺物として売られて。その頃にはわたしは伝説と化しているでしょう。

たぶん天国でのわたしの姿は天使に似ているでしょうね。天使がわたしに似ているというか。みんな、さぞ驚くだろうな！　それがいまから楽しみです。

フリーズドライ花婿

まったく、次はこれだ。車が動こうとしない。「極渦」だか「北極低気圧」だかが巻き起こす気まぐれな寒波のせいだろう。まあ、この「極渦《ポーラー・ヴォルテックス》」って気象用語は、すでにお笑い芸人たちが散々かみさんのあそこに擬《なぞら》えて、ネットジョークのネタにしているが。

サムには、二者の関係がよくわかる。グウィネスはついに離婚宣告をする前夜、例によってシーツを交換して合図を送ってきた。これは、これからこの染み一つないシーツの上で、ものすごく久しぶりに、北極低気圧並みに寒くて、水っぽくて、うんともすんとも言わないセックスを渋々してあげるわよ、という意味だ。事がすんだとたん、またシーツを替えることで、あなたは汚点にしかならない、病原菌の巣であり、蚤たかりであり、わたしは洗濯機を無駄に使うことになるのよ、というメッセージを強調してくるのが常だ。この頃では、グウィネスはもはや感じている振りもせず、わざとらしい喘ぎ声すらあげなくなっていたから、ふたりの性行為は、柔軟剤のむかつくようなピンクの甘い香りに包まれ、不気味な静けさのなかで執り行われたものだ。毛穴の中にまで浸みこんでくるような、あの臭い。そんな状況下で、〝いそいそ〟とまでは言わないまでも、よくも機能をりっぱに果たしたものだと、サムは自分でも驚く。とはいえ、自分でも意外なことばかりやらかすのがサムなのだ。次になにをしでかすか、わかったものじゃない。少なくとも、自分には。

一日はこんなふうに始まった。それ自体が苦行と化した朝食の席で、ふたりの結婚生活はもうおしまいだと、グウィネスが告げてくる。サムは驚いてフォークをとり落とすが、拾いあげてスクランブルエッグの残りを脇に寄せようとする。グウィネスの作るスクランブルエッグはいつも絶妙にふんわりしていたから、今朝の革靴みたいにガチガチのこれは、「離婚通告パック」の一部と解釈するしかない。もはやサムを喜ばせる気がないのだ。それどころか、逆だろう。こっちが食後のコーヒーを飲むまで待ってくれてもよさそうなものだが、カフェインを摂らないと頭がはっきりしないのを承知でやっているのだ。

「うわっ、ちょっと待てよ」サムはそう言ったものの、そこで口ごもる。いや、なにを言っても無駄だ。今朝の通告は、よくある口論の初手とはわけが違う。注意を引こうとする手段とか、交渉の申し入れの序章でもない。これら三つは、サムはぜんぶ経験ずみだし、そういうときの彼女は、顔もそれに見あった表情をしている。いまのグウィネスは犬みたいに唸っているわけでも、不満気に口をとがらせているわけでも、しかめ面をしているわけでもない。その眼差しは凍りつきそうに冷たく、声には抑揚がない。これは、つまり最後通牒だ。

少しは抗弁してみようか。**そんなに重大で、そんなに不快で、しょうもなくて、度し難く致命的**

な何を、おれはやらかしたと言うんだい？　お金をなくしたとか、許しがたい口紅が付いていたとか、そんなことは一度もないし、そういう理由ではないだろう。あるいは、口のきき方に難癖をつけてみるか。**なんだよ、急に機嫌わるいな？**　それとも、偏った価値観を批判してみるとか。**きみの遊び心はどうした？　人生を愛し、道徳観にもバランス感覚のあるきみがどうしたんだ？**　いっそ、説教してやるという手もある。**赦しとは美徳であるぞ！**　それとも、泣きついたほうがいいか。**きみみたいに思いやりがあって、しんぼう強くて、心の温かい女性が、おれみたいにか弱く傷ついた男の心を、そんな荒っぽい棍棒でぶん殴るような真似が、どうしてできるんだよ？**　あるいは、更生を誓うというのはどうだ。**どうすればいいのか、教えてくれればなんでもするから！**　もう一度チャンスをくれと懇願する手もあるが、そう何度もチャンスがあると思うなと、撥ねつけられるのが落ちだろう。きみを愛しているんだなどと食い下がったところで、きっとグウィネスは——最近、始終言っているように——愛って口先だけじゃだめなのよね、行動が伴わなきゃ、と言うだけだろう。

　テーブルの向かいに座るグウィネスは、来るべき戦闘にそなえてきたようす。ひたいにかかる髪も隙なく梳かしつけられ、後ろで止血帯のようにぎっちりと編まれている。まっすぐ下に落ちるイヤリング、金属的な音をたてる大ぶりのネックレス、なにもかもが「判決」の鉄壁のごとき揺るぎなさを伝えている。メイクもこの対決シーン用のメイクだろう。口紅は血糊のような色で、眉毛は嵐雲のごとく黒々と。かつては誘うようだった胸の前で、がっちり腕を組んでいる。触ろうだなんて夢にも思うな、というように。最悪なのは、そうして甲《よろい》に閉じこもったグウィネスが自分にまるで無関心なことだ。おたがい、ありとあらゆるメロドラマを演じ尽くし、彼女にとうとう飽きられてしまったんだ。いまや時間をカウントしながら、自分が出ていくのを待っているのだろう。

サムは席を立つ。せめて、こっちが着替えて髭を剃るまで待って通達をするぐらいのデリカシーはあってもよかったろうに。五日も洗っていないパジャマ姿の男というのは、みじめすぎて居たたまれない。

「どこ行くのよ？」グウィネスは訊く。「まだ詳細を話しあわないと」

「路頭に迷うまでさ」だの「おまえの知ったことか！」だの「いまさらなんのつもりだ、えっ？」だのと、傷ついてすねたことを言ってやろうかと思うが、それは戦術ミスというものだろう。

「そういうのは、後でいいよ」サムは言う。「法的な手続きだろ。それより、荷造りしないと」もし離婚通告がただの脅しなら、ここで引き留めるはず。おっと、でも、引き留めてこない。「ちょっと落ち着いてよ、サム！　いますぐ出てってなんて言ったつもりはないわよ。座って、コーヒーを飲んで！　わたしたち、これからも友だちなんだから！」みたいなことすら言わない。

ふたりは「これからも友だち」ということはないらしい。グウィネスは「お好きなように」と、無表情にひと睨みして言う。そう言われてしまったら、ヒツジたちが柵を跳びこえている絵柄のパジャマと、履きつぶした羊毛の部屋履きという不面目な恰好で、キッチンを出ていくしかない。パジャマは、二年前の彼女からの誕生日プレゼントだ。あの頃はまだ、この人って面白くてキュート、と思われていたのに。

早晩、こうなるだろうとは思っていた。ただ、こんなに早いとは。相手の動きを読んで、こっちからふってやるべきだった。そうして優位を保つべきだった。いや、そんなことしたらむしろ立場が弱くなるか？　現状、ふられて嘆く権利は自分のほうにある。サムはジーンズを穿き、スウェットを着て、ダッフルバッグに持ち物をどかどかと放りこむ。ビジネスの船旅用としてしばらく前に入手したものだが、そんなビジネスはなにも実現していなかった。残りのガラクタ同然の持ち物は、あとで取りにくればいい。ふたりの寝室――すぐにも彼女ひとりの寝室になるわけだが――は、かつてはセックスの熱でびりびりくるほどだったのに、そのうちドリトル先生に出てくる双頭の動物（ガゼルと一角獣の混血で、胴体が一つにつながっているが、二つの頭は正反対を向いている）みたいな綱引きが延々と繰り広げられるようになり、いまや、ホテルの部屋をそのままにして出ていくような気分だ。このヴィクトリア朝ベッドの悪趣味な模造品だって、選ぶのを手伝ってやったじゃないか？　そうさ。少なくとも、そのまがい物が買われる傍らに突っ立っていてやった。でも、このカーテン生地は違うぞ。こんなアホくさい薔薇の花が散ったカーテンは、おれは関係ない。ともかくも、これに関しては無罪だ。

カミソリ、靴下、ブリーフ、Tシャツなどなどを詰めこむと、間をおかず、オフィスに使っていたスペアルームに入っていき、ラップトップ、スマホ、ノートパソコンと、からまった充電コードをパソコンバッグに入れる。紙の書類はあまり信奉していないが、ひとまず、そのへんに散らばった文書を何枚か。財布、クレジットカード、パスポート。これらは、あちこちのポケットにつっこむ。

グウィネスにこのうらぶれた退却の図を見られずに家を出ていくには、どうしたらいいんだ？シーツを縒《よ》って窓の外に投げ、壁をつたい降りるか？　だめだ、考えがまとまらない。頭にきすぎて、混乱している。サムは落ち着こうとして、よくやるマインド・ゲームに没頭しようとする。「自分が殺人の被害者だったら？」と考えるゲームだ。歯みがき粉は謎解きの手がかりになるだろうか？　**わたしが見るところ、このチューブを最後に絞ったのは二十四時間前だな。つまり、二十四時間前には、まだ被害者は生きていたんだ。**それとも、iPodはどうだろう？　**カービングナイフを耳に刺しこまれる直前、被害者がなにを聴いていたか調べてみよう。曲のプレイリストが暗号になっているかもしれん！**　それとも、ライオンの頭の彫り物と名前のイニシャル付きという、壊滅的なセンスのカフスボタンはどうだ？　二年前のグウィネスからのクリスマスプレゼントだが。**いや、これがサムの物だなんて、あり得ないですよ。あんなに趣味のいいやつが。犯人の物に違いないです！**

ところが、おれの物なんだな。付き合いだした頃のグウィネスは、サムをライオンのイメージでとらえていた。百獣の王。彼女の首根っこを咥えて振りまわし、歯型をつけてやる、力強い肉食獣。欲望に悶えながら、前足を彼女の首に置いて押さえつける。

それにしても、自分が死体安置台に横たわる図を想像すると心癒されるのは、どういうわけだろう？　女解剖医――決まってホットなブロンドだが、「冗談お断り」と言いたげな女医さまのお堅いバストの上に白衣をまとっている――が、この遺体を、デリケートかつ事務的な手つきでつつきまわす。**まだこんなに若くて、ここもこんなに大きいのに！　なんてもったいないの！**　きっとそう思っているだろう。知りたがり屋で小生意気な探偵さんである彼女は、何者かに消されたサムの悲しい人生を再構築しようとし、気ままな彼の足跡を逆に辿りなおそうとする。その足跡は不吉な人混みの中にまぎれ、そこで悲劇の最期を迎えたのだった。**健闘を祈るよ、女医さん。**冷たく青ざめた顔のサムは無言でほほえみかける。**おれは解けない謎なんだ。決して正体はつかめない。どうやっても摑まえられないさ。でも、ゴム手袋でもういっぺん、あれをやってくれないかな！　おっ、いいね！**

ときどき妄想のなかで、サムはがばと身を起こす。じつは死んでなんかいなかったのだ。きゃああ！　そして、キス、キス、キス！　他のバージョンでは、死んでいるのに、がばと起きあがる。完全に白目をむいてはいるが、貪欲な両手が女解剖医の白衣のボタンに伸びていく。という別のシナリオになる。

スウェットをもう一枚、ダッフルのいちばん上に詰めこむ。さあ、これでよし、と。バッグのジッパーを閉めて、ひょいと肩にかけると、もう片方の手にパソコンバッグを持ち、ここで暮らす以前はよくやっていたように、階段を一段抜かしで駆けおりていく。すり減ったカーペットの取替えなんか、もうおれの知ったことじゃない。そんな面倒がなくなったんだから、ともかくプラス一点だ。

玄関ホールに着くと、クローゼットから自分の冬用パーカをひっぱりだし、手袋と暖かいマフラーとラム革の帽子が入っていないか、ポケットを検める。グウィネスはまだキッチンにいて、いかにも富裕層向けのガラステーブルに肘をついている。あれはこっちが提供した家財だが、所有権を争う気はさらさらないし、くれてやろう。そもそも、対価を払ったわけでもない。いただいてきたものだ。

グウィネスは鹿爪らしく、サムを無視している。ひとりでコーヒーを淹れたようだ。芳ばしい香りがする。コーヒーに、トースト（のようだ、見たところ）。動揺して食事も喉を通らないということは、まったくないらしい。腹が立つ。どうしてこんな時に、もぐもぐ物を嚙んだりできるんだ？　少しは気にならないのか、おれのことが？

「ねえ、いつ会う？」玄関を出ていこうとすると、ようやく声をかけてくる。

「メッセージする。きみはきみの人生を楽しんでくれ」これはちょっと嫌味だったろうか？　そうだな、恨みがましいのはNGだ。アホ面さらすんじゃないぞ。サムは自分に言い聞かせる。頭を冷やせ。

車が動くのを拒否したのは、まさにこの時だ。クソッたれアウディめ。ちょっと貸しのあるやつから、示談金代わりってことで、この高級車のポンコツをもらい受けたのが失敗だった。でも、あの時はえらくおいしい取引きに思えたのだ。

きっぱり退場してやるつもりが、台無しもいいところだ。轟音とともにコーナーを曲がって、ブゥゥゥーン、せいせいしたぜ、ようし、海の男は大海原に乗りだすぜ。なんてところまでも行けず。ここでセイレーンたちが現れて、足首にくくりつけたセメントの重りみたいに、人を海底にひきずりこまなくてもいいだろうが？　別れに手を振り、新たな冒険の旅に出るところだっていうのに。

イグニッションをもう一度まわしてみる。一回、二回、ぴくりともしない。凍える寒気のなかで、息が白くなる。指の先が白くなり、耳たぶが凍りつきそうになる。上がってしまったバッテリーをジャンプスタートさせる（他の車とブースターケーブルでつないで始動させる）のに、いつもの救援サービスに電話するが、聞こえてくるのは留守電の自動応答ばかりだ。「ただいま、担当者に順次おつなぎしておりますが、悪天候のため、平均二時間ほどの待ち時間をいただいております。このまま切らずにお待ちください。ご利用、誠にありがとうございます」この後、アップビートな音楽が流れる。歌詞をつけといてやろう。**クソッ寒いのは、地上のおれらがポーラー・ヴォルテックスを散々讃えているからだぜ。いいかげん気づけよ。エンジンの冷却液が凍らないように、ブロックヒーター買いな。クソッたれ。**

　しかたなく、うなだれて家に舞いもどる。幸い、ドアの鍵はまだ持っていた。とはいえ、「玄関の錠を替える」というのは、グウィネスのリストの最優先事項に違いない。あいつはリスト魔だから。

「あら、もどってきちゃって、どうしたの？」彼女は言う。サムは卑屈な愛想笑いを返して言う。いや、もしかしたら、きみも意外と親切でさ、自分の車が動くか確かめて、ケーブルをおれのバッテリーにつないで始動させてくれたりしないかな？　いまのは比喩だけど。と、胸のうちで付け足す。こっちとしても、彼女を熱くジャンプスタートさせて、ちょっとよりを戻し、仲直りの盛り上がりに乗じて楽しむぐらいできないか、試してみるのも吝《やぶさ》かじゃない。と思ったが、いまはまだその時じゃなさそうだ。

「でないと、救援サービスがトラックを寄越すまで、ここで待つことになるな」と、なるべく呑気そうにニタッと笑いながら言う。「何時間かかるかわからないけど……夜までここにいることになるかも。それじゃ、きみも困るだろ」

それは困ると、グウィネスも言う。忍耐の長いため息をつくと——「始動しない車」なんていうのも、サムの欠点をリストアップしたはてしなく長い巻物の一項目だ——防寒用のコートを着こみ、ミトンとマフラーを着け、ブーツを履く。見えない袖をまくりあげるのが見えるようだ。よし、やってやるわよ。こんなサムだって苦境から引っぱりだして、ほこりを払い、磨きをかければ、新品みたいにぴかぴかになるはずだもの——グウィネスも、かつてはそんなことを人生の楽しみとして大切にしていた。サムを再生させられる人間がいるなら、それは自分だと。

ところが、もくろみは失敗に終わった。

ふたりが付き合いだしたのは、グウィネスがサムの店を訪れたのがきっかけだった。彼女は最近スタッフォードシャーの陶器のスパニエルの置物を親から相続したため、この不細工なアンティーク犬と対になる犬を探していたのだ。そこで、サムにすっかりまいってしまった。尖鋭なセンスをもち、スリリングだけれど、相手を愉しませる。まるで、五〇年代のミュージカルの脇役みたい。愛すべきマンガのギャング。ワルいやつだが、心根は信用できる。たぶん、彼女にはそれまで、サムみたいな関心を寄せる男がいなかったんだろう。つまり、彼女が値打ちのあるティーカップかなにかのように、微に入り細に入り、ためつすがめつ触ってみるような。あるいは、グウィネスは病床の両親の介護で忙しく、男にかまけている暇がなかったか、男たちの方にも彼女にかまける隙をあたえなかったかで、とにかく、男たちの口説き文句に気づかなかっただけかもしれない。ま、そんなところ。決して不美人じゃない——そう、カメオ細工みたいな美しさ。でも、その魅力の使い道をわかっていないようだった。それまでにも恋人は何人かいたらしいが、話を聞いたところ、どいつもこいつもフヌケ野郎に違いない。

しかし、例の犬の陶器を買いにくる頃には、彼女も行動を起こす準備はできていた。見知らぬ男に、あんなに開け広げに接しちゃいけなかった。男とは、要するにサムのことだが。自分から進んで、あんな情報を打ち明けるなんて。両親が亡くなって、遺産が入ったこと。生活に不自由しないほどの額なので、教職もやめて、今後は人生を楽しもうと思っていること。でも、どうやって楽しもう？

と考えているところへ、キューの合図を受けたように、サムが登場。スタッフォードシャーの知識も豊富で、そつのない鑑定家の好色な目で彼女にほほえみかけてくる。彼には楽しむ才があった。類まれなる才能だ。それを、喜んで分かちあってくれる。

サムだって彼女には、わりかし正直に接していた。少なくとも、まるきりの嘘はついていなかった。アンティークショップの商売で収入を得ていると話したが、これも半分は本当だ。ほかにどこから収入を得ているか、それには触れなかっただけで。自分で店をやっているんだ——どこも間違ってない——共同経営者がいてね。これも、事実。グウィネスはサムを、わくわくするような行動派の男、セックスの魔術師とみなした。サムのほうはグウィネスを見栄えのいい隠れ蓑と考えた。その奥に、しばらく蹲《うずくま》らせてもらおう、と。モーテル暮らしや店の裏手での野宿をやめられるなら、願ってもないし、むこうがすでに家持ちなのも都合がいい。サムがいても、家が手狭になることはなかった。ところが、だんだん関係がだらけてくると、サムは家を空けることが増えた。骨董品探しには、あちこち飛びまわる必要があるんだ、と彼女には説明した。

グウィネスとの結婚にはうま味があったし、当初、それを楽しまなかったと言えば嘘になる。身の回りの世話とか、生活のゆとりとか。

サムのほうも、最初からとことんダメ男だったわけじゃない。自分を説得してちゃんと結婚したし、うまく行くと信じてもいた。いまから若返りようがない以上、ここいらで身を固めるべきだろう、と。グウィネスは見かけこそ、ムラムラくるような可愛い子ちゃんじゃないが、それがなんだ？　その手の女どもは自分がいちばん大事なんだ。要求ばかり多くて、ころころ気が変わる。そこへいくと、グウィネスは自分が手にするものの有難みがわからないほどのモテ女でもない。一度、ベッドにすっ裸で寝かせて、百ドル札に埋もれさせてやったことがある。彼女みたいな優等生にはくらっとくるようなお遊びで、最高の媚薬！　ところが、百ドル札がたびたび底をつき、金欠がどんどん深刻になってくると、グウィネスがその事態に気づいたとたん――えらくツイてないことがあり、初めて金を貸してくれと頼んだのが運の尽き――このお遊びはまったく裏目に出た。彼女は目を細め、乳首なんかレーズンみたいに縮んで、体はドライプルーンみたいに萎びちまった。きみの気持ちわかるよ、とか言って、しっぽり慰めにかかろうとしたところで、ドアがバタン！　いくら大きな碧眼でうったえようと、冷蔵庫に閉じこめられたも同然だった。

サムはこの大きな碧眼にものを言わせて生きてきた。つぶらで、あけっぴろげな瞳。信用詐欺師《おんなたらし》の瞳。「あなたの目って、ベビードールみたいよね」ある女にそう言われたこともある。「それぐらい傷つきやすいってことさ」サムは心を摑む返答をした。こんな目を覗きこんだら、いくら露天商の売るブランド物のシルクスカーフみたいな見え透いた言い訳を繰りだそうと、信じない女がいるか？

　とはいえ、この大きな碧眼はだんだん小さくなっている。気のせいじゃない。というか、顔のほうがでかくなっているのか？　原因がなんであれ、目と顔面の面積比率が変わってきているのは、肩幅と腹囲の比率の変化と同じく。いまでも、碧眼の魔術は使える。たいていはまだ効果がある。とはいえ、もちろん男には通用しない。男は他の男がホラ吹いているのは、すぐにわかるから。女の場合、この目でじっと口元を見つめてやるという手口が有効。数ある手口のひとつにすぎないが。

　グウィネスとの間に子どもはいないから、離婚手続きで待たされる時間はそう長くはないはずだ。型通りの手続きをひととおり終えたら、サムはふたたびその日暮らしの身になる。カタツムリみたいに家を背中にしょって世界をさまようのだ。まあ、それが自分にはいちばん快適なのかもしれない。能天気に口笛でも吹いてぶらつき、また自分らしい臭いをさせるようになるだろう。

　グウィネスの車は問題なくエンジンがかかる。いったんエンジンを切ると、ウィンドウから顔を出して、牛みたいに見つめてくる。凍えた男がブースターケーブルを四苦八苦しながらつなぐのを、澄ました顔で傍観。いっそ感電して死んでくれないかしらなんて（たぶん）思いながら。そう上手くはいかないぜ。サムが合図を送って、むこうの車のエンジンがかかると、おいしいジュースがグウィネスの車からこっちの車に流れこんできて、また動くようになる。ふたりはひきつった笑顔で見かわす。サムはゆっくり車を前進させて、凍結した道路に出ると、グウィネスに手を振る。でも、むこうはもう背を向けている。

この日にかぎって、いつも車を駐める店舗の裏手のスペースがふさがっている。店は海沿いのクイーン通りの西側。ちょっと前はさびれてみすぼらしかったのに、最近はこじゃれた流行の波が押し寄せている、ちょうどそんな辺りだ。通りの片側には、バリスタがいるトレンドのコーヒー店とか、隠れ家っぽい小さなナイトクラブとかが並んでいるのに、反対側には、質屋とか、安い衣料品店とかが残っている。ひび割れたマネキンの着る服が黄ばんでいるような店だ。サムの店は、〈Metrazzle〉なる看板を掲げている。ウィンドウに飾られているのは、五〇年代のチーク材のダイニングテーブルと椅子で、ブロンドウッドのステレオ台でミッドセンチュリーの雰囲気もばっちり。ヴィニール盤（アナログのレコード）が、また人気だ。金持ちのガキどものなかには、この手のキャビネットがたまらんやつもいるだろう。

店はまだ開いていない。サムは幾つもある錠を次々とガチャガチャと開けて中に入っていく。相棒はもうバックルームにいて、いつもの仕事、すなわち家具の贋造に勤しんでいる。いや、贋造ではなく、家具の「補強」だ。相棒の名前はネッド。ともあれ、その名で通っている。ヴィンテージ感を出すのに家具を傷つけるのが、こいつの得意技。まあ、技は他にもいろいろある。木材のボトックス・ドクターというところだが、ただし若く見せるんじゃなくて、老けて見せるところが違いだ。木くずが宙を舞い、染色液の臭いが鼻をつく。

サムが〈イームズ〉のスチール製ヴィンテージチェアに、重いダッフルバッグを載せる。「外、かなりきてるな」と話しかけると、ネッドはハンマーと鑿《のみ》をもつ手元から目をあげる。家具に、もうちょいインチキなひびを入れているところだ。

「まだ序の口だろ。いまも、シカゴがむちゃくちゃになっているらしい。空港は閉鎖」

「こっちにはいつ来るんだ？」サムが言う。

「そのうち」と、ネッドは答える。トン、トン、トン、と鑿の音。

「気候変動ってやつか」サムは言う。世間ではそう言われている。かつては、〝われわれが神を怒らせたからだ〟なんて言ったものだが。神の怒りと同様、気候にはだれにもなにもできやしないんだから、どうこう言っても仕方ないだろうに？　楽しめるうちに楽しんどけ。ま、楽しむ気になればだが。今日のところは、浮かれる気にはあまりなれない。グウィネスに突きつけられたことの重みが沁みてきて、ゆっくり沈下していく。自分のど真ん中のどこかに、冷点があるみたいだ。「クソ雪め、もう飽き飽きだ」サムは言う。

トン、トン、トン。音がやんで、「かみさんに蹴りだされたか？」

「こっちから出てきてやったんだよ」サムはなるべくどうでもよさそうな口調で言う。「ま、徐々に準備してたんだ」

「時間の問題」ネッドが言う。「なるべくしてなった」

事実とまるきり逆のことを語っているのに、それに気づいていながら、あっさりと受け入れてくれるネッドにサムは感謝する。「まあな。悲しいよ。あいつはつらい思いをしてるだろう。でも、だいじょうぶ。あっちは路頭に迷うわけでも、食いはぐれるわけでもないんだから」

「それ、それ」ネッドは相槌をうつ。上腕にタトゥーをびっしり入れているので、柄つきのクッシヨンかなにかみたいだ。刑務所暮らしを経験している彼は、黙っていれば余計なトンマは寄ってこないと正しく悟っており、口数が少ない。いまの仕事が好きで、注文はなんでもありがたく受ける。うるさく詮索して発注を台無しにするようなことは決してないから、サムにとっても都合がいい。その一方、刻々と入ってくる情報をデータ抽出器のようにきっちり分けて蓄積し、必要となったら正確に出してきてくれる。

そんな寡黙なネッドから聞きだしたところ、きのうの遅い時間に、お客がひとりでふらっと入ってきたとか。見ない顔だったが、高そうな革ジャケットを着て、店中のデスクをじっくり見てまわった。こんな雪嵐のなか出かけてくるなんて、おかしなやつだけど、そういう大変なことをわざわざしたがるやつっているよな。店内には、当然ながら、ほかに客はひとりもいなかった。その男が興味をしめしたのは、ディレクトワール様式の端正な複製品。値段を聞いて、「考えておく」だとさ。二日間、取り置きしてくれって、保証金として百ドル置いていったよ。現金だ、クレジットじゃない。レジの横に、封をした封筒があるだろう。中に名前が入ってる。

それだけ言うと、ネッドは鑿打ちにもどる。サムはカウンターに行き、なんの気なしに封筒を開ける。二十ドル札ばかりの現金といっしょに、紙切れが一枚入っており、サムはそれを引きだす。紙には、住所と番号以外はなにも書かれていない。ネッドをだますつもりはないが、原則的にふたりとも最大限の「関係否認能力」（その事柄に対して、自分は関係がないと否定できる力）を有して仕事するべきだ。会話はなにもかも盗聴されていると思え、というのがサムのモットーである。「56」という鉛筆書きの数字を見てとると、頭にたたきこみ、紙切れはくしゃくしゃに丸めて、ポケットにつっこむ。最初に入ったトイレで、流してしまおう。

「じゃ、オークションを当たってくるか」と、サムは言う。「どんな掘り出し物があるかな」

「ご健闘を」と、ネッド。

その日のオークションは、「倉庫オークション」（大型貸し倉庫で賃貸料を滞納しつづける顧客への対策として、倉庫内に預けた持ち物を丸ごと競売にかけるオークション。参加者はドアの外から見るだけで中には入れず、物にも触れない）というやつだ。骨董業界の連中はけっこうやっているが、サムも週に二つか三つは参加している。このトロント市と近隣の町をとりまく郊外の、しょぼくれたショッピングモールしかない不毛地帯の倉庫街を巡るのだ。サムはメーリングリストに登録してあるので、郵便番号で識別され、その一帯のオークションはすべて事前のお知らせが来る。むりなく出向ける距離のものだけ参加する。車で二時間以上かかる会場には行かない。それ以上になると、投資と儲けが引きあわなくなるからだ。まあまあの上がりでは釣りあわない。過去に、運のいい入札者がひと財産あてた例はあるにはあるが、いつ正真正銘の名匠の作が、ほこりとニスの下に隠れて現れるかなんて、だれも予想ができない。あるいは、死んだセレブが秘密の愛人にあてたラブレターがひと箱ぶんも出てきたり、しまいこまれた装飾品はガラス玉かと思っていたら本物だったり。このところ、貸し倉庫のドアを開ける瞬間の入札者のようすをとらえると銘打ったリアリティショーが流行りだ。ドアを開けてみたら、ビンゴ！　人生を変えるような華々しい掘り出し物があり、周囲から、「アーッ」だの「オーッ」だのという声があがる。

そんな快挙は、サムには決して起きなかった。それでも、オークションで落札し、閉ざされた倉庫の鍵を手に入れ、お宝を期待しながらドアを開ける成り行きには、なにかしらわくわくするものがある。そう、中にあるのがどんなガラクタだろうと、かつては持ち主にとって宝物だったはずだ。でなけりゃ、わざわざ倉庫にしまっておいたりするものか。

「四時にはもどれると思う」サムは言う。ネッドにはかならず帰り時間を伝えるようにしている。どうしても例の殺人プロットを組み立てたくなってしまうのだが、これもその一部だ。**サムは四時にはもどると言ったんだよ。いや、とくにあわてたようすはなかったね。ちょっと気がかりなようではあったが。前日店に来た変わったお客のことを訊いてきた。革ジャケットを着て、デスクを探している客だった。**

「運搬用のヴァンをいつ送ればいいか、メッセージくれ」ネッドが応じる。

「まあ、ヴァンが要るような物が出てくるといいけどな」サムは言う。落札した倉庫は二十四時間以内に空にしなくてはいけないから、欲しいものがなくても、ガラクタをそのままにしておけない。落札したら、中身を丸ごと所有することになる。落札者が新たに引きとったゴミくずをゴミ捨て場に運搬する費用など、倉庫側が払いたがるわけがない。

サムが良さげな家具をみつくろってきて、ネッドがこれを「補強」する。ふたりは暗黙のうちにそうした手順も了解済み。よし、使えるやつを狙っていくぞ。そりゃそうだろう？　今日は、この前持ち帰ったガラクタの寄せ集めよりも、家具関係でもっと成果をあげたい。前回の釣果といえば、ぶっ壊れたギター、脚が三本しかない折りたたみ式ブリッジテーブル、遊園地の射的ゲームで獲ったテディベアの巨大なぬいぐるみ、木製のクロキノール盤（ボードゲームの一種）……。いくらかでも価値があるのは、このゲーム盤だけだ。レトロなゲームのコレクターというのもいるから。

「安全運転でな」ネッドが言う。サムから、ヴァンをよこしてくれとメッセージが来たんだ。2時36分だった。憶えているのは、そのとき時計を見たからだよ。そこに、ほら、アールデコの時計が掛かっているだろう？　時間はいつも正確に合わせてある。その後どうなったのか知らん、いきなり消えちまった。

彼と敵対する人物はいましたか？

さあ、おれはここで働いてるだけだから。

でも、こんなこと言ってたな……うん、話してくれたんだが、かみさんと喧嘩したとか。グウィネスといったか。おれはよく知らない。朝めしの最中に出てきてやった、とか言ってた。まあ、おおかたこんなことになるだろうと思った。かみさんはやつのやり方をへし曲げて、息つく隙もあたえないんだ。そうだな、嫉妬深くて独占欲が強いって、やつはそんな言い方してたよ。サムに後光がさして見えるぐらいぞっこんで、片時も離したくないんだろ。彼女が暴力をふるいそうか、ふるったことがあるかって？　いや、そんな話は聞いたことがない。一度、空のワインボトルをやつに投げつけたことがあるらしいが。けど、ときには口喧嘩ぐらいはしたんじゃないか。女は言い合いが好きだろう。で、言い負かされて怒り狂う。

自分の死体が発見されたところを想像して、サムは愉しむ。裸か、着衣のままか？　建物の中か外か？　凶器はナイフか銃か？　単独犯か、それとも？

今回、車のエンジンは無事にかかり、サムはこれを吉兆ととる。ジグザグに蛇行しながら、ガーディナー・エクスプレス（トロントの主幹高速道路）に向かい——この高速はたぶん、まだ閉鎖されていないだろう——よし、大丈夫だ。神はいるらしい——西を目指す。封筒の紙切れに書かれていたのは、ミシサガの倉庫街の住所で、そんなに遠くない。ところが、車の流れがとろくさい。冬になると、どうしてまたみんな手が足になったみたいに、のろのろ運転するんだ？

会場には早めに着いた。車を駐めてからメインオフィスに行き、登録を済ませる。なにもかもいつもどおりだ。オークションが始まるまで、そのへんをぶらついて時間をつぶすしかない。こういう使い道のない時空間は大嫌いだ。スマホのメッセージをチェックする。あれやこれや、あれやこれやのメッセージ。グウィネスのもある。「明日、会わない？　さっさとけりをつけてしまいましょう」。返信しないが、削除もしない。待たせとけ。ちょっと外に出て、たばこを吸いたくなるが、四度目の禁煙が表向きは五か月つづいているので、吸いたい誘惑に抗う。

ふたり連れがちょろちょろ入ってきたが、混みあうというほどではない。参加者は少ないほうがいい。競争率も下がるし、入札額もそこそこでおさまる。まあ、寒すぎて、観光客も冷やかしに来ないだろう。夏のアンティーク巡りみたいな雰囲気はないし、テレビのリアリティショーでにぎにぎしく盛りあがってもいない。いるのは、厚着をして寒さに耐える中流人たちばかりで、ポケットに手を入れて突っ立っているか、時計かスマホを見ている。

同業のディーラーの二人組がいる。知り合いなので会釈をすると、ふたりも会釈を返してくる。どちらとも取引きをしたことがあった。落札したものの、自分の守備範囲《ニッチ》と合わず、でも、彼らはずばり好みだと言うのでゆずったのだ。サムはヴィクトリア様式の家具はあまり扱わない。いまどきのコンドミニアムにはでかすぎる。戦時中のスタイルも同じく。球根みたいにやたらとふくれていて、えび茶色ばかり。もっとすっきりしたラインの物がいい。もっと軽くて、もっと重厚さのないやつ。

競売人が五分遅れで、テイクアウトのコーヒーとドーナツホール（ひと口サイズの球形ドーナツ）ひと袋を手に、せかせかと入ってくると、不快そうな目で少ない参加者を見わたし、ハンドマイクのスイッチを入れる。フットボールの試合じゃあるまいし、マイクなんか必要ないんだが、たぶん、勿体つけるのが大事なんだろう。今日このブロックで競売にかけられる倉庫は七つ。賃貸料も払わずほったらかしの所有者が七人いるということだ。サムは五件入札し、四件落札する。残り一つは、見るからにダメそうなので流した。本当に落としたいのは、二番目の「56番」、封筒にあった番号の倉庫で、秘密の包みが隠れているとしたらここだが、いつもサムは何件かまとめて入札することにしている。

競売が終了すると、サムは競売人のところで金を支払い、四つの倉庫の鍵が手渡される。「物品は二十四時間以内にすべて運びだすこと」競売人は言う。「倉庫内はきれいに掃除をすること。この二つが決まりだ」サムはうなずく。そんなルールはとっくに知っているが、そう指摘したところで始まらない。ボンクラ野郎め。刑務所の看守か、政治屋か、自称独裁者になるための訓練中かよ。ボンクラでないなら、ドーナツホールの一つもこっちに勧めてくるだろうが――どうせ、ひと袋も食えるわけないし、ちょっとは減量にもなるだろうに――そのような博愛主義的な行為はおこなわれない。

強まる風に襟をたて、顎が隠れるぐらいマフラーをすっぽり巻いて、サムは道路のむこうの手近なショッピングモールに歩いていき、〈ティミーズ〉のダブルダブル（カナダのドーナツチェーン〈ティム・ホートンズ〉のコーヒーを砂糖二つミルク二つで注文すること）と、自分もドーナツホール（のチョコレートがけ）をひと袋、買いこみ、落札した倉庫をとっくりと点検しにもどる。ほかの入札者たちがはけるまで待ちたいところだ。肩越しに覗きこまれたりしたくない。とくに56番は最後にとっておこう。その頃には、みんな帰っているだろう。

　最初に開けた倉庫には、段ボール箱がうず高く積まれている。いくつか開けて中を見てみる。けっ、ほとんど本か。本の鑑定力はゼロだから、知り合いの書物専門のやつと取引きしよう。でも、正真正銘の値打ち品があったら、痛いな。著者のサインで値打ちが上がることもあると、あいつは言ってた。逆に無名の作者だと、サイン入りは却ってマイナス。著者が故人だと、価値が出ることもあるが、そういうケースはしょっちゅうはない。死んでいて、なおかつ有名じゃないと。アート本は状態にもよるが、たいていそれなりに値がつく。希少な本が多い。

　次の倉庫には、古ぼけたスクーターが一台あるだけだ。よくある軽量のイタリア製なんちゃって三輪スクーター。自分には用がないが、欲しいやつはいるだろう。ほかに使い道がなければ、ばらしてパーツを取りだせばいい。ここはとっとと引きあげるか。クソ寒い思いをしてもしょうがない。ここの倉庫はヒーターが入ってないし、気温は下がる一方なんだから。

　次の倉庫を見つけて、鍵を錠に差しいれる。三度目の正直と言うしな。お宝の山だったらどうする？　そんなのは〝歯の妖精さん〟を信じるのと同じぐらい現実みがないとわかっているいまでも、もしかしたら、と思うとわくわくする。サムはシャッター式のドアを上げ、中の電気をつける。

　真正面に現れたのは、白いウエディングドレスで、ばかでかい鐘みたいな形のスカートに、袖は大きなパフスリーブ。透明なジッパー付きのビニールカバーに入っており、いまさっき店で買ってきました、みたいな趣だ。一度も袖を通していないんじゃないか。ビニールカバーの底には、新品とおぼしき白いサテン地の靴も見える。ドレスの袖には、ボタンのついた白い肘丈の手袋が、安全ピンで留められている。なんだか不気味だ。頭部がないのが妙に意識される。白のヴェールは、ああ、ここにあったのか、ドレスの肩にストールのように巻かれていて、よく見ると、白い造花と細かい粒パールで飾った冠が付いている。

ウエディングドレスを貸し倉庫に預けるやつなんているか？　サムは首をかしげる。女のやることではないな。女が結婚衣装を秘かにしまっておくなら、クローゼットか、トランクか何かで、貸し倉庫という発想はないだろう。それを言ったら、グウィネスは自分のウエディングドレスをどこにしまっているんだろう？　わからない。このドレスほど凝ったものじゃなかったが。ふたりは教会での盛大な結婚式をフルコースでやったりしなかった。グウィネスは、結婚式ってじつは両親のためにするのよね、うちはもう亡くなってしまったけど、と言い、サムのところも同様だった、というか、少なくとも彼女にはそう言ってあった。ここでおふくろが出てきて、せがれの昔の面白おかしい浮き沈みとか、あまり面白くない裏表なんかを、グウィネスにぺらぺらしゃべられてはたまらない。グウィネスを混乱させるだけだろう。サムの話す事実と、姑の話す事実、二つの事実は違うもので、どっちを信じたらいいいんだってことになる。そんな状況に陥ると、ロマンチックな新婚ムードが台無しだ。

というわけで、ふたりで市庁舎に出向いて、ひととおりの手順を踏むと、サムはグウィネスをケイマン諸島での夢のハネムーンへとさらっていった。海に飛びこみ、海からあがって砂浜をころげまわり、月を眺める。朝食のテーブルでは花が出迎える。また日没の頃になると、バーで手をつないで、グウィネスに大好物のフローズンダイキリをいっぱい飲ませて。朝は目覚めのセックス。レタスを這うナメクジみたいに、爪先から始めてずっと上までキスをしていく。

ああ、サム！　これって、すごく……わたし、こんなふうになるなんて……。

肩の力を抜いて。そう。手をここに置いてごらん。

苦もなく手に入った。リゾートビーチ、ダイキリ、あの頃のサムはこんなものがなんでも楽に手に入った。うなるほど金があったから。現金の波は、満ちては引いていく。金というのはそういう質のものだが、「金があるうちは使え」という考えをサムは信奉している。グウィネスを百ドル札にうずめたのは、あのハネムーンのときだったか？——いや、あの技は後にとっておいたんだった。

サムはウエディングドレスのスカートを脇に寄せてみる。しっかりとした上等な生地で、さらさらと、ぱりぱりと衣擦れの音がする。おや、ほかにもウエディング用品がある。小さなナイトテーブルが一台、その上にとびきり大ぶりのブーケが置かれ、ピンクのサテンのリボンが結ばれている。花のほとんどはバラで、骨みたいに干からびている。ドレスの向こう側には、白いスカートの陰になっていたが、揃いのナイトテーブルがもう一台あり、その上には巨大なケーキが載っていて、パン屋にあるみたいなドーム型の透明な蓋が被せられている。白いアイシングをほどこされ、ピンクと白の砂糖で象ったバラが飾られ、てっぺんには、小さな花婿と花嫁が立っている。ケーキカットの跡はない。

なんだかひどく妙な気がしてきた。サムはドレスの横をすり抜けて、向こう側に行ってみる。予想どおりなら、シャンパンがあるはずだ。結婚式にはシャンパンがつきものだろう。やっぱり、思ったとおりだ、シャンパンが木箱に三つぶんも、手つかずのまま。寒さで凍って、中身が噴いてしまわなかったのが奇跡だ。その横には、シャンパングラスが数箱ぶん。こちらも手つかず。ちゃんとしたガラス製で、プラスチックなんかじゃない、しかも上等そう。それから、白い陶器の皿も何箱ぶんか、大きな箱いっぱいの白ナプキンも。布製で、紙ナプキンなんかじゃない。結婚式をまるごと、この倉庫に保管したやつがいる。しかも、たいした豪華ウエディングだ。

その段ボール箱のさらに奥に、旅行鞄がいくつかある。どれも新品で、色はチェリーレッドで揃えた旅行鞄セット。

その鞄のさらに奥、倉庫のいちばん隅の、いちばん暗いあたりに、花婿がいた。

「なんじゃこりゃ！」サムは大声を出す。寒さで、吐いた息が白い羽のようになる。異臭がしないのも、この冷気のせいかもしれない。気づいてしまうと、たしかに微かな臭いがする。ちょっと甘いような——でも、ケーキの匂いではあり得ない——汚れた靴下にちょっと似ているような、出しっぱなしにしてあるドッグフードみたいなニュアンスも少々。

サムはマフラーを鼻の上に巻きつける。軽く吐き気がする。どうかしてる。だれだか知らないが、花婿をここに預けたやつは、危ない変質者、病んだフェティシストに違いない。ただちに、ずらかるべきだ。警察に連絡したほうがいい。いや、だめだ。警察に最後の、まだ開けていない「56番」倉庫を覗かれたくない。

花婿は結婚式の衣装一式を身につけている。ブラックフォーマルのスーツ、白いシャツ、クラヴァット（幅の広い正装のタイ）、ボタンホールに挿したカーネーションは萎れている。シルクハットは？　見当たらないが、きっとどこかに――たぶん、旅行鞄の中にでもあるはずだ――これをやったやつは、フルセットを揃えるつもりだっただろうから。

花嫁を除いて。花嫁だけがいない。

花婿の顔はかさかさに乾いて粉を吹いている。ミイラのごとく乾燥させたかのよう。透明なビニールカバー――衣類カバーだろう――を何枚も重ねて、その中に入れられている。ウエディングドレスに被せたやつと同じタイプか。やはりそうだ、そこにジッパーが付いてる。ジッパー部分には、梱包用のガムテがきっちりと貼られて。ビニールカバーの中の花婿は水中でゆらゆらしているように見える。目を閉じているのが、せめてもの救いだ。目はどうやって閉じさせたんだ？　殺された死体は決まって目をカッと見開いているんじゃないか？　強力接着剤か、セロハンテープか？　妙なことに、この男になんだか親しみを覚え、知り合いのような気がしてくるが、そんなことはあり得ない。

サムはあたりをはばかりながら倉庫から退出し、ドアをおろして鍵をかける。かけてからも、鍵を手にしばし倉庫の前に立ちつくす。ちくしょう、どうしろっていうんだ？　フリーズドライになった花婿が入ってるんだぞ。倉庫の中に閉じこめたままにはしておけない。落札して、このウエディングセットを買ったんだから、これはサムのものだ。やつを片付ける責任もサムにある。ネッドに、運搬用のヴァンをよこせ、とは頼めない。ネッド本人が運転してくるのでない限り。ネッドなら、口が堅いことにかけては信用できるが、あいつはふだんヴァンの運転はしない。いつも業者に頼んでいる。

べつな会社からヴァンを借りて運転してきてくれ、とネッドに頼んだらどうだろう。でも、そうなると、他人に倉庫の中をいじられたくないから、あいつが到着するまで、倉庫の外で待っていることになるが、どうだろう。ずっとここで待っていると、じきに暗くなって、凍えそうになるし、ネッドが来たら、ウエディングセット一式をヴァンに積みこんで、店に持ち帰ったとして――そこまでできたとして、それからどうする？　あのかわいそうな萎び坊やをどっかの野っ原に運んでいって、埋めてやるか？　オンタリオ湖の岸沿いの氷の上を歩いて、まんいち氷が割れて沈まずにいられたら、湖の中ごろに放りこんでくるか？　もしそこまで出来たとしても、やつの死体はそのうち間違いなく水面に浮かんでくる。**ミイラ花婿に、捜査班も困惑。結婚式の異様なメンバーをとりまく疑惑の状況。婚礼ホラー。花嫁が結婚したのはゾンビ。**

死体遺棄というのは、重罪にあたるんだろうか？　いや、もっとわるい。この男は殺されたに違いないのだ。人間というのは、いつのまにか結婚式の派手な衣装を着て、何重ものビニールカバーの中に入りこみ、ジッパーにガムテまで貼られていた、なんて事態にはなり得ない。まず、殺されでもしないかぎり。

サムがもてる選択肢をざっと吟味していると、背の高い女が角を曲がってくる。サイドにウールのラインが入ったよくあるシープスキンのコートを着て、ブロンドの髪にフードを被っている。駆けこんできたと言ってもいい。もう目の前までやってきている。不安げな顔つきだが、それを隠そうとしている。

ほう、なるほど。と、サムは思う。これが行方不明の花嫁か。

女はサムの腕に触れてくる。「すみませんが、さっきこの倉庫の中身を落札したのはあなた？ここのオークションで」

サムはにっこりとほほえみかける。大きな碧眼を見開いて。口元に視線をおとし、また目線をぱっともどす。自分とほぼ同じぐらいの背丈。花婿がまだ干からびる前でも、独りで倉庫まで運んでくるだけの腕力はありそうだ。「そのとおり。認めるよ」

「でも、まだドアは開けていないんでしょう？」

いまが、決断の瞬間だ。この女に鍵を渡して、「ずいぶん大変なことをしたもんだ。自分でお片付けしろよ」と言うか、「いや、もう開けてみた。警察を呼ぶところだ」と言うか、「ちらっと見たけど、結婚式みたいだね。あなたの？」と言うか。

「うん、まだなんだ」と、サムは答える。「ほかにも二つほど落札したもんだから。ここは、いまから開けるところ」

「いくらで落札したにしろ、二倍はお支払いします」女は言う。「売り飛ばすつもりはなかったのに、手違いがあって。郵送した小切手が途中で紛失したらしいんだけど、わたしは仕事でこっちにいなかったから、競売の通知を受けとるのが遅れてしまって、それでなるべく早い便の飛行機でもどってきたんだけど、吹雪のせいで、シカゴで六時間も足止めを食ったのよ、すんごい雪で！ しかも空港からがまた、とんでもない渋滞！」と、最後は、ひきつったような笑いを交えてしゃべりきった。何度も練習してきたに違いない。この長いセリフが立て板に水のごとく、ひと息に出てきた。

「聞いたよ、シカゴはひどい吹雪らしいね」サムは言う。「残念だったな。足止めだなんて、気の毒に」

「吹雪は、次はこっちに来る」女は言う。「すさまじいブリザードよ。いつも東へ移動するの。ここに降りこめられたくなければ、車飛ばして帰ったほうがいい。だから、おたがいのためにも早く手打ちにしましょう――支払いは現金で」

サムは支払いを二倍にするという申し入れには返答しない。

「それは、ご親切に。どうしたもんかな。ともあれ、倉庫の中身はなんなんだ？　それほど大事にしてるところを見ると、きっと価値のある物なんだろう」さあ、こう言ったらなんと返ってくる？

「たんなる家族の持ち物よ。わたしが相続したもの。お祖母さんのクリスタルの器とか陶器とか。模造品のアクセサリーとか。思い出の品だから大切なだけ。大した値段では売れない物ばかり」

「家族の持ち物というと、家具なんかは？」サムは尋ねる。

「家具はほんの少しだけ。とくに上等な品でもないし。古い調度品よ。だれも欲しがらないような」

「まさしくこちらの守備範囲だな。古い調度品の商い、アンティークショップを経営しているんだ。人は往々にして自分の持ち物の価値をわかっていないものだよ。あなたの申し出を受ける前に、ざっと中身を拝見したいんだが」と言って、また女の唇をちらりと見おろす。

「落札額の三倍でどう」女は言う。いまや、身を震わせている。「いまからこの寒い倉庫を検めるなんて無茶よ！　とにかくブリザードが来る前に、ここを出ましょう。軽く一杯飲んでもいいし、なんだろう、夕食かなにか一緒に？　そうしながら話しあいましょうよ」女はほほえみかけてくる。暗に誘いかけるようなほほえみ。髪の毛がひと房、はらりと落ち、口元にかかる。女はそれを耳の後ろにゆっくりとかけ、視線を落とすと、サムのベルトのあたりを見つめてくる。おいしいおまけも付けてくれる気か。

「オーケイ。それ、いいかも。家具のことも、もっと話してもらえるしね。けど、そっちの申し出を受けたら、この倉庫は二十四時間以内に空っぽにしなきゃならない。さもないと、倉庫のやつらが来て、やつらが片付けることになる。すると、片付け料として預けたデポジットがおれに返ってこなくなる」

「ええ、かならずぜんぶ持ちだすわ」女は言い、サムの腕に手をからめてくる。「でも、それには鍵が必要だけど」

「あわてるなって」サムは言う。「まだ値段も決めていないじゃないか」

サムの顔を見る女はもう笑っていない。サムが知っていると悟ったのだろう。

ぐずぐずしてはいられない。金をふんだくって逃げだすべきだ。とはいえ、面白くてしかたがない。ほんまもんの女殺人鬼が、誘ってきてるんだ！　ヤバくて、エロくて、びんびんくる。こんなにも生きてるって実感したのは、ひさしぶりだ。この女はおれの飲み物に毒を入れようとするだろうか？　暗い隅に追いつめて、ひゅっとペンナイフをとりだし、頸動脈を狙ってくるだろうか？

おれはその手をすばやく摑めるか？　さっき倉庫で見たことを話してやるのは、人目のある安全な場所がいい。言うなれば、おれに首根っこを押さえられた状態にあるのを思い知った女が、どう表情を変えるかじっくり見てやろう。今回のことで、女がどんな話をでっちあげるか聞いてみたいもんだ。いや、話は一つとは限らないぞ。こんなことをしたのは、一度だけではないはずだ。ぜひとも聞きたい。

「ここの敷地を出たら、右へ行け」サムは言う。「次の信号をすぎたところに、モーテルがある。〈白銀騎士〉という名前だ」オークションに参加する倉庫街であれば、近隣のどこにモーテルのバーがあるか、あらかた頭に入っている。「そこのバーで落ちあおう。ブース席に座れ。おれはまだ見ていない倉庫が一つあるんだ」その後にこう付け足しそうになる。「ついでに部屋も予約しておけよ。どういうことになるか、おたがいわかってるだろ」でも、それは、気が逸りすぎというものだろう。

「白銀騎士ですって」女は言う。「建物の表に、銀色の騎士がいたりするの？　馬に乗って、救いに馳せ参じるみたいな？」女はあえて軽いのりに持ちこもうとしている。またも、ちょっと息切れしたようなあの笑い声をたてて。サムはその手にはのらない。にこりともせず、諫めるように眉をしかめて見せる。**色仕掛けでなんとかしようと思うなよ、お嬢さん。おれはいただくものはいただくつもりで、ここにいるんだ。**

「あの建物は見過ごしっこない」サムは言う。この女、逃亡しようとするだろうか？　おれにあのとんでもない事態を押しつけて。だれもこの女の足取りを追うことはできないだろう。倉庫を借りるときに本名を使うようなヘマをしていない限り。女から目を離すのはリスクを伴うが、このリスクは負わざるを得ない。〈白銀騎士〉のバーに行けば、この女はかならずいると、九十九パーセントの確信がある。

サムはネッドにメッセージを送る。**渋滞、サイテー。ブリザード死ね。荷積みはゼロ時すぎの深夜に。**自分のスマホのSIMカードなんか抜いて、干からびた花婿の胸ポケットにつっこんでしまいたい衝動に駆られるが、なんとか我慢する。とはいえ、オフラインで行こう。真っ暗闇というほどじゃなく、鈍色ぐらいで。

知らねえよ、刑事さん。ネッドはきっとそう言うだろう。**貸し倉庫の場所からメッセージを送ってきたんだ。たぶん、四時ぐらいに。その時は、やつはぴんぴんしてた。店への帰りは夜中の零時すぎるってことで、それからふたりでヴァンを借りて、倉庫の運び出しにかかる予定だった。そのメッセージの後は連絡なしだ。**

なんだって、タキシードを着て干からびた男が？　まじかよ？　ふざけるなって！　そんなの、おれが知るか。

一度に一つずつこなしていこう。まずは、56番倉庫のドアを開ける。まさに予想どおりの光景が広がっている。家具が何点か。なかなか品質もよく、〈Metrazzle〉で充分売れそうな代物だ。ロッキングチェアは上質のケベックパイン材を使っている。エンドテーブルが二つ、きゃしゃな五〇年代スタイルのマホガニー製で、黒檀っぽく着色してある。二台のテーブルに挟まれて、アーツ・

アンド・クラフツ・スタイル（ウィリアム・モリスの提唱した美術工芸運動に沿ったデザイン）の作業台が一つ。その右手の三段抽斗を開けると、白いものの入った小さなジップロックが幾つもある。

よし、完璧だ。関係の否認能力は最大。この袋からおれまで辿ってくるルートはない。**えっ、そんなもんが、どうやって抽斗に入ったのかなんて知らないよ！　オークションであの倉庫の中身を丸ごと買ったんだ。そう、落札したってこと。そんなの、だれが落札するかわからないじゃないか。驚いているのは、こっちだよ！　そうさ、店に持ち帰るまで、抽斗は開けてない。どうして開けるんだ？　おれはアンティーク家具の商売人で、抽斗の中身なんかどうでもいいんだから。**

そうして、最終目的地となる客がこの作業台を、まず月曜日には買うだろう。それで一件完了だ。サムはただの保管場所《ドロップボックス》みたいなもの、配達人にすぎない。

ネッドだって、抽斗をわざわざ開けたりしないだろう。どの抽斗を閉めたままにしておくべきか、嗅覚が異様に発達している男だ。

ここの荷物は、このままにしておいて大丈夫だろう。鍵をかけておけば、明日の正午まではだれも触らないはずだ。その頃には、サムとネッドのヴァンはとっくに帰途についている。

スマホをチェックしてみる。新規メッセージは一通だけ。グウィネスからだ。〝わたしが間違ってた。帰ってきて。よく話しあいましょう〟。一瞬、後ろ髪を引かれる。慣れ親しんだ生活。こぎれいで、安全な――充分に安全な生活。そんなものが自分を待っていると思えるのは良いことだ。でも、返信はしない。これから飛びこむ自由落下《フリーフォール》のいかれた時間が、自分には必要なんだ。なにが起きるか予測のつかない時間。

〈白銀騎士〉のバーに入っていくと、女が待っている。指示どおり、ちゃんとブース席に座って。サムはその従順さに勢いづく。例のコートは脱いでいたが、この手の女が着るべき服を着ている。色は黒。未亡人の色、悪党の色。彼女のアッシュブロンドの髪とよく合っている。目ははしばみ色で、まつ毛が長い。

向かい側の席に滑りこんでいくと、女はにっこりするが、度を越さないていどのメランコリックな微笑だ。目の前には、白ワインのグラスがあるが、ほとんど口をつけていないようだ。サムも同じものを注文する。いっとき沈黙がある。先手を打つのはどっちだ？　うなじのあたりが総毛立つ。女の背後の壁には薄型のテレビがあり、そこに映しだされたブリザードが、紙吹雪の大波となって音もなく迫ってくる。

「ここに降りこめられそうね」女が言う。

「じゃ、そのことに乾杯」サムは大きな碧眼を見開いて言い、まっすぐに見据えながら、グラスを上げる。こうされたら、むこうもグラスを上げるしかないだろう。

ああ、この男ですよ、間違いない。あのブリザードの晩は、おれ、カウンターでバーテンやってましたから。黒いドレスを着た、湯気が立つぐらいホットなブロンド女といっしょで、ふたりはずいぶん仲良さそうにしていましたよ。どういう意味か、わかるでしょう。いや、バーを出ていく姿は見なかった。雪の吹きだまりが解けたら、女が中から出てくるとでも思うんですか？

「それで、中はもう見たのね？」女はそう切りだす。

「ああ、見た。あの男はだれなんだ？　なにがあったんだ？」いきなり泣き崩れたりするなよ。そんなのは、興ざめだ。でも、オーケイ、女は口元を震わせ、下唇を噛むだけに留める。

「ひどい。事故なのよ。死ぬはずじゃなかった」

「なのに、死んだ」サムはやさしい声で言う。「そういうことは時々ある」

「ええ、そう。そういうこともある。でも、なんと説明したらいいかわからない。たぶん、これを聞いたらすごく……」

「おれを信頼してくれ」サムは言う。信頼するわけがないが、そのふりはするだろう。

「彼の好みは……その、クライドは首を絞められるのが好きで。わたしにはそういう趣味はないのよ。でも、彼を愛していて、夢中だったから、彼の求めに応じてあげたかった」

「そうだろうとも」サムは言う。できれば、あのミイラ花婿の名前なんか出さないでほしかった。しかも、クライドだなんてアホみたいな。無名のままのほうがよかったのに。女の話が嘘なのは見え見えだが、問題はどのていど嘘をついているかだ。自分だったら、できるだけ真実の射程距離から出ないようにするから――つまり、作り事が少ないほど、覚えておくべき事柄も少なくて済む――たぶん、この話も部分的には事実なんだろう。

「それで、あんなことに」女は言う。

「どんなことに？」サムは訊き返す。

「死んでしまったのよ。体がけいれんしたから、てっきり、あの最中かと思ったら……だって、いつもそんなふうになるから。でも、やりすぎだったの。わたし、どうしたらいいかわからなくて。

結婚式の前日だった。何か月も前からすっかり準備してきたのに。みんなには、花婿が置手紙を残して消えてしまったと話した。わたしは捨てられたんだって。弄ばれたあげくに。もう半狂乱よ。ドレスからケーキからなにから、ぜんぶ配送した後で、だから、わたし、不気味に思うかもしれないけど、彼にウエディングの衣装を着せて、ボタンホールにはカーネーションを挿して、なにもかも本番どおりにして、そしたら、彼、とっても素敵になって。そうしてから、一式まとめて貸し倉庫に保管したの。ぼうっとして頭が働かなかった。だって、ずっと楽しみにしていた結婚式よ。一式丸ごととっておけば、式を挙げたつもりになれるかもと思って」

「きみ独りで、彼を運びこんだのか？　ケーキやなにかもぜんぶ？」

「ええ、そう。そんなに大変じゃなかった。台車《ドリー》を使ったから。ほら、重たい箱とか家具なんかを運ぶやつがあるでしょう」

「あれは便利だよな。なかなかやるじゃないか」

「ありがとう」

「まあ、たいした話ではあるな」サムは言う。「信じる人間がそうそういるとは思えないが」

女はうつむいてテーブルを見つめ、「でしょうね」と、か細い声で言う。おもむろに顔をあげて、「けど、あなたは信じてくれるでしょう？」と言う。

「人の話を信じるのはあまり得意じゃないんだが」サムはそう返す。「こう言おうか。いまの話に限っては、当面、信じることにする」あとで、女から真相を聞きだせるかもしれないし。聞きだせないかもしれないが。

「ありがとう」女はまた礼を言う。「だれにも言わないわよね?」唇を嚙んで、戦《おのの》くようなほほえみ。大げさに演技しているんだろう。本当はどんなふうに殺した? シャンパンのボトルで頭をぶん殴ったか? ヤクを過剰に射《う》ったか? どれぐらいの金が、どんな形で絡んでいるだろう? 金絡みに決まっている。気の毒な男の銀行口座から金をかすめとっていて、それが男にばれたのか?

「そろそろ行こうか」と、サムは言う。「エレベーターは、出て左だ」


通りから弱い光が射してくるだけで、室内は暗い。往来の交通はまばらで、ごくたまに車の通るくぐもった音がする。本格的な降雪が始まっていた。雪が窓をばらばらと低く打つ音は、小さなカミカゼ鼠の一軍が押し入ってこようとして、ガラスに体当たりをしているかのようだ。

この女を両腕に抱く、いや、組み敷いていると言ったほうがいいが、ともあれ、こんなに痺れた経験はない。こいつは高圧線みたいに危険でジリジリと音をたてている。むきだしのソケット。サムにとっては、未知なるものの総体。理解できないし、この先もわかりようがないものの集合体。いま片手だけでも離したら、一瞬にして殺されるかもしれない。背中を向けようものなら。たったいまも、間一髪で逃げている状態なんじゃないか、おれは? 女の荒い息がすぐ後ろに迫っているんじゃないか?

「わたしたち、仲良くしましょうね」女が囁いている。「これからもずっと」あのもうひとりの男にも同じことを言ったのか? ミイラ化したおれの哀れな分身にも? サムは女の髪の毛を摑み、その口にかぶりつく。まだ大丈夫だ。おれは女の先を行っている。リードしている。もっとスピードをあげろ！
サムの居場所はだれも知らない。

わたしは真っ赤な牙をむくズィーニアの夢を見た

「ゆうべ、わたしズィーニアの夢を見たの」カリスが言う。

「だれだって？」トニーが訊く。

「わっ、ばっちい！」ロズが言う。カリスの愛犬で謎の混血種である白黒模様のウィーダに、泥だらけの前足で新品のコートの前を汚されてしまった。コートはオレンジ色で、どうもベストチョイスとは言えない。カリスが言うには、ウィーダには特殊な知覚力があり、前足で汚れをつけるのはメッセージなのだとか。なら、ウィーダはわたしになにを伝えようとしてるの？　ロズが訊く。きみ、かぼちゃそっくりだね、とか？


　季節は秋。週に一度の散歩に出た三人は、落ち葉を踏みながら谷間の川沿いを歩いていく。この散歩は三人のルーティンだった。もっと運動をすべし、細胞のオートファジー（自食作用）率を向上させるべし。という情報を歯科医院の待合室にある健康雑誌で仕入れてきたのはロズだった。細胞って病気になったり死んだりした自分の細胞の欠片を食べるんだって。そういう細胞間の共食いが長生きにつながるそうよ。

「〝ばっちい〟ってどういうこと？」カリスが言う。縮み皺だらけの生白い面長の顔に、縮れた白くて長い髪、最近はますますヒツジに似てきた。というより、アンゴラヤギか、とトニーは思う。トニーは一般論より具体的な言説を好むたちだ。カリスの内にこもって反芻するようすがヤギを思わせる。

「あなたの夢の話じゃなくて」ロズが言う。「ウィーダのこと。お座り、ウィーダ！」

「この子、あなたのことが好きなのよ」カリスが愛おしげに言う。

「座りなさいよ、ウィーダ！」ロズは迷惑げに言う。ウィーダはどこかへ跳ね飛んでいく。

「元気いっぱいでしょ！」カリスは犬を飼いはじめてまだ三か月。この駄犬のむかつく行動がなにもかも愛らしくて仕方ない。自分が産んだ子かという可愛がりようだ。

「はいはい、尊いね！」トニーはときどき学生口調を真似する。すでに退職して名誉教授の立場だが、いまも大学院で「古代の戦場におけるテクノロジー」というゼミを一つ受け持っている。先日は古代ローマで使われたサソリ爆弾について講義し――これは決まって人気だ――つぎはフン族のアッティラの時代の武具で、動物の骨などを補強材に使った複合短弓についてやる予定。「ズィーニアだって！　それは信じクソがたいね！　あの女、墓から染みだしてきたのか？」

トニーは丸い眼鏡レンズごしにカリスを見あげる。小柄な彼女は、二十代の頃はピクシーみたいだった。いまもそうだが、押し花みたいにぺちゃんこのピクシーだ。紙切れみたいと言うべきか。

「彼女が死んだのっていつ？」ロズが言う。「思いだせないな。ひどくない？」

「一九八九年の直後だよ」トニーが言う。「一九九〇年か。ベルリンの壁が崩れるという頃。わたしあの壁のかけら、持ってる」

「本物だと思ってるんだ?」ロズが言う。「当時はあらゆるものから欠片を削りとってたじゃない！　聖十字架やら、聖人の指の骨やら……そう、ロレックスのニセ時計みたいなものよ」

「いわゆる形見《メメント》なんだから」トニーは言う。「本物である必要はない」

「夢のなかには違う時間が流れてるの」カリスが言う。寝ている自分の思考の流れを読むのが好きだという。とはいえ、その二つはときに識別が困難なんじゃないかと、ロズは思う。「夢のなかではね、だれも死なないのよ、ほんと。その男はそう言ってる。夢のなかでは時間はつねに〝いま〟だって」

「あまりぞっとしないね」トニーが言う。ものごとの区分けは現状のままでけっこう。ペンはこっちのペン立てに、鉛筆はあちらに。野菜は大皿の右側に、肉料理は左側に。生者はこちらに、死者はあちらに。新しいものの浸透や考え方の変動がありすぎると、めまいがしてくる。

「彼女、どんな格好してた?」ロズが尋ねる。生前のズィーニアは目の覚めるようなファッションに身を包んでいた。セピア色や桃色みたいな色っぽい彩りを好んで。ズィーニアには華があったが、ロズにあるのは品位だけだった。

「レザーじゃないの」トニーが言う。「グリップが銀の鞭も持って」

「経帷子みたいなものかなあ」カリスが言う。「色は白だった」

「白衣のズィーニアなんて想像できない」と、ロズが言う。

「あのときは経帷子なんて使わなかった」トニーが言う。「火葬のとき。彼女の手持ちの服から選んで着せたじゃない？　カクテルドレスみたいなやつ。黒っぽい色の」ズィーニアは逆に綴るとAinez（アイネス）で、スペイン語らしい響きの名前になる。ズィーニアにはたしかにスペイン的なところがあった。歌い手としては、コントラルトの声域だった。

「そのドレスは、お二人が選んだんだよね」ロズが言う。「わたしなら麻袋に突っこんでやったもの」確かにロズは麻袋を提案したが、カリスがまともな服を着せたほうがいいと反対したのだ。そうでないと、ズィーニアは恨んで化けて出ると。

「オーケイ、経帷子じゃなかったかも」カリスは言う。「ナイトガウンみたいなもの。ふわっとした感じの」

「それ、光ってた？」トニーは興味が出てきたらしい。「エクトプラズムみたいに？」

「靴はどんなのだった？」ロズが訊く。靴というのはかつてロズの人生において主要な役割を演じていたが、それらハイヒールの高価な靴で爪先がつぶれたり腱膜瘤ができたりして、その時代は終わりを告げた。とはいえ、ウォーキングシューズもすごく素敵なのだそうだ。指が一本ずつ分かれたタイプを買おうかな。蛙みたいに見えるかもしれないけど、とても快適だそうよ、とのこと。

「もちろんあんなの、色のついたガーゼだったんだけどね、ほんとは」トニーが言う。「それを鼻につめて、エクトプラズムだ、なんて言ってた」

「いったいなんの話よ？」ロズが言う。

「彼女の足のことはどうでもよくて」と、カリスが言う。「問題は、彼女が……」

「血のしたたる牙をむいていたとか」トニーが言う。ズィーニアなら喜んでやりそうな過剰演出だ。赤のコンタクトレンズで牙をむき、長い爪なども一揃いつけて。

カリスは夜にヴァンパイア映画を観るのはやめるべきだ。良からぬことを考える。いたって影響を受けやすいたちなのだ。トニーもロズもそう結論し、カリスがせめて独りで映画を観ないようヴァンパイア・ナイトには彼女のうちに出向くようにしている。カリスがミントティーを淹れてポップコーンを出してくれると、三人はティーンエイジャーみたいにソファに並んで座り、ポップコーンを口に詰めこみ、ときにはウィーダにもひと口分けてやりながら、目を画面に釘付けにする。音楽が不気味なトーンに変わると、目は赤くなるか黄色くなるかし、歯は伸びだし、血がピザソースのように画面じゅうに飛び散る。オオカミが吠えると、決まってウィーダも吠える。

この三人はなぜこんな思春期の子どもみたいな娯楽に浸っているのか？　ある種、衰退しゆくセックスのみじめな代替行為なのだろうか？　三人とも中年時代に航空マイルよろしくせっせと貯めた成熟度だの知恵だのを、ことごとく放りだしてしまったようだ。それらの放棄と引き換えに手に入れたのは、うろんな塩バター味のスナックと、アドレナリン噴出の安っぽい時間の浪費だ。この奇妙な女子会騒ぎから帰ると、トニーはカーディガンについた白い毛を――ウィーダのと、カリスのと――何日もかけて取った。「楽しい夕べだったかい？」夫のウエストが訊くと、トニーは、相変わらずくだらないガールズトークをしまくっただけだと答える。夫に疎外感を覚えてほしくない。

このぶんじゃ手に負えなくなる。トニーはそう考えている自分に一日一回は気づく。狂ったような天候。腐敗しヘイトに満ちた政治。街にはガラス張りの高層ビルがさながら3Dミラーか攻城兵器のごとく無数にそびえ立つ。市のごみ収集所。こんなに多くの分別ごみ箱をきちんと把握できる人がいるんだろうか？　食べ物の透明なプラ容器はどこに入れるべきなのか？　底に記された小さな番号はなぜ当てにならないのか？

それに、ヴァンパイアもだ。昔はヴァンパイアといえば、どう対峙すべきかわかっていた。それらは血の匂いをさせた邪悪なリビングデッドだったが、いまでは道徳心のあるヴァンパイアもいれば、期待はずれのヴァンパイアもいるし、セクシーなヴァンパイア、きらめくヴァンパイアもいる。彼らに関する昔のルールは、もはやなに一つ通用しない。かつては魔除けとして、ニンニクや昇る朝陽や十字架が頼りになった。それらがあれば、ヴァンパイアを退治できたのだ。ところが、いまではもう効かない。

「実際、牙というほどのものはなかったわね」カリスは言う。「でも、思い返してみると、歯はわりと尖っていた気がする。ピンク色っぽかった。ウィーダ、止まって」

ウィーダは駆けまわりながら吠えている。谷間でリードを解かれて興奮しているのだ。倒木の下に鼻面を突っこみ、茂みの奥にもぐり、捕まえようとしてもするりとかわしながら、あれを隠すのが楽しいらしい。あれはなんと呼べばいい？　カリスは「クソ」みたいな下品な言葉は良しとしない。ロズは「うんち」を提案したことがあるが、カリスは赤ちゃん言葉みたいだと却下した。「消化管からの排泄物」は？　と、トニーが提案すると、それは冷たい専門用語って感じだとダメ出しされた。「大地への贈り物」がいいよ。

というわけで、ウィーダがおのれの大地への贈り物に土をかける間、カリスはその後ろで、使い捨てのビニール袋を握っておろおろしながら（この袋がカリスに使われたためしはない。たいていは大地への贈り物を見つけられないから）折々に弱々しい声で呼びかける。いまもそうだった。「ウィーダ！　ウィーダ！　出てらっしゃい。いい子だから！」

「ふーん、あいつが夢にね」トニーが言う。「ズィーニアが、カリスの夢に。だから、なんなの？」

「どうせ、馬鹿ばかしいと思ってるんでしょ」カリスが言う。「それはともあれ、彼女、脅してきたりはしなかった。それどころか、友好的な感じで。メッセージを持ってきてくれたのよ。彼女が言うには、ビリーは戻ってくるって」

「来世ではニュースの伝わり方が遅いんだな」トニーが言う。「だって、ビリーはすでに戻ってきてるじゃない？」

「正確には戻ってきてない」カリスは澄まして言う。「つまり、わたしたちまだ……彼は隣に住んでいるから」

「もはや近すぎて不安」ロズが言う。「いったいなんだって、あんな文無し男に部屋を貸したのか、わたしには理解できないな」

昔々、三人ともうんと若かったころ、それぞれがズィーニアに男を寝盗られた経験があった。トニーからはウエストを盗んだが、ウエストはその後考えなおし――少なくとも、トニーのなかの公式見解ではそういうことになっている――いまではトニーの家に安穏と居座って、大事な電子音楽機器をいじりながら、刻々と耳が遠くなっている。ロズからはミッチを盗んだが、これはさして難しいことではなかった。あそこのチャックを閉めておけない男だったから。ズィーニアは彼の懐の金だけでなく、霊力（と、カリスが呼んだもの）まですっからかんにした挙句、ミッチをぽいと捨て、彼はオンタリオ湖に身を投げた。ライフジャケットを着けてセーリング中の事故に見せかけていたが、ロズにはわかっていた。

ロズはこの件はもう乗り越えて――少なくとも、一人の女性に可能な限りにおいては――いまではサムというはるかに良い夫を得ていた。サムは投資銀行に勤めており、前夫より彼女にふさわしく、ユーモアのセンスもましだった。とはいえ、先の一件は傷跡になった。それに、子どもたちも傷つけた。ロズが赦せないのはその点だ。きれいさっぱり忘れようと精神科医にもかかったけれど。もう死んだ人間を赦さないことになにか利点があるかと言うと、ないけれど。

ズィーニアがカリスから盗んだのはビリーだった。三人のうち最も残酷なケースだとトニーとロズは考えている。カリスはいたって人を信用しやすく無防備だったので、ズィーニアをあっさり生活のなかに引き入れてしまった。なにしろ、その頃のズィーニアは問題を抱え、打ちのめされた女であり、癌を患って介護の手が必要だった――と、ズィーニアからは聞いていたが、これはなにからなにまで臆面もない作り話だった。カリスとビリーは当時、島暮らしで、小さな家、というよりコテージのようなところに住んでいた。庭で鶏を飼って。鶏小屋はビリーの手作りで。彼は徴兵忌避者だったので、定職につけなかったのだ。

ズィーニアが居候するには狭かったが、カリスはなんとか場所をつくった。もてなしとシェアの精神だ。あのころ島の徴兵忌避者のコミュニティでは、みんなそんなふうに暮らしていたのだ。島にリンゴの木が一本ありましたとさ。カリスは卵を使ってアップルケーキを作り、ほかにもいろいろなご馳走を焼いた。カリスはとても幸せで、お腹には赤ちゃんもいた。なのに、気がついたら、ビリーとズィーニアは二人で行方をくらまし、鶏たちはみんな死んでいた。パン切りナイフで喉を掻き切られて。性悪としか言いようがない。

　ズィーニアはなぜこんなことをしたの？　そんなことも、あんなことも？　だったら、猫はなぜ鳥を食らうの？　というのが、ロズの答えにならない答えだった。力試しのようなものだろうと、トニーは思った。なにか理由があるに違いないわ、この宇宙の仕組みのどこかに埋めこまれた理由が、とカリス。でも、どういうものなのかわからない。

　ロズとトニーはズィーニアから目一杯の破壊を受けたわりに、それぞれまた男とくっついて同居したが、カリスはそうはならなかった。夫婦関係に終止符を打たなかったからだ、というのがロズの説。カリスとくっつくほどアホな男が見つからなかったからだ、というのがトニーの説。ところが、つい一か月ほど前、現れたのはだれあろう、長の無沙汰のビリーとかいうトンマ男だ。それでカリスはどうしたかと言えば、自分の住むデュープレックス（重層型二世帯住宅）の半分をやつに貸したのだという。まったく、それだけでもあんたの白髪をそのひょろひょろした根元から毟りとってやるには充分よ、とロズは思う。いまでも二週間に一度、カリスの白髪のタッチアップをしてやっている。品の良い栗色。どぎつすぎず。あまり強い色を使うと顔が白茶けて見えるから。

カリスのこのデュープレックスには、また一つべつの物語がある。まったく、遠縁のいとこ筋なんていうのに死んでもらっちゃ困る、とトニーは思う。死ぬなら、カリスみたいなお人好しにお金を遺さないでほしい。

なぜなら、いまやカリスは元フラワーチルドレンではなく、鶏を飼ってふらふらしていたかつての彼女とは違うからだ。以前の彼女は古びたパンやキャットフードや、世から隔絶した島のサマーコテージで手に入るものを食べて暮らし、どんどん困窮し、しまいには加齢による低体温症に直面しつつ、オタワ市の役人すなわち成人した実の娘が施設に入れようとするのと戦っていた。しかしいまのカリスはもはや研鑽を積んだ変人婆さんではなく、まとまった金を持っており、それゆえに、まるで念力移動するかのようにビリーが舞い戻ってきたのだ。

遠縁のいとこ筋が遺した金は莫大ではなかったが、カリスが島を出られるぐらいの額はあった。どっちみち、島はわたしには上品になりすぎちゃって、と彼女は言った。古家をリノベーションして気取った連中が移住してきたりして、自分は浮いてる気がしていた、と。ともあれ、施設に入れられて古びたパンを食べる運命から逃れ、家一つ買うぐらいのお金は転がりこんだのだ。

デタッチトハウス（一戸建て）を買うという選択肢もあったが、カリスの言葉を借りると、「自分一人では管理が心もとない」とのことで——これを聞いたトニーはロズとの電話で「クソ、これだから！」と密かに毒づいた——デュープレックスの半分に自分が住み、半分はだれかに貸しだすという。自分より大工仕事などに長けた人に借りてもらい、家のメンテナンスや修理をお願いする代わりに家賃は格安にするというプラン。スキルのぶん安くするんだから市価で家賃を請求するより良心的でしょ、ロズとトニーもそう思わない？

二人は同意しなかったが、カリスは彼女たちの忠告をはねのけ、〈クレイグスリスト〉（ローカル情報の交換サイト）に借り手の募集を出し、（トニーが想像するに）彼女自身の紹介とか趣味などをちょっと多すぎるぐらいに記載し、（ロズが思うに）それらが相まってビリーみたいな不届きなダメ男に公開招待状を出すことになった。すると、疾風《はやて》のごとく、青天の霹靂のごとく、この男が出来《しゅったい》したのだ。

ウィーダはビリーが好きではない。だから、彼を見ると唸る。これは少なくとも胸のすくことだった。なにしろカリスは最近ではだれの意見よりも――そこにはいちばん旧い友人二人も含むが――ウィーダのそれを重視するようになっていたから。

ウィーダをカリスにあげたのは、トニーとロズだった。彼女もパークデイルなんて地区に引っ越したことだし、と。不動産価格に目を光らせているロズに言わせれば、急速にジェントリフィケーションが進んでいる地域ではあり、長期的に見ればカリスは快適な生活が送れるだろうが、その再開発はまだ完成にはほど遠く、現時点では通りでどんな輩に出くわすかわからないからね、と。ヤクの売人は言うまでもない。それに、とトニーが言う。カリスは人が好すぎるよ。待ち伏せされても察知できないし。運転も好きじゃない。自然の残る街区とか、谷間とか、自然豊かなハイパークみたいなところを徒歩でぶらついて、草木の霊と交信することを好む。一体なにをするつもりか知らないけどね、とロズは言う。ツタウルシの精がわたしの親友なの、なんて言いださないことを祈ろう。

二人ともカリスが新聞記事になるのは見たくない。「年配女性　橋の下で強盗される」「無辜の名物老女　めった打ちに」でも、犬がいれば抑止力になるし、ウィーダはテリア種とひょっとしたらボーダーコリー種が混じっているから、ともかく頭がいいに違いない。二人は保護犬の引き取り用紙に書きこみながら、そう結論した。少し訓練すればたぶん……。

ウィーダがカリスの家に送りこまれてひと月。うーん、とトニーは唸った。彼女たちの計画には弱点があった。カリスもお馬鹿さんは訓練できないということ。「でも、ウィーダはすごく忠実よ」ロズが言った。「ピンチのときには絶対頼りになる。唸ると怖いもの」

「蚊にも唸ってるけどね」トニーは暗い声で言った。歴史家としては、いわゆる予想可能な結果などというものは信じない。

「ウィーダ」というのは、十九世紀の芝居がかった物言いの小説家にちなんだ名前だ。この作家は熱烈な愛犬家だったし、カリスの新しいペットにこれ以上ふさわしい名前があろうか？　と、命名したトニーは言った。ロズとトニーは思うのだが、カリスはときどき犬のウィーダをあの芝居がかった物言いの小説家と同一視しているんじゃないか。カリスは再生《リサイクル》という概念を信じており、それは瓶やプラスチックだけでなく、霊的存在にも当てはまるらしかった。カリスは言い訳がましくこういう説を唱えたことがある。マッケンジー・キング首相だって、愛犬のアイリッシュテリアは死んだお母さんの生まれ変わりだと信じていたし、当時はそれをだれも変だと思わなかったじゃない。トニーは口にこそしなかったが、こう思っていた。当時それをだれも変だと思わなかったのは、当時はその彼の考えをだれも知らなかったからだよ。でも、発覚したあとには大いに変だと思われた。

ロズはその日散歩から帰ると、携帯でトニーに電話をして、「どうする、わたしたち？」と問いかける。

「ズィーニアの件？」トニーが訊く。

「ビリーのことよ。あれはサイコパスでしょ。飼ってた鶏をぜんぶ虐殺したんだから！」

「鶏殺しはむしろ公共サービスじゃないの」トニーは言う。「だれかが殺さないと、わたしら頭まで鶏で埋もれちゃう」

「トニー、ふざけないで」

「けど、わたしらにどうしろと？」トニーは言う。「カリスだって未成年じゃないんだし、わたしらも彼女のお母さんじゃない。カリス、早くもうるうるしちゃって、オカルト頭になってるな、あれは」

「探偵を雇おうか。ビリーにどんな前科があるか調べさせる。カリスが庭に埋められないうちにね」

「あの家には庭はないけど」トニーが言う。「パティオだけ。あの男は貯蔵室を使うと思うね。金物屋に目を光らせて、やつがツルハシなんか買わないか見張っておこう」

「カリスは友だちなんだから、ジョークのネタにしないでよ！」ロズが言う。

「わかってる」と、トニー。「ごめん、ごめん。わたしがジョークを言うのは、途方に暮れてる証拠」

「途方に暮れてるのはわたしも同じだって」

「ウィーダさまに祈ろう」トニーは言う。「彼女が最後の頼みの綱だよ」

三人が散歩をするのは土曜日と決まっているが、危機的状況なので、ロズが水曜日にランチ会を設定する。

ズィーニアに苦しめられた当時、三人は会合によく〈トキシーク〉を使った。あの頃のクイーンストリート・ウエストはもっと尖った地域だった。緑色の髪や黒のレザー族がもっとうようよいて、コミック書店がもっとたくさんあった。いまでは服の中規模チェーン店が入ってきている。とはいえ、タトゥーショップやボタン屋（ボタンは幻覚剤のメスカルボタンの俗語でもある）の生き残りはいて、〈コンドーム・シャック〉もまだがんばっていた。しかしながら、〈トキシーク〉はとうに閉店。ロズが予約したのは〈クイーン・マザー・カフェ〉だった。古くてくたびれているが、気のおけない店。まるでこの三人のよう。

いや、以前の三人のようと言うべきか。今日のカリスは落ち着かないようすだ。ベジタリアン向けのパッタイをつつきながら、窓の外ばかり見ている。そこではウィーダが自転車スタンドにつながれて、辛抱強く待っている。

「つぎのヴァンパイア・ナイトはいつだっけ？」ロズが訊く。歯医者に行ってきたところで、麻酔のせいで食べるのに苦労している。彼女の場合、歯のトラブルも例のハイヒールと同じだった。理由も同じ。ぐらぐらして痛い。それにお金がかかる！　開けた口にお金をショベルで放りこんでいるようなもの。良い面といえば、歯科治療が昔よりずっと快適になっていること。汗を垂らして身もだえる必要はない。黒いサングラスとイヤホンをつけて、ニューエイジっぽい谷あいの調べを聴きながら、鎮静剤と鎮痛剤の波に運ばれていく。

「えっと」と、カリスは言う。「問題は、ヴァンパイア・ナイトはゆうべやったばかりってこと」申し訳なさそうな口ぶり。

「わたしらに教えてくれなかったね？」トニーが言う。「言ってくれれば寄ったのに。あとでズィーニアの悪夢でうなされたでしょうに」

「それはおといよ」カリスが言う。「ズィーニアが出てきてベッドの端っこに座ってね、この人物に気をつけろと言われたの……知らない名前だった。女性らしい響きだったけど。なんだか火星人っぽい名前というか。ほら、Yから始まるの。彼女、今回は毛皮を着てたわ」

「どんな毛皮だった？」トニーが訊く。マーベルコミックのウルヴァリンみたいなものを思い浮かべている。

「さあ」カリスは言う。「黒と白だったかな」

「ほうほう」と、ロズが言う。「じゃ、ヴァンパイア映画は独りで観たってことね！　無謀よ！」

「違うの」と、カリスはここでほんのり頬を赤らめる。「独りで観たんじゃなくて」

「ちょっと、まさか」と、ロズ。「ビリーじゃないよね！」

「で、セックスはしたの？」トニーがずばり訊く。立ち入った質問だが、トニーとロズは敵の立ち位置を正確に把握しておく必要がある。

「しないわよ！」カリスがしどろもどろに答える。「ただの友だち関係よ！　おしゃべりして！

これでずいぶん楽になったわ。目の前にいない人を本当に赦すことってむずかしいでしょう?」

「あなたに腕なんかまわしてきた?」ロズが母親のような気持ちで訊く。いや、祖母と言うべきか。

カリスはこの質問をはぐらかす。「ビリーは、わたしたち都市型のB&Bを開業するべきだって言うの。投資としてね。こういう民泊って流行ってきてるんでしょ。デュープレックスの半分をそれに充てる。ビリーがリノベーションを手がけて、わたしは料理を出す」

「で、資金の半分は彼が出すんだよね?」ロズが訊く。

「ズィーニアが教えてくれた名前って、ひょっとしてYllib（Billyの逆綴り）じゃないの?」トニーが割って入る。ズィーニアは昔から暗号やパズルや鏡文字の類が得意だった。

「わるいこと言わないから。B&Bの件は忘れなさい!」ロズが言う。「ビリーに金蔓と思われてるのよ。すっからかんにされるよ」

「やつのこと、ウィーダがなんと言うかねえ?」トニーが言う。

「じつを言うと、ウィーダはちょっと妬いてるみたい」カリスは言う。「先日は……その、隔離しておく必要があって」今度は間違いなく赤面している。

「クローゼットに閉じこめたんじゃないの」トニーはあとでロズとの電話で言う。

「うかうかしてられないね」ロズは言う。

二人は電話連絡網をつくる。カリスのようすを探るために日に二回電話をかけることにする。トニーとロズから一回ずつ。ところが、カリスは電話に出なくなる。

三日が経過する。トニーの携帯にメッセージが届く。〝話があるの。来てくれる。ごめんね〟。カリスからだ。

道すがら、トニーはロズを拾っていく。実際にはロズがトニーをプリウスで拾ってあげたのだが。デュープレックスに着くと、カリスはキッチンテーブルを前に座っている。泣きながら。とはいえ、少なくとも命は無事だ。

「なにがあったの、スウィーティー？」ロズがやさしく話しかける。暴力の跡は見られない。あのゴミ男ビリーに老後の資金をかっぱらわれたのかもしれない。

トニーはウィーダを見る。カリスの横にお座りし、耳をぴんと立て、舌を出している。胸のあたりの毛になにかついている。ピザソースだろうか？

「ビリーが入院したの」カリスが言う。「ウィーダに嚙まれたのよ」と言ってすすりあげる。よくやった、ウィーダ、とトニーは内心思う。

「ミントティーを淹れてくるね」ロズが言う。「一体ウィーダはどうして……？」

「それが、わたしたち、その……寝室に行こうとしたら、ウィーダが吠えだして。だから二階の廊下のクローゼットに閉じこめるしかなかった。それで、あの、そうする前に……どうしても訊いておきたかったの。だから、『ビリー、わたしの鶏を殺したのはだれ？』って訊いた。当時は、ビリーがやったんだってズィーニアに聞かされていたから。でも、なにを信じたらいいのか。だって、ズィーニアはたいした嘘つきだし、わたし……あんなことをやった人とは……その、出来ないなって。そしたらビリーはこう言った。『ズィーニアだよ。あいつが喉を掻き切ったんだ。おれは止めようとしたんだ』。そのとたん、ウィーダがめちゃくちゃ大きな声で吠えだして、どこか怪我でもしたんじゃないかっていうぐらい。だから、なにかあったのかと思って、クローゼットの扉を開けたら、あの子が飛びだしてきてベッドに跳び乗ってビリーに嚙みついたの。ビリーはすごい絶叫して、シーツは血だらけになるし、ほんとに……」

「血は冷水で落とすんだよ」ロズがアドバイスする。

「嚙みついたのは脚？」トニーが訊く。

「脚というか……」と、カリスは言う。「彼、なにも着てなかったから。でなければ、こんなことには……でも、いま手術をしてる。その件でも落ちこんでるのよ。病院で彼が救急室に送られていったあと、わたしこう言ったの。嚙んだのはわたしです、セックスのときビリーが好む行為なんですけど、やりすぎてしまってって。そしたら病院の人たち、とっても親切で、そういうことはありますよって。嘘をつくのはいやだったけど、ウィーダを、その、余所へやられちゃうんじゃないかと心配で。すっごくつらかった！　少なくとも、答えは出たわ」

「答えというと？」ロズが尋ねる。「なんの答え？」

カリスは、すべてが明確になったと言う。ズィーニアが夢で戻ってきたのは、そもそもビリーのことを警告するためなのだと。鶏殺しの張本人の。でも、自分は頭が鈍くて気づけなかった――ビリーのこと、なるべく良く思いたかったし、彼が自分の人生に戻ってきて初めはけっこういい感じだった。ひとつの環《わ》みたいなものが完結するというか。だから、ズィーニアはつぎのステップに移り、ウィーダの体に輪廻転生したんだけど――だから二回目の夢では毛皮をまとっていたわけ――

ビリーが自分に鶏殺しの濡れ衣を着せようとするのを耳にしたら、当然頭にくるでしょう。

じつは、とカリスはつづける。ズィーニアの行動は最初から善意だったんじゃないかしら。そもそもビリーを寝盗ったのはあんな腐ったリンゴからわたしを守るためだったのかもしれない。トニーからウエストを寝盗ったのは、なにか人生訓を伝えるためだったのかもしれない。もっと音楽に理解をもて、とかね。ロズからミッチを寝盗ったのは、たぶん邪魔者を消してはるかに良い夫サムに出会わせるため。ひょっとしてズィーニアは三人の、なんというか、隠れたオルターエゴなんじゃないかな。自分では実行する力のないことを代わりにやってくれる。そういう目で見なおしてみると……


かくしてロズとトニーはカリスに同意し、過去をそのように見なおす。少なくとも、カリスはそう考えたほうが救われるので、彼女がその場にいるあいだは。前足をひとのコートで拭いたり丸太の陰でうんちをしたりする黒白の中型犬が本当はズィーニアだなどという振りをするのは、なかなか骨が折れたが、四六時中そんな振りをする必要はない。ズィーニアは生前と同じく気まぐれに去来するので、いつウィーダの中にいて、いついないのか、わかるのはカリスだけなのだ。

ビリーは怪我のことでカリスを法的に訴えると騒いで脅してきたが、そんなものはロズが叩きつぶしてやった。どう考えたって、こっちのほうがいい弁護士を雇えると言って。ロズが雇った探偵が徹底した調査をしてくれたお陰で、おばさま相手の結婚詐欺、ポンジスキーム詐欺、身元詐称といったビリーの過去の悪行が委細明らかになった。もしビリーがウィーダの件を脅迫のネタに使おうと思っているなら、考えなおしたほうがいいとも言った。カリスの証言と食い違うだろうし、陪審員はどちらの言い分を信じると思う？

というわけでビリーはどこかへ行方をくらまし、その後、姿を見せておらず、現在、カリスのデュープレックスの片側には気の良い元配管工が入居中だ。男やもめで、ロズとトニーに期待をかけられている。手始めに、バスルームのリフォームを。ウィーダの承認も得られたようで、彼がレンチを持って洗面台の下にもぐっていると、体をすり寄せようとし、舐められるところはどこでも舐め、はばかりなくじゃれついている。

死者の手はあなたを愛す

『死者の手はあなたを愛す』は冗談として始まった。冗談というかひとつのチャレンジとして。もっと慎重になるべきだったが、じつのところ、あの頃はヤクをがんがんやって、劣悪な酒を飲みまくっていたので、まともに責任をもてる状態じゃなかった。だから、いまもってその責任をとれと言われるのはおかしい。こんなクソ契約書の条項に縛られるべきじゃない。縛りつけられているのが、これ。この契約書だ。

しかもこの契約は解除できない。契約の失効日が書かれていないからだ。牛乳パックや、ヨーグルトの容器や、マヨネーズの瓶などにあるように、「消費期限はいつまで」と明記しておくべきだった。とはいえ、あの当時の自分に契約書のなにがわかっていただろう？　二十二歳の自分に。

あの金が必要だったんだ。

あんなはした金が。あくどい取引きだ。自分は搾取された。あの三人はどうしてあんなふうに自分を利用できたのか？　とはいえ、三人はその不公正さを認めようとしない。三人はあのクソ契約書を盾にして、そこには紛れもないジャックの署名も入っているから、渋々ながら金を払うはめになっている。最初は支払いに抵抗したが、まずイレーナが弁護士を雇った。いまや三人とも、犬にシラミが付き物であるように弁護士を付けている。イレーナもかつての四人の親交に鑑みて、少しは甘く見てくれてもいいだろうに、いや、そうはいかない。イレーナはアスファルトの心臓の持ち主だ。年々、その心はより強《こわ》く、よりドライで、よりかちんこちんになっている。金が彼女をだめにした。

ジャックの金が。イレーナとあとの二人があんな弁護士など雇えるほど金持ちになれたのも、彼のおかげなのだ。しかも彼の弁護士と同じぐらいやり手のトップ弁護士を付けている。とはいえ、弁護士同士の唸りあい、ひっぱたきあい、ぶちのめしあいに突入したいとは思わない。その挙句に、ハイエナの朝食みたいな干からびた骨になり果てるのは決まって依頼人のほうだ。イタチかネズミかピラニアの一群みたいなやつらに体を食い荒らされ、しまいには肉片と腱と足爪しか残らなくなる。

そういうわけで、何十年にもわたって金をむしりとられてきた。やつらがいみじくも指摘するところによれば、裁判になったら勝ち目は一つもないそうだから。確かに自分は署名をした。あの悪魔の契約書に。熱くたぎる血の署名を。

契約書を交わした当時、四人はまだ大学生だった。赤貧というほどではなかった。もしそうだったら、いわゆる高等教育など受けていなかったろう。最低賃金に甘んじて、凍結で割れた道路の継ぎ当てをしたり、ハンバーガーを焼いたり、ドラッグの金欲しさにゲロの悪臭ただよう安いバーで体を売ったりしていただろう。少なくとも、イレーナは。まあ、みな貧乏人ではなかったが、自由になる金は大して持っていなかった。夏休みのバイトで稼ぐか、出し渋る親戚から金を借りるか、イレーナのようにしみったれた額だが奨学金を得るか。

四人が最初に出会ったのは、生ビール一杯十セントみたいな飲み屋にたむろしていたメンツを通してだった。ひねた軽口を叩いたり、愚痴をこぼしたり、いきったりする場だ。もちろん、イレーナに限ってそんなことはなかった。彼女は寮母さんに近かった。みんなが泥酔して持ち金をどこに入れたかわからなくなったり、そもそも持ってきたのか怪しくなったりすると、彼女がさっさと勘定を払った。とはいえ、あとから請求はしたが。四人とも寮費を節約する必要があるとわかったので、大学のすぐ近くに共同で家を借りることになった。

六〇年代初頭、その地域ではまだ学生が家を借りることができた。家といっても、トンガリ屋根の、三階建ての、夏は暑苦しく、冬は凍えそうに寒く、ぼろくて、小便臭くて、壁紙は剝がれていて、床はゆがんでいて、ラジエーターはうるさく、ネズミが走りまわり、ゴキブリが出没する、赤レンガのヴィクトリア朝時代のテラスハウスだが。そういうぼろ家が〈ヘリテージ・ビルディングズ〉なんかに改修される前の時代のこと。このヘリテージなんとかは、目ん玉も金玉も飛びでるぐらいバカ高くて、歴史的建造物のプレートが付けられた物件のことで、付けてまわっているのは、バカ高すぎる気取った不動産によろよろプレートを付けてまわるしか能のないアホどもである。

彼の住んだ建物——まさにあの無思慮な契約書に署名された建物だが——にもプレートが付いて

いて、そこには、なんと！　彼その人がかつて住まったことが記されている。ああ、確かにここに住んでいたよ、わざわざ言ってもらう必要はない。自分の名前を読む必要もない。「ジャック・デイス　一九六三年─六四年」まるでそのクソ一年間しか生きていなかったみたいじゃないか。その下に小さな文字でこう記されている。「この建物において、ホラーの世界的古典『死者の手はあなたを愛す』は執筆された」と。

〝ノータリンじゃあるまいし！　そんなことわかっとるわい！〟と、ほうろう加工された楕円形の青と白のプレートを怒鳴りつけたくなる。忘れるべきなんだ。あの出来事ぜんぶをできるだけ忘れるべきなんだが、それが自分の人生の足かせになっているので忘れられない。映画フェスとか文芸フェスとかコミックフェスとかモンスターフェスとかで街に来るたびに、どうしてもチラ見してしまう。一方、このプレートはあんな契約書に署名するという愚行をいやでも思いださせる。とはいえ、その文言を読むと、満足感があるのが情けない。「ホラーの世界的古典」。このプレートに拘りすぎかもしれない。それでも、これはわが人生の偉業に対する賛辞には違いない。これしきのものでも。

墓碑にも書かれるのかもしれない。「『死者の手はあなたを愛す』ホラーの世界的古典」と。もしかしたら、ゴスのアイメイクに、フランケンシュタインの怪物みたいな縫い目のタトゥーを首筋に貼り、点線と「キリトリ」という字を手首に書いた、なかなか色っぽいティーンのファン娘たちが墓参りに来て、萎れたバラと白茶けた鶏の骨で作った供物をささげてくれるかもしれない。そんな贈り物はすでに送られてきている。彼はまだ死んでもいないのに。

彼の登壇するイベントには、そんな女の子たちがときどきうろついている。そう、〝ジャンル〟本来の価値だとか、彼の最高傑作からぞろぞろ生まれた多様な映画の回顧とか、そんな話を長々とさせられるわけだが、そこに彼女たちはびりびりに裂けた白布をまとい、顔を病的な緑色に塗り、自分の裸の（及び又は）首に黒いロープを巻いて舌をだらりと出している（及び又は）自分の陰毛が入ったビニール袋を持っている写真や、ヴァンパイアの牙をつけて行う壮観なフェラのオファー入りの封筒を持参していたりする――かなりエッジが利いているというか、まあ、その手のジョブをお受けしたことはない。とはいえ、その他の手管には抗いがたい。そりゃそうだろう？

しかしリスクがあるのも事実だ。自尊心が損なわれるリスク。ベッドでの出来が期待はずれだったらどうする？　いや、ベッドではなく――この手の女の子たちはソフトな苦痛を刺激として好むので――床の上とか、壁に押しつけてとか、ロープで縛って椅子で、かもしれないが。事後、レザーの下着をつけなおし、クモの巣模様のストッキングを穿き、爛れた傷口メイクをバスルームの鏡で修正しながら、「あなたは違うと思ったのに」なんて言われたらどうする？　それはすでに知見済みだった。加齢で萎び、手口が時代後れになるにつれ、よく遭遇する。

「傷口がくずれちゃったじゃん」そんな文句まで言われたことがある。さらにひどいことに、彼女たちはそれを皮肉ではなくストレートに口にする。口を尖らせて責め立て、使えないやつだ、と。だから、この手の女子たちとは距離をおき、遠くから彼のデカダンで悪魔的な力を崇めさせておくのがいちばんだ。ともあれ、こういう子たちはどんどん低年齢化しており、なにか話してと言われてもなかなか会話にならない。彼女たちの口から飛びだすものは、舌以外なんだかわからないし、語彙がまるきり違う。ときどき、自分は百年ぐらい土の中に埋まっていたのかなと思う。

だれが彼にこんな奇妙な形の成功を予見できただろう？　かつて彼の知り合いはみんな、こいつは一生ものにならないと思っていた。自分も含めて。『死者の手はあなたを愛す』は純粋なインスピレーションの賜物に違いなかった。悪趣味で、B級好きの、蚤にたかられたミューズが囁いたのだ。なぜなら、この本ばかりは一気に書きあげられた。いつもは書いては止まり、だらだら書いてみては紙をくしゃくしゃに丸めてゴミ箱に投げこみ、無気力と失意の波に襲われ、結局なにも仕上がらなかったのに。あのときは座ってタイプしだすと、一日に八ページ、九ページ、十ページと、質屋で手に入れた古いレミントンで書きつづけた。タイプライターを思いだすなんて妙なもんだ。あの狭苦しく並んだキー、もつれやすいリボン、すぐに黒ずむコピー用のカーボン用紙。書きあげるのにほんの三週間ほど。せいぜいひと月というところだった。

もちろん、それが「ホラーの世界的古典」になるなんて知るよしもなかった。下着のまま階段を二階ぶん一気に駆けおり、キッチンで「たったいまホラーの世界的古典を書きあげたぞ！」なんて叫ぶこともなかった。もし叫んでいても、あとの三人に笑われただけだろう。安素材のテーブルでインスタントコーヒーを飲み、イレーナがどっさりのライスとヌードルと玉ねぎと缶入りマッシュルームスープとツナを使って——安価なのに栄養はある——作った彩りのわるいオーヴン料理をつついている三人に。そう、イレーナは栄養にかんしてはうるさかった。お値打ちというのもこだわる点だった。

四人はそれぞれ一週間ぶんの食費を「ディナー預金」、すなわち豚の形のクッキー缶に預けていたが、イレーナは炊事を担当しているので預金額は割り引かれていた。料理、買い物、光熱費などの公共料金の支払い――イレーナはそういうことをやるのが好きだった。むかしの女はそういう役割をこなすのを好んだし、男もそれを良しとしていたもんだ。彼自身、うるさく世話を焼かれ、もっと食べなさいよ、などと言われるのを楽しんでいた。それは否めない。家の決め事として、洗い物は彼を含む三人が担当することになっていたが、やったりやらなかったりだった。少なくとも彼に関しては。

料理をするのにイレーナはエプロンを着けた。パイのアップリケが付いたエプロンだったが、これを着けたイレーナは見栄えがしたと言わざるを得ない。ウエストで紐を結ぶタイプだったので、ウエストがあるのが見える。いつもは防寒のために何枚も重ね着した厚いニットか織物の服に隠れていたウエスト。着るのは濃い灰色か黒の服ばかりで、在家の尼さんみたいだった。

ウエストがあるということは、目に見えるお尻もおっぱいもあるということだ。ジャックは思い浮かべずにいられなかった。あの質実剛健なごわごわした衣類をぜんぶ、エプロンまで取っ払ったらどんな姿になるだろう、と。ブロンドの髪はいつも後ろで丸く結っていたが、それも下ろしたら。きっと旨そうで、栄養たっぷりで、むっちりしていて、しなやかで。桃色のベルベット・カバーにくるまった生身の湯たんぽみたいに受け身ながら温かく迎えてくれる。彼女はジャックのことをからかっていたのかもしれない。おおかた、そうなんだろう。彼のほうはイレーナをソフトな心の持ち主だと思っていた。羽毛のつまった枕みたいな心。理想化してしまっていたんだ。なんとちょろいカモか。

ともあれ、ヌードルとツナの香り漂うキッチンに入っていって、たったいまホラーの世界的古典を書きあげたと宣言しても、三人に笑われただけだろう。三人ともジャックにはまともに取りあってくれなかったし、まともに取りあってくれないのはいまも同じだ。


ジャックは最上階の部屋をもらっていた。要は、屋根裏だ。家の中で最悪の場所だった。夏はうだるように暑く、冬は凍える寒さ。いろいろなものが立ちのぼってきた。料理の湯気、一つ下の階から漂う汚れた靴下の臭い、トイレの悪臭——それらがぜんぶ屋根裏に流れついた。暑さと寒さと臭いについては、床をどしんと踏み鳴らすぐらいしか仕返しのしようがなかった。とはいえ、その音がこたえるとしたら真下の部屋に住んでいたイレーナだけだし、彼女の下着の中にもぐりこむ気満々だったので、嫌がられたくなかった。

その後まもなく確認の機会を得たのだが、彼女の下着の色は黒だった。当時のジャックは黒の下着はセクシーだと思っていた。ポルノ的なお色気。しょうもない安手のポリス・マガジンに載ってるような。現実世界のパンティーの色彩にかんしては白とピンクぐらいしか知見がなかったが、それは高校時代の交際相手が穿いていたもので、駐めた車の暗がりで焦りながらよくよく見たわけではない。あとから考えてみると、イレーナが黒を選んだのはなにも色気を出そうというのではなく、実際的な理由だったんだろう。彼女の黒は倹約の黒で、レースや十字やスケスケなんかとは無縁で、肉体の色香を誇るためではなく、たんに汚れが目立たないので洗濯代が節約できるという理由で選ばれたのだった。

イレーナとのセックスはワッフル焼き器とするようなものだったな。のちのち彼はそんなジョークを独り思いついた。その頃には、あとにつづく出来事が回想の眼差しをゆがめ、イレーナを鉄の鞘に納めてしまっていた。

一つ下の二階に住んでいたのはイレーナだけではなかった。ジェフリーも住んでおり、これがジャックの心に嫉妬を生んだ。ジェフリーにとって、悪臭を放つウールの靴下で廊下をずりずりと進んでいき、不健全な劣情で涎を垂らし舌なめずりしながら、人目につくことなくイレーナの部屋に忍び寄ることが、いかにたやすいか。ジャックが屋根裏の小部屋でぐっすり眠りこんでいるときにだ。しかしながら、ジェフリーの部屋があるのは、家屋の裏に飛びだした建て増し部分の、防水紙をとりあえず張った、断熱も不十分な、垢が奥の奥まで溜まったキッチンの上だったので、彼の頭上に踏み鳴らせる天井はないのだった。

ロッドも同じく、怒りの足踏みをお見舞いできる範囲にいなかった。この男もイレーナに下心があるのではないかとジャックは睨んでいた。ロッドが住んでいたのは一階で、もともと食堂になるはずの部屋だった。隣室につづくすりガラスの二重ドアは釘を打って閉め切ってあった。隣はかつての客間で、いまは〝アヘン窟〟と化していた。とはいえ、アヘンを常備しているわけではなく、えんじ色のクッションと、ポテトチップスとナッツのくずがこびりついた犬のゲロみたいな茶色いカーペットと、吐き気がするような甘口のオールド・セイラー・ポートの臭いが染みついていてぶっ壊れた安楽椅子があるのみ。この安酒はワイン浸りの必需品だったが、飲むのは皮肉なことに来客の哲学科の学生ばかりだった。タダ同然だったから。

その居間で、四人はうだうだと過ごし、パーティをやった。パーティができるほど広い部屋ではなかったから、狭い廊下にも、階段にも、はては奥のキッチンにまで人があふれだしていた。パーティの常連は、おのずとマリファナ喫いと酒飲みに分かれたものだ。マリファナ喫いと言っても、まだヒッピー文化到来前だったので、いかにもそれっぽい人種ではなかった。とはいえ、そういう予兆はちらりとあった。むさくるしく、自意識の高い、似非ビートニク集団が、ジャズマンなんかとつるんでは、微妙な違法行為に手を染めたりしていた。そんなとき、彼、ジャック・ディスは——現在ではプレートに記される人物であり、ホラーの世界的古典の著者として崇められているが——自分の部屋が家のてっぺんにあって良かったと思った。うろつく客の群れやアルコールや煙草やハッパや、ときには歯止めが効かずにゲロを吐く悪臭から離れていられたから。

自分の部屋があり、しかも最上階だったから、一時避難所を提供することもできた。そう、倦み疲れ、厭世ぎみの、洗練された、黒タートルなんか着た、アイラインの濃いきれいな女の子を階段の上へといざない、新聞紙の散らばった私室へ、さらにはインド風ベッドカバーの掛かったベッドへといざなう。創作の技巧、創造の七転八倒の苦しみと痛み、作家には孤高さが必要なこと、身売りする誘惑、そうした誘惑に抗することの気高さ、などなどについて芸術論を交わそうと言いくるめて。その際には、尊大で、うぬぼれ屋の、自意識過剰男だと思われてはいけないので、自嘲ぎみに話すべし。実際の彼はまさに尊大でうぬぼれ屋の自意識過剰男だった。なぜなら、その年頃の人間はそんな性格でもない限り、朝ベッドから這いだした後の覚醒の十二時間、みずからの可能性への妄念をとても維持できないからだ。

しかし現実にはそんな女の子の連れこみに成功した例しはなく、実現していたらイレーナと懇ろになるチャンスを不意にしていたかもしれない。せっかく彼女が同意の微妙なサインを出しはじめていたというのに。イレーナは酒も飲まず、ハッパも喫わなかったが、飲んだり喫ったりした跡を拭いてまわり、だれがだれになにをしたかチェックして、翌朝なにからなにまで思いだすことができた。いつも多くは語らず、露骨に言葉にはしないが、あえて伏せることで雄弁に語るのだった。

『死者の手はあなたを愛す』が出版されてたいした評判を呼ぶと――いや、評判というのとは違う。当時、この手の本はまだ評判なるものは呼ばなかった。パルプマガジンやジャンル小説が文学界に足場を作り、正当な作家性の前哨地を築くのは、もっとあとになってからのことだ。とはいえ、この本が映画化されると、女をおびき寄せるのはずっとずっと容易くなった。少なくとも商業作家としていったん名を確立すると、という意味だ。大判のペーパーバックを大部数売りあげ、表紙に金色の浮き彫り文字が並んでいるような商業作家。こむずかしい芸術論戦法はもはや通用しなくなった。その代わり、こういう死の気配が好きな、少なくとも好きだと言う女子は大量に湧いてきた。ゴスの波が来る前からそういうものを好んでいた子たちだ。おのれの内なる生き物を想起させたのだろうか。いや、映画に出してもらえるコネが欲しかっただけかもしれない。

おお、ジャック、ジャックよ、と彼は自分に言い聞かせる。皮膚のたるんだ目元を鏡で見つめ、毛髪の薄くなった後頭部をなで、お腹を引っこめるが、長つづきはしない。くたびれた、マヌケ野郎。独りぼっちで。おお、ジャックよ、捷《はし》こくあれ、敏くあれ、かつては効果抜群だった燭台と（マザーグースより）、デタラメを並べる即興技を駆使して。むかしのおまえは元気いっぱい。じつに頼れて、あんなにも若かったのに。

その契約書というやつは、始まりからして癪にさわるものだった。三月下旬のある日、溶けかけで穴ぼこだらけの汚い雪に庭の芝生はおおわれ、外気は凍えるほど冷たく湿り、不機嫌なムードが漂っていた。昼食時。ジャックのルームメイト三人はキッチンの安テーブル——赤地にパール色の渦巻き模様、脚はクロムめっき——を囲んで、食べ物の無駄を嫌うイレーナがいつものごとく出してきた残り物をむちゃむちゃ噛んでいた。ジャック自身は寝過ごし、遅れて席についた。無理もないことだ。前夜にパーティがあり、これがいつになく不快で退屈なパーティだったが、ジェフリーのおかげで——外国の不可解な作家どもへの持論を長々と開陳しやがった——ニーチェとカミュが議論の的になり、どちらに関する知識も塩容れに収まるぐらいしかないジャック・デイスにとっては、さらに耐えがたいものになった。カフカについてそれなりの蘊蓄をたれてやることができたのは、主人公の男が甲虫になってしまうという抱腹絶倒の小説をやつが書いていて、ジャック自身、朝目覚めるたびに大体そんな気分になるからだ。前夜のパーティにはどこかのサディストがラボ用アルコールをひと瓶持ちこんで、グレープジュース、ウォッカと混ぜて置いてあり、ダラダラした文学的マウントの取りあいにうんざりしたジャック・デイスはついそれを飲みすぎて、自分の膝に吐いてしまったのだった。それに加えてけっこう喫っており、こっちにはどうやらインキンたむしの粉でも混ぜられていたらしい。

そんなわけで、ヌードルとツナの残り物を食べながらイレーナが容赦なくずばり持ちだしてきた話題を論じる気には、とうていなれない気分だった。

「ジャック、三か月ぶんも家賃が溜まってるんだけど」彼女はそう切りだした。彼がインスタントコーヒーすら口にしないうちに。

「ちっ、見てくれ、手がこんなに震えてるよ。ゆうべはそうとう酔っぱらったなあ！」なんでまた、この女はもっと理解を示して育てるってことができないのだ？　洞察力あふれるコメントでもあれば、慰めになるのに。たとえば、「ひどい顔色ね」とか。

「話題を換えないで」イレーナは言った。「お気づきと思うけど、わたしたち、あなたのぶんの家賃も穴埋めしているのよ。そうしないと、ここを追いだされるから。でも、こんなやり方はやめなくちゃ。家賃を払うか、出ていくかして。あの部屋は、きちんと払ってくれる人に貸す必要があるから」

ジャックはテーブルに突っ伏した。「わかってるよ、わかってる。くそう、申し訳ない。ちゃんと埋めあわせるから。もう少し時間さえあれば」

「なんのための時間だよ？」ジェフリーが疑るような薄笑いを浮かべて訊いてきた。「絶対的時間か、相対的時間か？　内面時間か、計測可能な時間か？　ユークリッド流か、カント流か？」こんな早い時間から、枝葉末節を論じる「哲学101」風の言葉遊びなんか始める気にはなれなかった。ジャックはそっちの方面はまるで疎い。

「だれかアスピリン持ってないか？」ジャックは言った。返しの一手としては弱かったが、そのとき彼に打てる手はそれぐらいだった。実際、恐るべき頭痛に襲われていた。イレーナが立ちあがって、鎮痛剤を取ってくれた。こういう場面では、看護婦的な振る舞いをせずにいられない質だ。

「時間って、あとどれぐらい？」ロッドが訊いてきて、くすんだ緑色の小さなノートをとりだした。数字の計算に使っているやつだ。ロッドはこの共同生活の簿記係だった。

「もう少し時間が必要だって、もう何週間も言ってる」イレーナが言った。「というか、何か月も」と、アスピリン二錠とコップ一杯の水を置いてくれ、「アルカセルツァーもあるわよ」と付け足した。

「例の小説だよ」ジャックは言った。この言い訳が使い回しであることは否めない。「時間が必要なんだ、ほんとに……もうすぐ仕上がるからさ」それは事実に反した。現実には、第三章で行きづまっていた。登場人物のアウトラインはできていた。四人。魅力的でホルモン充満の四人の大学生が、大学の近くにある、三階建ての、トンガリ屋根の、レンガ造りの、ヴィクトリア朝時代のテラスハウスに住んでいる。彼らは己の心理について謎めいた文言を弄し、さかんに姦淫する。ところが、そこから先に進めなかった。彼らにその他のなにができると言うのだろう。「書きあげたら、仕事に就くよ」ジャックは弱々しくそう言った。

「たとえば、どんな仕事？」黒曜石のごとき硬質な心をもつイレーナが尋ねてきた。「はい、ジンジャーエールも、よかったら」

「百科事典のセールスとか、やれば」と、ロッドが言う。ジャック以外の三人は大笑いした。百科事典のセールスというのは、怠け者や無能者や人生詰んだ者が手を染める最後の手段とされていた。それに加えて、ジャック・ディスのような人物がだれかになにかを売るという発想そのものが笑える。三人は彼のことを、野良犬すらしくじりの臭いを嗅ぎつけて逃げだすような負け犬であり疫病神と考えていたから。皿を落として割ってばかりいるので、最近は皿拭きもさせないようにしていた。じつはジャックが皿を割るのはわざとだった。家事については無能者とみなされたほうが好都合だからだが、この作戦も裏目に出はじめていた。

「きみの小説の権利を分配したらどう?」と、ロッドは提案してきた。専攻は経済学だ。微々たる金で株をやっていて、まあまあ上手く立ち回っていた。なにしろ、ここのクソ家賃はその利鞘で払っていたのだから。そんなわけで金の話になると、えらそうな顔をするので我慢ならなかったが、そういう性格は当時から変わっていなかった。

「オーケイ、それで行こう」ジャックは言った。その時点ではこの話はフィクションみたいなもので、三人とも彼に調子をあわせていただけだった。ひと息つかせてやり、彼の才能とやらを認めるふりをして、たんに理屈上とはいえ健全な財務状況に道をひらいてやるつもりで。少なくとも、あとから三人が語ったところによれば、そういうこと。三人はジャックを力づけ、三人に信じられていると信じさせ、その証拠を示すために結託したんだと。その結果、ジャックも一念発起して、なにかものにするかもしれない。とはいえ、実際そんなことが起きると期待していたわけではない。この取り決めが功を奏し、しかもこんな華々しい結果を出すなんて、自分たちは与り知らなかったと。

契約内容を提案してきたのはロッドだった。三か月プラス一か月ぶんの家賃――ジャックが滞納していた三か月ぶんと次の一か月ぶん――をチャラにする代わりに、彼の来るべき小説の印税収益を四等分する。ジャックを含め、それぞれが四分の一を受けとる。ジャック本人が得する部分がないと、モチベーション湧かないよな。お得感がないと、小説を書きあげる意欲をもてないかもしれない、とロッドは言った。「経済人」（経済学の父アダム・スミスが提唱した概念）なる概念を信奉するやつだった。とはいえ、彼もジャックがなにか仕上げられるとは思っていなかったから、最後のところで嫌味な笑い声をたてた。

あれほど激烈な二日酔いでなければ、あんな契約書に署名しただろうか？　まあ、しただろう。家を追いだされたくなかった。路頭に迷って、もっとひどければ、ドン・ミルズにある実家の娯楽室に逆戻りするのはごめんだった。うるさい母の心配顔と、煮込み料理と、父の舌打ちしながらの説教に包囲されたあの家には。だから、ジャックはすべての条項に同意し、署名し、安堵のため息をつき、イレーナに強く促されて――胃になにか入れたほうが良いわよ――焼きヌードルをふた掬いぐらい口に入れ、もうひと寝入りしに屋根裏へ上がっていった。

とはいえ、そのクソ小説は書きあげなくてはならない。

ヴィクトリア朝時代のテラスハウスに暮らす四人の学生なんて設定じゃ、二進も三進もいかないだろう。三人はいまケツを乗っけている中古の中古のキッチンチェアから、痺れた尻を上げるのも拒むのは明らかだ。足に火をつけてやっても、タコの群れの吸盤のごとく張りついているに違いない。なにかべつな物語を、ぜんぜん違うやつを考えなくては。しかも早急に。いまやこの小説を——いや、これに限らず——書きあげるのは、自分のプライドの問題なのだ。ジェフリーとロッドにいつまでも嘲笑させておくものか。イレーナの愛らしい蒼の瞳に、憐憫と却下の色が浮かぶのはもはや耐えがたい。

頼む、お願いだ。ジャックは煙臭い凍える寒さの部屋に祈った。どうか、おれをここから出してくれ！ なにか、なんでもいいから、売れるものを書かせてくれ！

こうして悪魔の取引は締結されたのだった。

そこへ青天の霹靂のごとく、燐光発する毒キノコのようにきらきらと舞い降りてきたのが、『死者の手はあなたを愛す』のヴィジョンだった。しかもすっかり形をなして。あとは、多かれ少なかれそれを書き留めていくだけ。少なくとも、のちのトークショーで彼はそう語った。『死者の手はあなたを愛す』の発想はどこから得たのですか？ それは謎だ。火事場の馬鹿力というやつか。ベッドの下から這いだしてきたのか。子どもの頃の悪夢がひらめきの源か。いや、それより、十二歳のころ角のドラッグストアからくすねていた気味のわるいモノクロの漫画本かもしれない。ばらばらにされて干からびた体の部位がひとりでに歩きだす、みたいな話がいつも目玉だった。

プロットは単純だった。ヴァイオレットという美しいが冷酷な若い女——ちなみに、イレーナに似ているが、イレーナのほうがさらにウエストが細くておケツはむっちり——が、傷心の婚約者ウィリアムを捨てる。ウィリアムはハンサムで傷つきやすい若い男で、ジャックより少なくとも六インチ（十五センチぐらい）は背が高いが、髪の色は同じ。ヴァイオレットが彼を振ったのは、えげつない理由からであった。アルフというべつの求婚者が現れたのだ。アルフは外見の点ではジェフリーにそっくりで、むかつくほどの金持ちだ。

　ヴァイオレットはこれでもかというほど屈辱的なやり方でウィリアムを捨てたのだった。ある日、実直なウィリアムはヴァイオレットとのデートのために、彼女のそこそこ立派な家に迎えにいった。ところが、そこにはアルフという先客がおり、ポーチのブランコでヴァイオレットと熱くあられもなく絡みあっていた。さらに悪いことに、アルフはヴァイオレットのスカートに手を入れているではないか。ウィリアムもまだ試みたことすらない厚かましい行為だ。この馬鹿やろう。

　ショックを受け激昂したウィリアムは二人に食ってかかったが、どうにもならなかった。ヴァイオレットはウィリアムが摘んできた牧のひなぎくと野ばらのブーケと、百科事典セールス二か月ぶんの給料をはたいて買った質素なゴールドの婚約指輪を歩道にぶん投げると、厚顔な、赤い、ハイヒールの靴をことさら響かせながら離れていき、アルフとともにアルフが自分の名前と似ているからといって気まぐれに購入したシルバーのアルファロメオ・コンバーチブルに乗りこんで走り去ったのだった。アルフにはそんな派手な見せびらかしをするだけの金があった。二人が嘲り笑う声がウィリアムの耳朶に響きわたった。かてて加えて、婚約指輪は通りをころころ転がって、下水溝の格子の隙間にちゃりんと落ちてしまった。

　ウィリアムの心は傷を負った。彼の夢は粉々に砕け、完璧な女性像は破壊された。彼は廉価だがよく掃除された下宿屋にとぼとぼと帰っていき、そこで遺書をしたためた。「右手を切断して、亡骸とはべつに埋めてほしい。自分とヴァイオレットが乳繰りあいいちゃつきながらやさしく抱擁しあいながら幾夜をのどかに過ごした公園のベンチの横に」。書き終えると、軍用リボルバーで頭を撃ち抜いた。銃は父からの遺産で——そう、ウィリアムは父を早くに亡くしていた——、父は第二次大戦でこれを使って武勲をあげたのだった。このディティールを入れることでウィリアムの気高さをさり気なく象徴できるな、とジャックは思った。

ウィリアムの大家はヨーロッパ訛りとジプシー的感覚をもつ親切な寡婦で、右手を切断してほしいという彼の望みが尊重されるよう計らってくれた。どうやったかというと、夜間、葬儀屋に忍びこんで、亡き夫の木工作業台にあった糸鋸でその部位を切り離したのである。映画ではこのシーンで——オリジナル版でもリメイク版でも——不吉な影が射し、右手が不気味に光る描写が入る。光を見て大家はぎょっとするが、作業を続行する。こうして右手だけを公園のベンチ脇に、スカンクたちに掘り返されないぐらい深く埋めた。その上に十字架を置いたのは、旧習の国の出身だったから、迷信深いところがあったのだ。

ヴァイオレットは無情なビッチだけあってウィリアムの葬式には見向きもせず、切断された右手のことはなにも知らないでいた。手のことを知っているのは大家だけだったが、彼女はじきにクロアチアへと去っていき、そこで尼さんになった。みずからが犯した悪魔的ともいえる罪業を魂から洗い流すために。

時は流れた。ヴァイオレットはすでにアルフと婚約している。絢爛豪華な結婚式が計画されていた。ヴァイオレットもウィリアムの件は多少後ろめたかったし、ちょっぴり可哀そうだとも思ったが、概して彼のことはほとんど脳裏をかすめもしなかった。高価な服をつぎつぎと試着し、えげつないアルフから選り取り見取り贈られたダイヤモンドやサファイアの装身具を見せびらかすのに忙しかったから。女の心は宝石で摑めというのが、アルフのモットーだ。ヴァイオレットの場合、これは死ぬほど適切なアプローチだった。

ジャックは物語のつぎのパートをあれこれ構想した。結婚式まで「手」は隠しておくべきか？ウエディングドレスの長いサテンの裳裾に潜ませておくのはどうか？　教会の通路を歩むヴァイオレットにくっついていき、彼女が「誓います」と答える直前にポンと出てきてセンセーションを巻き起こす。いや、目撃者が多すぎてだめだ。みんな、逃げだしたサルを捕まえるみたいに教会中を追いまわすだろうから、ホラーというよりお笑い劇になってしまう。ヴァイオレットが独りでいるところを襲え。できることなら、衣服を脱いだ状態で。

挙式の数週間前、公園に遊びにきた一人の女児が、日射しにきらめく大家の十字架を目にとめて拾いあげ、家に持ち帰ったため、墓の守護効果が失せてしまう（リメイクではなくオリジナル版の映画では、このシーンには不吉でレトロなサウンドトラックが入っている。リメイク版では、子どもの役は犬に差し替えられ、犬はこの霊験あらたかなアイテムを飼い主のもとに運んでいくが、この飼い主はその意味を理解できる知識がなく、茂みに放り投げてしまう）。

そうしてつぎの満月の夜、公園のベンチ脇の土中から、ウィリアムの右手が出現する。砂蟹か突然変異したスイセンの茎みたいに。「手」は傷みがひどい。茶ばんで皺しわになり、爪が長く伸びている。手は公園から這いだすと、暗渠に降りていき、ふたたび姿を現したときには、心なく廃棄されたあのゴールドの婚約指輪を薬指にはめている。

「手」は手さぐりでヴァイオレットの家にちょこちょこと向かい、家の蔦を這いのぼって寝室の窓から彼女の部屋に忍びこむ。そこで、ドレッサーにしまわれた上品な花柄スカートのなかに身を潜め、衣服を脱いでいく彼女を見ながらいやらしく笑う。目が見えるのかって？　いや、目はついていないので見えない。しかしウィリアムの霊が動かしているので、目はなくてもある種の視力はある。彼の、あまり良からぬ面の霊だが。

（このシーンについて、十三年か十五年前に開催された『死者の手』に捧げる「現代言語協会」の特別セッションで、フロイト学派の老批評家は、この「手」は「被抑圧者の再現」を意味すると発言した。ユング学派の批評家はこの解釈に異議を唱え、神話や魔術で切断された無数の手の例を挙げてみせた。「手」は、と彼女は言った。縛り首になった罪人の死体から切り取られ酢漬けにされたのち蠟燭で火をつけるという、あの「栄光の手」（そのような処理をほどこした手には魔力があると信じられた）の木霊なのです。不法侵入のまじないとして長らく使われてきました。フランス語ではマン・ド・グロワールとして知られており、ここから神秘的な力をもつナス科の花にマンドラゴラまたはマンドレイクという名が与えられたと言われます（この逆に、マンドラゴラを聞き違えてマン・ド・グロワールになったという説もある）。すると、フロイト学派の批評家はそんな伝承的な分析は時代後れであり、的外れでもあると言った。喧々囂々《けんけんごうごう》の論争が持ちあがった。名誉ゲストとして参加していたジャックは中座して一服しにいった。この頃はまだ喫煙しており、心

臓の主治医に禁煙するか死ぬか選択しろとは言われていなかったのだ）

鏡台の下から「手」に覗かれながら、ヴァイオレットは衣服をぜんぶ脱ぎ捨てて、シャワーをふんだんに浴び、その間もバスルームのドアは半開きにされるので、「手」も読者もそそる眺めを楽しむ。ピンク色のそれがいかに壮観か、なまめかしい曲線美を誇っているかが記述される。いま思えば、あの部分は書きすぎた。でも、二十二歳の男なんてそういう細部こそ力いっぱい描写するものだ（オリジナル版の映画の監督はこのシャワーシーンをアルフレッド・ヒッチコックの「サイコ」へのオマージュとして撮影した。初代ヴァイオレット役はスエレン・ブレイクが演じたのでよけいにぴったりだった。ジャネット・リーとティッピ・ヘドレンを足して二で割ったような女神のごときブロンド女優で、ジャックはしつこく追いまわしたが、残念な結果に終わった。スエレンはたいへんなナルシストで、気を引く貢物や崇拝行動は大いに楽しむものの、セックスそのものは好きではなく、メイクが崩れることも極端に嫌った）。

学生時代のイレーナはたぶん節約のためだろうが、化粧をする習慣がなく、しかし却ってそれが新鮮な繊細さを際立たせていた。むき身の牡蛎みたいな、飾らぬ素朴さ。しかも、枕カバーにベージュと赤の染みをつけていくこともない（ジャックは振り返ってみて、この点は評価するようになった）。

「手」はヴァイオレットが体の各部位を石鹸で洗うのを眺めているうちに堪えきれなくなってきた。だが、今回はがまんして、〝手〟のうちを明かすことはしない。ヴァイオレットを修飾する形容詞が次々と付け加わるのをじっと待つ。「手」と読者と、ヴァイオレット自身も、彼女の体をほれぼれと眺めることになる。ヴァイオレットは体を拭き、挑発するように、非の打ちどころのない滑らかな肌にアロマオイルをすりこむ。しかるのち、金ラメのじゃらじゃらしたドレスを纏うと、ルビー色の口紅で煽情的な唇をなぞり、しなやかで絞め殺せそうに細い首にきらきらしたネックレスをつけた上に、やわらかな蠱惑の肩に高価な白いファーを巻きつけ、垂涎ものの腰をふりふりしながら軽やかに部屋を出ていった。「手」にはもちろん垂らすような涎はないが、「手」なりに情欲の悶えに苦しみ、どちらの映画版でもまことに気持ち悪くうねうねするさまが映しだされる。

ヴァイオレットが部屋を出ていくと、「手」は彼女のライティングデスクを引っかきまわした。そこに、彼女のイニシャルが浮彫りにされたいかにもヴァイオレットらしいピンクの便箋を見つける。彼女が使っているシルバーの万年筆で、故人ウィリアムの筆跡を真似て書き置きをしたためる。言うまでもなく「手」は故人の筆跡を覚えているのだった。

〝いとしのヴァイオレット、いついつまでもあなたを愛す。死したのちも。とわにあなたの僕《しもべ》、ウィリアムより〟

「手」はこの書き置きをヴァイオレットの枕の上に置き、ドレッサーにあったブーケから抜いた赤いバラを一本添えた。ブーケの花はまだ新鮮だ。ザ・アルファロメオのアルフが毎日、一ダースの赤いバラを送ってよこすから。

「手」はちょこまかとヴァイオレットのクローゼットに入りこむと、靴箱に隠れて来るべき展開を待った。箱の中の靴は、まさに、ウィリアムを手ひどく振ったあの日に履いていた厚顔な赤のハイヒールで、「手」はその象徴性をしかと感じとった。「手」は爪の伸びた干からびた指で赤い靴を撫でさする。その手つきは、満足気でもあり、フェチっぽくもある。

（このシーンはある種の学術論文において大いに分析の対象となってきた。フランスが主だが、スペインでも。この映画――オリジナルのほうだ。リメイクはヨーロッパのシネフィルは洟もひっかけなかった――を「清教徒的アメリカン・ネオ・シュールレアリスム」の最近例として論じる流れがあったのだ。このシーンにはジャックも一家言あった。死んだ手には、ぜひホットな赤い靴を撫でつつイッってほしかった。行き着くところは同じだと認めるに吝かではないが）

「手」は靴箱の中で何時間も待った。待つのは苦ではなかった。ほかにしたいこともなかったから。映画では（リメイク版ではなくオリジナル版のほう）、「手」はしばしば焦れて指を打ち鳴らすのだが、これは原作にはないカットで、監督が――こいつはスタニスラス・ルッツと言い、ホラー界のモーツァルトを自認している変人で、後年、タグボートから身投げした――靴箱で無為に待つ「手」を眺めているのではサスペンスみに欠けると言うので導入されたのだ。

どちらの映画も、靴箱の中の「手」と、ナイトクラブで過ごすヴァイオレットとアルフのシーンがカットバックで進行する。クラブの二人は頬に頬を寄せ、腿に腿を寄せてダンスをし、アルフは宝石で飾りたてたヴァイオレットの首筋を独り占めするように撫で、「もうじきおまえはおれのものだ」などと囁く。原作の時点ではこのナイトクラブのシーンは書かれていなかったが、思いついていれば書いたはずだ。実際、脚本を――どちらも脚本はジャックが担当――書いている途中で思いついて入れたので、まあまあ同じことだ。

このダンスと撫でさすりと靴箱での待機シーンがひとしきり終わると、ヴァイオレットは部屋に帰り、シャンパーニュを何杯も一気飲みするシーンが彼女の喉元のクロースアップで映しだされた後、彼女は「手」が丹念に書いて枕の上に置いた愛のメッセージもバラも一顧だにせず、ベッドに身を投げだす。ベッドには枕が二個あり、書き置きとバラはもう一方の枕にあった。そんなわけで、彼女はメッセージを目にすることも、バラの棘に刺されることもなかった。

またもや顧みられなかった「手」の抱いた感情や、いかに？　悲しみか、怒りか、その両方か？　手の気持ちは量りようがない。

「手」はクローゼットからそっと忍びでると、無造作に投げだされたベッドカバーをつたって、レースのネグリジェ姿であられもなく寝入っているヴァイオレットに這い寄っていった。さあ、絞め殺しにかかるか？　気味の悪い指が首にかかったところでためらう——映画の観客からはここで悲鳴があがる——が、できない、まだ彼女を愛しているからだ。「手」は彼女の髪を撫ではじめた。やさしく、物欲しげに、未練がましく。そうするうちに抑えきれなくなり、頬を撫でてしまう。

ここでヴァイオレットが目を覚まし、薄暗いが月明かりの照らす部屋で、五本脚の巨大グモみたいなものを枕の上に発見。またもや悲鳴、こんどはヴァイオレットの口からだ。驚いた「手」は逃げだし、恐怖でわめき散らすヴァイオレットがなんとかベッドサイドのランプを点ける頃にはベッドの下で小さくなっており、姿は見えない。

ヴァイオレットは涙ながらにアルフに電話し、おびえた幼女のように支離滅裂なことをしゃべりたて、するとアルフは、きっと悪夢にうなされたんだろうと男らしく慰めるのだった。なだめられたヴァイオレットは電話を切ると、ランプのスイッチを切ろうとした。ところが、そこで何あろう、あのバラが、そして書き置きが、目に入る。紛うことなきウィリアムの、かつては愛おしんだあの筆跡。

見開かれる目。恐怖で息をのむヴァイオレット。こんなこと、あり得ない！　その場でもう一度アルフに電話するのも恐ろしく、彼女はバスルームに鍵をかけて閉じこもり、バスタブで膝を抱えて眠れない一夜を過ごす。長さの足りないタオルを体に掛けて（原作では、ここでウィリアムとの記憶がよみがえって苦しみ抜くのだが、どちらの映画版でもこれらの回想は挿入されず、苦悶して指を噛み、息を殺して嗚咽するエピソードに替えられた）。

朝になると、ヴァイオレットは警戒しながらバスルームから出ていく。明るい陽射しにあふれた部屋。あのピンクの書き置きは見当たらず、それとともに「手」も消えていた。バラはいつもの花瓶に活けなおされていた。

深く息をつくヴァイオレット。安堵のしるし。やはり、ただの悪夢だったんだ。それでも怖けて何度も後ろをびくびく振り返りながら、彼女と高価なタイトスカートに包まれたお尻はアルフとの昼食に出かける準備を整えた。

さて、彼女が出かけると「手」はまた忙しくなった。ヴァイオレットの日記をめくり、彼女の筆跡を真似る練習をする。ピンクの便箋をもう何枚もくすねると、どこかの男に宛てたアツアツの卑猥なラブレターをしたためた。いつもの逢引きの場所——街はずれにある、絨毯卸売りアウトレットの隣の、商売女がよく出入りする薄汚いモーテル——で、結婚前にいま一度密会しましょうと誘う内容だ。〝危険は承知だけれど、ダーリン、離れていられないの〟と、「手」は書いた。アルフと彼のお寒いセックスをけなす文言が書き連ねられた。とくに彼のあそこのサイズについて。手紙は、金持ちのアルフと結婚したらさっそく始末するから、その後にはお楽しみが待っていると締めくくられていた。マティーニに少量のアンチモンを混ぜるだけで充分だろうという言葉につづき、最後の段落には、この架空の恋人の電気ウナギがいま一度ヴァイオレットのしっとりと脈打つ海藻の巣へと滑りこんでくる時を、血気はやる思いで待ち焦がれている旨が記された。

（いまではこんな婉曲表現は使えないから、ずばり名称を書くしかないだろう。だが、あの当時は制限があって、技術的には印刷できても活字にできない言葉があった。ああいう古き禁則が解除されてしまったのは残念だとジャックは思う。あのような制約が創造的なメタファーの考案を促進していたのに。いまどきの若い作家は朝から晩までFワードとCワードの連発で、個人的にはつまらないと感じる。おれも頑固じじいになってきたか？　いや、客観的に見てもつまらない）

架空の恋人はローランドという名前にした。じつはヴァイオレットには以前ローランドという求愛者がいたが、彼は振られてしまった、という設定で。ヴァイオレットがやつよりハンサムなウィリアムのほうを選んだのは当然だろう。ローランドは退屈きわまる経済学者であるばかりか、了見のさもしい、魂のしなびた、心のねじけた野郎で、くすんだ緑色のノートを抱えたロッドみたいなやつだった。つまり、いけすかない、いやらしい、いきり野郎だ（dork, dink, dongとすべて男性の陰茎や尻の穴を表す語が使われている）……。

おっと、音の遊びがすぎたと思い、ジャックはその部分は削除した。それからカフェインの影響で夢想に入る。なぜ人を侮辱する語に男性器の呼称を使うのか？　自分のいけすかないいやらしいいきり野郎を憎んでいる男なんていないだろう。むしろ正反対だ。とはいえ、男ならそんなものをだれでも有しているという侮辱なのかもしれない。きっとそうだ。この仮説をブラッシュアップして、つぎのハウスパーティで知的論戦がうっとうしくなったら、これ見よがしに投げかけてみよう、とジャックは思った。

こうして物事は先延ばしにされる。作者であるジャックには寝る前にタイプすべきページがあったし、流すべき血があった。

「スープを持ってきたわよ」イレーナが言った。ジャックの根城へとそっと階段を登ってきたのだった。彼が書き物机として使っているブリッジテーブルに、プレートに載せたボウルをそっと置いた。スープの具はキノコで、クラッカーが添えられていた。

「助かるよ」ジャックは言った。栄養面においてはこうあるべきだろう。一瞬、エプロンを着けたイレーナの胸部をつかみ、衝動にまかせた、やむにやまれぬ生命の飛躍《エラン・ヴィタル》で圧倒して床に押し倒し、すると彼女は失神して身を任せる、という展開を思い描いた。いや、そんなことしてる場合じゃない。ローランドを虐殺し、アルフを滅ぼし、ヴァイオレットを恐怖で狂わせなくてはならない。やるべきことを最初にやれ。

それから数日間を費やしてジャックは原稿を読み返し、プロット上必要になったローランドの話は序盤のあたりに挿入することにした。鋏とセロテープを持ってきてほしいと頼むと、イレーナはてきぱきと応じてくれた。なんであれ小説の執筆の進捗を示すものがあれば、喜んで手助けする意欲を見せてきた。

「手」はローランドへの偽造書簡を、ヴァイオレットのあえかなる下着類の中にたくしこんだ。それから、ピンクの便箋をもう一枚使い、匿名でメッセージを書く。〝アルフ、馬鹿なやつめ。彼女に二股かけられているぞ、フリルの下着の中を覗いてみろ。ドレッサーの二番目の抽斗だ〟。書き終わると、「手」は蔦のからまる壁をちょこちょこと降りて街をゆき、アルフのゴージャスなペントハウスのある建物にたどりついた。「手」は小指と薬指の間に匿名の手紙を挟んで持ちながらエレベーターシャフトを登って最上階の部屋へ。告発の文書をドアの下に差し入れると、ヴァイオレットの家にうきうきと跳ねもどり、セロームの鉢植えの中に身を潜めた。

ヴァイオレットは昼食から帰ってくると――ここは巧みなタッチで書けたという自負がある――ぽっちゃりしたゴマすり屋のコミックリリーフである裁縫女の手を借りて、ウエディングドレスを試着しようとしたとき、真っ赤な顔をしたアルフが暴れこんできて、口汚く罵りながらヴァイオレットのドレッサーの抽斗を開け、下着を放りだしはじめる。あなた、頭でもおかしくなったの？否！　なぜなら、見よ、この情欲の手紙を。ヴァイオレットの直筆でヴァイオレットの便箋に書かれておる！

ヴァイオレットはそれは哀れな泣きようで――映画の観客たちはいまや彼女に同情している――自分はそんなものは決して決して書いていないし、ローランドなんて――少なくとも長い間会ったこともないと抗議する。さらに前夜のできごとを語り、恐るべき恋文《ビレイドゥー》が枕に置かれているのをこの目で見たと打ち明けた。

となれば、これが二人を陥れる忌まわしい罠であり、それを仕組んだのはあの嫉妬深い卑劣漢ローランドであることは明らかだった。ヴァイオレットをわがものにするために二人を別れさせようというのだ。アルフはこの件を徹底究明すると誓う。ローランドと対決して真実を白状させてやる。早くやったほうがいい。

ヴァイオレットは早まったことはしないでと取りすがるが、アルフの不信を買っただけだった。婚約者が激怒するのも当然なのに、どうしてヴァイオレットはローランドを庇おうとするのか？と。本当のことを言わないと、その美しい首をへし折ってやるぞ、とアルフはすごんだ。ともあれ、枕に置かれていたという恋文はどこだ？　嘘をついているのか？　涙を流すヴァイオレットの首をつかんで荒々しくキスをすると、彼女を乱暴にベッドに投げだした。もはや読者もヴァイオレットも、アルフは気が変になっているのでは、と怯えている。緋色の翼をもつ「凌辱の天使」が宙に浮かぶが、アルフは悪態をついて、最新のバラのブーケを花瓶ごと床に叩きつけることで、ひとまず気が済んだようす。花瓶は割れ、その割れ方がまたユング学派とフロイト学派の人びとにとって、のちのち大いに分析のネタとなったのだった。

アルフが怒りつつ出ていった直後、ヴァイオレットはドレッサーの上にまた書き置きを見つける。さっきまでなにもなかったのに。〝ほかの誰でもないわたしのヴァイオレット、死さえ二人を別つことはない。首に気をつけたまえ。とわにあなたの僕、ウィリアム〟

ヴァイオレットは浜に打ちあげられたハタみたいに口をパクパクする。悲鳴をあげることもできない。このメッセージを書いたのがだれであれ、いまこの時、この家の中にいるはず！　しかも裁縫女は逃げだしてしまったので、家には自分一人しかいないのだ。なんて、恐ろしい！

恐怖が盛りあがるにつれ、ジャックの書くスピードも上がった。インスタントコーヒーを盛んに飲み、袋入りピーナッツをむさぼり、毎晩ほんの二、三時間の仮眠で書きつづけた。イレーナは彼の猛烈な精力に魅入られ、この創作活動を応援しようとヌードルのオーヴン焼きを皿に盛って何度も運んできてくれた。それどころか、代わりに洗濯をし、部屋を片づけ、シーツの交換までしてくれた。

ジャックが彼女をベッドに押し倒すことに成功したのは、そんなシーツ交換の直後のことだった。いや、イレーナが彼をベッドに押し倒すことに成功したと言うべきか？　ジャックにはいまもってわからない。いずれにせよ、二人でジャックのベッドにもつれこんだんだから、経緯はどうでもいい。

ジャックはこういうことが起きるのを長らく待ち望んでいた。あれこれ妄想してきたし、戦略も練ってきた。なのに、その機会が訪れてみると、成就にむけて気が逸り、事後の態度がぞんざいになってしまった。愛の言葉をささやくのも怠り、終わったとたんにバタンと寝てしまった。いささか粋に欠けていたのは認めよう。とはいえ、理由はある。若かったし、疲れ切っていたし、頭がいっぱいだった。ほかのことにエネルギーを要していた。『死者の手はあなたを愛す』は大団円《ディヌーマン》に差し掛かりつつあった。

アルフは怒り狂ってローランドをめちゃくちゃにぶちのめさんとしていた。さて、仕事を終えて血にまみれた彼がよろよろとアルファロメオに乗りこむと、そこには「手」がカスタムレザーの座席に潜んでおり、後ろからアルフを絞め殺す準備をしていた。これでアルフは運転中にコントロールを失って、高架橋に激突、車は炎上して彼は灰になるという筋書きだ。「手」もひどい火傷を負うが大破した車から這いだして、ヴァイオレットの家によろよろとたどりつく。

このときすでに不幸な娘は警察から、アルフのローランド殺害と死亡事故について知らされているだろう。彼女の心は瓦礫と化す。医者に鎮静剤を処方され、抗いがたい眠りに落ちていくが、そこで火ぶくれと傷におおわれ、かりかりに焼け焦げた、不屈の「手」が哀れな姿で、されど容赦なく、枕のむこうから近づいてくる……。

「どんな話を書いてるの？」ジャックの枕、あるいはその一つに頭を載せたイレーナが訊いてきた。いまや彼のベッドには枕が二つある。二番目のそれはイレーナ自身が持ってきたものだった。ジャックの狭い屋根裏部屋への彼女の訪問は習慣化していた。イレーナはときどきココアを持ってきて、部屋に泊まっていくことがだんだん増えていった。とはいえ、彼女の臀部はスリムではなかったので、ジャックの旧式のダブルベッドでは窮屈だった。ここまでは、彼女も偉大なる才能に仕える侍女の役割をみずから演じて満足していた。自分はジャックと違って敏速で敏腕のタイピストだから、原稿を清書してあげると言われたが、ジャックはてきとうに受け流した。彼女が小説の中身を突っこんで訊いてきたのはこの時が初めてだったが、きっとジャックは「文学」を書いていると思っていたのだろう。干からびた手をめぐる悪趣味な三文ホラー小説を紡いでいるとは思ってもみなかったはずだ。

「われわれの現代における物質主義を、実存主義の視点から書いているんだ」と、ジャックは言った。「ステッペンウルフ（「ワイルドでいこう」などで知られるロックバンド。結成当時はトロントの珈琲ハウスで演奏していた）から閃きを得てね」（ステッペンウルフだって！　なにを言ってるんだか！　ジャックは振り返って思う。しかし許容の範囲だろう。当時のステッペンウルフはまだ大衆的人気を博す直前だった）この答えはまんざら嘘でもなく、ある種の事実ではあったが、薄く延ばされた事実だった。

イレーナは満足げだった。ジャックに軽くキスをすると、経済的な黒の下着を穿き、厚いプルオーバーとツイードのスカートを着て、あたふたと階段を降りていった。集団昼食のため残り物のミートボールを温めなくては。

やがて、ジャックは小説の最終章を書きあげ、十二時間、夢も見ずにぶっ通しで眠った。その後は原稿の売り込みに重点を切り替えた。これまでとこれからの家賃額を補塡する意欲を見せないと、みじめにもここを退居させられかねない。でも、もう勤勉さが足りないとは言わせない。全力を尽くして原稿をタイプしたし――これはイレーナが証人だ。全ページを打ちこんだ――この努力に対してルームメイトたちからご褒美がもらえてもいいんじゃないか。

ニューヨークにはホラーとテラーを専門にした出版社が数社あったので、ジャックは茶封筒を購入して、そのうちの三社に原稿を郵送してみた。すると期待したより早く――実のところ、なにも期待していなかったのだが――そっけない返事が来た。原稿を出版するという。前金のオファーも記されていた。控え目な額だったが、家賃の借りを清算するには充分なうえ、それを差し引いた額で学期の残りのぶんも支払える。

　さらに祝賀会を開く余裕もあった。これはイレーナの手伝いを得てジャックが主催した。だれもかれもが「おめでとう」と言い、その傑作はいつどこの出版社から刊行されるのかと尋ねた。ジャックはこれらの質問はうまくかわし、ハッパを喫ってはオールド・セイラー・ポートとウォッカパンチをがぶ飲みして、イレーナが彼の才能へのオマージュとして焼いたというふわついたチーズボールをぜんぶ吐いてしまった。ジャック本人は自分の本が出版されるなんて期待していなかった。いろいろと秘密がバレると困るし、ルームメイトたちだってジャックが浅はかにも物語に盛りこんだ彼らの像にぜったい気づくだろう。びっくりハウスの鏡みたいに歪んではいるが。じつのところ、ジャックはこの時点で自分の本が日の目を見るとは思っていなかった。

　パーティの二日酔いから回復した後、家賃の借りを清算し、すれすれで学位を取ったら、あとの人生をどう渡っていこうが自由だった。卒業後は広告の仕事に就くことになった。形容詞と副詞を使いこなす才があるから、コツをつかんだらその能力が生きるだろうなどと言われて。四人のルームメイトはシェアしていた家を手放し、それぞれの住処を見つけることになったが、ジャックはイレーナとはまだ会っていた。イレーナは法科大学院への進学が決まっていた。彼女とのセックスはジャックにとって相変わらず一つの啓示だった。初めての交わりは歓喜だけでなく恍惚をもたらし、それは――イレーナは古風な正常位一辺倒だったにもかかわらず――いくど交接を繰り返しても変わらなかった。彼女は言葉少なな女で、ジャックはそこを買っていたが――自分がしゃべりたいほうなので――彼の営みについて一言二言あってもよかった。なにしろ、自身の出来栄えを比較する対象はないいんだから。もっと呻いてくれてもよかったんじゃないか？　感情の読めない蒼い瞳で見つめられてジャックは満足するしかなかった。それは、崇拝のまなざしだったか？　そうあってほしいと願っていたのは確かだ。

そつのない態度からして、イレーナのほうには比較の対象がいるのは明らかだったが、そんなことは口にしない気遣いがあり、そこも買いだった。ジャックもイレーナが初めての恋人というわけではなかったが――最初の恋人はリンダといって、ブルネットの髪をお下げにした大学二年生だった――イレーナが初体験だった。好むと好まざるとにかかわらず、彼女が一つの里程標だった。だから、ほかのだれが現れても、イレーナは彼女だけに捧げられた心の岩屋に祀られているのだった。聖なるオルガズムの聖人イレーナ。張りぼての聖人だとのちに判明するわけだが、いまもあの実用一本槍の黒パンツを脱ぐさまや、まばゆいばかりの白い太もも、伏し目がちにして抜け目ない眼差し、口を半開きにした謎めいた微笑みが彼の眼裏《まなうら》に浮かぶ。そのイメージはのちに年二回きっちり彼の小切手を現金化する、血も涙もない、業突く婆のそれとは大違いだ。この二つの像はどう考えても一つにならない。

その後の何か月かで、イレーナは調理用のボウルセットやキッチンの生ごみバケツなどをジャックに買ってくれた。必要だろうからと言って。その意を翻訳すれば、自分がジャックのうちで料理するときに必要だ、ということ。バスルームの掃除も一度ならずしてくれた。彼の住まいに徐々に入りこんでくるだけでなく、差し出口をするようにもなっていた。広告の仕事は気に入らないそうで、あなたは二作目の小説にとりかかるべきだと思う、と。ところで、第一作を早く読みたいんだけれど、もうじき出版されるのよね？　と訊かれもした。そうする間も、『死者の手はあなたを愛す』はまだ影も形もなく、できれば編集者が原稿をタクシーの中にでも置いてきてくれたらとジャックは思っていた。

ところが、そんな運の好いことは起きなかった。『死者の手はあなたを愛す』は、そのタイトルにある千切れた手のごとく這いのぼって地上に姿を現し、全国のドラッグストアの棚でデビューを果たしたのだ。そのころにはジャックもビーズクッション一つと、なかなかのオーディオセットを有しており、スーツ三着とそれに合うネクタイも持っていた。本の出版に筆名《ノン・デ・プルーム》ではなく本名を使ったことは悔やまれた。こんなものを書いて、新しい雇用主から頭のおかしな変態だと思われないだろうか？　ジャックにできることは、じっと身を屈めて、だれにも気づかれないことを願うぐらいだった。

これまた、そんな都合の良いことは起きなかった。ジャックの傑作がついに刊行されたこと、それを知らされていなかったことにイレーナが気づき、冷ややかな叱責があった。彼女が本の中身を読み、それがどんな類の傑作であるか知ると、さらに手厳しい言葉が投げつけられた。こんなものは才能の浪費であり、身売りであり、世間への媚びへつらいであり、自分をひどく貶めるものであると。しかも、作中人物たちが彼女を含めた三人の元ルームメイトをモデルにしているのを隠そうともしていないと。

「つまり、わたしたちのこと、本心ではこう思ってるってことね！」イレーナは言った。

「けど、ヴァイオレットは美人だろ！」ジャックは抗議した。「主人公に愛されてるし！」いくら言っても蟠《わだかま》りは氷解しなかった。干からびた手からの愛なんて、いくら献身的でもぞっとしない、とイレーナ。

とうとう決定打に見舞われたのは、ジャックの外出時にイレーナが郵便を嗅ぎまわり——つくづく彼女にこのアパートの鍵など渡すんじゃなかった——ジャックが小切手で払われた印税をぜんぶ自分の口座に貯金して、共同権利者に分配していないことが明るみに出たときだった。あの契約書が守られていないじゃないの！　ジャックは作家としてもクソだし、恋人としてもクソだし、人間としても腐ったいかさま師だと彼女は言った。ただちにジェフリーとロッドにも連絡してやる、二人がこの件についてなんて言うか想像がつくと。

「いや」とジャックは言った。「契約書とやらを忘れていたんだよ。だって、本物の契約書じゃないだろ。ただのジョークで、たんなる……」

「いいえ、真正の契約書よ」イレーナは冷たく言い放った。その頃には、真正の契約書について多くを学んでいた彼女だった。「意図性を証拠立てる書類」

「わかったよ、分配しようと思ってたんだよ。手がまわらなかっただけだ」

「あんな本はクズだし、自分でもわかっているでしょう」

「いつからきみはおれの心が読めるようになったんだ？　おれのことならなんでもわかると思っているんだろう。たかがファックしたぐらいで……」

「わたしならそんな言葉は使わない」イレーナは言った。ほかのことはともかく言葉に関してはお堅いのだった。

「じゃ、なんて言えばいい？　おれと同様、きみも楽しんでたじゃないか。わかったよ、言い直すよ。たかがわたしの人参をあなたの繁くおとなわれし部位に突っこんだぐらいで……」

ドス、ドス、ドス。床を踏み鳴らして出ていく音。バタン。彼があのとき感じていたのは喜びか悲しみか？

その後、三人の怒れる共同権利者の共同弁護士から一通の手紙が届いた。要求。脅し。ジャック側の完全敗北だと。逃げも隠れもできないと。イレーナが主張したとおり、契約書には「意図性」があった。

ジャックは自分では認めたくないが、イレーナが出ていって泡を食っていた。実際に関係修復の試みもおこなった。おれがなにをしたというんだ？　と、詰め寄って。おれを見くびらないでくれよ。

取りつく島はなかった。もうあなたのことは見限ったし、納得がいった、あなたには欠けているものがあるのよ、いいえ、もうこのことは議論したくないし、ほかに男なんかいないし、いても二度目のチャンスはあげない主義だし。いまのジャックにできることは――すでにしていなきゃいけないことだけど――一つしかないけど、それがわからないという点からして、わたしに振られた理由が明確になるのだと。

きみにとってなにが不足なんだ？　と、ジャックは弱々しいながら食いさがった。どうして言えないんだ？　イレーナは答えようとしなかった。途方に暮れた。

ジャックはこの悲しみを記憶の底に沈めた。とはいえ、過去に沈めたもろもろと同様、こういうことは思いもよらないときに水面に浮上してくるものなのだ。


良い面について言えば、『死者の手はあなたを愛す』はこのジャンルなりのヒット作となった。まあ、高尚な文学通からは無視されていたジャンルだが。担当編集者いわく、「もちろん駄作なんだが、良質の駄作なんだわ」とのこと。さらに良くしたことに、この先映画化の話も来ているし、脚本はジャック以上の適任はいないだろう？　ってことで、『死者の手はあなたを愛す』の続篇かなにか、また良質の駄作を書いてくれんか？　ジャックは広告会社を辞め、文筆に専念することにした。文筆というか、レミントンを叩く生活に。レミントンはじきにIBM社の電動式セレクトリックに代替わりし、これには書体を換えられるバウンシングボールというのが付属していた。ずいぶんと進化したもんだ！

爾来、物書きとしての人生には浮き沈みがあった。正直なところ、第一作の成功を凌ぐことはできずにいる。いまもあの本がジャックの代表作であり、収入のほとんどは同書にもたらされている。といっても、若き日の契約のおかげで、あるべき収入の四分の一になっているが。それが頭にくるのだ。年をとるにつれて、粗製乱造もできなくなってくると、ますます業腹だ。『死者の手』はわれながら偉業だった。あんなものは二度と書けそうにない。わるいことに、いまのジャック・デイスは、もっと変態で、もっと暴力的な年下の作家たちに見下されダメ出しされる年齢になっていた。『死者の手』は、うん、確かに画期的な作品だったけど、こんにちの基準からすると物足りないね。たとえば、ヴァイオレットが腹をかっ捌かれたりしない。拷問シーンも出てこないし、だれの肝臓もフライパンで焼かれないし、だれも輪姦されない。なにがおもしろいわけ？　と。

彼らは原作小説より映画のほうに、スパイクヘアとノーズピアス族としてのリスペクトを向ける傾向があった。ただし、オリジナル版であってリメイク版ではない。リメイク版のほうが完成度は高いよね、うん、なんというか、そういうことを求めるなら。技術面でも上だし、なんだか知らないけど特殊効果も上だ。でも、新鮮味がない。剝きだしの、プリミティヴなエナジーがないんだ。刈りこみすぎというか、自意識過剰というか、つまり欠けているのは……。

〝さて、ここで今夜の特別ゲストをご紹介しましょう。ホラー界の大御所、ジャック・デイス。さっそくですが、あの映画版はどう思われます、デイスさん？　二番目のやつです、ぱっとしない失敗作のほう。えっ、あれもあなたの台本なんですか？　へえ、知らなかったな。今日のパネルの参加者はどう？　まだみんな生まれてないよね？　ハハハ、うん、マーシャ、きみは男性じゃないけど、名誉男性ってことで。このお客さんたちよりよっぽど男らしいよ。でしょ？〟ここでアホみたいなくすくす笑い。

ジャックも若い頃は、あの青二才みたいに厚顔だったんだろうか？　そう。そのとおり。

先週、テレビのミニシリーズの申し出を受けた。ビデオゲームとの抱き合わせ企画だ。弁護士によれば、テレビもゲームもむかつくことに四人の共同契約の対象だそうだ。その総合シンポジウムがテキサス州オースティンにて――超クールなオタクのふるさとだ――開かれる予定だそうだ。ジャック・デイスと彼の作品、全作品、とくに『死者の手はあなたを愛す』に捧げるイベント。この新たな動きとそれに伴うSNSでの販促によって、きっと本の売り上げは伸び、映画の放映料なども入り、いろんな増えたものを――チクショウ！――四つに分配せねばならんのだ！　死ぬ前に話題になるのもこれが最後だろう。最後の大喝采だ。なのに、それを享受できないとは。四分の一しか。収益の四分割はきわめて不公正であり、これだけ長年つづければもう充分だ。なにかを譲り、だれかが去るべきだ。何人かが。

では、自然に見えるようにするのはどうすればいいか？

三人の居場所はずっと把握していた。知らないわけにはいかなかった。三人の弁護士たちが必ず知らせてきたから。

ロッドはイレーナと短期間、結婚していたが、その関係はとうに終わっていた。国際証券会社での地位からすでに退き、いまはフロリダ州のサラソタに暮らしている。そこで地域のバレエ団、劇団の金融アドバイザーをボランティアでやったりもした。

ジェフリーは――彼も短期間イレーナと結婚していたが、ロッドよりあとだ――シカゴにおり、例の哲学議論の才を市政に活用してきた。十四年前、収賄の容疑で有罪になりかけたが、被弾をうまくよけ、その後も名高い影の権力者として、政治家のメディア操作や候補者のコンサルを請け負った。

イレーナはいまもカナダのトロントに暮らし、価値ある非営利プロジェクト――腎臓移植とか――の資金集めに献身する会社の長を務めている。亡くなった夫はカリ肥料で財をなし、富裕層相手のディナーパーティをしょっちゅう開いていた。毎年ジャックに送られてくるクリスマスカードには、彼女の俗なお仲間たちの活動を知らせる同文通信が同封されている。

ジャックはこの三人と表向き、不仲なわけではない。こういう契約状況を受け入れているという噂がずいぶん前に広まってしまったから。とはいえ、三人には何年も会ったことがない。いや、何十年もだ。なにが悲しくて会おうとする？　過去のゲップを味わうのはごめんだ。

もうこのへんにしてくれ。


手始めは、いちばん遠くに住んでいるロッドに決めた。メールを送るより留守番電話を残すことにする。いま検討中の映画の関係でサラソタを通るので――ロケ地を探しているんだけどね――昼飯でも食って積もる話をしないか？　あっさり断られるかと思いきや、意外にもロッドは承諾の返事をよこす。

二人が会うのはレストランでもロッドの家でもない。現在、ロッドが入所している仏教徒向け緩和ケアセンター内の気の滅入るようなカフェテリアだ。サフラン色のローブを纏った白人たちがあちこちにいて、穏やかな笑みを浮かべている。鐘の音が響き、遠くで詠唱の声がする。

かつては恰幅のよかったロッドが縮んでいた。肌は黄ばんだ灰色で、脱ぎ捨てた手袋みたいだ。

「すい臓がんでね」と、彼はジャックに打ち明けた。「死刑宣告みたいなものだ」ジャックはそういうことは自分は疎くて、と言う。嘘ではない。それから――よくこんな陳腐な言葉が出てきたものだが――然るべき精神ケアが受けられているといいが、とも言う。ロッドいわく、自分は仏教徒ではないが、彼らは死に方がなかなか良い。身寄りもない自分はここにいても余所にいても同じことだ。

ジャックはお悔みを述べる。ロッドは、下を見たらきりがないし、文句は言えない、と。良い思いもさせてもらったよ。それはジャックのおかげでもある、と付け足す雅量もあった。金融キャリアを始めるのに必要なお金を『死者の手』に援助してもらった。

二人は仏寺式のベジタリアン料理の皿を眺めていた。もう話すことも大してない。

ジャックはロッドを殺さずに済みそうでほっとしていた。そんな大それたこと、本当にやるつもりだったのか？　いざとなったら実行できただろうか？　たぶん無理だったろう。ロッドのことはそんなに嫌いじゃなかったし。いや、それは嘘だ。ロッドは嫌いだったが、殺せるほど嫌いではなかった。当時も、いまも。

「ローランドはおまえがモデルじゃない」ジャックは言う。病を得た小悪人にこれぐらいの嘘はついてやるべきだろう。

「わかってるって」ロッドは言い、目を潤ませて微笑む。オレンジのローブを着た中年女性が二人に緑茶を出してくれる。「楽しかったよね？　あのボロ家での生活。いまより無邪気な時代だった」

「そうだな」ジャックは言う。「楽しかった」時を経て振り返れば、楽しいと言えなくもない。〝楽しい〟というのは、それがいかにして終わるか知らないでいることなのだ。「きみに話しておくことがある」ロッドはついに要件を切りだす。「きみの本とあの契約書のことだ」

「あのことは気にするな」ジャックは言う。

「いや、聴いてくれ。じつは裏取引があるんだ」ロッドはそう言ってくる。

「裏取引だって？　どういう意味だ？」ジャックは訊く。

「三人で取り決めたんだ」ロッドは言う。「一人が死んだら、そいつのぶんを残りの二人で分割すると。イレーナの提案だった」

あいつならやりそうなことだ、とジャックは思う。そういう策略は逃さない。「なるほど」ジャックは言う。

「フェアじゃないのはわかってる」ロッドは言う。「死者のぶんはきみが受けとるべきだ。でも、イレーナは腹の虫が収まらなくてね。あの小説のヴァイオレットの描き方だよ。自分への当てこすりだと思っていたんだ。きみにあんなに、その、やさしくしてあげたのに、と」

「当てこすりなんかじゃない」ジャックはまた半ば嘘をつく。「なら、きみたち全員が死んだらどうなるんだ？」

「そのときは分配ぶんがきみに還元される」ロッドは言う。「イレーナは三人の全額を腎臓の慈善団体に寄付したいと言ったが、その一線はぼくが死守した」

「恩に着るよ」と、ジャックは言う。つまり、最後まで生き残った者が勝つわけだ、少なくとも、これで現状は概観できた。「打ち明けてくれたことにも感謝する」ジャックは血の気の失せたロッドの手をとって握手する。

「たかが金だよ、ジャック」ロッドは言う。「ぼくのぶんは持っていってくれ。終点間際の人間に金なんか役に立たん。手放すよ」

ジェフリーはジャックから連絡を受けると喜んだ。少なくとも、本人の弁によれば。けっこうな時代だったよな、われらが青春の日々は！　パーティ三昧！　その日々の一部がジャックから金を巻きあげることに費やされたのは忘れているようだが、いまのジェフリーは大量の人びとから金を巻きあげることに全人生をかけているのだから、そんな大昔のささいな詐欺まがいの行為など、混線した記憶のどこかに埋没しているに違いない。ジャック本の儲けでふっくらと私腹を肥やしてきたはずなのに。

ジェフリーの提案で、会合場所はゴルフコース。ワンラウンドやってビールを一、二杯引っかける、これ以上の妙案はないだろう？　と。ジャックはゴルフが大嫌いだが、負けるのは上手い。負ける練習はしこたま積んできた。映画プロデューサー相手に敗けてやると、歯車の回転が良くなるのだ。

ジェフリーは狡猾だ。ゴルフコースというのは完璧な隠れみのになる。内緒の話はできるが、つねに人目があるから、ジャックはこの喧しい詐欺爺さんの脳天を人知れずかち割ることはできない。

そう、ジェフリーは爺さんになっていた。ほんまもんのじじいに。残っている髪の毛は白く、背中は丸まっており、お腹はたるんでいる。ジャック自身は引き締まった若鶏とまではいかなくても、彼よりはましな体型をたもっていた。

ジェフリーは四人が屈託のない日々を過ごしたあのみすぼらしいレンガ家について、ごたごた喋りつづけていた。ジャック、あの家に歴史を物語るプレートが付いてるのを知ってるか？　ジャックと『死者の手』を記念してだとさ、よりにもよって！　読者というのは、あの下手くそなクリシェだらけのおまえの本を、なにやら芸術的偉業と勘違いするんだからびっくりするじゃないか！まあ、フランス人ならやりかねんな。やつらはジェリー・ルイスを天才だと思っているが、よそでの評価はどうだ？　そもそもジェフリーは『死者の手』は腹の皮がよじれる爆笑ホラーだと思っており、ジャックもそういう目論見で書いたとしか思えないと。でも、それがあんな金脈に変貌したんだから、たいしたもんだな？　関係者みんなにとって。と、ここでクククッと笑ってウィンク。

「イレーナにしてみたら、あの本は一つも面白くないらしい」ジャックは言う。「かんかんになってたよ。すっかり騙されたって。『戦争と平和』みたいな傑作を書いてほしかったのに、実際はあんな……」

「どんな本なのかは、彼女知ってたぞ」ジェフリーは〝ここは一本いただきだ〟と言いたげな哲学科生らしい顔でにやりとした。「きみが執筆している間も」

「なんだと？」と、ジャック。「どういう意味だ？　おれはひと言も話して……」

「イレーナほど鼻のきく女はこの世にいない」ジェフリーは言う。「そりゃ知ってるさ、結婚してたんだからな。あいつには第六感があるんだよ。おれはほんの七回か八回か、多くても十回ぐらい浮気しただけだが、毎回一発で詰められた。ゴルフの相手としても最悪だぜ。一インチもごまかせない」

「けど、知られているはずがない」ジャックは言う。「原稿は隠してあったんだから」

「あいつが隙あらば原稿を覗いていないと思うか？」ジェフリーは言う。「おまえが便所に行くだろ、そのたびにぱらぱらぱらページをめくる。夢中で読んだ。さあ、ヴァイオレットは殺されるのかどうか。で、あの場面を読んで、これはポップカルチャーのヒット作になると確信したそうだ」

「でも、おれは説教食らったぞ」ジャックは言う。「一体どういうことだ」なんだかくらくらする。日射しのせいかもしれない。炎天下に出歩き慣れていないから。「彼女はあの本のせいで出ていったんだ。あなたの真の才能を売り渡すのかとかごちゃごちゃ宣って」

「別れた理由はそれじゃない」ジェフリーが言う。「あいつ、おまえに惚れてたよ。知らなかったのか？　プロポーズしてほしかったんだよ、結婚したがってた。だいぶ保守的な女だからな、イレーナは。なのに、おまえは応えようとしない。ひどく撥ねつけられた気がしたんだろう」

ジャックは驚く。「だって、むこうはまだ法科大学院生だったぞ！」ジャックが言うと、ジェフリーは笑いだす。

「そんなのは言い訳にならん」

「結婚したいなら、そう言えばよかったじゃないか？」ジャックはむっとしている。

「そうしたら、おまえは断っていただろう？」ジェフリーは言う。「あいつの性格はよく知ってるはずだ。そんな不利な立場に自分を置くような人間じゃない」

「でも、イエスと言ったかもしれない」ジャックは言う。彼女の気持ちを察し、思い切って求婚していたら、自分の人生はまるで違うものになっていただろう。良いほうにか、悪いほうにか？　それはわからない。それでも、違う人生になっていた。たとえば、いまみたいに寂しい思いはしていなかったかもしれない。

ジャックはああいう女のだれとも結婚しなかった。ファンの女の子とも、映画の仕事を通じて知りあった女優とも。どいつもこいつも、ジャック・デイスのことよりその本または金またはその両方を愛しているんだろうと疑って。でも、いま思えば、イレーナは『死者の手』が書棚に並ぶ前に、本が成功する前に寄ってきてくれた女だ。なんにしろ、そういう下心だけは勘ぐることができない。

「おれが思うに、いまでもおまえに恋々としてる」ジェフリーは言う。

「長年、絞りとられているけどな」ジャックは言う。「例の印税。そんなにあの本が嫌いなら、その上がりは拒否すべきだったろう」

「おまえを繋ぎとめておくためのあいつなりの手段さ」ジェフリーが言う。「そう思ったことはないのか？」彼との離婚調停書は妙な内容だったという。『死者の手はあなたを愛す』の印税のジェフリーの取り分について触れられていた。印税を受けとり次第、彼女に支払うこと。「おまえをインスパイアしたのは自分だと思ってるんだ。だから、その権利があるって」

「確かに彼女にはインスパイアされたかもしれない」ジャックは言う。ジェフリーを亡きものにするためにどんな手段を使うか、あれこれ考えてきた。トイレでアイスピックで刺すか、ビールに死の灰（放射性の灰燼）でも入れてやるか？ 巧妙な計画が必要だったろう。ジェフリーは影の権力者時代に強力な敵をけっこうつくったはずだから、きっと危機察知能力が高い。ところが、こんな計略はなにも実行する必要がないようだ。ジェフリーはいまや『死者の手』の権利者から抜けているんだから。もはや、そこからいかなる利益も得ていないのだ。

イレーナには短い手紙を送った。メールではなく書簡。切手を貼って宛先を書いて。ロマンスの香りを醸しつつ、あわよくば油断させて寂れた場所におびきだし、崖から突き落として——比喩表現だが——やりたいものだ。晩飯でもいっしょにどう？ と、誘いの言葉を書いた。共同権利の本について、先々のことで知らせたいニュースがあるんだ、と。会う店はそちらで選んでくれ、経費は気にせずに。いろいろあったが、今回はどうしても会って話したいんだ。自分にとってあなたは昔からとても、とても、特別な人だし、いまもそうだから。

しばらくの沈黙があった。ようやく返事が来る。〝確かにそういう頃合いかもしれません。わたしたちが共にあるいはそれぞれに辿ってきた長く複雑な旅を振り返るのも楽しいでしょう。わたしたちは異なりもすれば相通じもする道を歩んできました。あなたもお気づきのはずですが、二人の間にはたがいに引きあう見えない波動が通っているのでしょう。心をこめて。あなたの古い古い友人、イレーナより。追伸：この再会は二人のホロスコープで予言されていました〟

これをどう読むべきか？ 愛か、憎しみか、無関心か、カモフラージュか？ それとも、イレーナはおかしくなりかけているのか？

二人は高層階にある高級レストラン〈カヌー〉で会う。ツナとヌードルのごった焼きから遠くへ来たものだ。この店はイレーナの提案だった。二人が通されたのは、ライトのまばゆい都会の夜景を見晴らす最上席の一つで、ジャックはめまいがしてくる。

窓からは目をそらし、イレーナに目を釘付けにする。少し皺が目につくし、ずいぶん痩せたようだが、全体に昔の見た目をたもっていた。頬骨が出ている。そのせいか、気品があってお高い感じがする。はっとするような蒼い目は相変わらず解読不能だ。ルームメイトだったあの頃よりはるかに身なりが良くなっている。それを言ったら、ジャックのほうもだが。

白ワインが来る。カベルネソーヴィニヨン。二人はグラスを掲げる。「再会を祝して」イレーナの微笑みはどこか及び腰だ。緊張しているのか？　当時のイレーナは緊張したことなどなかった。それとも、こちらが気づかなかっただけか？

「こうして会えてうれしいよ」ジャックは言う。言ってみて自分で驚いたが、本心だ。

「ここはフォアグラがとくに美味しいの」イレーナは言う。「きっとあなたも気に入ると思う。だから、この店を選んだのよ。昔からあなたの好みはよくわかってた」と言って、唇を舐める。

「きみは閃きの泉だった」ジャックはついそんなことを言ってしまう。ジャック、この恥知らずのイモ野郎め、と自分を叱責する。イレーナを喜ばせたいみたいじゃないか。どうしてこんなことになった？　ずばっと斬りこみ、バルコニーから放り投げ、階段を転がしてやらねばならないのに。

「そうでしょうね」イレーナはもの憂げに微笑む。「ヴァイオレットはわたしなんでしょう？　まあ、彼女のほうがずっと美人だし、わたしはあんなに自分勝手じゃないけど」

「おれからすれば、きみのほうがきれいだった」ジャックが言う。

そこに流れているのは、涙の滴なのか？　彼女にも感情があるのか？　ジャックは怖くなってくる。いつもイレーナに頼っていたのは、彼女をコントロール下に置くためだったと、いまごろ気づいたから。すすり泣きしているイレーナなんて殺せやしない。殺されるには、酷薄な女でなくては。

「わたしああいう靴、買ったのよ。赤い靴」と、イレーナは言う。「あの本に出てきたような」

「それは……」と、ジャックは言いよどむ。「それはまた、ド派手だね」

「履かないでしまってある。靴箱に」

「そうか」ジャックは言う。妙な展開にもほどがある。ファンのゴス娘たちに劣らない変人ぶり。まるで、ジャック信者のようだ。彼女を殺すことなんて忘れたほうがいいんじゃないか。とっとと逃げだせ。胃痛がするとか言って。

「いろいろなものを啓《ひら》いて見せてくれたの、あの本は」イレーナは言う。「自信も与えてくれた」

「死者の手につきまとわれることが？」ジャックは言う。わけがわからなくなってきた。イレーナを暗い路地裏に誘いこみ、レンガで頭を殴打しようなどと、自分は本気で考えていたんだろうか？あれはただの白昼夢だったんだろう、きっと。

「これまでずっとわたしのこと憎んでいたでしょう。お金のことで」イレーナが言う。

「いや、そんなことはない」ジャックはまた事実に反することを言う。実際は憎んできた。でも、いまは憎んでいない。

「お金の問題じゃなかった」彼女は言う。「あなたを傷つけるつもりもなかった。ただ、繋がっていたかったの。わたしのこと、忘れずにいてほしかった。あなたが輝かしい人生に踏みだしても」

「たいして輝かしくもなかったがね」ジャックは言う。「きみのことは忘れようにも忘れられなかった。これからも決して」これはゴミみたいな社交辞令か、それとも本気で言っているのか？　ゴミみたいな業界に長くいすぎたせいで、区別がつかなくなってしまった。

「あなたがヴァイオレットを殺さなくて良かった」イレーナは言う。「あなたというか、手が。あそこはすごく感動的だった。あの終わり方。美しくて、泣いたわ」

ジャックは初め、「手」にヴァイオレットを絞殺させるつもりだった。それが正解に思えた。しっくりきた。「手」は彼女の鼻をふさぎ、口をふさぐ。そして首に巻きつき、萎びた死者の指でそれを絞める。彼女は恍惚状態の聖人みたいに目をひんむく。

しかし最後の最後で、ヴァイオレットが恐怖と嫌悪を果敢に乗り越えて、形勢を逆転させる。みずからの手を伸ばし、愛をこめて「手」に触れ、やさしく撫でるのだ。「手」がじつはウィリアム、あるいはウィリアムの一部であることはわかっていたから。すると、「手」は銀白の煙霧をあげて蒸発してしまう。この部分は『吸血鬼ノスフェラトゥ』（一九二二年のドイツ映画）のラストから拝借した。純粋な女の愛は闇の存在に打ち勝つ不可思議な力をもっているのだった。こんなオチで済まされるのは、一九六四年が最後だったろう。いまこんなことをやってみろ、笑われるだけだ。

「いつも思っていたんだけど、あのエンディングはあなたから送られたメッセージだって」イレーナは言う。「わたしへの」

「メッセージだって?」ジャックは言う。なにを突拍子もないことを。いや、案外、そのとおりなのか? ユング学派とフロイト学派の連中なら、きっと彼女に同意するだろう。ただ、メッセージだとしても、どういう意味だって言うんだ、知るか。

「あなたは恐れていたのよね」イレーナは彼の心の声に答えるかのように言う。「わたしがあなたに触れたら、わたしが手を伸ばしてあなたのハートに触れたら——あなたが奥底に隠しつづけている本当は繊細で高潔な人柄に触れたら、自分は消えてしまうだろうって。だから、あなたはできなかった。しなかった……だから、仲は壊れてしまった。でも、いまのあなたにはできる」

「どうかな、そのうちわかる」ジャックは言って、にやりとする。少年のようにいたずらっぽく笑ったつもりだ。自分は繊細で高潔な人柄なんて奥に隠し持っているんだろうか? もし持っているなら、そんなものを信じてくれたのはイレーナだけだ。

「そうね、そのうち」イレーナは言う。また微笑んで、片手をジャックの手に重ねる。彼女の指の骨を感じる。ジャックは重ねた二人の手の上にもう片方の手を置いて、ぎゅっと握る。

「あした、バラのブーケを送るよ」彼は言う。「赤いバラを」そう言ってイレーナの目を見つめる。

「プロポーズだと思ってくれ」

おっと。飛びこんでしまったが、一体なにに飛びこんだんだ? ジャックよ、捷《はし》こくあれ、と自分に言い聞かせる。罠をよけろ。イレーナはいかれているばかりか、たぶんおまえの手には負えない。過ちを犯すな。とはいえ、過ちを気に病む時間も、おれの人生にあとどれぐらい残されているだろうな?

岩のマットレス

当初、ヴァーナはだれも殺すつもりなどなかった。頭にあったのは、純粋な、シンプルな休暇だ。息抜きがてら気持ちの清算をし、ひと皮剝けるつもりで。北極圏が気分に合っていた。氷と岩壁と海と空の織りなすひんやりとして茫洋たる風景には、本質的に心を落ち着かせるものがある。見渡すかぎり、街もハイウェイも森もなく、南へと広がる光景に散らばる目障りなものが一切ない。「散らばる」もののなかには、もう一方の人びとも入っているし、「もう一方の人びと」というのは男を意味する。もう男は当分、懲りごりだった。男性に起因しがちな火遊び、その他の成り行きには手を出すべからず、と心に留めていた。お金はもうこれ以上要らないし、あんたはべつに浪費家でも欲張りでもないのよ、と自分に言い聞かせる。これまでの望みと言えば、世間から自分をやさしくふんわりと隔絶してくれるお金に幾重にも守られたいだけだった。そうすれば、だれかに寄ってこられて傷つけられることもない。確かに、この慎ましい夢はついに叶えられたと言えるだろう。

ところが、習い性はおいそれとは消えない。まもなくヴァーナはフリースを着こんだ同行の旅客たちに品定めの眼差しを向ける。初日の夜を過ごす空港ホテルのロビーでキャスター付きのバッグを転がしてまごまごしている人たち。女たちには目もくれず、固まっている男性メンバーをマークしていく。女性が横にくっついている男もいるが、そういうのは道徳的見地から除外。必要以上にがんばることはない。配偶者を引っ剝がすのはそうとう骨が折れる。と、これは一番目の夫のケースで学んでいた。捨てられた妻たちは栗のイガみたいにひっついてくる。

ヴァーナの興味をひくのはお独りさまたち、端っこのほうに潜んでいる男たちだ。目的からして高齢すぎるケースもあり、こういう年寄りとは目を合わさないようにする。それより、老犬もまだ人生を謳歌すべきという信念を大事にしている人びと。これがヴァーナの狙う獲物だ。それでどうこうするわけじゃないし、と彼女はまた自分に言い聞かせる。ちょっとしたウォームアップをやってわるいことはないだろう。その気になれば、いまでも男をノックアウトできるというただの腕試しなら。

その夜の初顔合わせに、ヴァーナはクリーム色のセーターを選び、左のバストのやや低すぎる位置に〈魅惑の北極圏クルーズ〉の名札を付ける。アクアサイズと腹圧トレーニングのおかげで、この年齢にしては上等な体型をたもっている。いや、少なくともワイヤで入念に寄せ上げしてすっかり服を着こめば、年齢関係なくりっぱなものだ。ビキニでデッキチェアに寝ころぶなんていう挑戦はしたくない——いくら努力しても、肌に皺が寄ってしまうし——それが、カリブ海クルーズより北極圏ツアーを選んだ理由の一つ。顔に関しては、ごらんのとおり。人生の現段階において、お金で買える最高のものに違いない。小麦色の肌に仕上げるブロンザーを少々使い、淡い色のアイシャドウとマスカラ、ラメ入りパウダーで仕上げて、暗めの照明。これで十歳はごまかせる。

「失ったもの多かれど、残ったものも多し」（テニスンの詩「ユリシーズ」より）と、鏡に自分の姿を映してつぶやく。三番目の夫は連続《シリアル》引用マニアで、とくにテニスンを引く癖があった。「庭園に来たれよ、モード」（「モード」第一部より）と、ベッドに入る前に言うのが習慣だった。そのたびにヴァーナはキレそうになった。

コロンをひと垂らししてから――控え目な、フローラルで、懐かしい香り――それを拭きとり、微かな香りだけを残す。つけすぎると失敗する。高齢者は若い頃ほど鼻はきかないかもしれないが、アレルギーも考慮しなくては。くしゃみが止まらない男は、気が散っていけない。

　会場へはやや遅れて入り、超然としつつもほがらかな笑みを振りまき――同伴者のいない女性ががっついて見えると良くない――無料で供されるまずまずの白ワインのグラスを受けとり、寄りあってつまんだり飲んだりしている人びとの間を漂い歩く。ここにいる男性たちは高度専門職を引退した面々だ。医者、法律家、エンジニア、株式ブローカーなどで、北極探検やシロクマや考古学や鳥類やイヌイットの工芸品や、もしかしたらバイキングとか植物とか地質学などにも興味があるのかもしれない。〈魅惑の北極圏クルーズ〉には本格的な投資家も釣られてくるから、彼らを引きまわしレクチャーをたれる専門家の一団が用意されている。ヴァーナはこの地域をめぐる他のツアーも二つほど調べてみたが、惹かれるものはなかった。一つはやたらとハイキングを売り物にしており、五十歳以下に人気だったが、これは彼女のターゲット市場ではないし、もう一つは合唱の集いと、アホくさい衣装でドレスアップするパーティが主眼だったので、この〈魅惑の北極圏クルーズ〉に収まったのだった。ここは、アットホームなくつろぎを提供するという。この団体のツアーには五年前に三人目の夫が亡くなった後、一度参加したことがあり、どんなことが期待できるかわかっているのも安心だった。

会場には、スポーツウェアの参加者もたくさんいて、男たちにはベージュ色が目につく。格子柄のシャツも多く、その上にマルチポケットが付いたベスト。ヴァーナは名札をチェックしていく。フレッド、ダン、リック、ノーム、ボブ。もう一人ボブ、さらにまたボブ。この船はボブだらけのようだ。単独行動のボブも何人かいる。ボブ。かつては彼女にとって重い意味をもっていた名前。もっとも、いまではその重い荷物から間違いなく解放されているが。ヴァーナはやせ型だが体つきのしっかりしたボブのなかから一人選び、すっと寄っていって、俯けた顔を上げ、また目を伏せる動作をする。ボブは彼女の胸のあたりを覗き見る。

「ヴァーナですか、きれいな名前だね」と、彼は言う。

「古めかしいでしょう」ヴァーナはそう応じる。「ラテン語で『春』という意味なんです。すべてのものが再び活気づく《スプリングアップ》季節ね」このひと言は男根復活への約束に満ちており、二番目の夫を確保する際にも役立ったものだ。三番目の夫には、母親が十八世紀のスコットランド詩人ジェイムズ・トムソンと、彼の詠んだ春のそよ風《ヴァーナル・ブリーズ》に影響されて命名したのだと話した。あり得ない楽しい嘘だった。実際には、ずんぐりしたお団子ヘアの亡叔母にちなんで名づけられたのだ。母親に関していえば、厳格な長老派教徒で、万力グリップほどに口をひらかず、詩など軽蔑していたから、御影石の壁より軟弱なものに影響されるとは思えなかった。

四人目の夫は変態行為の愛好者として誘いこんだのだが、網で捕える準備段階として、さらに思い切った説を開陳した。自分の名はバレエ・リュスの衝撃作「春の祭典」にちなんだのだと。きわめて官能的なバレエで、最後には拷問があり人身御供が捧げられる。彼は笑いだしたが、体をくねらせていた。餌にかかった確かなサインだ。

さて、ヴァーナは目の前の男に言う。「そして、あなたは……ボブね」この息を飲むわずかな間合いを会得するには何年もかかっている。膝砕けの免許皆伝。

「うん」と、ボブ。「ボブ・ゴーレムと言います」と、気恥ずかしげに言う。きっとチャーミングに見せようとしているんだろう。ヴァーナはショックを隠すために思い切り笑顔をつくる。気がつけば、怒りとほとんど無防備な笑いがないまぜになり、顔が紅潮している。ヴァーナは彼の顔をしかと捉える。確かにそうだ、薄くなった髪の毛と、皺と、明らかにホワイトニングしているしインプラントも入れているかもしれない歯に隠れているのは、あのボブだ——五十何年か前のあの。ミスター・胸のときめき、ミスター・シニアフットボールの星、ミスター・仰天ねらい目物件。住んでいるのは、町のなかでも鉱山会社の上役たちがお暮らしの、キャデラックが行き交う、高級住宅地。ふんぞり返ったガキ大将、いびつなジョーカーの微笑みを浮かべたミスター・クソガキ。

当時のだれにとっても、驚きだったのだ——校内のみならず町のみんなにとって。なにしろ、町のあの地域は世界が狭く、どの子が酒を飲むか、飲まないか、股のゆるいのはだれか、尻ポケットに小銭が幾ら入っているか、そんなことまで縷々知れ渡っていたから——あのゴールデンボーイのボブが冴えないヴァーナを〈雪の女王の宮殿〉と銘打たれたウィンターフォーマル（冬季に高校で行われるダンスパーティ）

の相手に選ぶとは。プリティ・ヴァーナ、三学年年下で、ガリ勉で、飛び級していて、世間知らずのヴァーナ。許容範囲だけど数には入ってないヴァーナ、地元を出ていく切符として奨学金獲得を目指して這い進んでいたヴァーナ。これが恋だと信じこんだ騙されやすいヴァーナ。

いいや、実際に恋していたんだろう。恋愛となると、思いこみと現実は同じものじゃないか？　そういう頑なな思いは、力を枯渇させ、視界を曇らせる。あれ以来、虎の罠で串刺しになるような目には二度と遭わないようにしてきた。

あの夜、二人はなにを踊ったんだっけ？　「ロック・アラウンド・ザ・クロック」「ハート・メイド・オブ・ストーン」「ザ・グレート・プリテンダー」。ボブは彼女をリードして体育館中を踊りまわりながら、その体をボタンホールに挿したカーネーションに押しつけるようにして抱えていた。というのも、あの頃のヴァーナは不器用でぎごちなく、ダンスパーティに出たこともなかったから、ボブの華やかで激しい動きにまったくついていけなかった。ヴァーナにとって人生とは、教会と勉強と家事とドラッグストアでの週末のバイトと、一挙手一投足に指示を出してくる母親、これがすべてだった。デートの経験もなし。許されていなかった。まあ、誘いがあったわけではないけど。とはいえ、しっかりした監督者がついている高校のダンスパーティにボブ・ゴーレムと出かけるとなると、母は許可した。だって、そのかたは名家の耀ける光なんでしょう？　許可するどころか、内心ほくほくして悦に入っていた気味もある。夫に出奔されてから、毅然と顔をあげて生きることに全力で努め、それゆえ頑固になっていたに違いない。これだけ時を経てみると、ヴァーナにもそれが理解できた。

ヴァーナはヒーローを崇拝し目に星を鏤《ちりば》めて、初めてのハイヒールでよろつきながら体育館から出てきた。ボブの真っ赤なぴかぴかのコンバーチブルに恭しくエスコートされたが、そのダッシュボードにはライウィスキーのミッキー（ドラッグを混入させたアルコール）が予め忍ばせてあった。ヴァーナはシートに背を伸ばして座り、恥ずかしさで硬直しそうになりながら、母に借りた防虫剤の臭いのする時代後れの兎皮のストールと、それと同じぐらい安っぽいアイスブルーのチュールスカートドレスに包まれて、プレル・シャンプーとジェーゲンズ・ローションの匂いを嗅いでいた。

安っぽい。安くて使い捨て。使ったらポイ捨て。ボブはまさにヴァーナのことをそう思っていたのだ。最初から。

目の前のボブが軽くにやりとする。満足げだ。たぶんヴァーナが情欲から頬を火照らせていると思っているんだろう。なのに、わたしがだれだか気づいていないとは！　真面目に気づいていないのか！　人生でどれだけヴァーナなんてクソみたいな名前に遭遇する確率があったんだ？

落ち着け、とヴァーナは心のなかでつぶやく。どうやら、自分も無敵ではないらしい。震えているのは、怒りゆえか、悔しさゆえか？　動揺を隠すために、ワインをがぶりと飲んで、たちまちむせてしまう。ボブはただちに行動を起こし、てきぱきと、でも気を遣いながら背中を叩いてくれる。

「失礼しました」ヴァーナは肩で息をつく。カーネーションの爽やかで涼やかな香りが甦る。この男から逃げなくては。突然、吐き気を催す。女性トイレに駆けこむと、幸い個室は空いており、いま口にした白ワインとクリームチーズとオリーヴのカナッペを便器に吐いてしまう。この旅行はいまさらキャンセルできないだろうか。それにしても、どうしてボブに再び遭遇しなくてはならないのか？

あの時の自分にはどうしようもなかった。その週の終りには、この夜の顚末は町中に知れ渡っていた。ほかならぬボブが広めたのだが、ヴァーナの記憶とは異なる茶番バージョンになっていた。アバズレで、酔っ払いの、やりまんヴァーナだってさ、笑わせる。学校からの帰路では、にやにや笑う男子たちの一団につきまとわれ、冷やかされ、いやらしい言葉を投げられた。〃よう、お手軽女！　乗せてくれない？　キャンディはダンディだけど酒のほうが手っ取り早いよな！〃（オグデン・ナッシュの滑稽詩より。女は酒で酔わせたほうが簡単に落とせるといった意味で使われる）これらのスローガンはまだ迂遠なほうだった。女子たちはヴァーナのそばに寄ると、汚辱が煤のごとく付着したら困るとばかりに避けてきた。馬鹿らしくて大笑い。

そして、じつの母もだ。このスキャンダルが教会仲間に届くのに時間はかからなかった。母は万力の口を開け、言葉少なにポイントを突いてきた。自分でベッドを整えたからには寝ないといけない（自分が蒔いた種だといった意味）。いまになって自己憐憫に浸ってもだめだ――ただ非難と向きあうこと。それで恥が帳消しになるわけではないが。一歩踏みはずしただけで転落してしまう、人生はそういうものだから。最悪の事態に陥ったのが判明すると、母はヴァーナにバスの切符を買い、トロント郊外で教会が運営する〈未婚の母ホーム〉に送りこんだ。

ヴァーナはそこで他の非行少女たちと、ジャガイモの皮むきをし、床を磨き、トイレ掃除をして過ごした。寛大なる篤志家が買ってくれた灰色のマタニティドレスに、灰色のウールの靴下とみっともない茶色の靴をみんな履かされていた。磨き掃除や皮むきにくわえて、勝手に祈りを捧げられ、独善的な説教の時間があった。あなたがたは外道なふるまいゆえに、当然の報いを受けているのです、と演説はつづく。しかしながら勤勉と禁欲を通して悔い改めるのに遅すぎることはありません。アルコール、煙草、チューイングガムは禁止され、この先、まともな男性に求婚されたら神の奇跡だとお思いなさいと言われた。

ヴァーナのお産は難産で時間がかかった。赤ん坊に愛着がわく前にと、生まれてすぐ引き離された。感染症があり、合併症が起き、傷跡が残ったが（子どもの産めない体になったという意）、かえって良かったわよと、ある快活な看護婦がべつな看護婦に言っているのを漏れ聞いた。こういう娘たちはどうせ母親には向かないんだから、と。歩けるようになると、ヴァーナは五ドルとバスの切符を渡され、未成年だから母親の監督下へもどるよう指示された。

でも、またあんな暮らしに直面するのはごめんだった——あんな暮らしにも、町全体にも——だから都会のトロントへ向かった。なにを考えていたんだろう？　なにも具体的な考えはなく、気持ちが先行していた。嘆き、悲しみ、ついには怒りの反抗心が燃えあがった。身持ちのわるいクズだとみんなに思われているなら、そのように振る舞ってやろうじゃないか。そう考えて、ウエイトレスとホテルの客室清掃の仕事の合間に実行した。

関心を寄せてくる年長の既婚者に行き当たったのは、ひとえに幸運のなせる業だった。昼下がりの情事に三年間を費やしたおかげで、大学の学費を稼ぎだせた。公平なトレードだと思ったし——男に悪感情はなかった。多くのことを教えてもらった。ハイヒールでの歩き方というのは序の口として——立ちなおって出なおすことができた。そう、ボブの虚像は砕け散ってなおドライフラワーみたいに胸に抱えていたのだが——信じがたい！——それを徐々に捨て去ることができた。

ヴァーナは粉をはたき直し、ウォータープルーフを謳っているくせに頬に流れ落ちていたマスカラを修正する。勇気を出せ、と自分に言い聞かせる。今回は追い払われてなるもんか。やり抜いてみせる。いまの自分はボブ五人分より価値がある。それに、むこうはこっちの正体にまるで気づいていないんだから、有利だ。そんなに激変しているんだろうか？　そうだろう。ずっときれいになっている。シルバーブロンドの髪に、もちろんあちこち修繕してもいる。とはいえ、一番の違いは態度だろう。いまの自信に満ちたふるまい。この見かけの奥に、臆病で、くすんだ茶色の髪をした、めそめそ泣いているおマヌケ、十四歳のヴァーナを見透かすのは、ボブには至難の業だろう。

パウダーの最後のひとはたきが終わると、また会場にもどり、ローストビーフとサーモンを供するビュッフェの列に並ぶ。そんなに食べるつもりはない。人前ではいつもそうしている。ブタみたいにがっつく女はミステリアスな蠱惑の存在とは言えない。会場を見わたし、ボブの位置を確認することは控えて——むこうから手を振ってくるかもしれないし、考える時間が必要だ——部屋のいちばん隅のテーブルを選ぶ。ところが、そら、早くもボブがすり寄ってくる。「お邪魔します」のひと言もなく。なるほど、この消火栓にはすでにおしっこでマーキングしたと思っているようだ。この壁にはもうスプレーで落書きしたと。このトロフィー女の頭をはね、その胴体に足をかけて写真を撮った気になっているのだ。以前そうしたように。まあ、本人は気づいていないわけだが。ヴァーナは微笑む。

ボブは気遣ってくる。だいじょうぶかな？　ええ、ご心配なく。なにか気管に入ってしまっただけです。ここでボブはいきなり予備調査に入る。ヴァーナ、どんな仕事をしているんだい？　もう引退の身なんですよ。ヴァーナは答える。心臓発作や卒中の患者のリハビリを専門にした理学療法士として充実したキャリアを築いてきました。

「それは、さぞやりがいがあったろうね」ボブが言う。ええ、もちろん、とヴァーナは返す。ひとを助ける仕事には大きな達成感があります。

やりがいがあるどころではなかった。瀕死の発作から蘇生した金持ちの男たちは、慣れた手つきで励ましてくれつつ、無言であるべき時は敏感に察してくれる、自分より若くて魅力的な女の価値を痛感したものだ。ちなみに、三番目の夫はこれをジョン・キーツ風にこう表現した。「耳に聞こえる旋律は心地よいが、聞こえぬ旋律はいっそう甘美だ」と。患者らとの——身体接触を含む——関係の親密さにはべつな親密さが生じた。もっとも、ヴァーナはいつもセックスに至る寸前で止めた。神の教えに反するから、と言って。すぐにもプロポーズされそうにない場合は、もっと自分を必要としている患者さんたちに尽くさなくてはと言って、身を引き離したものだ。こうして二度ほど決断を強いた。

求婚を受ける相手は予後の具合を見て決め、いったん結婚したらお金に見合うだけの献身に務めた。どの夫も満ち足り、かつ感謝しつつこの世を去った。診立てよりやや早い逝去ではあったが。しかしながら全員が自然死である——前に起きた心臓発作や脳卒中が再発して命を奪ったのだ。ヴァーナがしたことと言えば、夫がやりたがることは禁じられていてもすべて黙認したこと。動脈が詰まりそうなものを食べさせ、好きなだけ酒を飲ませ、回復しきらないうちにゴルフに復帰させる。

厳密に言うと、過剰なぐらい豊富に投薬されているのだが、その事実も伏せておいた。のちに述懐したところでは、投与量には疑問を抱いていたものの、医者の意見に盾突く立場にはないと思った、と。

晩の薬をすでに服用したのに忘れてしまった男が、いつもの場所にきちんと並べられた錠剤を見てまた飲んだとしても、それはよくあることじゃないか？　抗凝血剤は過剰に摂取すると害を及ぼしかねない。脳内出血を起こすことがある。

その後に、セックス。これが息の根を止める慈悲の一撃となる。ヴァーナ自身はセックスにたいした興味はなかったが、それがどう機能するかは知悉していた。「人生は一度きりよ」と言うのが口癖で、そう言いながらキャンドルを灯した夕食の席でシャンパングラスを掲げ、バイアグラを取りだす。この薬は革命的な打開策だったが、しばしば血圧に悪影響をおよぼした。ただちに救急車を呼ぶのが肝要だ。ただし、あまり早すぎないこと。「わたしが目を覚ましたら、こうなっていたんです」と言えば通るだろう。「バスルームでへんな物音がしたので、見にいったら……」と言うのでもいい。

後悔の念はない。自分は彼らに恩恵をほどこしたんだ。ずるずると老いさらばえていくより、すみやかに退場できるほうが良いに決まっている。

夫のうち二人に関しては、成人の子どもらがいたので遺書をめぐって面倒が起きた。みなさんのお気持ちはよくわかりますと、ヴァーナは寛大にも申しでた。そして、自分の尽力に鑑みて厳に公正と思われる額より多くを支払ってお引き取り願ったのだった。彼女の正義感は長老派教徒の教えにいまも基づいている。適正な額より多くはほしくないが、はるかに少ないのもいやだ。収支の均衡が大事である。

ボブはヴァーナの椅子の背に手を滑らせながら、身を乗りだしてくる。このクルーズにはご主人も一緒なの？　と、鼻息も荒く、必要以上に耳元に口を寄せて訊いてくる。いいえ、とヴァーナは答える。最近先立たれまして——ここでテーブルに目を落とし、無言の悲しみが伝わるようにする——これはいわば、心を癒す旅というわけです。ボブは、それはお悔み申しあげると言い、でも、奇遇というべきか、自分も妻をほんの半年前に亡くしたばかりなんだ、と。ひどいショックだった。黄金の隠退生活を二人で過ごすのを心から楽しみにしていたから。大学時代の恋人なんだよ——わたしのひと目惚れで。ヴァーナはひと目惚れというのを信じる？　ええ、とヴァーナは答える。信じますよ。

ボブはさらに打ち明けてくる。二人は彼が法学の学位を取るのを待って結婚し、子どもを三人もうけ、現在では五人の孫がいる、と。どの子も自慢だよ。赤ん坊の写真なんか見せてみろ、ぶん殴ってやる、とヴァーナは思う。

「なんだか、ぽっかり穴が空いたみたいじゃないか？」ボブは言う。「がらんどうというか」ヴァーナは確かにそうだと返す。一緒にワインでも飲まないかい？　と、ボブは誘ってくる。

上手くやりやがったな。ヴァーナは思う。こいつは何事もなかったかのように、結婚に駒を進めて子どもをもうけ、普通の人生を送っているってわけか。それに引き換えわたしは……。吐き気がしてくる。

「ええ、喜んで」と、ヴァーナは答える。「でも、船に乗ってからにしましょうよ。そのほうが寛げるし」ここでまた目を伏せて見せ、「じゃ、美容のためには睡眠が大切ですから、このへんで」と、微笑んで立ちあがる。

「いやいや、そんなものあなたには必要ないだろう」ボブは紳士的なコメントをする。さらに、このアホ野郎は椅子まで引いてくれる。当時は、こんな繊細なマナーは見せたことがなかった。自然状態の人間に関して三番目の夫がホッブズの『リヴァイアサン』から引いた言葉を借りれば、「汚らわしく、獣的で、短い」やつだった。こんにちであれば、少女は警察に通報することを知っているだろう。こんにちであれば、ボブはどんな嘘をつこうと刑務所行きだったろう。ヴァーナは法定年齢に達していなかったんだから。しかし当時は、そうした行為を表す正しい語がなかった。「レイプ」というのは、茂みに潜んだ変質者が襲いかかってくることであって、フォーマルダンスのパートナーに車で送られ、チンケな鉱山町を囲む、伐採しすぎてスカスカになった森の脇道に連れこまれ、いい子だからこれを飲み干しなと言われて、一枚ずつ引き剝がされていくような体験を言うのではなかった。さらに悪いことに、ボブの親友ケンが自分の車で手助けに駆けつけてきた。二人はその間ずっとげらげら笑っていた。ヴァーナのパンティガードルを戦利品として持っていった。

事が済むと、ボブは帰る途上で、ヴァーナが泣いているからと言って車から放りだした。「黙るか、歩いて帰るかにしろ」と言って。いまでもあのときの自分の姿が目に浮かぶ。凍った道路脇を、足を引きずりながら歩いた。ドレスとお揃いの色に染めたアイスブルーのハイヒールを素足に履いて、ふらつき、赤剝けし、震え、さらにしゃっくりまでして滑稽な屈辱がくわわった。そのとき、いちばん心配なのはストッキングだった。わたしのストッキングはどこ？　ドラッグストアのバイト代で買ったのに、と。ショック状態だったに違いない。

これは正しい記憶だろうか？　ボブは本当にヴァーナのパンティガードルを逆さに頭にかぶって、道化師の襟元の鈴みたいにガーターベルトをひらひらさせながら、雪のなかを踊りまわったんだろうか？

パンティガードルだって。なんと前時代的な。ヴァーナは思う。そのもの自体も、それに付随する過ぎし日の遺物も。いまの女の子たちはピルを飲んでいるだろうし、前向きな気持ちで中絶を受けるだろう。そんなことで未だに傷ついているなんて旧石器時代ぐらい後れている。

ボブではなく、ケンだった。車でもどってきて、「乗れよ」とぶっきらぼうに言って、家まで送ってくれたのは。少なくともケンは恥じ入った顔をするぐらいの慎みはあった。「黙ってろよ」彼はぼそっと言った。ヴァーナはなにも口外しなかったが、本人が黙っていても無駄だった。

あの夜のことで、なぜヴァーナばかりが苦しまなくてはいけないのか？　たしかに思慮に欠けたかもしれないが、ボブのしたことは悪行だ。なのに、無罪放免になっている。なんの責任もとらず、お咎めすらなく。一方、ヴァーナは人生をすっかり歪められてしまった。前日までのヴァーナは死んで、べつのヴァーナがそこに入りこんで固まった。圧しこめられ、ねじくれ、ずたずたにされた。ヴァーナが。強者だけが勝ち残り、弱者は容赦なく利用されるべし。そう教えこんだのはボブだった。ヴァーナをこんな——そう、ずばり言えばいいじゃないか？——殺人鬼に変えたのはボブなのだ。

翌朝、北のボーフォート海に浮かぶクルーズ船へと向かうチャーター機のなかで、選択肢を考える。最後の瞬間までボブを玩び、パンツを足首までずりおろした格好で震えたまま放置することもできるだろう。溜飲は下がるが、あまりぱっとしない。あるいは旅行中、彼のことを避けつづけ、この方程式を五十数年前と同じかたち、すなわち未解析のまま残すこともできる。あるいは、彼を殺すこともできる。ヴァーナはこの三番目の選択肢を理論面から冷静に考察する。たとえば、もし殺すとするなら、クルーズ中に捕まらずに済むにはどうしたらいいか？　いつもの投薬とセックス戦法では時間がかかりすぎるし、いずれにしろ効果はなさそうだ。ボブは持病があるようには見えない。船から突き落とすのは現実的な方法ではないだろう。ボブは体が大きすぎ、船の手すりは高すぎる。それに、前の旅行で知っているが、デッキにはいつでも旅客たちがいて、絶景を楽しんだり写真を撮ったりしているはずだ。客室で死体が見つかれば、警察がやってきて、DNA鑑定だの衣服に付着した毛髪の検査だのが始まるんだろう。テレビによれば。船内ではなく、どこかに上陸した際に死ぬようにしなくては。けど、どうやって？　どこで？　旅程表と計画ルートを示した地図をにらんで考える。イヌイットの村落はだめだろう。犬たちが吠え、子どもたちが追いかけてくる。ほかの寄港地と言うと、これから訪れるのは隠れ場所がないような空漠とした地だ。銃を持ったスタッフがホッキョクグマから参加者を守るために随行してくるだろう。その銃の暴発事故というのはどうだろう？　そのためには、コンマ零秒のタイミングが求められるが。

どんなやり方をするにせよ、早めに実行しなくてはならない。ボブが新しい友人を――彼がいなくなったことに気づくような友人を——つくらないうちに。それに、ボブもいつなんどきこちらの正体に気づかないとも言えない。もし気づかれたら、ゲームオーバー。計画実行までは、彼と一緒にいるところをあまり見られないようにすべし。彼の興味を引きつけつつ、しかし周囲の、たとえば、「ロマンスが芽生えたのでは」なんて噂を呼ばないようにしなくては。クルーズ船では、風聞はインフルエンザ並みにたちまち広がるから。

船に乗りこんだら——前のツアーでも乗った馴染みの〈リゾルートⅡ号〉（決意が固いことを意味する）だ——旅客らは受付デスクに並んでパスポートを預ける。それから船首側のラウンジに集まって、げんなりするほど有能なスタッフ三名によって過ごし方の説明を受ける。質実剛健なバイキングみたいな渋面をした一人が言う。陸《おか》にあがるときには必ず名札板の名札を裏返して、緑から赤に換えること。船に帰ってきたら、名札をまた緑にもどすこと。ゾディアック（エンジン付きゴムボート）で陸に向かうときには、必ずライフジャケットを着用のこと。このライフジャケットは新製品で、薄いが水に入ったとたん膨らむようにできている。岸にあがったら、ライフジャケットは用意された白の帆布バッグに保管し、またボートに乗りこむ際には着用のこと。裏返されていない名札や、バッグに残っているジャケットがあれば、まだ陸にだれかいるとスタッフが気づけます。みなさん、置いていかれたくないでしょう？　では、ここでハウスキーピングに関する説明を。ランドリーバッグは船室にあります。バーの代金は部屋に付けられ、チップの額は最後に清算します。当船は清掃係の仕事を円滑に進めるため、「オープンドア・ポリシー」を採用していますが、もちろんご希望でしたらドアに鍵をかけてかまいません。忘れ物の集積所は受付デスクに。以上、よろしいですか？　けっこう。

二番目の説明者は例の考古学者で、ヴァーナには十二歳ぐらいに見える。これから多様な場所を訪ねることになります、と彼女は言う。インデペンデンスI（紀元前二四〇〇年から一九〇〇年ごろグリーンランド北部とカナダ北極圏で暮らしていたとされるパレオ・エスキモーの人びと）やドーセット人やトゥーレ人の居住地跡にも行きますが、決して、決して、なにも持ち去ってはいけません。遺物の類や、とくに骨。それらの骨は人骨かもしれませんから、絶対にいじらないように気をつけてください。動物の骨だとしてもワタリガラスやレミングやキツネたちにとっては乏しいカルシウムの貴重な摂取源となっています。そう、大きな食物連鎖を成しているのです。北極圏ではあらゆるものが循環しています。以上、よろしいですか？　けっこう。

さて、と三番目の説明者が出てきて――今風の禿げ頭のお人で、ジムのパーソナルトレーナーみたいな感じ――銃の取り扱いについて話す。銃は必要不可欠です。ホッキョクグマは恐れ知らずですので。でも、スタッフはまず空砲を撃ってクマを追い散らすようにします。体を撃つのは最後の手段ですが、クマというのは危険な挙動に出ることがありますので、お客さまがたの安全が第一です。銃を怖がる必要はありません。ゾディアックで陸との往復中は弾は外しておきますし、間違ってだれかが撃たれる心配はありません。以上、よろしいですか？　けっこう。

銃の事故というのは、明らかに無理そうだな、とヴァーナは思う。あの銃のそばに近寄りたがる参加者はいないだろう。

ランチの後、セイウチに関するレクチャーがある。アザラシを餌食にしている荒っぽいセイウチらがいるという噂。牙でアザラシの体に穴を穿ち、強力な口で脂肪分を吸りだすとか。ヴァーナの両隣の女性はどちらも編み物をしている。その一人が「あら、脂肪吸引ね」と言うと、もう一人が笑い声をあげる。

レクチャーが終わると、ヴァーナはデッキに出る。空は晴れわたり、レンズ雲が宇宙船のようにそこに浮かんでいる。空気は温かで、海はアクア色。左舷側に絵に描いたような氷山が。真ん中あたりは染めたように真っ青で、前方には蜃気楼が立ちのぼっている。いわゆるファタ・モルガナ（妖精モルガンという意味で、地平線の真上の狭い帯に現れる特殊な蜃気楼）が地平線上に氷の宮殿のごとく聳えている。縁のあたりが微かに揺らめいているのを除けば、実物そのものだ。船乗りたちはこれに魅入られて近づき命を落としてきたし、実際にない山々が地図に描きこまれてきた。

「美しいじゃないですか？」ボブが隣に出没して話しかけてくる。「ワインを今夜あたり、どうかな？」

「最高ね」ヴァーナは微笑んで答える。「でも、今夜はちょっと。女同士で約束しているので」これは嘘ではない。あの編み物おばさまたちとの予定がある。

「だったら、あしたはどう？」ボブはにんまりしながら、自分はシングルルームの宿泊である旨を伝えてくる。「部屋はナンバー二二二。鎮痛剤みたいだね」と、ジョークを交え、船の中央区画なので居心地も良いのだと言い、「縦にも横にも揺れないよ」と付け足す。わたしもシングルなんですよ、とヴァーナも言う。追加料金を払った価値はありますね。そのほうが真にリラックスできますし。「リラーックス」と引き延ばして言い、サテンシーツの上で色っぽく悶えるさまを喚起させる。

ディナーの後、船をぶらぶらしながら名札板を一瞥すると、ボブの札が目に留まる。ヴァーナの札のすぐ近くにあった。その足でギフトショップに向かい、安い手袋を一つ購入する。犯罪小説はそうとう読んできた。

　翌日は地質学のレクチャーから始まる。旅客たち、とくに女性客の間で話題を呼んでいる若い科学者が講師だ。みなさん、たいへん運の好いことに、と彼は話しだす。氷塊を避けるのに旅程が変更されたため、予定表にない場所に寄ることになりました。地質学的な驚異の世界をごらんになれるでしょう。これを見られるかたはほとんどいません。この世界でも最古の化石化したストロマトライト（藍藻（シアノバクテリア）類の死骸と泥粒などによって作られる層状の構造をもつ岩石群のこと）を見られるのは特権的なことです。驚くべきことに、じつに十九億年前に遡るものなのです。魚類も恐竜も哺乳類もまだいない頃です。この惑星で生き残っている最古の生命体と言えましょう。ストロマトライトとはなにか？　科学者は目を輝かせて修辞的な問いかけをする。ギリシャ語のstroma、マットレスを意味する語に由来し、ここにstoneの語根が付いたものです。stone mattress（岩のマットレス）ですね。化石化したクッションです。青緑色の藻の層が重なって形成され、塚かドームのような形をなしています。いまみなさんが吸っている酸素は、まさにこの青緑色の藻から最初に放出されたのです。驚くべきことではありませんか？

　ランチの席では、同じテーブルで相席した皺くちゃのエルフみたいな男が、どうせなら岩石よりもっとエキサイティングなものを見たいと文句を言う。この男もボブという名の一人。ヴァーナはチェックしてあった。べつなボブも用意しておくと役に立つかもしれないから。「わたしは楽しみですけどね、岩のマットレス」ヴァーナは言う。マットレスという語にうっすらとした仄めかしを含ませると、第二ボブは好ましげに目をきらりとさせる。まったく、幾つになっても色気づいて。

ヴァーナはコーヒーを飲むと、デッキに出て、近づいてくる陸地を双眼鏡で観察する。このあたりは秋だ。蔓のように絡まる小さな木々が見え、赤に橙に黄に紫に色づいている。そこから岩石が波状に折り重なって流れるように連なっている。尾根のようなものがあり、それより高い尾根、さらに高い尾根がある。地質学者によれば、とびきりのストロマトライトが見られるのは、二番目の尾根だという。

三番目の尾根のむこうに滑落した人間は二番目の尾根から見えるだろうか？　いいや、そうは思えない、とヴァーナは思う。

さて、参加者たちはみんな防水ズボンとゴム長靴を履かされた。つぎに、でかすぎる幼稚園児みたいにライフジャケットのファスナーをあげてバックルを留められる。みんな名札を緑から赤に裏返したら、タラップをにじり降りて、それぞれ黒いゴム製のゾディアックに誘導される。ボブはちゃっかりヴァーナのいる艇に乗りこんでいた。カメラをかまえて、彼女の写真を撮る。

ヴァーナの心臓の鼓動が速くなる。わたしがだれだかむこうから気づいたら、殺すのはやめよう、と思う。こちらから正体を明かして、むこうが謝ってきたら、やはり殺さないでおこう。ボブがわたしに与えたのより二つも多い脱出チャンスがある。こちらは不意打ちの有利さを放棄することになり、危険は増すだろうが――ボブはヴァーナよりずっと大柄なのだから――あくまでフェアにやりたい。

陸にあがると、みんなライフジャケットとゴム長靴を脱ぎ、ハイキングブーツに履きかえて紐を結ぶ。ヴァーナはボブにさりげなく近寄り、ゴム長靴に履き替えずにここまで来たのをチェックする。今日は赤い野球帽をかぶっている。彼女が見ている前で、それを後ろ向きにかぶりなおす。

三々五々、散策へ。岸辺から離れない人たちもいる。一番目の尾根まで登っていく人たちもいる。そこに地質学者がハンマーを手に立っており、参加者の一団がぺちゃくちゃ喋りながらすでに彼を取り巻いている。本格的な講義モードだ。ストロマトライトはどんな欠片も持ち去ってはいけません。しかし当船は標本採取許可を取っておりますので、もしとりわけ状態の良い破片を見つけたら、とくに断面ですね、まずわたしにお知らせください。船内に岩石展示台を設置し、そこに置いてみなさんが見られるようにします。ここにもいくらかサンプルはありますよ。二番目の尾根まで挑戦したくない人もいるでしょう……。

みんな頭を下げて、カメラをとりだす。よし、完璧だ。ヴァーナは思う。なにかに気をとられているほど、ありがたい。ボブのほうは見なくても、近くにいるのがわかる。さて、二番目の尾根までやってきた。あまり苦もなく登ってこられた人たちが何人か。全フィールドでもここに最良のストロマトライトがある。気泡か渦巻みたいに形がそのまま残っているもの。小さいもの。サッカーボール半分ぐらいの。上部が欠けて、孵りかけの卵のようなもの。擦り減ってしまって、同心円の楕円が重なったような形が残ったもの。シナモンロールか樹木の年輪のようだ。

丸いオランダチーズを四つに割ったようなものもある。ヴァーナはその四分の一を拾いあげ、層をよく観察する。年輪の一層ごとに、黒、灰色、黒、灰色、黒。中心には特徴のない芯がある。この破片は重く、先が尖っている。ヴァーナはバックパックにそれを詰めこむ。

そこへ出番の合図を受けたように、ボブが斜面を這いのぼるゾンビみたいにゆっくりと近づいてくる。アウタージャケットは脱いで、バックパックのストラップに掛けて。息を切らしている。ヴァーナは一瞬、罪の意識に苛まれる。この男は人生の壮《さか》りを過ぎている。寄る年波に勝てなくなっているだろう。過去のことは水に流すべきなんじゃないか？　男というのは幾つになってもしょうもない。あの年頃の男子はホルモンの傀儡みたいなものではないか？　人生のべつな時代、何世紀も前と言ってもいい昔の出来事で、どうして人を裁けるのか？

一羽のワタリガラスが頭上を飛び、旋回する。あのカラスはわかっているのか？　だから、あそこで待っているの？　ヴァーナはカラスの目で地上を見おろせば、年配の女——そう、現実を直視すれば、自分はもはや年配の女だ——が、さらに年寄りの男を殺そうとしている。くたびれた時間の彼方にもはや消えつつある怒りのために。つまらないこと。あくどいこと。ありきたりなこと。世の中でよく起きること。


「じつに爽快だ」ボブは言う。「脚を動かす機会になって良いね」

「ほんとにね」ヴァーナは言って、二番目の尾根の端のほうへ移動していく。「あのあたりにもっと良いのがあるんじゃないかしら。でも、あまり遠くまで行くなと言われてたんでしたっけ？　目の届かないところに行くなって」

ボブは〝ルールなんか守るのは田舎者〟と言いたげな笑い声をたてる。「このために金を払ってるんじゃないか」と言うと、実際に率先して歩きだす。三番目の尾根を登るのではなく、その陰にまわりこもうとする。「目の届かないところ」に行きたがっているようだ。

二番目の尾根で銃を持ったスタッフがだれかに叫んでいる。みんなから離れて左手のほうに行かないでくださいと。スタッフはこちらには背を向けている。もう何歩か進んで、肩越しに振り返ると、もうだれの姿も見えない。つまり、こちらの姿もだれにも見えないということだ。二人は沼沢でぬかるんだあたりを歩いていく。ヴァーナは薄い手袋をポケットからとりだして嵌める。さて、二人は三番目の尾根の突端、斜面のふもとまでやってきた。

「ここに座りなよ」と、ボブは岩を叩いて言う。バックパックは脇におろしている。「一杯やるものを持ってきたんだ」彼のまわりは、破れたガーゼみたいな黒ずんだ地衣類が囲むのみ。

「気が利いてるわね」ヴァーナが言う。岩に腰をおろし、バックパックのファスナーを開ける。

「見て、完璧な標本を見つけたの」と、彼のほうに向きなおり、ストロマトライトを二人の間に置き、両手で支える。ヴァーナは一つ息を吸ってから、「わたしたち、知り合いだと思う」と言う。「ヴァーナ・プリチャードよ。あの高校の」

ボブは驚いたようすもない。「なんだか馴染みがあると思ったよ」そう言って、馬鹿にしたように笑っている。

あの冷笑の記憶が甦る。十歳の子どもみたいにヒイヒイ笑いながら、雪のなかを得意げに跳ねまわっていたボブの姿が鮮やかに思い浮かぶ。その横には、めちゃくちゃにされ、丸めて捨てられたわたし。

ヴァーナは賢くも、大きく振りかぶったりしない。ストロマトライトを勢いよく真上に振りあげ、ボブの下顎に一瞬で鋭く命中させる。グキッというのが唯一聞こえた音だ。頭が後ろにがくりと倒れる。ボブはそのまま岩の上に伸びてしまう。ヴァーナはストロマトライトを彼の額の上にかかげ、落下させる。もう一度。さらにまた一度。よし。用は済んだようだ。

ボブの姿は滑稽だった。目を見開いたまま、額はぱっくり割れて、顔の両脇に血が流れている。

「ああ、ぐちゃぐちゃになっちゃって」ヴァーナは言う。笑える光景なので、声をあげて笑う。思ったとおり、ボブの前歯はインプラントだった。

少し間をおいて呼吸を整えたら、ストロマトライトの血が自分の服や手袋に付かないよう用心しながら拾いあげ、沼沢の水のなかへ滑り落とす。ボブの野球帽は脱げていた。その帽子と彼のアウタージャケットを自分のバックパックに入れる。ボブのバックパックの物をぜんぶとりだす。例のカメラと、ウールのミトンと、マフラーと、スコッチのミニチュア瓶が六本、それ以外はなにもない。哀れなボブ、やる気満々だったのね。彼のバックパックを丸めて、自分のものに詰めこみ、カメラもそこにくわえる。これはあとで海に棄てておこう。そうしてから、ストロマトライトを水から引きあげてマフラーで拭き、血の跡が残っていないかよく確認してから、バックパックにしまう。ボブはワタリガラスやレミングや他の食物連鎖のみなさんに任せるとする。

三番目の尾根のふもとから、ヴァーナはジャケットを直しながらもどってくる。だれかが見かけても、小用を足しにいってきたのだと思うだろう。陸《おか》を散策中、参加者はこんなふうにこそこそいなくなるものだ。でも、だれも見ていなかった。

ヴァーナは若い地質学者の姿を見つけると——まだ二番目の尾根でファン一同に囲まれていた——ストロマトライトを出して見せる。

「船に持ち帰ってもいいですか？」と、甘い声で訊く。「岩石展示台に載せても？」

「やあ、すばらしい標本ですよ！」地質学者は言う。


参加者たちは岸に向かい、ゾディアックに乗りこんでいく。ヴァーナはライフジャケットの入った袋の前に来ると、靴ひもをほどくのに手間取るふりをし、参加者の目が逸れるのを待って、ライフジャケットを余分に一着とり、自分のバックパックに詰めこむ。それは船をあとにしたときよりかなり膨らんでいるが、気づかれなければ変だとは思われない。

ゾディアックから船にもどると、ヴァーナはバックパックをいじりながら、参加者が全員、名札板の前を通り過ぎるのを待ち、ボブの名札を赤から緑に裏返す。それから、もちろん自分の札も。

船室へ向かう途中、廊下のひと気がなくなるまで待ち、ボブの鍵をかけていない客室に滑りこむ。ルームキーはドレッサーの上にある。それはそのままにする。ライフジャケットとボブのアウタージャケットと野球帽をハンガーに掛け、シンクに水を出して、タオルの位置を乱す。そうしてから、いまだひと気のない廊下を通って自分の客室へ入り、手袋を脱ぎ、それを洗って干す。ついてないことに、爪が一つ割れていたが、リペアできるだろう。顔をチェックする。少しばかり日焼けしてしまったものの、そう深刻ではない。ディナーにはピンクのドレスを選び、第二ボブと努めていちゃつくようにする。彼は雄々しくサーヴを返してくるが、よぼよぼすぎて本格的な展開にはならない。むしろ幸い——ヴァーナのアドレナリンレベルは急降下する。オーロラが見えたらお知らせいたします、とアナウンスがあるが、わざわざ起きて見るつもりはない。

ここまで、無事に過ごしている。今後やるべきはボブの蜃気楼を維持すること、名札を緑から赤へ、赤から緑へと律儀に裏返すことだ。ボブは客室のものを動かすだろうし、ベージュとチェック柄ばかりのワードローブからその日によって違う服を着るだろうし、ベッドで寝るだろうし、シャワーも浴びるだろうし、タオルを床に放っておくだろう。スタッフと一緒にディナーをとファーストネームだけ書かれた招待状を受けとるだろうし、それはその後、ボブたちの一人のドアの下にそっと挿しこまれるだろうし、入れ替わってもだれも気づかないだろう。ボブは歯を磨くだろうし、目覚まし時計をセットするだろうし、用紙にちゃんと書きこまずにランドリーを出すだろう。いや、これは危険すぎるか。クリーニング係は気に留めないだろう——用紙に書きこまない高齢客なんて山ほどいるんだから。

ストロマトライトは地質学の標本台に載せられ、旅客に手にとられ、観察され、吟味され、そうして無数の指紋がつくだろう。そして、旅の最後には破棄される。〈リゾルートⅡ号〉は十四日間の旅程で十八か所の陸上の見学を予定している。船の横を、氷帽が、断崖が、黄金《こがね》や銅《あかがね》や漆黒や銀鼠《ぎんねず》に耀く山々が通りすぎていくだろう。船は流氷の間をすり抜け、どこまでもつづく無情の海岸に錨をおろし、何百万年にもわたり氷河に削られてきたフィヨルドを探索するだろう。こんなに過密で多忙な豪華ツアーのさなかに、だれがボブのことを思いだすだろう?

旅の最後に真実を知るときがやってくる。ボブが勘定を払ってパスポートを引きとりに現れないか、荷造りをしないか。心配して騒ぎになり、スタッフ会議が開かれるだろう――旅客に不安を与えないよう隠密に。そこで、ついに新たなアイテムが発見される。ボブは旅の最後の晩、オーロラをもっと良いカメラアングルで撮ろうと身を乗りだし、なんという悲劇だろう、船から転落したに違いない。そう考えないと説明がつかない。

一方そのころ、旅客たちはもう風に飛ばされて散り散りになっている。ヴァーナもそのうちの一人だ。そう、もしうまくやりおおせたらの話だけど。やりおおせるか否か？　計画はもっと煮詰めていかなくてはならない――胸躍る挑戦だと思って――けど、たったいまはとにかくへとへとで、なんだか空っぽの気分だ。

とはいえ、穏やかで、安らかな気持ち。情熱がすべて燃えつきたあとの心の静穏。三番目の夫がバイアグラでの交わりの後にいつもそんなことを言って鬱陶しかった。ヴィクトリア朝時代の人びとにとってセックスはつねに死と隣り合わせだった。ところで、そんなこと言った詩人はだれだっけ？　キーツ？　テニスン？　記憶力も昔のままではない。でも、まあ、細かいことはそのうち思いだすだろう。

老いぼれを燃やせ

小さな人たちがナイトテーブルによじ登っている。今日は緑の服。女性たちは十八世紀風パニエの上にオーバースカートを穿き、つばの広い天鵞絨《ビロード》の帽子をかぶり、ビーズがきらきらした、襟ぐりのスクエアな十五世紀風ボディスを身につけ、男性たちはサテン地のニッカーボッカーに、バックル付きの靴を履き、肩章の編み飾りをなびかせ、三角帽子《トリコーン》にばかに大きな羽根飾りをつけるという十八世紀風。時代考証など気にしないのだ、この人たちは。まるで、劇場の舞台裏で退屈した衣装デザイナーが酔っ払って、コスチュームの保管箱から手あたり次第引っぱり出したかのよう。こっちに初期チューダー王朝風のネックラインがあるかと思えば、あっちにはゴンドラの船頭風のジャケットがあり、またこっちには中世風ハーレクィンの装いがある。ウィルマはそのしっちゃかめっちゃかな奔放さにうっとりしてしまう。

小さな人たちはぞくぞくと登ってくる。手を伸べあいながら。ウィルマの目の高さまでくると、みんなで腕を組んで踊りだす。まわりに障害物があるわりには、ずいぶん優美に。ナイトスタンド、娘のアリスンが送ってきた宝石商用ルーペ——気をつかう振りだけで、たいして役に立たない代物——文字が拡大できる電子書籍リーダーなどがある。目下、四苦八苦しながら読んでいるのは、『風と共に去りぬ』だ。十五分で一ページでも、のたのたと進めたら儲けもの。とはいえ、前に一回読んでいるから、主だった展開はありがたいことに憶えている。なるほど、それで今日は小さな人たちの服が緑色になったのか。わがままなスカーレットがやんごとなきレディに化けようとして、緑のカーテンをドレスに仕立てさせる有名な場面があるじゃないの。

小さな人たちは輪になってまわる。女たちのスカートが波のように広がる。今日は機嫌が良いみたい。うなずきあって、にこにこして、しゃべっているかのように口を開けたり閉じたりしている。

この人たちは実在しない幻だと、ウィルマはよくよくわかっている。ただの症状にすぎない。「シャルル・ボネ症候群」というのだ。この年齢ではありふれたもので、とくに視覚障害のある人たちによく見られる。でも、自分はまだ運がいい。出現する幻たち——主治医のプラサド先生は「あなたのチャッキーたち」と呼ぶ——は、おおかた温厚だし、しかめ面をしたり、異様なほど膨れあがったり、粉々に崩れてしまったりするのは、ごくたまのことだ。それに、怒ったり、ふくれたりしていても、べつにウィルマのせいで不機嫌になっているわけではない。なぜなら、小さな人たちのほうはウィルマの存在を認識していないから。医者いわく、おおかたそういうもの、だそうだ。

ウィルマとしても、ミニチュアのチャッキーたちをたいていは歓迎している。いっしょにおしゃべりができればいいのにとも思う。相棒のトバイアスにそう話すと、めったなことを「願う」ものじゃないと言われた。一つ、その人たちは一度しゃべりだしたら止まらないかもしれない。二つ、なにを言いだすかわからない。と言って、過去の自分にふりかかった出来事の述懐に突入した。言うまでもなく、遠い過去のこと。なんでも、その女はインドの女神《にょしん》のごときバストと、大理石のギリシャ彫刻のようになめらかな太ももをもつ蠱惑《こわく》の人だったが――相棒はこういう時代がかった、大げさな喩えを使いがちな人なのだ――、口をひらけば陳腐な文句ばかり飛びだすので、こらえていた苛立ちが爆発しそうになった。彼女をベッドにつれこむのに、押したり引いたり、奮闘したという。チョコレートはハート形の金色の箱に入った最上級のものを贈ったし、お金に糸目はつけなかった。シャンパンもごちそうした。なのに、彼女はなびいてくるどころか、ますますアホな態度に出るのだった。

知的な女性よりおつむの弱い女性を口説くほうがむずかしいのだとか。後者は暗黙のほのめかしを解さないばかりか、因果関係というものがわからない。高価なディナーの後には――昼の後に夜が来るように――その比類なき脚をおとなしく開くべきだということが理解できないのだ。

ウィルマは以下のように助言するのは仇《あだ》になると思って、控えている――その手の美女たちにしてみれば、ぽかんとした顔やおバカぶりは演技なんじゃないか。大きくてマスカラたっぷりの目をぼんやり見開くだけでおごってくれる相手がいるなら、吝《やぶさ》かではないんじゃないか。かつて、婦人用の〝化粧室〟でかわした打ち明け話を思いだす。そう、トイレが〝化粧室〟と呼ばれていた時代のこと。陰でくすくす笑いあっていたことや、だまされやすい男たちの対応マニュアルを交換したものだ。口紅をひきなおし、眉を描きなおす合間に。とはいえ、小粋なトバイアスをわざわざ怒らせなくてもいいだろう。もはや、そうしたインサイダー情報を実地で生かせる年齢でもないし、ばら色の思い出を曇らせるだけだ。

「あの時分に、知りあいたかったよ」トバイアスはチョコとシャンパン物語の独演会の途中で、ウィルマに言う。「ふたりの間に、さぞ熱い火花が散ったろうにね！」ウィルマは頭の中でこれを分析する。この人はわたしが知的な女性で、ゆえに、すぐものにできると言っているのか？　少なくとも、若い頃なら。こんなひと言でも、相手しだいでは、侮辱として怒りを買いかねない物言いになると気づいていないのか？

まあ、気づいていないだろう。むしろ、そんなセリフを吐くのが女性への礼儀だ、ぐらいに思っていそう。言わずにはいられない性分なのだ、気の毒に。本人が言うには、ハンガリー人の血がそうさせるらしい。そんなわけで、ウィルマは神々しいバストが出てこようが、大理石のごとき太ももが出てこようが、くだくだしい話に辛辣なコメントもせず——かつての自分ならやっていたかも——好きにしゃべらせておく。すると、トバイアスは同じ口説き話を何度でもくりかえす。ここでは、たがいに労わりあわないとね。ウィルマは自分に言い聞かす。もはや頼りは自分たちだけなんだから。

肝心なのは、トバイアスはまだ目が見えているということ。窓の外を眺めやり、この富裕層向け老人ホーム〈アンブロージア荘〉（ambrosia 神々の食べ物。これを食べると不老不死になれ、傷に塗布すればたちまち治癒するとされた）の重厚な玄関ドアのむこうの敷地内で起きていることを教えてくれるかぎり、かつての悩殺美形の性的魅力とやらを鬱陶しがっている場合ではない。できごとは逐一知りたい。そこにできごとがあるかぎり。

ウィルマは目を細めて、時計の大きな文字盤を見る。もっとよく見えるように、顔のすぐ近くまで時計をもってくる。いつもながら、思ったより遅い時間になっている。ナイトテーブルの上を手探りし、ブリッジを探り当てると、口の中にすぽんと嵌める。

小さな人たちは踊りをワルツに変えていたが、ステップ一つ乱さない。この人たちにとって、老女の義歯は興味の対象ではないのだ。それをいったら、だれが興味をもつのやら。例外はこの自分と、いまどこにいるにせよ、歯科医のスティット先生ぐらいだろう。ウィルマを説得し、いまにも割れそうな臼歯を何本か引っこ抜いて、インプラントを入れさせたのは、スティット先生だった。確かあれは、十四、五年前のこと。インプラントを入れておけば、将来、ブリッジが必要になっても、装着する土台ができるでしょう。ええ、きっとブリッジが必要になりますよ、というのが先生の見立てだった。あなたの歯はフッ素塗布していないので、じきに濡れ漆喰みたいにボロボロになってしまうでしょうから。

「のちのち、わたしに感謝するはずです」先生は言った。

「そこまで長生きすればね」ウィルマは笑いながら答えた。まだあの頃は、死について軽口をたたきたがり、そうすることで、意気軒昂で達者なばあさんだと思われたい年齢だった。

「いつまでだって長生きしますよ」先生は言った。それは太鼓判というより警告のように聞こえた。先々、長いこと客にできそうな患者だと踏んでいただけかもしれないが。

とはいえ、こうしてみると、ありがたい。ウィルマは毎朝、スティット先生に心のうちで感謝する。歯抜けの人生なんて、悲惨だろう。

きれいにそろった白い歯の笑顔を装着すると、ウィルマはベッドをすべりおり、足先でタオル地のスリッパを探りあて、トイレへそろりそろりと移動する。トイレはまだ独りでなんとかできる。トイレ内では、どこになにがあるかぜんぶ把握しているから、全盲になったみたいな気はしない。目の端あたりは、まだ機能している感覚がある。もっとも、視界の中心の空白は広がりつつある。医者に言われているとおりだ。サングラスもせずにゴルフをやりすぎたせいですよ。それに、セーリングも。水面の照り返しでは光線量が二倍にもなるんです、とのこと。でも、当時、そんなこと知られていなかったじゃないの？　陽の光は身体に良いと言われていた。日焼けは健康的だと。みんなベビーオイルを塗りたくって、パンケーキみたいに身体を灼いたものだ。小麦色にこんがり灼いたなめらかな脚に白いショートパンツがよく映えたっけ。

黄斑変性《マキュラー・ディジェネレイション》というそうだ。斑点とか汚点とか、どうも背徳的な響きがある。「けがれなき」の反対語。「そりゃあ、堕落《ディジェネレイト》した人間ですから」。当時、診断がくだった直後に、そんな気の利いたセリフをはいたものだ。あの頃は、けなげなジョークを連発していた。

服を着るのも、ボタンがあまりなければ、自分でなんとかできる。二年かそこら前に、手持ちの服からボタンはことごとく引き抜いて、かたっぱしからマジックテープとジッパーに替えた。ジッパーは、先端にストッパーがついている物なら問題ない。右のなんとかを、左のなんとかに挿しいれて引きあげるタイプのやつは、もはや手に負えない。

髪の毛をなでつけ、乱れはないか探る。〈アンブロージア荘〉には、専属の美容師のいるヘアサロンがあって（神の思召しに感謝）、髪の毛の手入れは、そこのサーシャにまかせている。朝の身支度でいちばんやっかいなのは、顔だ。鏡に映して確かめる気にはなれない。むかし、インターネットのアカウントに自分の写真をアップしていないと、のっぺらぼうの顔形が出てきたが、まるであんな風に見えるのだ。そんなわけで、眉をペンシルで描くとか、マスカラを塗るなどは望むべくもなく、口紅を引くのもほぼ無理。楽観的な気分の日には、目が見えなくても、口紅ぐらい引けると思いこもうとする。今日こそ、やってみるべき？　きっとピエロみたいになってしまうだろう。とはいえ、そうなったところで、だれが気にする？

いや、自分は気にするし。それに、もしかしたらトバイアスも。ホームの職員たちも、べつな意味で気にするかも。気がふれたように見えれば、本当に気がふれたように扱われる可能性が高い。じゃあ、やはり口紅はやめとこう。

いつもの場所にコロンの瓶を探り当てると――清掃係には、決してなにも動かさないよう、厳しく言ってある――、両耳の後ろに少しつける。「アター・オブ・ローズ（ローズオイル）」というそうだが、べつな香りも隠れている。シトラスの。ウィルマは深く息を吸う。やれやれ、ありがたい、嗅覚をなくす年寄りもいるが、鼻はまだ利くようだ。鼻が利かなくなると、とたんに食欲が失せ、どんどん縮んで死んでしまう。

振り向いて、自分の、というか、そこに映っているだれかの姿をとらえようとする。晩年の実母に、面食らうほどよく似た女。白髪や、ティッシュのように皺々の肌や……。自分の場合、目の玉が脇に寄っているので、いたずらな感じに見えるだろう。もしかしたら、ぐれた妖精みたいに邪悪な感じがするかも。やぶ睨みだと、真正面から向かいあうという誠実みに欠ける。それは、二度ととりもどせないことの一つなのだ。

そら、トバイアスがやって来た。時間には几帳面な人だ。朝食は毎日、一緒にとる。

彼は必ずドアをノックする。礼儀正しい紳士を自認しているから。レディの私室に入る前の待ち時間は――トバイアスいわく――浮気相手の男がベッドの下にすべりこめる程度は取るべし。とくにそこにいるのが自分の妻ともなれば、夫は体面を保たねばならない。トバイアスは何人かの妻との生活を経験している。どれもこれも浮気者だったとかで、でも、ほかの男をその気にさせない女性には敬意をもてそうにないので、もう恨みには思っていないとのこと。妻たちには、自分が浮気を知っているということを知らせず、巧みに自分のもとにとり返し、妻からの崇拝をとり戻してから、いきなり、なんの説明もなく、家を追いだしたという。だって、むこうを責めたてて自分を貶めることはないだろう？　きっぱりドアを閉めてやるほうが、面子も立つ。妻たちの扱いはこれに限るね。

とはいえ、相手が愛人の場合は、こみあげる感情に囚われやすいという。嫉妬と屈辱感による猜疑心に駆られた男は、えてしてノックもせずに突撃し、流血沙汰になったりする。その場で、ナイフや素手で襲いかかったり、日を改めて決闘まがいのことをやったり。

「だれか殺したことがあるの？」彼が縷々述懐する途中で訊いてみたことがある。

「わたしは口が堅い」トバイアスはおごそかに答えた。「でも、ワインボトルというのは――ワインがいっぱいに入った状態なら――こめかみにうまく当たれば、脳天を砕く威力がある。ちなみに、わたしは射撃の名手だ」

ウィルマはひたすら口を閉じておいた。自分にはトバイアスのことは見えないが、彼のほうはこちらが見えるのだから、嫌味な笑いなど浮かべたら傷つくだろう。この手のディテールというのは、いまはなき金色のチョコレートボックスのようなもので、一種のロココだとウィルマは思っている。装飾過多。トバイアスの作り話だろう。ぜんぶがぜんぶではないが、金切り声をあげるこってりしたオペレッタや、そのむかし流行ったヨーロッパのロマンス小説や、ダンディな叔父さんたちの思い出話から、ちょいちょい借りているんだろう。ナイーヴで柔和な北米の女性であるウィルマからすれば、自分はデカダンで、グラマラスで、たいへんな遊び人に見えると思っているに違いない。自分がこんなことを話せば、鵜呑みにするだろ、と。ひょっとして、自分でも信じちゃっているのかも。

「はい、どうぞ」ウィルマはようやく返答する。黒いしみのようなものがドアロにあらわれる。横目でそれをとらえると、くんくん匂いを嗅ぐ。間違いなくトバイアスだ。アフターシェイブローションの匂いでわかる。思い違いでなければ、〈ブルート〉だろう。もしや視力が衰えるにつれて、嗅覚は鋭くなっている？　それはないだろうが、そう考えると慰めになる。「トバイアス、今朝も会えてなにより」ウィルマは挨拶する。

「やあ、今日も輝いてるね」トバイアスが言う。近づいてくると、かさかさした薄い唇で、頬にキスをしてくる。なんだかちくちくする。まだ髭を剃っていないのか。〈ブルート〉だけすりこんできたのか。わたしと同様、自分の体臭を気にしているんだろう。〈アンブロージア〉の住人たちが食堂に集まると、老いゆく肉体のつんと饐《す》えたような臭いが鼻につく。何重に香水をつけようと、その底にはゆっくりと朽ちていく肉体の臭いがあり、それが否応なく漏れでてくる。女性は繊細なフローラルの香り、男性は爽やかなスパイスの香り。それぞれの中では、咲き誇るバラの花、はたまた、ぶっきらぼうな海賊のイメージが、いまだ大切に守られているのだ。

「熟睡できたならいいけど」ウィルマは話しかける。

「すごい夢を見たよ！」トバイアスは言う。「紫色なんだ。えび茶色というか。やけに色っぽかった。音楽つきでね」

この人はしょっちゅう「やけに色っぽい」夢を見る。「良い終わり方の夢ならいいけど？」ウィルマは言う。今日は、「いいけど」を使いすぎだ。

「あまり良くはなかったね」トバイアスは答える。「人殺しをするんだ。そこで目が覚めた。さて、今日はなにを食べようか？　オート系にする、それとも、ブラン系？」ウィルマがいつも食べるドライシリアルの名前を、彼は決して口にしない。そういう代物は陳腐だと思っているのだ。じきに、ここには美味しいクロワッサンがないことについて、あるいは、クロワッサンそのものがないことについて、ひとくさり述べるだろう。

「好きなものをどうぞ」ウィルマは言う。「わたしはミックスにする」ブランは腸の働きを良くするし、オートはコレステロール対策。まあ、これに関して専門家の意見はころころ変わるけど。トバイアスがごそごそやっている音。この部屋の狭いキチネットは、彼も勝手知ったるもの。どの箱がどこにあるか心得ている。〈アンブロージア〉では、昼食と夕食は食堂で提供されるが、朝食は各自の部屋でとることになっている。ただし、それは〈早期介護生活棟〉の入所者の場合。これが、〈後期生活棟〉になると違ってくるらしい。具体的にどう違うのかは想像したくもない。

皿やカトラリーのぶつかる音が聞こえてくる。トバイアスが窓辺の小さなテーブルに朝食のセッティングをしているんだろう。四角い朝の光を背景に、彼のシルエットが黒っぽく浮かびあがっている。

「ミルクも出すわね」ウィルマは言う。少なくとも、それぐらいは自分でできる。ミニ冷蔵庫の扉をあけ、ラミネート加工のひんやりした細長い牛乳パックを探りあて、こぼさずにテーブルまで運ぶ。

「よしきた」トバイアスが言う。つぎは彼がコーヒー豆を挽く段で、小さな丸鋸がまわるような音がする。手動のコーヒーミルで挽くほうがはるかに良いという彼の講話は、今日は出ない。若かりし頃は、真鍮のハンドルがついた赤いミルで、毎日挽いたものだ、というやつ。おおかた、彼のお母さんの若かりし頃の話では。どこかのだれかの若かりし頃か。真鍮の把手がついたそんな赤いミルは、ウィルマにもなじみがあった。以前は自分でも持っていた気がするけど、それは気がするだけだろう。なのに、喪失感がある。架空の赤いミルは自分の所持品の一部と化していた。実際にむかし持っていた物たちにまじって。

「卵もないとね」トバイアスが言う。卵を食べる日もあるが、前回はちょっとした修羅場になった。トバイアスが卵を茹でてくれたのだが、茹で時間が足りず、ウィルマは自分の卵をぐしゃっとつぶして、服の前を黄身だらけにしてしまった。卵の殻の上部を剝くというのは、精密作業だ。もういまの自分には、スプーンを狙ったところにぴたりと持っていくことができない。つぎは、オムレツを提案してみようか。トバイアスの料理の腕では無理かもしれないけど。一つ一つ、手順を指示すればできるかも？　いやいや、危険すぎる。火傷なんかされたくないし。電子レンジで作れるものならどうだろう。フレンチトーストみたいなもの。チーズ・ストラータ（グラタンに似たオーブン料理）とか。家族がいる頃は、よく作ったものだけど、レシピをどうやって探す？　見つけたところで、どうやって読む？　最近はオーディオ・レシピもあるかもしれない。

　ふたりはテーブルについて、シリアルを咀嚼する。ぼそぼそして燃え殻のようで、嚙むのにえらい時間がかかる。頭の中に響くこの音を喩えるなら、とウィルマは思う。新雪をさくさく踏むような、発泡スチロールの梱包材がこすれるような音。もっと柔らかい穀類に切り替えるべきかもしれない。インスタントのお粥とか。とはいえ、そんな単語を口に出しただけで、トバイアスに軽蔑されかねない。インスタントの物はなんでもばかにする。じゃ、バナナは。そうだ、バナナをためしてみよう。あれは木だか草《プラント》だか茂み《ブッシュ》だかに生《な》るんでしょ（banana plant はバショウのこと。bush banana はオーストラリアでアボリジニに食用にされる植物）。バナナなら、彼も文句を言えないはずだ。

「この食べ物、どうして輪っかにするんだろう？」トバイアスがこう問うのは初めてではない。

「このオートなんとかってもの」

「Ｏの形を表現してるんでしょ」ウィルマは言う。「ＯａｔのＯよ。一種のシャレ」朝日を背にしてたトバイアスが黒いしみのような頭を横に振るのが見える。

「やはり、クロワッサンのほうが好いなあ」トバイアスは言う。「あれも、ものの形を象っている。三日月形だ。ムーア人（ここではイスラム教徒の意）がウィーンを陥落しかけた時代に端を発する。理由はわからないが……」そこで彼は言葉を切り、「門のあたりがなんだか騒がしいな」と言う。

ウィルマは双眼鏡を持っている。バードウォッチングにと言ってアリスンが送ってきたものだが、これまでにどうにか見つけられた鳥といったらムクドリぐらいで、いまや無用の長物と化している。もうひとりの娘が送ってくるのは、たいていスリッパだ。スリッパばかり、ゲップが出るほどある。息子が送ってくるのは葉書。もはや母には手書きの文字が読めないという事実を理解していないらしい。

ウィルマはいつも双眼鏡を窓台に置いており、これをトバイアスが駆使して、窓から敷地内のようすを観察する。カーヴした車道《くるまみち》、灌木をきれいに刈りこんだ芝生——三年前にここに来たときに見た記憶が、ウィルマの眼裏《まなうら》によみがえる——噴水には有名なベルギーの彫像のレプリカが据えられ、天使の顔をした裸んぼうの男児が石造りの水盤におしっこをしている。煉瓦の高い塀。頭上にアーチを戴き、陰鬱な顔つきのライオンの石像が目をひく堂々たる正門。〈アンブロージア〉もかつては、田園に建つお屋敷だったのだ。人々がお屋敷を建て、田園なんてものがあった時代の話だけど。そういう場でなら、二頭のライオンも似つかわしい。

毎日の人の出入りぐらいで、とくになにも観察されない日もある。日ごと面会者がやってきて——トバイアスは〝一般人〟と呼ぶ——訪問者用の駐車場からきびきびした足取りで正面玄関に向かっていく。ベゴニアやゼラニウムの鉢を提げ、むずかる幼い孫の手を引っ張り、さも楽し気にふるまいながら、この金のあるジジババとの時間をできるかぎり速やかに終わらせてしまおうと思っている。職員たちの出入りもある。医療関係者、調理・清掃関係者はどちらもこの正門から入ってきて、職員用駐車場にまわり、横手の職員用出入り口に向かう。食料品や洗濯したリネン類、それから、後ろめたさを抱えた家族が注文したフラワーアレンジメントなどを積んだ、おしゃれなペイントのヴァンが出入りすることもある。ごみ収集車のようなステキ度の低い車両には、格下の裏門が専用にある。

たまには、ドラマが展開する。何重もの警備をかいくぐって、〈後期生活棟〉の居住者が棟を脱走し、パジャマのままや半裸でそのへんをあてもなくうろつき、あっちこっちで立小便——噴水の天使像なら歓迎されるが、人間の老人にはあるまじき行為——をやらかし、この徘徊老人を包囲して、中に連れもどそうという、穏やかながら手際のよい追跡劇が目撃されたりする。男性ばかりではない。女性の場合もあるが、脱走劇においては、おおむね男性がリードしているようだ。

ときには救急車が到着し、二人組の救急隊員が医療器具を抱えて駆けこんでいき——「戦場さながらだ」と、トバイアスはコメントしたことがあるが、ウィルマの知るかぎり、彼はどんな戦争にも行ったことがないので、そういう映画でも思いだしていたんだろう——、しばらくしてストレッチャーにだれかを載せて、もっとのんびりした足取りで出てくることもある。ここから見るかぎり区別がつかないな、とトバイアスは双眼鏡を覗きながら言う。生きてるんだか、死んでるんだか。

「まあ、そばに寄ってもわからんだろうがね」トバイアスは縁起でもない冗談をひと言添えることで有名だ。

「なにごと？」ウィルマは双眼鏡を覗くトバイアスに訊く。「また救急車？」サイレンの音はしなかった。それは確かだ。耳はまだよく聞こえる。わが身の視覚障害がじつに恨めしくなるのは、こういう時なのだ。自分の目で見たい。トバイアスの解説は信用できない。ときどきこちらに伏せていることがある気がする。あなたを守るためだとか、彼は言っているけど、そんなふうに守られたくない。

ウィルマの苛立ちに反応したのだろう、小さな男たちが窓台の上にわらわらと集まってきて密集陣形を組む。女性はいないので、分列行進というべきか。小さな人たちの社会は保守的のようだ。女性は行進には参加させない。いまも服の色は緑色だが、もっと深い緑で、さっきのようなお祭りムードではない。最前列の人々は実戦用の金属ヘルメットをかぶっている。その後ろの横列は、もっと格式ばった制服を着て、金の縁取りのケープに、緑の毛皮の帽子をかぶっている。あとからミニチュア馬も登場して、このパレードにくわわるだろうか？　それが世の決まりだけど。

トバイアスはすぐに答えない。間をおいてこう言う。「いや、救急車は来てない。ピケ隊みたいなものかな。組織化されているようだ」

「ストライキじゃないの」ウィルマは言う。とはいえ、〈アンブロージア荘〉の職員のだれがストなんかするだろう？　たしかに清掃員には充分すぎる理由がある。給料が労働に見合っていない。でも、いちばんやりそうにない。最悪、違法になるし、良くても、ひどい金欠になるだろう。

「いや、違う」トバイアスは答える。「ストライキじゃないと思う。ここの警備員が三人出ていって、彼らと話している。おまわりも一人いるよ。いや、二人」
トバイアスが「おまわり」などという俗語を使うと、ウィルマはぎょっとする。彼の言語基準の調和を乱すような言葉だから。ふだんはもっともっと窮屈で考えぬかれた言葉遣いをする人だ。まあ、「おまわり」なんて死語みたいなものだから、使っていいことにしているのかも。いつかは「合点承知の助」と言っていたし、またべつなときは「ドロンする」も使っていた。たぶん、たまたま読んだ本から拾ってきたんだろう。埃臭い古本の殺人ミステリかなにかから。そんなトバイアスをばかにするなんて、ウィルマはなにさま？　いまやネットをうろつくこともできないんだから、世の言葉の流行りすたりもわからないくせに。実社会の人々、若い人たちの言葉。もっとも、以前だって、ネットに深入りしていたわけじゃないけど。書き込みなんかはやったことがない。いわゆる潜伏者《ラーカー》（読むだけのユーザー）で、ちょっとコツが摑めてきたかなというところで、目が見えなくなりだした。

一度、夫にこう言ったことがある——まだ彼が生きている頃の話だ。夫の死後も話しかけつづけたあの長い長い悪夢のような哀悼の日々ではなく——わたし、墓碑には〝潜伏者〟と彫ってもらおうかな。だって、わたしは人生の大半を、ただ眺めて過ごしてきたでしょ？

いまでこそ、そんなふうに感じるけど、実はあのときはそう思っていなかった。あれやこれやで、いつも忙しくしていたから。歴史学を専攻していた——結婚するまでの腰掛けで研究するのに安全な分野——が、現時点、役立っていることなど欠片もない。なにしろ、なに一つ思いだせないんだから。セックスの最中に死んだ政治指導者三名。そう、それそれ。チンギス・ハーン、ジョルジュ・クレマンソー、あとだれだっけ？　そのうち思いだすだろう。

「その人たち、なにをしてるの？」ウィルマは尋ねる。窓台の上を行進していた人たちは右手に向かっていたが、急にくるりと向きを変え、速足《クイックステップ》で左手へ。いつのまにか槍を持っていて、切っ先がきらりと光る。太鼓を持っている人もいる。そちらに気をとられすぎないようにと思うが、こんなに精密で具体的な細部が見えるというのは、たいへんな喜びなのだ。でも、トバイアスは自分に百パーセント関心が向いていないと気取《けど》ると、不機嫌になる。ウィルマはもやっとした単色の現実に、無理やり意識をもどす。「建物の中まで入ってきそう？」

「ぼさっと突っ立ってるだけだ」トバイアスは言う。「ちんたらしてる」と、不愉快げに付け足す。

「これだから、若者ってやつは」若者はことごとく怠け者のごくつぶしであり、職を見つけるべし、という意見の持ち主だ。彼らの世代には、見つけようにも見つけられる職がないという事実がピンとこない。職がないなら、作りだせばいい、と言うのだ。

「何人ぐらいいるの？」ウィルマは尋ねる。一ダースかそこらなら、心配いらないだろう。

「ざっと五十人かな」トバイアスは言う。「プラカードを持っている。おまわりがじゃない、連中のほうが。あっ、〈リネンズ・フォー・ライフ〉のヴァンを止めにいった。見て、ヴァンの前に立ちふさがっている」

ウィルマの目が見えないのを忘れているようだ。「プラカードにはなんて書いてあるの？」リネン類を運ぶヴァンを止めるとは、思いやりあふれる行為ではない。今日はベッドのリネン交換の日なのに。リネン類の追加サービスやゴムシートの必要がない入居者にとっては。一方、〈後期生活棟〉には、もっと頻繁な交換スケジュールが組まれている。聞くところによると、二日に一度。〈アンブロージア荘〉の料金は安くない。大切なジジババの体に潰瘍性の発疹でも出たら、ご親族は穏やかではないだろう。高額料金なりのことはしてもらいますよ。少なくとも、そう主張しているが、彼らが本当に望んでいるのは、化石のような老いぼれたちが自分たちの責任外でさっさとお終いになってくれることではないか。そうなれば、きれいに後始末をして、純資産の残り――すなわち、遺産、形見、余り物――をかき集め、わたしはこれを受けとるに値すると自分に言い聞かせる。

「赤ん坊の絵が描かれたプラカードもある」トバイアスが言う。「ふっくらした赤ん坊がにこにこ笑っている。〈退場しろ〉と書かれたのもあるね」

「退場しろ?」ウィルマは訊く。「赤ちゃんたちに言ってるの? どういう意味? ここは産院じゃないのよ」むしろその逆の場所でしょうに。ウィルマは意地悪なことを考える。ここは人生の出口であって、入口じゃない。ところが、トバイアスからは反応がない。

「あっ、おまわりがヴァンを通してやってる」彼は言う。

それは、けっこう。ウィルマは思う。みんなのためにシーツ交換を。わたしたちがひどく臭わないように。

トバイアスは午前中の昼寝をするため部屋に帰っていき――また午《ひる》ごろここに寄って、昼食をとりに食堂へ連れていってくれるはず――ウィルマはラジオをつけようとして何度か空振りをし、過ってチーズボードを床にたたき落としたりしてから、キチネットに置いてあるそれをやっと探りあて、スイッチを入れる。視力が低下している人向けに設計されたラジオで、電源のオン・オフも、ダイヤルを合わせるのも、ボタンを押すだけででき、摑みやすいようにビニールカバー――防水性でライムグリーンの――が掛かっている。これもまた、遠い西海岸に住むアリスンが、母に充分なことをしてやれていないのを気に病んで送ってきてくれたもの。彼女としては、なにやらはっきりしない問題を抱えたティーンエイジャーの双子の世話と、大手国際会計事務所での重責がなければ、もっと面会にいけるのに、と言っている。今日はあとで電話して、母はまだ生きていると念押ししてやらなくちゃ。そうやって電話をするたび、双子もおばあちゃんにご挨拶させられる。ふたりにとっては、退屈きわまりない通話だろう。まずもってこっちが退屈なんだから。

さっきのストライキだかなんだかも、ローカルニュースでとりあげられるだろう。朝食の洗い物をしながら聴けばいい。洗い物はゆっくりやれば、それなりにこなせる。グラスなどを割った場合は、インターフォンで〈サービス部〉に連絡し、ウィルマ担当の清掃係カーチャを呼びだして、到着を待たねばならない。彼女が終始、スラブ語のアクセントで嘆いたり、舌打ちしたりしながら、かけらを掃き集めてくれる。ガラスの破片は思いのほか尖っているし、怪我の危険があるのに自分で片づけるのは賢明ではない。バスルームのどの抽斗にバンドエイドをしまったか、すぐに思いだせないんだから、とくに。

それに、床に血だまりなんかあったら、管理部に誤解をあたえかねない。身の回りのことは自分できると言っても、疑いの目で見てくるだろう。すきあらば、ウィルマを〈後期生活棟〉にねじこんで、持参品の調度類や高級陶器や銀器を奪いとり、売り飛ばして利鞘を稼ごうともくろんでいるのだ。入所時に、そういう契約書にサインさせられている。それがここへの入所の代価であり、安泰と安全の代償というわけだ。お荷物にならないための代償。ウィルマは上等なアンティーク品を二つだけ、持ちこんでいた。小さな執筆机と鏡台――かつての家庭の最後の形見。残りはすべて三人の子どもたちに分けてしまった。彼女たちにはそんな骨董家具は使い道もない――そもそも趣味じゃない――し、間違いなく地下セラーに押しこめてあるのだろうけど、恭しく礼は言ってくれた。

ラジオからアップテンポのテーマ曲が流れ、男性と女性のキャスターが軽く雑談を交わし、もう一曲音楽、そして天気予報。北部では熱波、西部では洪水、またもやトルネードの恐れ。ハリケーンが一つ、ニューオーリンズ方面に向かっており、もう一つは東部沿岸を直撃中。六月には例年のことだ。ところが、インドでは正反対のことが起きている。モンスーンによる降雨がなく、飢饉に襲われる恐れがあると。オーストラリアはいまも旱魃に苦しんでいるが、ケアンズは大洪水に見舞われ、クロコダイルたちが街に侵出しているとのこと。アリゾナ州や、ポーランドや、ギリシャでも、森林火災が起きている。とはいえ、このあたりはお天気も良好。絶好の海水浴、日光浴びよりです。どうぞ日灼け止めを忘れずに。夕方には、降水の予報が出ていますのでご注意ください。それでは、良い一日を!

さて、ヘッドラインニュースです。一つ目は、ウズベキスタンでの政権転覆。二つ目は、デンヴァーのショッピングモールでの銃乱射事件。犯人は幻覚症状があったに違いなく、発砲後、狙撃手によって射殺された。三つ目は――ここで、ウィルマは耳をそばだてる――シカゴの街はずれにある老人ホームが、乳児の仮面を着けた暴徒たちに放火された。その後、ジョージア州サヴァナ近郊で同様の二件目の放火、さらにオハイオ州アクロンで三件目の放火が起きた。これら老人ホームの一つは州営だが、あとの二つは独自の警備体制をそなえた私立施設であり、入居者たち――そのうち何名かはかりっと揚げられてしまったようだが――は貧困層ではない。

　これは偶然の一致ではないと、コメンテーターは述べる。連続放火事件だ。「アルテン」と名乗るグループがウェブサイトで犯行声明を出しており、現在、警察当局がこのサイトのアカウント所持者を割り出し中だという。亡くなった高齢者の遺族らは、当然ながら――と、ニュースキャスターは言う――ショックを受けています。涙ながらにしどろもどろの応答をする遺族へのインタビューが流される。ウィルマはラジオのスイッチを切る。〈アンブロージア荘〉の門外での集会には言及がなかったが、おそらく数に入れるには規模が小さく、暴力沙汰もなかったからだろう。

　アルテン。たしか、そんな名前だった。綴りは言わなかった。トバイアスに、テレビのニュースを見てもらって、続報を知らせてもらおう。本人に言わせると、テレビニュースを見るのは嫌いらしいが、欠かさず見ているから。電子レンジ近辺で繰り広げられている小さな人たちの式典――ピンクとオレンジが基調で、ふりふりのフリル、花を鏤《ちりば》めてグロテスクに盛りあがったかつら――は無視して、ウィルマはベッドに横になり、午前中の昼寝をする。以前は昼寝なんて大嫌いだったし、いまも嫌いだ。なにひとつ逃したくない。とはいえ、いまでは昼寝をしないと夜までもたないのだ。

トバイアスにつれられて、食堂へと廊下を歩いていく。本日のランチは二巡目。トバイアスは午後一時より前に昼食をとるのは不粋だと思っている。いつもより歩調が速いので、速度を落としてほしいと頼む。「お安いご用だとも、ディア・レディ」と、ウィルマの肘をぎゅっと握りながら言う。彼はいつもここを摑んで方向を操作する。一度は、ウィルマの腰に手をまわしてみたこともあるが――ウエストなんてない年寄りが多いが、ウィルマにはまだ多少ある――その体勢だと、トバイアスがバランスをとれず、ふたりしてすっころびそうになった。彼は背が高くないし、人工股関節を着けているので、慎重にやらないとバランスをくずす。

ウィルマは彼の容姿を知らない。少なくとも、現時点の容姿は。良いようにイメージを塗り替えているかもしれない。実物より若く、皺が少なく、もっと機敏で、頭髪も多め。

「報告することがたくさんあるんだ」トバイアスは言う。耳に口を近づけすぎだ。聴覚は正常なんだから、そんなに怒鳴らなくていい。「聞いたところ、ストライキではないらしい。例の若者たちのことだよ。まだ引き下がらない。それどころか、数が増えている」そんな展開を前に、トバイアスは活き活きしている。鼻歌でも出そうな感じ。

食堂では、ウィルマをエスコートして椅子を引き、腰をおろす絶妙のタイミングで椅子を押しもどしてくれる。失われかけた技ね、とウィルマは思う。レディの椅子を押すこの優雅な動き。馬の蹄鉄を打つとか、矢を矧《は》ぐとかいう技術と同じで。さて、トバイアスも対面に座ったらしく、鳥の子色の壁紙をバックにぼんやりした人形《ひとがた》があらわれる。ウィルマは顔を横に向け、黒い瞳をじっと凝らした彼がどんな表情をしているのか、なんとなく感じとる。そう、記憶の中の彼はいつもひたむきな目をしている。

「今日のメニューはなに?」ウィルマは尋ねる。食事のたびに、献立が印刷された紙が配られる。インチキな紋章のエンボス入り。なめらかなクリーム色の紙で、大昔の上演プログラムみたいだ。いまのプログラムときたら、ぺらぺらの紙に、広告がひしめきあっているけど。

「マッシュルームスープと……」と、トバイアスは読む。ふだんなら、〝本日のお料理〟を品よく貶しつつチョイスをとくと考え、そうしながら、昔日の美食の饗宴を回顧し、近頃はまともな料理人がいない、とくに子牛肉の調理がなっとらんなどと一席ぶつのだけど、今日はそれらの手順はぜんぶすっ飛ばす。「探りを入れてみたんだ」トバイアスはそう切りだす。「〈アクティビティ・センター〉でね。ちょっとうろついてみたよ」

要は、コンピュータを使ってネットで情報を漁ったという意味だ。〈アンブロージア〉では、個人のパソコンの持ち込みは許可されていない。公式見解では、施設のシステム環境が追いつかないため、とされている。本当はこういう理由ではないかと、ウィルマは疑っている。女性たちはオンライン詐欺師に引っかかり、不適切な恋愛を始めて、お金をむしりとられ、男性はポルノサイトに吸いこまれ、熱くなりすぎて心臓発作を起こし、その結果、男性入居者のことは職員がもっと注意深く監視すべきだったとして、遺族が〈アンブロージア荘〉を訴えてくる、といった展開を危惧しているのだ。

そういうわけで、パソコンの持ち込みは不可である。しかし〈アクティビティ・センター〉で使うことができる。ここの端末は、思春期前の子たちへの対策のように、アクセス制限をかけられるのだ。施設の管理部署は中毒性の高いパソコン画面から、なんとか入居者の興味を逸らそうと工夫している。パソコンより、濡れ粘土をこねて工芸をしたり、三角や四角のボール紙を組み合わせて模様を作ったり、あるいは、認知症の発症を遅らせるというブリッジをやったりしてほしい、と。とはいえ、トバイアスいわく、ブリッジの効用に関しては、どんなもんだろうね？　以前はブリッジに入れ込んでいたウィルマとしては、コメントを控えたい。

夕食時には、専属セラピストのショシャーナが巡回し、だれしもアートを通じた自己表現を必要としているのだと、入居者にうるさく説教をする。フィンガーペインティングだか、パスタネックレス作りだかなんだか、また明日また陽が昇るまでこの地上に留まるようすがとしてショシャーナ直伝のすてきな企画に押しこまれそうになると、ウィルマは視力低下を理由に断る。一度はショシャーナも、盲目の陶芸家たちの例を引き合いに出して、派手なことを言ってきた。その陶芸家の何人かはみごとな手びねりの陶器で国際的な評価を得ているのですよ、ウィルマ、あなたもトライして自分の地平を広げたいと思いませんか？　ウィルマはにべもなく拒絶した。「老いたる犬に、新しい芸を教えこむなというでしょ」と、丈夫な入れ歯を見せてにっこり笑ってやった。

ネットのポルノサイトに関していえば、助平者の一部は巧いことスマホを持ちこんで、その手の見世物を好き放題に見ているとか。これはトバイアスからの情報。ウィルマとうわさ話をしていないときも、だれかしら捕まえてうわさ話に余念がない。もっとも、自分はあんな安っぽくて不粋なスマホ・ポルノは見る気になれないと嘯《うそぶ》いている。映しだされる女たちが小さすぎる。いくらなんでも、限界があるよ、と彼は言うのだ。女性の体をどんどん縮めていくと、乳腺のある蟻んこみたいに見えてくるんだ。ウィルマはこの手の禁欲ネタは話半分で聞くことにしているが、トバイアスの言い分もまるきり嘘ではないのだろう。たかがスマホが提供してくれるどんな代物より、自分で妄想する一大ロマンスのほうがむらむらするのかもしれない。なんたって、自分が主役という利点まであるのだし。

「ほかにはどんなことがわかった？」ウィルマは尋ねる。ふたりのまわりから聞こえてくるのは、スプーンが磁器に当たる音、かすれがちな声の――虫の羽音のような――ささやき。

「あいつら、自分たちの番だと言うんだ」トバイアスはそう答える。「だから、〈われらに出番を〉というプラカードを掲げている」

「なるほどね」ウィルマは言う。理解の光が射してきた。アルテンではなく、われら《アワ》に出番《ターン》をだ。聞き違えていた。「なにが自分たちの番だと言うの？」

「人生、だよ。連中の一人がテレビのニュースでしゃべっているのを聞いた。当然ながら、あいつらはそこら中でインタビューを受けている。われわれの出番はもう終わりだとさ。こういう年寄りの出番は。われわれが社会をめちゃくちゃにしていると。その強欲やなにかのせいで、この地球は滅びるんだとか」

「一理あるかも」ウィルマは言う。「確かにめちゃくちゃにしてる。まあ、わざとじゃないけど」

「たんなる社会主義者だね、あれは」トバイアスは言う。彼は社会主義者にぼんやりしたご異論をもっている。自分にとって気に入らない相手はみんな隠れ社会主義者らしい。「怠惰な社会主義者だよ。他人が働いて得たものを、いつでもかっさらおうとする」

トバイアスがどうやってひと財産つくったのか、ウィルマはよくわかっていない。元妻が何人もいるばかりか、〈アンブロージア荘〉でもそうとう広いスイートルームに入っているのだ。ひょっとして、怪しげな事業ばかりやっている国々で怪しげな事業契約を結んでいたんじゃないかと思うが、過去の経済活動について、彼は決して口を割らない。せいぜい話すとしても、輸出入の会社をいくつか所有し、手堅い投資をしてきたということぐらいだ。とはいえ、金持ちと言えるほどの者ではない、と。みずから金持ちを自称する金持ちはいないけれど。金持ちはみんな「暮らしに不自由はない」と言うのだ。

ウィルマ自身も、夫が生きている頃は、暮らしに不自由はなかった。いまもそう言えるだろう。最近はもう自分の蓄えにはあまり関心を払っていない。個人向けの資金運用会社にまかせてある。アリスンも西海岸から、最大限、目を光らせているし。いまのところ、〈アンブロージア荘〉から蹴りだされずにいるのだから、請求額はちゃんと払われているんだろう。

「それで、わたしたちにどうしろと言うの?」ウィルマは尖り声を出さないように気をつける。

「あのプラカードを持った人たちは。やれやれ、わたしたちにどうにか仕様があるとでも?」

「場所を空けろということだよ。どいてほしいんだ。そう書かれたプラカードもある。〈老いぼれはどけ〉と」

「つまり、死ねということ?」ウィルマは言う。「ところで、今日は、ロールパンはあるの?」ときどき、とびきり美味しい〈パーカー・ハウス〉のロールパンが焼きたてで提供されることがある。

わが家にいるような気分にさせるサービスで、ここの栄養士たちが七、八十年前の献立を再現すべく想像と工夫を凝らしているのだ。マカロニチーズ、スフレ、カスタード、ライスプディング、ホイップクリームをどっさり載せたジェロー。どれも柔らかく、ぐらつく歯でも難なく食べられるという利点もある。

「いや、ないね」トバイアスが答える。「ロールパンはなし。チキンポットパイが運ばれてくるところだよ」

「その人たち、危険そう?」ウィルマは訊く。

「このあたりはだいじょうぶだろう」トバイアスは言う。「でも、国外では放火したりしている。このグループは国際組織を名乗っているんだ。何百万というメンバーが立ちあがっているとか」

「ふうん、外国では放火なんてしょっちゅうあるじゃない」ウィルマはわざと軽く返す。〝そこまで長生きしたらね〟。むかし歯科医に軽口をたたいた自分の声が聞こえてくる。ああいうまじめに取りあわない口調。そんなこととは、この先も無縁に決まっている、と言いたげな。

浅はかだった。ウィルマは自分に言う。それ、希望的観測というのよ。とはいえ、どう考えても脅威を感じられないのも確かだ。少なくとも、門の外に集まったおバカさんたちに対しては。

午後には、トバイアスがお茶をしに押しかけてくる。彼の私室は棟の反対側にある、荘の裏手の景色が一望できるスイートだ。砂利敷きの遊歩道、息切れしやすい老人たちのために点在するベンチ、日射しよけになる瀟洒な四阿《ガゼボ》、のんびりゲームができるクロケット場。こういう光景がぜんぶトバイアスの部屋からは見える——と、以前、満足気にこまごまと描写してくれたことがある——が、正門は見えない。それに、彼は双眼鏡を持っていない。彼はその景色を求めて、この部屋に来ているわけだ。

「今日はまた増えたな。百人はいそうだ。お面を着けたのもいる」トバイアスが言う。

「お面って？」ウィルマは興味をひかれる。「ハロウィンみたいな？」頭には、ゴブリンやドラキュラ、きれいなお姫さまや魔女やエルヴィス・プレスリーの仮装が浮かんでいる。「マスクとかお面とか顔を覆うものを着けるのは違法だと思ったけど。公的な集まりでは（たとえば、米国南部のヴァージニア州では集会での着用は禁止されている。KKK団対策）」

「いや、ハロウィンのとは違う」トバイアスが答える。「赤ん坊のお面だよ」

「ばら色の肌の？」ウィルマは言う。かすかに戦慄が走る。赤ちゃんのお面を着けた暴徒たちとは、面妖な。大人サイズの、暴れだすかもしれない赤ちゃんの群れ。抑えが利かない。

小さい人たちが二、三十人、手をつないで踊り、なにかを囲んでいる。たぶんシュガーボウルだろう。トバイアスは紅茶に砂糖を入れるのが好きだ。女性たちはバラの花びらを重ねたようなスカートを穿き、男性たちは青っぽい玉虫色の孔雀の羽根をまとって輝いている。この繊細な造り、この刺繡ときたら！　実物じゃないなんて信じられない。こんなにはっきりと質感があって、こんなに隅々まで細かく作りこまれているのに。

「そう、ばら色のもいるね」トバイアスが答える。「黄色いのも、茶色いのも」

「どうやら、異人種交流がテーマのようね」ウィルマは言って、こっそりテーブルの向こう側にいるダンサーたちに手を伸ばす。だれか一人、親指と人さし指で、虫みたいにつまんでやれたらいいのに。そうしたら、こちらの存在に気づくかも。蹴ったり噛んだりしてくるだけかもしれないけど。

「その人たち、衣装も赤ちゃんのを着ているの？」オムツも着けていたりして。それとも、スローガンが書かれたロンパース。海賊とかゾンビとか不釣り合いに凶悪な絵のついたヨダレ掛け。そんなのが、むかし大流行りしたものだ。

「いや、お面だけだね」トバイアスは答える。踊るこびとを狙うウィルマの指が空《くう》を摑み、ゆえに非現実のものだときっぱり答えが出れば納得できるのに、決してそうさせてくれない。踊りのラインをゆがませて指をかわす。要は、こちらの存在を認識しているんじゃないか。わかったうえでからかっているんじゃないか。悪戯なこびとたちめ。

なにを、バカなことを。ウィルマは自分に言い聞かせる。これは障害による症状よ。シャルル・ボナール症候群の。充分に解明されているし、同じ疾患をもつ人はたくさんいる。違った、違った、ボネでしょ。ボナールは画家。ほぼ間違いない。いや、ボニヴェールだっけ？

「またヴァンの通行妨害をやってる」トバイアスが言う。「鶏肉の配達車を止めているよ」産地直送、オーガニックの放し飼い鶏だ。卵も同様。〈バーニーとデイヴのしあわせ母さん鶏〉から届けられる。毎週木曜日に。鶏肉も卵もない状態が長引くと、問題は深刻化しかねない、とウィルマは思う。内部から不満が出る。「こんな生活のために金を払っているんじゃない」、と声があがるだろう。

「警察は来ている？」ウィルマは訊く。

「いや、見当たらないね」トバイアスが答える。

「フロントに問い合わせるべきよ」ウィルマは言う。「苦情を言わないと！　職員が追い払うとかなんとかすべきでしょう、そんな人たち」

「もう問い合わせたよ」と、トバイアス。「こっちと同じで、さっぱり状況がわからないそうだ」


その日の夕食時はいつもより華やいでいる。いつもよりおしゃべりの声がし、食器の音がし、急に甲高い笑い声がする。食堂は人手不足のようだが、ふだんの夜なら、不満の声が高まるところ、今夜はそんな状態でも、ひそかに祝祭的な雰囲気が漂っている。トレイが手から落ち、グラスが砕け、乾杯の声があがる。床にこぼれた氷は見えづらく滑りやすいので気をつけてください、と注意される。みなさん、お尻の骨を折りたくないでしょう？　と、マイクを使って呼びかけているのはショシャーナだ。

トバイアスはワインをボトルで注文する。「では、お楽しみを。きみの瞳に乾杯！」と、言ってグラスを合わせる。今夜はトバイアスとふたりではなく、四人がけのテーブルについている。トバイアスが提案し、ウィルマは自分でも意外なことに同意した。数が多いからといって安全保障にはならないが、錯覚にせよ少なくとも安心感はある。何人かで固まっていれば、その未知のなにかを寄せつけずにおけるという。

テーブルを囲んだあとの二人は、ジョー＝アンとノリーンだ。男性がもう一人ほしいところだとウィルマは思うが、この年齢になると、女性と男性の比率は四対一ほどになり、女性が圧倒的に多いのだ。トバイアスによれば、女性のほうがのんべんだらりと長生きするのは、不当なことがあっても男みたいに憤慨できないし、屈辱に甘んじるのがうまいからじゃないかな？　老境というのは渺々《びょうびょう》たる恥辱の日々にほかならないが、そういうものに対してさ。高潔な人間には、こんなのは耐えられないだろう？　パンチのない料理に飽きあきしたり、関節炎がぶり返したりすると、必要な武器さえ手に入れれば、頭を撃ち抜きたくなるよ。誇り高いローマ人みたいに、風呂場で手首をカミソリで切るか。ウィルマが反論すると、トバイアスは「まあまあ」となだめてきて、死ぬ死ぬと言いたがるのはハンガリー人の血なんだ、と弁解する。ハンガリー人の男なんて、みんなこういうことを言うよ。あなただってハンガリー人の男なら、自殺を口にせず一日たりとも過ごせやしないだろう――と、お決まりのジョークを言う――もっとも、実行する者は大していないけどね。

ハンガリー人でも女性はどうしてそうならないの？　ウィルマは何度か尋ねたことがある。女性がバスタブでリストカットしないのはなぜなのか？　トバイアスの場合、同じ質問を繰り返すと、おもしろいことになる。あるときは同じ答え、あるときは違う答えが返ってくるから。その答弁によれば、トバイアスは少なくとも生誕地が三つあり、四つの大学に同時期に通っていたことになる。パスポートもやたらとたくさんある。

「ハンガリー女性は気質が違う」一度はそう答えた。「恋愛にしろ、生きるにしろ、死ぬにしろ、ゲームオーバーになっても気がつかないんだよ。自分の葬儀屋とだっていちゃつくし、なんなら棺桶に土をかける埋葬人ともいちゃつく。どこまでも現役だ」

ジョー＝アンもノリーンもハンガリー人ではないが、鮮やかないちゃつきスキルを展開している。

もし手元に羽根の扇でもあったら、それでトバイアスをぽんぽんたたいているだろうし、ブーケを持っていたら、バラのつぼみを投げているだろうし、いまだ足首といえるものがあるなら、ちら見せしているだろう。そういういまも、バカみたいににやついている。年相応のふるまいをしろと言いたいが、このふたりが年相応にふるまったらどうなるだろう？

ジョー＝アンはスイミングプールでよく見かける。ウィルマはいまも週に二度は何往復か泳ぐようにしているのだ。プールに入るときと出るときに手助けしてもらい、更衣室まで連れていってもらえるなら、まだなんとかこなせる。ノリーンとも、音楽会かなにかのグループ活動で会ったことがあるはずだ。クックックッと震えるようなこの鳩型の笑い声には聞き覚えがある。どんな風貌なのかは、ふたりともわからない。顔を横に向けて見たところ、どちらもマゼンタ色の服を着ているようだ。

トバイアスは女性二人と新たな出会いをはたし、不機嫌とは言いがたい。すでにノリーンには「今夜は輝いているね」を言っていたし、ジョー＝アンにも、むかしの自分だったら、夜道でふたりきりになるのは危険だ、みたいなことをほのめかしていた。「若者に知識さえあれば。逆に老人に行動力さえあれば」トバイアスは言う。なんだいまのは、手にキスをした音？　女性ふたりから、くすくす笑いが聞こえる。というか、かつては「くすくす笑い」だったもの。アヒルがガアガア鳴くような、雌鶏がコッコッと鳴くような、息をゼイゼイ喘がすような音。秋の落ち葉に突風が吹いたような音。声帯の衰え。ウィルマはそう思って悲しくなる。肺も縮むし。あらゆるものが干からびる。

目下、クラムチャウダーを食べつつ進行中のいちゃつきについてはどう思う？　やきもちを焼いている？　トバイアスを独占したい？　いや、独り占めしなくていい。そこまで望まない。ものの喩えにしろ、彼と干し草の中を転げまわる（性交渉をもつという意）気にはなれない。なぜって、その気が無いから。ゼロではないけど。とはいえ、気にかけてはもらいたい。というより、むこうにそう思わせたいのか。いまトバイアスは冴えない代役ふたりを相手によろしくやっているようだが。この三人はジェイン・オースティンのどたばたロマンスみたいにジョークを飛ばしあっており、ウィルマはほかに暇つぶしの手段がないので、話を聞くよりなかった。小さな人たちは登場していなかったから。

小さな人たちを呼びだそうとして、「出てらっしゃい」、と心の中で念じる。テーブルの中央にある造花のフラワーアレンジメントの方に、かつて「眼差し」だったものをひたと向ける。この造花をトバイアスは「最上級のできばえ」だなんて言っている。本物と間違えそうだな、と。ウィルマに言えることは、それが黄色いということぐらい。

念じてもなにも起こらない。いかなるこびともあらわれない。自分には、こびとたちを出現させることも、消すこともできないのだ。わたしの脳の産物にほかならないのに、不公平なんじゃないの。

クラムチャウダーのつぎには、牛ひき肉ときのこのグラタンが出て、そのあとにレーズン入りのライスプディングが出る。ウィルマは食べることに集中する。目のすみっこで皿の位置を確認し、昔の蒸気ショベルみたいにフォークで狙いを定めなくてはならない。対象物に近づき、フォークを持つ手を半回転させ、積荷をとらえ、揚重する。この作業は骨が折れる。食事の最後にようやく、スイーツの皿が降りてくる。いつものごとく、ショートブレッドとクッキーバー。一瞬、七、八人の小さなレディたちがフリルのついた生成り色のペチコートを、カンカン娘のスタイルで持ちあげ、絹のストッキングを穿いた脚をちらっと見せるさまが見えるが、彼女たちはたちまちにして、ショートブレッドの姿にもどってしまう。

「外はどうなっていますかね？」三人の間でとびかうお世辞の網の目に寸時できた空隙をついて、ウィルマはすかさず言う。「正門のほうは？」

「やだな」ノリーンが明るく言う。「それを忘れようとしてたのに！」

「そうそう」と、ジョー＝アンも同調する。「気が滅入るばっかりよ。わたしたち、今この時を生きてるんじゃない、ねえ、トバイアス？」

「さあ、ワインと女と歌の夕べ！」ノリーンが言う。「ベリーダンサー、連れといで！」ふたりは雌鶏みたいにクワックワッと笑う。

意外なことに、トバイアスは笑わない。ウィルマの腕をとってくる。かさかさして、温かく、骨ばった彼の指が包んでくるのを感じる。「さらに集まってきているんだ。状況はわれわれが最初に把握したより深刻だよ、ディア・レディ。甘く見るのは賢明ではない」

「あら、わたしらだって甘く見ちゃいないわよ」ジョー＝アンが陽気な会話のシャボン玉をこわさないような口調で言う。「いまは知らんぷりしてるだけ！」

「知らぬが花って言うしね！」ノリーンが軽く合いの手を入れるが、もはやトバイアスには効き目がない。彼は「スカーレット・ピンパーネル」風の洒落もの貴族の気どりをすて、「マン・オブ・アクション」モードに突入していた。

「われわれは最悪の事態を想定しなくてはならない」彼は言う。「寝首は掻かれまじ。さて、ディア・レディ、そろそろおたくにお送りしよう」

ウィルマは安堵のため息をつく。もどってきてくれたようだ。部屋の前までは送ってくれるだろう。トバイアスはこれを毎晩、時計仕掛けのように律儀におこなう。自分はなにを恐れていたんだろう？　彼に置いていかれ、衆人環視のなか不面目にもおたおたと手探りで歩いて恥をかき、一方、トバイアスはノリーンとジョー＝アンと一緒にルンルン気分で灌木の間に消えていき、ガゼボで3Pにでも勤しむとか？　あり得ない。警備員があっというまにつまみだして、〈後期生活棟〉へしょっぴいていくだろう。警備員たちは夜間、懐中電灯とビーグル犬をお供に、施設の敷地内をパトロールしているのだ。

「おたがい《ウィ》支度はいいかな？」トバイアスが訊いてくる。ウィルマは〝おたがい〟と言う彼を好ましく思う。ジョー＝アンとノリーンの出番もここまで。ふたたび、ただの〝あの人たち〟にもどった。トバイアスが肘を支えてくると、ウィルマはそちらに身をもたせ、そうしてふたりは堂々と食堂から退場していくのであった（というイメージをぞんぶんに思い描く）。

「ところで、最悪ってどういうこと？」ウィルマはエレベーターに乗ると、トバイアスに尋ねる。

「それに対してどうやって備えるというの？　その人たちだって、ここを焼き払えるとは思わないでしょ！　ここにかぎっては！　警察が阻止するはずよ」

「警察をあてにはできないよ」トバイアスは言う。「もはや、こうなったら」

ウィルマは反論しかけた——警察はわたしたちを護る義務があるはずよ、それが任務なんだから！——が、口をつぐむ。もし警察がそこまで懸念しているなら、もう彼らを逮捕しているはずだ。なのに、手をこまねいている。

「こういう連中は、最初は慎重にやるんだ」トバイアスは言う。「一歩一歩少しずつ。われわれにはまだ少し時間がある。心配せず、よく眠って体力をつけておかなくては。わたしもいろいろ準備は整えている。負けるもんか」

こんなメロドラマから借りてきたようなセリフを聞いて安心するとは妙なものだ。この件はトバイアスが対応してくれる、運命の女神の裏をかく深遠な計画をもって。ちょっと、この人は関節炎持ちのひ弱なじいさんにすぎないのよ。ウィルマは自分をたしなめる。とはいえ、安堵感を得ると同時に慰められたことも確かだ。

部屋の前まで来ると、ふたりは頰にいつもの軽いキスを交わし、ウィルマはトバイアスが足をひきずりながら廊下を遠ざかっていく音に耳を澄ます。自分がいま感じているのは、哀惜の念だろうか？　それとも、昔なつかしいときめきに胸を熱くしているとか？　本当はあの筋張った腕に包まれたいと思っている？　マジックテープとジッパーを開けて肌に触れられ、彼が過去に何百回、何千回と難なくしてのけてきたはずの行為を、過去の亡霊のように、ぎごちなく、節足動物みたいにして繰り返したいと？　いやいや。わたしの方がつらすぎる。無言の比較があるはずだ。チョコレートを試食してまわっている例の色っぽい恋人とか、神々しいバストとか、大理石のような太ももとか。その後にわたしごときとは。

年をとれば、体の問題なんて超越すると思っていた。ウィルマはつぶやく。そういうものは乗り越えた先の、うららかで、肉体とは無縁の世界に昇っていけると。でも、そんな境地に至れるのはエクスタシーのときぐらいだし、エクスタシーに達するには肉体が必要だし。骨も腱もない翼では飛べないということ。あれがなければ、ますます体の重みでおのれの身体機能のなかへ引きずりこまれていくだけだ。若いときのツケを返してやろうと、錆びついて軋む残酷な肉体の歯車たち。トバイアスの足音が聞こえなくなると、ウィルマは部屋のドアを閉め、就寝前の段取りにとりかかる。まず、靴をスリッパに履きかえる。これはゆっくりやるに限る。それから、服を脱がなくてはならない。マジックテープを一つずつはがし、脱いだ衣類はそれぞれハンガーに多少整えて吊るし、クローゼットにしまう。下着はランドリー籠に入れておく。早すぎることはない。明日はカーチャが回収にくるから。あまり苦もなくおしっこ作業を完遂し、トイレの水を流す。ビタミンサプリその他の錠剤を、たっぷりの水で溶かして流しこむ。食道のあたりで薬が溶けるのは気持ちわるい。窒息死も避けられる。

シャワー室で倒れない予防も必要だ。グリップをしっかり摑み、滑りやすいシャワージェルは使いすぎないように。身体を拭くのは座ってやるのがいちばん。立ったまま足を拭こうとして、多くの老人がご愁傷様になる。そうだ、足の爪を切ってもらうのに、〈サービス部〉に電話して、サロンに予約を頼まないと。これも、もはや自分でできない作業の一つだ。

夕食の間に、もの言わぬだれかによって、ナイトガウンがベッドにそっと置かれ、掛け布団がめくられている。枕には毎晩、チョコレートが一つ。それを手探りで見つけると、アルミホイルを剝き、チョコを貪り食べる。これも、ライバル会社にはない〈アンブロージア荘〉ならではの気づかいです。パンフレットにはそう書かれていた。ご自分を大切になさってください。あなたはそれに相応《ふさわ》しい人です。

翌朝、トバイアスは朝食の時間に遅れてくる。遅いような気がしたので、キチネットの〝おしゃべり時計〟で確かめた。これもアリスンからの贈り物。ボタンを押すと――ボタンが見つかればだけど――小二の子どもに目線を合わせる算数の先生みたいな声で時間を教えてくれる。「八時、三十二分です。八時、三十二分です」。それから八時三十三分になり、八時三十四分になり、ウィルマは一分過ぎるごとに、血圧が上がっていくのを感じる。トバイアスになにかあったのでは？ 脳卒中とか、心臓発作とか？ 〈アンブロージア荘〉では、そんな事態が毎週のように起きる。いくら資金が潤沢にあっても、そうした発作の予防にはならない。

ようやく、トバイアスがやってくる。「ニュースがあるんだ」と、部屋に入らないうちから切りだしてくる。「〈夜明けのヨガ〉クラスに参加してきたんだけど」

ウィルマは吹きだす。堪えきれなかった。トバイアスがヨガをやる、いや、ヨガの教室にいるというだけで、おかしい。その活動に、なにを選んで着ていったんだろう？ トバイアスとスウェットパンツなんて結びつかない。「笑いたくなるのはわかるけどね、ディア・レディ」と、トバイアスは言う。「状況が違えば、わたしがヨガなるものを進んでやることもないだろうさ。しかしね、情報を得るためにわが身を犠牲にしたんだよ。どっちみち、今日のクラスはなかった。インストラクターがだれも来なかったから。だから、わたしはご婦人がたと――雑談をする機会をもった」

ウィルマは一瞬でわれに返り、「インストラクターが来ないって、どうしてまた？」と尋ねる。

「あいつらが正門を封鎖したからだ」という知らせが飛びだす。「だれも中に入れないようにしている」

「警察はなにをしてるの？　それに、〈アンブロージア〉の警備員たちは？」いま彼は〝封鎖〟と言った。軽々しいものじゃない。建物を封鎖するには、大がかりな作業が必要だろう。

「警官の姿は見当たらない」トバイアスが言う。

「とにかく入って、座って」ウィルマは言う。「コーヒーでも飲みましょう」

「それがいい」トバイアスが言う。「考えないとな」

ふたりは小さなテーブルにつくと、コーヒーを飲み、オートシリアルを食べる。もうブランの方は切れていて――今後、補充される見込みはほとんどないんだと、ウィルマは気づく。頭の中にジャリジャリと響く音を聞きながら、オートでもありがたく食べなくちゃ、と思う。いまこの時を味わわないといけない。小さな人たちは、今日は興奮ぎみのようで、金銀のスパンコールで全身きらきらさせ、テンポの速いワルツでくるくる回って、華やかなショーを披露してくれていた。しかし、いまは考慮すべきもっと由々しき問題があり、かまっていられない。

「じゃ、だれも外に出さないということ？　封鎖ということは」ウィルマはトバイアスに問いかける。フランス革命について書いたあの本はなんだっけ？　ヴェルサイユ宮殿が封鎖され、王室一家は中に幽閉されて、じりじりしながら右往左往する。

「職員は通している」トバイアスは言う。「職員は出ていくよう、事実上命令を出しているようだ。入居者は出さない。出してはいけない。どうも、そう命じているらしい」

ウィルマは言われたことを考えてみる。つまり、職員は外に出られるが、いったん出たら、再入構できないということだ。「それに、配達のヴァンも通さない、と」質問というより断定のような言い方になった。「鶏肉なんかの配達だけど」

「当然そういうこと」トバイアスは言う。

「だとすると、わたしたちを餓死させようというわけね」ウィルマは言う。

「どうも、そのようだ」トバイアスは答える。

「変装したらどうかな」ウィルマは言う。「たとえば、その、清掃員に化けて外に出るとか。ムスリムの清掃員だから、なにやら頭にかぶっているわけ」

「尋問されずに通過できるか大いにあやしいね」トバイアスは言う。「年齢的に無理がある。時は汝に足跡を残す」

「けっこう年寄りの清掃員だっているはずでしょ」ウィルマはまだあきらめない。

「程度問題だな」トバイアスは言って、ため息をつく。いや、たんなる息切れか？「でも、絶望するなかれ。方策は考えてある」

べつにわたしは絶望していないと、ウィルマは言いたいが、ややこしいことになりそうなので、言葉をのみこむ。いま感じている、はっきり言葉にできないこれはなんだろう。絶望ではない、まったく違う。希望でもない。ただ、ただ、つぎに起きることを知りたい。間違っても日課どおりにはならないはずだ。

まずは、ウィルマも今後の備えとしてバスタブに水を溜めておくべきだと、トバイアスは主張する。自分の部屋のバスタブにはすでに水を張ってきた。早晩、電力の供給が止められ、つぎに水が出なくなるだろう。時間の問題だ。

そう言うと、彼はウィルマのキチネットとミニ冷蔵庫の備蓄をリストアップする。昼食、夕食用の食材や調味料は備えていないから、たいしたものはない。わたしだけじゃなくて、ほかの人たちだって、備えてないでしょう？ 昼も夜も調理しないんだから。

「ヨーグルトレーズンなら少しある」ウィルマは言う。「と思う。あと、オリーヴがひと瓶」

トバイアスはふんと鼻を鳴らす。「これっぽっちの食糧じゃ生きていけない」と言って、なにかの入ったボール紙の箱を叱りつけるように振りつける。彼によると、きのう地階の売店に行って、エナジーバーと、キャラメルポップコーンと、塩炒りナッツをさり気なく買い込んで備えてあると言う。

「抜け目ないわね！」ウィルマが驚いて言う。

そう、とトバイアス。賢明な行動だった。とはいえ、この程度の非常食では長くはもたない。

「階下《した》の厨房を漁りにいくべきだな。ほかのみんなが同じことを思いつく前に。所内のストアも強奪にあって、つぶしあいになりそうだ。そういう現場を目の当たりにしたことがあるよ」ウィルマは自分も同行したいと思う——押し合いの場でも自分がいれば緩衝材になるかもしれない。だって、この老女を脅威と感じる人はいないだろう？　殺到する群れをふたりして押しのけたら、自分もバッグに食料品をいくらか詰めこんで、部屋に持ち帰ろう——と思ったが、提案するのはやめておいた。同行しても邪魔になるに決まっているから。トバイアスはやるべき仕事が山積みなんだから、羊飼いのようにわたしを逐《お》いたてる余裕はないだろう。

自分も役に立ちたいという気持ちは、トバイアスにも伝わっているようだ。ウィルマの役割については、かなり考えてきたという。今後も部屋に留まって、ニュースに耳を傾けていてほしい。これを〝情報収集〟と彼は呼ぶ。

トバイアスが帰っていくと、ウィルマはキチネットのラジオをつけ、情報収集にそなえる。ニュースを聴いても、すでに知っていることがほとんどだ。〈われら《アワ》に出番を《ターン》〉はひとつの運動であり、国際的な広がりを見せており、デモのある参加者の表現によれば「社会にのしかかる寄生的な枯木」、またべつな参加者によれば「ベッドの下のホコリ玉」を一掃することを目的とするらしい。

当局の対応はあったとしても散発的なものだった。ほかにもっと重要な案件を抱えている。またもや洪水、またもや燃え広がる森林火災、またもやトルネード、そんなこんなできりきり舞いしているのだ。各省庁の「長」からのコメントがつぎつぎと短く引用される。標的にされている介護施設の方々はパニックに屈せず、街にさまよいでたりしないようお願いしたい。建物外では身の安全は保障できません。カッとなってデモ隊に立ち向かっていった幾人かは生きては帰れなかった。うち一人にいたっては、隊員らの手で八つ裂きにされたという。施設が封鎖された方々はそこに留まってください。事態はまもなく統制されます。ヘリコプターを配備するかもしれません。状況が不安定なうちは、包囲下に置かれた方々のご家族は決して自分たちで介入しようとしないように。みなさん、警察、保安部隊、あるいは特殊部隊の指示に従ってください。メガフォンを持った人たちです。なにより、いま救助が向かっているということを忘れないで。

それは疑わしいとウィルマは思うが、チャンネルは替えず、ニュースにつづくパネルディスカッションも聴く。番組ホストが各パネリストに、まずご年齢と肩書からお願いしますと言い、ひととおり自己紹介がなされる。学者、三十五歳、専門は社会人類学。エネルギー分野が専門の、四十二歳。経済の専門家、五十六歳。いま起きているこれは暴動の勃発と言うべきか、高齢者と敬老と家族という概念そのものを破壊するものか、逆に、二十五歳未満の若者が背負わされた苦境、苦悩、ずばり言って、経済的、環境的にとんでもない現状を思えば、首肯してしかるべきですよ、などと、三人は行きつ戻りつ小理屈をこねまわして直言を避ける。

怒りが渦巻いているんです。そう、だからと言って、社会の最たる弱者がスケープゴートにされるのは、悲しいことですが、こういう成り行きは歴史上前例のないことではないし、かつて多くの社会では――社会人類学者いわく――高齢者は奥ゆかしくお辞儀をして引っこみ、雪原に消えていったり、山間に運ばれて置き去りにされたりして、若者に場所を譲ったものなんだ。しかし、それは村にあまり食糧がなかった時代の話だろう、と経済学者が言う。いま、高齢者層は巨大な雇用を生みだしているわけでね。まあ、そうですが、彼らは社会保険料を食いつぶしてもいますからね。

その金の多くの使い道は末期の人々の……ええ、それはまったくそうですが、一方で罪もない人々が命を落としているんですよ。いや、ひと言いわせてもらえば、その負担はあなたが〝罪もない〟と言う人たちが担わされているわけで、この人たちの中には……いや、もちろんあなたも正当化するわけではないんだろうが、これは認めてもらわないと……云々。

では、ここでリスナーからの電話をお受けしましょうと、ホストがアナウンスする。

「六十より下のやつらは信用するな」最初に電話がつながったリスナーは言う。スタジオのみんなは一斉に笑う。

二番目の通話者は、こんな問題をどうして軽視できるのか、さっぱり理解できないと言う。ある年代の人たちはこれまで懸命に働いてきて、何十年も税金を払ってきたし、いまも払っているだろうに、こうした状況で政府はなにをやっているのか？　若い世代は投票になんか行かないことを知らないのか？　政府がこの問題にびしっとけりをつけて、いますぐ始末しないなら、こんどの議会選挙の投票でしっぺ返しを食らうぞ。じゃんじゃん監獄にぶちこめ。必要なのはそれだ。

三番目の通話者は、開口一番にこう言う。おれはいつも投票しているが、それで良い目にあった例しがない。彼はやおら「老いぼれどもは燃やしちまえ」と言いだす。

「なんですって」ホストは言う。通話者はわめきはじめている。「聞こえたか？　老いぼれを燃やせだ！　聞こえたか！」というところで電話は切られ、アップビートの音楽が流れる。

ウィルマはラジオの電源を切る。今日のところは、もう情報収集は充分だろう。

ティーバッグを探してがさごそやっていると——自分でお茶を淹れるのは、火傷をする危険があるのでリスキーだが、ごく慎重にやれば大丈夫——数字ボタンの電話が鳴りだす。受話器のついた旧式の電話だ。もう携帯電話はいじれないから。端っこに残る視力で電話を見つけると、十人か十二人の小さな人たちが——毛皮の縁取りのついた天鵞絨の長マントに銀色のマフをして——キッチンカウンターでスケートしているのは無視して、受話器をとりあげる。

「ああ、よかった」アリスンの声がする。「そっちのようすは、テレビで見てる。例の人たちがホームの外に群がって、ランドリーのヴァンがひっくり返って、もう心配で、心配で！　あ、いまそっちへの飛行機乗るところだよ、あとで……」

「よしなさい」ウィルマは言う。「こちらは大丈夫だから、大丈夫。ちゃんと統制下にあるし、わざわざ来なくても……」通話はそこで切れる。

なるほど、電話線も切断してまわっているのか。いつ送電が途切れるかわからない。でも、〈アンブロージア荘〉には自家発電設備があるから、当面は持ちこたえるだろう。

お茶を飲んでいると、部屋のドアがひらくが、トバイアスではないようだ。〈ブルート〉の香りがしない。慌ただしく動く足音、塩と湿った布の臭い、急にむせび泣く声。ウィルマは衣服が脱げそうになるほど強く抱擁される。「あなたを置いて出ていけというんです！　置いてけって！　わたしたちみんな、ここを出ていけって。職員も、医療関係者も、ひとり残らず。そうしないと……」

「カーチャ、カーチャったら、おちついて」ウィルマはそう声をかけながら、腕を一本ずつふりほどく。

「でも、わたしにとってはお母さんみたいな人なのに！」カーチャの抑圧的な実母については知りすぎるほど知っているから、あまり褒められた気がしないが、好意的な意味で言っているんだろう。

「わたしなら、大丈夫だから」ウィルマは言う。

「でも、だれがベッドを整えたり、洗濯したてのタオルを運んできたり、あなたが割ったものを片づけたり、夜、枕にチョコレートを置いたり……」またむせび泣く声。

「自分でなんとかするわよ」ウィルマは言う。「だから、おとなしくして、面倒を起こさないこと。軍隊が派遣されているそうよ。さすがに軍が来れば解決するでしょう」というのは嘘だが、カーチャを外に出す必要がある。包囲された砦のような様相をますます呈している建物に、彼女まで閉じこめられる謂れはない。

　財布を取ってちょうだいとウィルマは頼み、中に残ったわずかな現金をすべてカーチャにわたす。だれか必要としている人がいたらあげて。わたしは当分、買い物三昧をすることもなさそうだから。バスルームにしまってあるフローラルな香りの秘蔵の石鹸も持っていって、と付け足す。わたしのために念のため、二つは残しておいてね。

「どうしてバスタブにお湯を張っているんですか？」カーチャが訊いてくる。少なくとも、泣きやんだようだ。「えっ、これ水じゃないですか！　あったかくしますよ！」

「いいから」ウィルマは言う。「そのままにしておいて。さあ、急いで。出入口を封鎖されたらどうするの？　とり残されたくないでしょ？」

カーチャが行ってしまうと、ウィルマはすり足でリビングエリアに向かい、途中で本棚からなにか落としながら——たぶん鉛筆立てだろう。木製の棒みたいな音がしたから——肘掛け椅子にたどりついて、そこに倒れこむ。現状を検討し、わが人生だかなんだかを振り返ろうと思うが、いや、その前に、活字を拡大できる電子書籍リーダーで、『風と共に去りぬ』を一行でも二行でも先に読み進めてみよう。リーダーのスイッチを入れ、読んでいた箇所を見つける。それができただけでも奇跡的。そろそろ点字を覚えたほうがいいんじゃない？　そりゃそうだが、いまやることでもないだろう。

「ああ、アシュリ、アシュリ。そう思ったとたん、スカーレットは胸の鼓動が速まった」……ばかじゃなかろうか。ウィルマは思う。陥落が差し迫っているというのに、あの弱虫男を思ってめそめそしているの？　アトランタは焼け落ちるし、〈タラ〉は略奪にあう。なにもかもが風と共に去るというのに。

スカーレットがそれを知る前に、ウィルマは船を漕ぎはじめる。

トバイアスにやさしく腕を揺さぶられて目が覚める。ひょっとして、いびきをかいていた？　口を開けていた？　ブリッジはちゃんとはまっていた？　「どうしたの？」ウィルマは尋ねる。

「昼ごはんの時間だよ」トバイアスは言う。

「なにか食べ物を見つけたの？」ウィルマは身を起こして訊く。

「乾物のパスタを手に入れた」トバイアスは答える。「それから、ベイクトビーンズも一缶。ところが、厨房はふさがっていてね」

「えっ、職員が残っているの？　調理スタッフが？」だとすれば、少しは安心材料だ。空腹だということに、いまさら気づく。

「いいや、調理師たちはみんな出ていった」トバイアスが言う。「厨房にいたのは、ノリーン、ジョー＝アンと、何人かだ。スープを作っていたよ。わたしたちも降りていかないか？」

この騒がしさからすると、食堂は大にぎわいのようだ。みんなノリにのっている。なににのっているにせよ。たぶん、集団ヒステリーというやつだろう。ウィルマはそう思う。きっと厨房から自室まで、ウェイターのようにしてスープを運んでいるのだ。なにかの割れる音がし、笑い声がどっと上がる。

ノリーンの声が耳のすぐ後ろで響く。「ちょっとすごくない？　みんないきなり腕まくりして、協力しあって。まるでサマーキャンプ！　あいつら、ここの年寄りには共同作業もできないと思っていたんだろうね」

「わたしたちの作ったスープ、どう？」こんどはジョー＝アンの声。問いかけた相手はウィルマではなく、トバイアスだ。「大釜で煮たんだけど！」

「いい味だね、ディア・レディ」トバイアスはそつなく答える。

「冷凍庫も漁ってみたのよ！　あるものは片っ端から入れてやった！」ジョー＝アンが言う。「キッチンシンク以外はなんでもかんでも！　イモリの目ん玉！　カエルの足先！　絞め殺した赤子の指！（いずれも、『マクベス』で魔女たちが大釜で秘薬を作るときの材料）」ジョー＝アンはイヒヒと笑う。

ウィルマはスープの具材を割りだそうとする。ソーセージ、ソラマメ、それからマッシュルーム？

「厨房のありさまは悲惨だよ」ノリーンが言う。「わたしら、なにに高い金を払っているんだか知らないけど、あのスタッフとやら！　間違っても清掃代は入ってないね！　ネズミがいた」

「シーッ」と、ジョー＝アンが言う。「知らぬがホトケでしょ！」ふたりしてキャッキャ笑いあっている。

「ただのネズミごときでは驚かないね」トバイアスが言う。「わたしはもっとひどいものを目にした」

「でも、とんでもないことになっているのは、〈後期生活棟〉だよ」ノリーンが言う。「石鹼を補充してあげられないかと思って行ってみたら、連絡口のドアが施錠されていた」

「わたしたちじゃ開けられないのよ」ジョー＝アンが言う。「職員たちはみんな出ていってしまったし。ということは……」

「恐ろしいことだよ、恐ろしい」ノリーンが言う。

「打つ手がない」トバイアスが言う。「いずれにせよ、いまここにいる人たちに、別棟の入所者の介護をする余裕はないが。われわれの力ではどうしようもない」

「でも、あの棟の人たち、うろたえているだろうな」ノリーンが小さな声で言う。

「ねえ」と、ジョー＝アンが言う。「お昼を食べたら、わたしたち腹をくくって、二列横隊で表に出ていきましょう！　警察かなにかに事情を話せば、だれかドアを開けにきてくれて、あの棟の気の毒な人たちをまともな場所に移してくれるはずよ。こんな目に遭わされて、屈辱なんか通りこしてるわよ！　あの連中が着けているバカみたいな赤ちゃんの顔のお面だけどね……」

「わたしらが出ていっても、連中が通さないだろう」トバイアスが言う。

「だけど、一致団結していけば！　報道陣だって来ているんでしょう。止められるもんですか、世界中が見ているんだから！」

「それは当てにならないなあ」トバイアスが言う。「たしかに、世界中の人々はそういうイベントをリング脇の席で見物するのは大好きだ。魔女の火炙りや公開絞首刑には、つねづね見物人がつめかけたものだよ」

「そうやってわたしを脅すのね」ジョー＝アンが言う。あまり脅えた声ではない。

「まずは、昼寝をするかな」ノリーンが言う。「体力を溜めておかないとね。外に乗りだしていく前に。少なくとも、あの汚らしい厨房で皿洗いはする必要がないよね。どうせ、ここには長くいないんだから」


トバイアスは建物の外を一通り、ぐるりと観察する。裏門にも案の定、人々が押しかけているとのこと。彼は夕方まで、ウィルマの部屋でウィルマの双眼鏡をぞんぶんに使う。ライオン門の外の群集の数はますます膨れあがっている。例のプラカードだけでなく、新しいものも振りかざしているという。〈時間切れ〉〈老いぼれを燃やせ〉〈お急ぎください、時間です〉。

無謀にも境界の塀を越えて敷地内に入ってくる者はいない。少なくとも、トバイアスはこれまで見つけていない。陽が翳ってくると、視界はわるくなる。一年のこの時季にしてはめずらしく冷えこみそうだ。少なくとも、天気予報がそう言っており、そこでテレビの音がやんだ。トバイアスによれば、彼の携帯電話もすでに動かなくなっている。外にいる若いやつらは怠け者の共産主義者のくせに、デジタル技術を操るのだけは得意なんだ。ネット内のあちこちに秘密のトンネルを掘っているのさ。白アリみたいに。〈アンブロージア〉の入居者リストも手に入れているに違いないし、アカウントにアクセスして、使えなくしているんだろう。

「あいつら、ドラム缶を持ってる」トバイアスは言う。「中で火を燃やして、ホットドッグなんか焼いているんだ。それに、ビールも飲んでいるようだな」わたしもホットドッグが食べたいと、ウィルマは思う。自分が表に出ていって、それを分けてくれる気はないか丁重に頼んでみる姿を思い浮かべる。いや、彼らの応答も目に浮かぶ。

五時ごろ、〈アンブロージア荘〉のひと握りの住人たちが正面ドアの外に集結する。ほんの十五人ぐらいだ、とトバイアス。まるで軍の隊列のように二列にならんでいる。縦に二人ずつ、一人多い三人の列もある。門の外につめかけた群集が静まる。隊列をじっと見つめている。〈アンブロージア〉隊の一人がメガフォンを持っているよ。ジョー＝アンのようだ、とトバイアス。命令が出されるが、窓ガラス越しだと、なにを言ったのかよくわからない。隊列がもたつきながら前進する。

「みんな、正門にたどりついた？」ウィルマは尋ねる。ああ、この光景を見られたら！　大学生のとき観にいったサッカーの試合のよう！　このテンション、敵対する二チーム、メガフォン。ウィルマはいつも観客の側で、試合に出たことはない。当時、女子サッカーなんてなかったから。女子の役割は息をのんで見守るだけ。ルールについてふわっとした知識しかないのは、いまも同様だ。睨み合いの緊張で、心臓の鼓動が速まる。ジョー＝アンの分隊が封鎖突破に成功したら、残りのみんなも隊を組織して、同じ作戦に出てみよう。

「門には着いたが、なにかあったようだ」と、トバイアス。「ひと悶着あったらしい」

「どういう意味？」ウィルマは訊く。

「どうも、いかんな。こっちにもどってきている」

「走って？」

「最大限、走ろうとしてはいる」トバイアスは言う。「暗くなるのを待とう。待って、とっとと脱出しよう」

「逃げられないわよ！」ウィルマはわめかんばかりになる。「あの人たちが通さないもの！」

「建物を出ることはできる」と、トバイアスは言う。「敷地内に隠れていよう。やつらがいなくなるまで。そうすれば、邪魔立てされることもない」

「でも、いなくならないでしょ、あの人たち！」ウィルマは言う。

「けりがつけば、帰っていくさ」トバイアスは言う。「さて、なにか食べないか。このベイクトビーンズの缶を開けよう。実用性の高い缶切りを人類が発明しそこねているのが、残念でならないよ。缶切りの設計は戦中から改良されていないね」

〝けりがつけば〟って、どういう意味？　ウィルマは訊こうとして、やめる。

提案された〝遠征〟のために、ウィルマは支度をする。トバイアスの話では、屋外で数時間、へたをすると数日は過ごすことになりそうだ。状況による。ウィルマはカーディガンを羽織り、ショールとビスケットを一箱、携える。例のルーペと電子書籍リーダーも。軽いので携帯しやすい。それはそうと、些末なことが気になる。そう、「些末なこと」だとわかってはいるけれど、今夜、入れ歯はどこに置けばいい？　この高価な入れ歯。それに、下着の洗濯は？　あまり荷物は持っていけないと、トバイアスは言っている。

さて、〝月夜のハツカネズミたち〟みたいに冒険に乗りだすか。ちょうどいい頃合いだ、とトバイアスが言う。トバイアスに手をとられて、裏手の階段を降り、廊下を通って厨房へ、食材の備蓄エリア、ごみ箱置き場を抜けていく。トバイアスがいちいち旅程を告げてくれるので、ウィルマにもどこにいるのかわかる。段差のあるドアロではいったん立ち止まってくれる。「心配しないで。ひとけはないよ。みんな立ち去ったあとだろう」

「でも、なにか物音が聞こえた」ウィルマは小声で言う。実際、聞こえたのだ。なにかが走りまわるような、かさこそいう音。小さな金切り声のような、キーキーいう音。ついに、小さな人たちが話しかけてきているの？　胸の鼓動が癪にさわるほど速くなる。いやな臭いがしない？　灼けた頭皮というか、不潔な腋の下というか、くさい動物の臭いみたいな？

「ネズミだよ」トバイアスは言う。「こういう場所には決まってドブネズミが潜んでいるもんさ。出てきても安全なときをわきまえているんだ。人間よりかしこいと思うね。はい、腕につかまって、ひとつ段があるから」

さて、裏口を出た。もう建物の外だ。遠くで人々の声がする。なにか唱える声がする——きっと正門につめかけた群集だろう。なんだろう、なんと言ってる？　「退場しろ。ぐずぐずするな、早くしろ。燃やせ、ベイビー、燃やせ。われらに出番を」。不穏なリズムが鳴り響く。

でも、声は遠くから聞こえてくる。ここは、建物の裏手は、静かだ。空気はすがすがしく、夜気はひんやりしている。姿を見られて、不審な侵入者か、〈後期生活棟〉からの脱走者かに間違われないかと、ウィルマは気が気でないが、だれかいるはずがない。ビーグルを連れた見回りなんかいっこない。トバイアスは懐中電灯を点けて、自分の足元を確かめ、さらにはウィルマの足元も確かめては、また電灯のスイッチを切る。

「蛍が飛んでるの？」ウィルマは小声で訊く。そうでありますように。もし違うなら、視界の端に、信号みたいにチカチカ明滅しているものはなんだろう？　視神経の新たな異常だろうか。バスタブに落っことしたトースターみたいに、脳がショートしてしまったのか？

「たくさん飛んでいるよ」トバイアスが囁きかえしてくる。

「わたしたち、どこに向かってるの？」

「いまにわかる。そこに着けば」

ウィルマの頭に、ばかばかしくも恐ろしい考えが浮かぶ。なにもかもがトバイアスの作り話だったら？　赤ん坊のお面をつけた抗議者なんて門に押しかけていなかったら？　それとも、集団幻覚だったら？　血の涙を流す像とか、雲のなかに処女マリアがあらわれる、みたいな。いや、それよりひどいのは――わたしをここに誘いだして絞め殺そうという、手の込んだトバイアスの計略だったら？　この人が、快楽殺人鬼だったら？

でも、ラジオのニュース報道は？　フェイク番組なんてかんたんに作れる。でも、でも、ノリーンとジョー＝アンは？　ふたりのスープは？　役者を雇ったのかも。なら、たったいまも聞こえるシュプレヒコールは？　録音声かも。あるいは、学生にバイトの募集をかけたか――がなるだけなのだ、最低賃金で喜んでやるだろう。狂った知能犯にお金を持たせたら、そんなことはいくらでもできる。

殺人ミステリの読みすぎ。ウィルマは自分に言い聞かせる。殺すつもりなら、もっと早くできたはず。それに、自分の懸念どおりでも、いまさら引き返せない。引き返そうにも、どこから来たのかもわからない。

「さあ、着いたよ」トバイアスが言う。「正面の特別観覧席だ。ここなら快適に過ごせるだろう」

着いたのは、ガゼボのひとつだった。いちばん左手にある。小便小僧のいる噴水の端にあたり、トバイアスによれば、〈アンブロージア荘〉の正面玄関が一部見えるという。例の双眼鏡を持ってきているのだ。

「ピーナッツでもどう？」トバイアスは言う。ビリッと袋を破るような音がし、ウィルマがすぼめた手のひらに、卵形のものが入ってくる。なんてほっとする手ざわりだろう！　パニックが退いていく。トバイアスは昼間のうちに、毛布を一枚とコーヒーを入れた魔法瓶二本をガゼボに隠しておいたという。それらをとりだすと、ふたりはおかしなピクニックの体《てい》におちつく。遠い日の若い男性たちとのピクニック――ホットドッグやビールを手にキャンプファイアをやった――をぼんやり思いだしていると、あのときと同じように暗闇から腕がにゅっとあらわれ、ウィルマの肩に、躊躇なく、しかし照れくさそうにまわされる。この腕は本当にここにあるんだろうか。それとも想像の産物？

「わたしといっしょなら安全だ、ディア・レディ」トバイアスが言う。なににせよ程度の問題だけど、とウィルマは思う。

「あの人たち、どうしてる？」と、小さく身震いしながら訊く。

「ぐるぐる歩きまわっている」トバイアスは答える。「まずは、歩きまわる。そのうち、歯止めが効かなくなる」そう言うと、ウィルマを気づかってその肩に毛布をかける。小さな人たちの列があらわれる。男性も女性も。身につけた深緋《こきひ》の天鵞絨の衣装は見るからに贅沢な生地で、黄金の紋様が入っている。きっとガゼボの、ウィルマには見えない手すりに乗っかっているのだろう。それは舞踏会へ向かう壮麗な行進で、腕を組んでふたり一組になり、前進しては止まり、ターンし、男性は頭をさげてお辞儀、女性は膝を折って右足を引くお辞儀をしてから、また前進、黄金色の爪先をぴんと伸ばして。女性は花飾りのついた蝶の羽根形の冠をかぶっている。男性は司教のような冠《ミトラ》をかぶっている。人間の聴覚域では聞こえない音楽も鳴っているに違いない。

「あっ」と、トバイアスが言う。「初めて火がつけられた。あいつらは松明を持っているんだよ。爆薬も用意しているに違いない」

「けど、まだ残りのみんなが……」ウィルマが言う。

「残りのみんなまでは手がまわらないよ」トバイアスが言う。

「でも、ノリーンは。でも、ジョー＝アンは。まだ中にいるんでしょう。このままじゃ……」ウィルマはなにかを握りしめている。自分の両手だ。まるで他人の手のように感じられる。

「昔からそういうもんさ」その声からは、失ったなにかを悼んでいるのか、たんに冷淡なのかわからない。

暴徒たちのあげる声がますます大きくなる。「すでに塀の中に入ったよ」トバイアスは言う。「建物の玄関ドアの前に物を積みあげている。横手のドアの前にも積んでいるみたいだ。出入りができないようにするんだろう。それから、裏口も。徹底してやるつもりだな。おっ、石油のドラム缶をいくつか敷地の中へころがしてきた。車を玄関前の石段に横づけにしたぞ。正面突破を封じこめようという気だ」

「やめて、そんなこと」ウィルマは言う。

突然、破裂音がする。ただの花火ならいいのに。

「燃えている。〈アンブロージア〉が」トバイアスが言う。か細く、絞りだすような悲鳴があがる。ウィルマは両耳を手でふさぐが、それでも聞こえてくる。その声はいつまでもつづき、最初は大きかったのが、しだいに小さくなる。

いつになったら消防車が来るの！　サイレンの音も聞こえてこない。

「こんなこと、耐えられない」ウィルマは言う。トバイアスは膝をそっとなでてきて、「みんな、窓から飛びおりて脱出するかもしれないじゃないか」と言う。

「まさか」ウィルマは言う。「しないわよ、そんなこと」もし自分ならしない。飛ぶ前に挫けてしまうだろう。どのみち、みんなまず煙にやられてしまう。

すでに、あちこちから火の手がまわっている。つぎつぎに上がる炎がまぶしい。真正面から見ても、よく見える。揺らめき、燃えさかる炎に混じって、小さな人たちがいる。緋色の衣装は内側から、深紅に、橙に、黄色に、金色に輝いている。くるくる回りながら昇っていく。あんなに楽しそうに！　近づき、抱擁し、また離れて。空中でのダンス。

見て、見てよ！　歌ってる！

訳者あとがき

本書は、マーガレット・アトウッドによる ***Stone Mattress***（2014）の全訳である。ひと言でまとめるとするなら、老いと復讐をテーマにした九つの短篇から成る作品集と言えるだろう。原題には ***Nine Wicked Tales*** という副題が付いている。「九つのいじわるな物語」だ。

ここからして、ちょっといじわるな言葉遊びがある。nine tales はその音から、当然ながら nine tails を思わせ、さらに cat of nine tails（九尾の猫）を連想させるからだ。

これは十八世紀から十九世紀にかけて英国軍隊や刑務所などで使用された体罰器具だ。鞭の先端が九本に分かれており、一回の打擲で複数の深い傷を与えることになる。アトウッドのこの作品集に似つかわしい副題かもしれない。じつは「いじわるな九つの尾話」と（『不思議の国のアリス』ばりに）副題を訳したのだけれど、邦題では省くことになった。

さて、アトウッドといえば、『侍女の物語』と『誓願』というディストピア文学がなんといっても有名なため、なんとなく怖い作風だと思われているようだ。しかしこの作家の真髄はつねにユーモアにあり、その意味では、本作は『獄中シェイクスピア劇団』などと並ぶ。私は訳しながら、数ページに一度ぐらい爆笑して手が止まってしまったぐらいで、〝コミカルいじわるアトウッド〟の真骨頂と言えるだろう。

その一方、本作品集の特徴の一つは、うれしいことにアトウッドの初期作品にあったゴシック・テイストが色濃く甦っていることではないかと思う。ときにエドガー・アラン・ポー的であり（そう、アトウッドはミドルティーンのとき、ポーの影響で詩を書きだしたのが作家キャリアの始まりだ、と恥ずかし気に語っている）、ラヴクラフト的であり、スティーヴン・キング的なところもある。ただし、「ひねりのきいた」というのを通り越して、どこに行ってしまうのかわからない、行ったきり戻ってこない先の読めなさとツイストは、アトウッドならではと言えるだろう。

九つの短篇のうち、「変わり種《ルスス・ナトゥラエ》」と「フリーズドライ花婿」を除く七篇は高齢者が主人公である。おそらく六十代後半から七十代の男女。かつて持てはやされた詩人、ファンタジー作家、B級ホラー作家、元大学教授、元理学療法士……。夫に先立たれた独居者もいれば、老境をともに暮らす双子の男女もいる。面倒をみあう女たち、引退後の独り旅をする女性、老人ホームで暮らす者たちと、いろいろな老後がある。

とはいえ、多くは現代社会に合わせて意識をアップデートできず、社会から煙たがられ、いささか置いてけぼりを食っているようす。目は老眼になり、歯は入れ歯、足腰も弱れど、昔の恋に未練はあるし、怒りは忘れられない。老いぼれ、世にはばかる！

なかなか迷惑な人びとでもあるのだが、そんな人生の暮れ方のわるあがきを、アトウッドは鋭い諷刺眼をもって痛いほど的確に描きだす。

■

では、各篇について簡単に解説しておこう。

・「アルフィンランド」Alphinland

三部作の第一部にあたるファンタジー作家の復讐譚である。主人公のコンスタンスは若いころ、若き男性詩人の輝かしいミューズだった。自身も詩人だったが、甲斐性のない彼を支えるために手すさびで「剣と魔術」系のファンタジーシリーズを書きはじめる。まわりにはB級フィクション扱いされるが、このサーガ「アルフィンランド」は大ヒット、コンスタンスはエンタメ作家として成功する。しかし彼女はこのシリーズを使って、自分を裏切った恋人にある復讐を仕組んでいた。やさしげに見える二人目の夫のモラハラぶりも重い隠れテーマである。

・「蘇えりし者《レヴェナント》」Revenant

三部作の第二部にあたる。コンスタンスの恋人で女癖のわるい詩人ギャヴィンが視点人物となり、同じことがメイル・ゲイズ（男の眼差し）から語られる。若いギャヴィンは古典的ソネットを通俗化する前衛的な詩で賞をとってそれなりに出世、現在は、三十歳も年下の三人目の妻レイノルズと暮らしているが、ポリティカルコレクトネスなどクソ食らえらしく、始終「女性にそんな口の利き方をするなんてあり得ない！」と怒られている。老いた彼のもとに女子大学院生がインタビューに現れ、意外な事実が明るみに……。

・「ダークレディ」Dark Lady

三部作の最終部にあたる。本書中最も凝った技巧（多言語使用、ラテン文学からの引用、詩の擬作など）を盛りこんだアトウッドらしいパロディ作。「ダークレディ」はシェイクスピアのソネットに出てくる魔性の女性である。ギャヴィンのソネットに書かれた黒髪の女性ジョリーの物語が、双子の兄弟のティンの視点から詳らかになる。ジョリーを捨てた詩人で大学教授のギャヴィンを、同じく大学教師らしいティンが高度な技巧でとことんこき下ろす。ユーモアにおいては本作中の最高傑作。男のティンはジョリーの〝物語〟などなにもわかっていなかったのではないかと、ラストで示唆されるのも憎いところ。

・「変わり種《ルスス・ナトウラエ》」Lusus Naturae

本作品集には一貫して「ヴァンパイア」のモチーフがあるが、この短篇は吸血鬼そのものをサブジェクトにしている。昔、どこかの村に生まれた変わり種の娘を、名前のない寓話のようなスタイルで書いている。女ヴァンパイアというのは魔女と同じく、その共同体の習俗、習慣、社会的ロール、価値体系などの内に収まらない、突出、傑出したなにかを持った存在をも表現しているのだろう。ソクラテス、シェイクスピア、アインシュタイン、トルストイらの有能な妻を「悪妻」と呼んできたのに似ている。

・「フリーズドライ花婿」The Freeze-Dried Groom

ミステリの体裁で書かれている。冒頭、北極の上空を覆う冷たくて深いエアポケット「極渦」に妻のヴァギナを喩えるという、北米の定番ジョークで幕を開け、主人公夫婦はいきなり離婚へ。しかしインチキ骨董商の夫サムが家を追い出され、いつもの妄想に耽りだすところで、不意にトーンががらりと変わる。彼は自分が殺害されて検死台にのせられ美しい女医に解剖されるところを思うと、なぜか心がほっこりするという、かなり変態の、殺人鬼フェチである。彼はあるとき倉庫でとんでもないものに出くわす。

ポー風の分身モチーフを巧みに盛りこみ、ウォルポール風の元祖ゴシック的意匠として「甲冑の騎士」のキッチュ版までが登場する。偽造、模造、フェイク、コピー、鏡像。ブリザードに降りこめられた密室での息詰まるラスト。嘘臭さのファサードを食い破って、アトウッドのイマジネーションが火花を散らす。

・「わたしは真っ赤な牙をむくズィーニアの夢を見た」I Dream of Zenia with the Bright Red Teeth

若い頃から親友の女三人による互助の物語である。トニー、ロズ、カリスはかつて共通の経験をしている。ズィーニアという女にそれぞれの夫を寝取られたのだ。そう、この一篇はアトウッドが一九九三年に刊行した『寝盗る女』の後日談である。『寝盗る女』自体が回想の形で書かれているが、「～ズィーニアの夢を見た」にも過去のいきさつはそれぞれの解釈を交えて語られている。「意志をもたずやみくもに迷走し無差別に害悪をなす」という意味で、前掲書のズィーニアは戦争、災害、疫禍などの災い、すなわちblind assassin（盲目の暗殺者）に喩えられもしたが、本短篇ではこの悪女の悪行の真意が語られる。

・「死者の手はあなたを愛す」The Dead Hand Loves You

この小説と同タイトルの小説が作中で展開するという意味では、『昏《くら》き目の暗殺者』の系譜と言えるだろう。同学の三人と家をシェアする小説家志望の大学生ジャックは、家賃の支払いに困って、「これから書く小説の印税を四等分する」という契約書にサインする。ところが、彼が書いたB級ホラーはB級なりに最高の出来でベストセラーになり、二度映画化もされる。ところが、あの契約書がある限り印税を三人に分けなくてはならない。ジャックは邪魔な存在を消し去ろうとするが……。作中作の『死者の手はあなたを愛す』が同時進行する。

・「岩のマットレス」Stone Mattress

原作では表題作となっている作品。理学療法士の仕事を引退したヴァーナは、気ままな独り旅を楽しむために北極圏クルーズ船に乗りこむ。そこで思わぬ再会を果たしたのは、冴えない高校生の彼女にデートレイプドラッグを飲ませて強姦した花形男子だった。ヴァーナはその深いトラウマから人生観を一転させ、ソフトなシリアルキラーに生まれ変わっていた。直接手を下すことなく高齢の夫たちを次々とあの世に送ってきたのである。北極圏の風光を織りこんだ紀行文学の要素を併せ持つ完全犯罪の物語だ。

・「老いぼれを燃やせ」Torching the Dusties

本訳書では表題作となっている。しばらく前に、「高齢者は（社会を圧迫しないよう）集団自決を」といった言説をめぐり論議が交わされた。本作（二〇一四年刊）を読むと、またもやアトウッドの予言が当たってしまったという感がある。とはいえ、今回も、アトウッドはすでにそこにあった〝現実〟を抉り出してみせただけなのだろう。

しかしこの騒動以前にも、老人排除の運動は起きていた。コロナウイルス禍下のアメリカで展開した「ブーマー・リムーバー現象」などもそれに当たる。ベビーブーマー世代にあたる高齢者たちを、この機会にremove（除去）してしまえ、という恐ろしい発想の運動だった。膨らみつづける高齢層の社会保険料や医療費の負担がのしかかっているミレニアル世代（一九八〇年から一九九六年頃までに生まれた人たち）などの不満と怒り、先行きへの不安が、ゆがんだ形で噴出したのである。

「老いぼれを燃やせ」にも、まさにMove Over（どけ）、Time to Go（退場しろ）と書かれたプラカードを掲げた抗議者たちが登場し、富裕層向けの老人ホームを包囲する。この運動は国を越えて広がっているという設定だ。一方、物語の近景には、失明しつつある老婦人ウィルマと、彼女の身のまわりの世話をし、彼女の「目」となるトバイアスとの、老境における男女の友情関係がある。

本作にも、アトウッドらしいフェミニズムの精神が感じられるだろう。トバイアスがマンスプレイニングめいた話を開陳する横で、ウィルマはてきとうに話をスルーしながら昔を振り返ったり、関係ないことを夢想したりしている。ここに、視覚障害による幻覚として現れる「小さな人たち」の克明な描写が加わって奇妙さを増す。ウィルマたちの会話、回想、夢想、小さな人たちの動きが混然一体となり、これをアトウッド特有の「意識の流れ文体」的な話法と技法で描いていく。

登場人物たちはみなどこか奇妙だ。紳士的なトバイアスにも次第に怪しさが見え隠れしてくるが、三人称一元視点（実質的な一人称）の文体が終盤になって、語りの信憑性のほころびを露呈してくる。

女性同士の関係を中心に描く作ではないが、それらも強い印象を残す。ウィルマと清掃員カーチャとの擬似的母娘関係、いつも行動を共にし、最後も共に死んでいくであろうノリーンとジョー＝アンのバディ関係、また、ウィルマと娘との微妙な関係など。女性の生き方と老いを描いた作品とも言えるだろう。

ウィルマは自らの人生を振り返り、「つねになにかを眺めて過ごしてきた」と言う。そうした彼女の人生と重なり、鏡の役割をはたすのが、幻の小さな人たちの保守社会である。そこで女性が軽んじられているようすにも、アトウッドの鋭い批評眼が光る。

この幻覚が見える症状は実際にある「シャルル・ボネ症候群」という脳神経に関わる失調だ。アトウッドは一九六〇年代に逸早《いちはや》く「拒食症」を『食べられる女』で、七〇年代以降に「解離性同一性障害（多重人格）」を『またの名をグレイス』などで、一九八〇年代に「いじめとトラウマ」を『キャッツ・アイ』で、最近では人間の究極の危機に出現する「サードマン現象」を『獄中シェイクスピア劇団』『誓願』などで取り上げた。シャルル・ボネ症候群も近年では、日本でも問題になりつつあるようだ。

本作のラストは希望にあふれたものではないが、突き抜けた読後感がある。「見て！　歌ってる」のはだれか。They という主語はあえて訳さなかった。炎に包まれたノリーンとジョー＝アンが映画「テルマ＆ルイーズ」のように飛び降りる姿が、わたしの脳裏をよぎる。

本作品集全体に、にせもの、まがいもの、二級品、二番煎じ、模造品、コピー、分身といったモチーフが顔を出す。ゴシックロマンスの伝統をアトウッド流に料理したダークで魅惑的なキッチュ・ゴシック作品集に仕上がっているのではないかと思う。

なお、シェイクスピア『ハムレット』、『リチャード三世』の訳文の一部は、河合祥一郎氏の訳を参照させていただきました。この場を借りてお礼申しあげます。

本書の訳出には、文芸誌の「すばる」編集部、「文藝」編集部、そして早川書房編集部の皆さん、とくに担当の窪木竜也さんにたいへんお世話になりました。心よりお礼を申しあげます。ありがとうございました。

二〇二四年八月

初出一覧

「フリーズドライ花婿」……「すばる」集英社、２０１６年10月号
「老いぼれを燃やせ」……「文藝」河出書房新社、２０２０年秋季号／再録：『覚醒するシスターフッド』河出書房新社、２０２１年

ほかの作品は訳し下ろしです。

訳者略歴　英米文学翻訳家・文芸評論家　訳書『誓願』『昏き目の暗殺者』（ともにハヤカワ文庫刊）『獄中シェイクスピア劇団』『ペネロピアド』マーガレット・アトウッド，『恥辱』『遅い男』『イエスの幼子時代』『イエスの学校時代』J・M・クッツェー（以上早川書房刊）他多数　著書『文学は予言する』他多数

老《お》いぼれを燃《も》やせ

2024年9月20日　初版印刷
2024年9月25日　初版発行

著者　マーガレット・アトウッド

訳者　鴻巣友季子《こうのすゆきこ》

発行者　早川　浩

発行所　株式会社早川書房
東京都千代田区神田多町2－2
電話　03－3252－3111
振替　00160－3－47799
https://www.hayakawa-online.co.jp

印刷所　株式会社亨有堂印刷所
製本所　大口製本印刷株式会社

Printed and bound in Japan

ISBN978-4-15-210361-1 C0097

乱丁・落丁本は小社制作部宛お送り下さい。
送料小社負担にてお取りかえいたします。

本書のコピー、スキャン、デジタル化等の無断複製は
著作権法上の例外を除き禁じられています。